ERIC REX

O OLHO DO DRAGÃO

KAZA KINGSLEY

ERec Rex

O OLHO DO DRAGÃO

Tradução de
ODAIR BRAZ JR.

galera
RECORD
Rio de Janeiro | 2009

CIP-BRASIL. CATALOGAÇÃO-NA-FONTE
SINDICATO NACIONAL DOS EDITORES DE LIVROS, RJ

Kingsley, Kaza
K64 O olho do dragão / Kaza Kingsley; tradução Odair Braz Jr.
– Rio de Janeiro: Galera Record, 2009.

–(Erec Rex)

Tradução de: The dragon's eye
ISBN 978-85-01-08152-0

1. Ficção americana. I. Braz Junior, Odair. II. Título. III. Série.

CDD: 813
09-2910 CDU: 821.111(73)-3

Título original em inglês:
EREC REX: THE DRAGON'S EYE

Capa: Rafael Nobre

Texto revisado pelo Novo Acordo Ortográfico da Língua Portuguesa.

Direitos exclusivos de publicação em língua portuguesa somente para o Brasil adquiridos pela
EDITORA RECORD LTDA.
Rua Argentina 171 – Rio de Janeiro, RJ – 20921-380 – Tel.: 2585-2000
que se reserva a propriedade literária desta tradução

Impresso no Brasil

ISBN 978-85-01-08152-0

PEDIDOS PELO REEMBOLSO POSTAL
Caixa Postal 23.052
Rio de Janeiro, RJ - 20922-970

Sumário

CAPÍTULO 1

Sra. Smith

Era cedo, cedo demais para levantar em pleno verão, quando o despertador de Erec Ulysses Rex disparou. A coisa andou em círculos com suas pequeninas pernas metálicas até não aguentar esperar mais. Então, deu um chute numa bolinha de gude que acertou em cheio na bochecha de Erec, bem debaixo de seu olho de vidro.

Erec esfregou o rosto e resmungou. Abriu o olho bom. O despertador estava fazendo uma espécie de dancinha da vitória. Deu uma pirueta em direção a uma caneta e a chutou com destreza para dentro da orelha de Erec. O menino grunhiu. Aquela coisa desaforada poderia avançar para cima dele se não levantasse logo. Era sempre possível arremessá-lo para o outro lado do cômodo, mas ela simplesmente acharia seu caminho de volta. E amanhã iria acordá-lo ainda mais cedo.

— Me deixa em paz. Eu te *disse* que posso dormir até tarde. É verão.

Enquanto Erec lutava para levantar o rosto do travesseiro, algo agarrou sua boca. Era a escova de dentes, outro presente irritante de sua mãe. A escova percorreu os dentes de Erec com as cerdas, puxando os lábios dele com seus bracinhos e pernas. Erec quase sufocou.

Ele arrancou a escova de dentes da boca, jogou-a no chão e a viu sair correndo do cômodo. Na noite anterior Erec havia prendido o despertador atrás do armário do banheiro. Imaginou se a escova de dentes não o teria ajudado a escapar.

Muito tempo atrás, quando eles podiam se dar ao luxo de fazer tais coisas, sua mãe havia encomendado de uma certa loja chamada Vulcan alguns estranhos objetos que pareciam ter vida. Enquanto crescia, Erec se acostumou a essas criaturas e as tratava quase como bichos de estimação. Mas a mãe insistia em esconder tudo das visitas que poderiam pensar ter perdido completamente o juízo se vissem algo assim.

Foi o começo de outro dia ruim, numa semana ruim, num ano que Erec achava ser muito ruim. Sua grande família se mudava para lugares cada vez menores e ia ficando cada vez mais pobre. Na verdade, eles tinham trocado de casa nove vezes só naquele ano. Mal dava tempo de fazer amigos, que dirá perdê-los, pois lá estava ele se mudando de novo.

Alguns dias atrás, Erec, de 12 anos, junto com seus irmãos, bichos de estimação e June O'Hara — sua mãe adotiva — se mudaram para o que o proprietário chamou de "um apartamento muito modesto", na cidade de Nova York.

— Claro — acrescentou ele —, legalmente isso aqui é muito pequeno para vocês todos morarem juntos.

Erec achou que o homem estava sendo generoso em sua observação. Em vez de se espremer no sofá com seus irmãos, Erec dormiu num pequeno armário junto com a máquina de lavar. Ele esperava que sua mãe não encontrasse mais nenhum menino perdido — porque era isso o que todos eles eram.

Todas as crianças na família de Erec eram... bem, únicas. Erec tinha um olho de vidro (que na verdade era uma espécie de plástico). Nell, de 11 anos, precisava de um andador. Trevor, de 9, raramente falava. Os gêmeos de 13 anos, Danny e Sammy, foram encontrados sozinhos e abandonados. E Zoey, de 4 anos, era um pouco mais do que simplesmente arredia.

Erec era alto e magro, com cabelos pretos que ficavam lisos na frente e muito encaracolados atrás. Seu olho de vidro não combinava muito bem com o outro olho, que era azul. Mas Erec tinha outro problema, bem pior do que o cabelo e olho estranhos. Era algo que ele chamava de "pensamentos sombrios".

Os pensamentos sombrios de Erec o deixavam tonto e confuso, como se nuvens de poluição estivessem passando pelo seu cérebro. Eles faziam seu estômago pular para a garganta, ameaçando colocar para fora tudo o que estava ali dentro. Mas o pior de tudo é que, assim que os pensamentos sombrios se formavam em sua cabeça, era como se produzissem uma ordem. Eles poderiam agarrá-lo como um lutador de sumô e aterrorizá-lo até que obedecesse. Ele se sentia como uma marionete, fora de controle. Tinha de obedecer não importava o quanto lutasse.

Até agora, só coisas boas haviam sido ordenadas, como colocar travesseiros no final das escadas momentos antes de Zoey se esborrachar, ou agarrá-la antes de ela correr para a frente de um carro. Ele ficava feliz em ajudar, claro, mas acima de tudo se sentia como uma babá enjoada que trabalhava de graça. E também como uma aberração. Era como uma combinação extremamente irritante de poder prever e controlar as coisas e ao mesmo tempo sofrer de dor de barriga. Mas, pior que isso, ele era assombrado por um medo: e se algum dia recebesse uma ordem para fazer algo terrível?

Erec não tinha dormido bem. Um estalo muito alto o havia acordado no meio da noite. Ele achou que provavelmente fosse um barulho do novo apartamento. Seu estômago se agitara um pouco, mas por sorte o menino já tinha voltado a dormir.

Ele penteou a parte lisa da frente do cabelo preto, sem se importar com os cachos embaraçados atrás, e teve que saltar para passar por seus cachorros Tutt e King, que estavam dormindo. O cabideiro, outra das compras de sua mãe na Vulcan, quase se chocou contra ele no corredor. O objeto tentava chamar sua atenção, sapateando no carpete, balançando braços de madeira. Erec o mandou passear.

Raios de sol fluíam para a pequena cozinha, fazendo brilhar os cabelos castanho-claros dos gêmeos: os de Danny arrepiados e os de Sammy, presos em um rabo de cavalo. Comprido e curvado, Danny devorava o cereal Conde Voador de uma caixa. Ele desviou seus olhos azuis brilhantes em direção a Erec.

— Ela me acordou.

Sammy se encolheu na cadeira com uma cara amarrada.

— Você também teria *me* acordado se aquela... palhaçona estivesse no seu quarto, encarando *você*.

— Com certeza. — Danny mastigou ruidosamente um pouco mais de cereal.

— Do que vocês estão falando? — perguntou Erec.

— Daquilo.

Sammy apontou para uma mulher imensa que estava na porta da frente, transbordando sobre uma cadeira plástica dobrável. Ela realmente parecia um palhaço. Um pó branco artificial cobria seu rosto. As bochechas redondas eram pintadas cada uma com um círculo vermelho brilhante de maquiagem, como grandes bolas de fogo. O nariz era protuberante, e uma pintura de guerreiro, de um azul forte, contornava seus olhos entreabertos. Cabelos lisos negros grudavam em seu rosto, chegando até a altura do primeiro queixo. Uma pequena franja separadinha no meio da testa fazia com que aquele rosto, que já tinha um formato de coração, parecesse um péssimo presente de Dia dos Namorados.

— Quem é ela?

— A babá. Só pode ser magia ela não ter quebrado aquela cadeira — cochichou Sammy. — Eu acordei, e ela estava parada na frente da minha cama, olhando para mim. Pensei que estivesse tendo um pesadelo.

— Ela acordou Nell e Zoey?

Sammy balançou a cabeça negativamente.

— Ela só ficou me encarando.

— Outra admiradora. Cheia de palhaçadas — disse Danny, piscando os olhos e abanando a si mesmo com a mão.

— Cale a boca. — Um sorriso irônico tomou conta do rosto de Sammy.

Danny baixou o tom de sua voz:

— A convenção dos palhaços se reúne em homenagem a Sammy Rex. Admirados com sua beleza, eles a coroam sua Rainha Palhaça. — Ele ergue suas sobrancelhas. — Essa, não! Seu nariz está começando a inflar!

Sammy deu uma risadinha, e o mau começo da manhã estava esquecido.

— A mamãe não sai tão cedo assim — disse Erec, procurando por ela. — E ela também não usa mais babás. Aonde ela foi?

Danny ergueu os ombros.

— Foi procurar trabalho, eu acho. — Ele empurrou seu cereal em direção a Erec. — Quer um pouco?

Erec pegou um punhado de miniaturas do Conde Voador. Sua mãe tinha que trabalhar em vários empregos para sustentar todos eles, Erec sabia disso. Mas ele sentia como se nunca mais fosse vê-la.

A torradeira, outro produto especial da Vulcan, disparou duas fatias de torradas queimadas bem no peito de Erec. Ele as pegou, deu uma olhada nelas e as colocou no balcão da cozinha.

— Estou enjoado de torrada.

A torradeira bufou fumaça e desfaleceu sobre o balcão.

— A mamãe esqueceu de esconder as coisas da Vulcan — lembrou Erec. — O cabideiro está perambulando pelo corredor. E se a babá o vir?

— Ela vai pensar que ficou louca — disse Danny, gostando da ideia. — Ia ser engraçado.

De repente a sala começou a girar. Erec agarrou o balcão e respirou fundo para conseguir se acalmar. Seu estômago se revirou todo e deu cambalhotas feito um acrobata. A distância, parecia que Sammy estava perguntando se ele estava bem.

Seu peito se encheu de medo. Estava acontecendo de novo. Erec receberia uma ordem para fazer alguma coisa, no entanto lutaria contra isso com todas as suas forças e, porque sempre se sentia muito aterrorizado e fora de controle.

Então, o pensamento sombrio ordenou a ele: "*Vá encontrar sua mãe.*"

Onde?

"*Do lado de fora da entrada leste da Grande Estação Central. No carrinho de cachorro-quente.*" Ela não estaria lá, ele de alguma maneira sabia disso, mas teria de ir até lá para encontrá-la. Ela não estava ferida, apenas perdida.

Erec se jogou numa cadeira e cruzou os braços. A sensação de tontura havia passado, deixando-o sem fala. Isso era ridículo. Sua mãe estava bem. Agora ele tinha de correr pela cidade porque ela se perdeu a caminho de uma entrevista de emprego? Sem chances. Ele ia ficar era ali mesmo. Sua mãe que comprasse um mapa. Já era ruim o suficiente ter que cuidar da pequena Zoey. Não era justo.

Erec agarrou-se à cadeira lutando contra a ânsia de seu próprio corpo em ir até a Grande Estação Central. Seus pés dançavam, e suas pernas forçavam embaixo da mesa tentando empurrá-lo.

Danny ergueu uma sobrancelha.

— Você está tendo uma daquelas coisas sombrias de novo?

Erec acenou com a cabeça. Ele agarrou a cadeira, lutando para não ficar em pé, até suas mãos começaram a doer. Ele tinha de ceder. Erec não teria descanso até atender ao comando.

— Eu tenho que sair daqui — disse ele. — Tenho que encontrar a mamãe. — Ele se levantou.

— Como você vai encontrá-la? — perguntou Sammy. — Ela não deixou nenhum bilhete.

Danny contraiu os ombros.

— Ele vai encontrá-la, com certeza. Ele vai trombar com ela por acidente. Lembra quando ele estava estudando e teve de sair correndo de pijama e levantar uma lata de lixo sem nem saber o motivo? E acabou que tinha um gato magrelo preso debaixo dela.

Erec queria poder esquecer. Já era ruim o suficiente ser forçado a fazer coisas para outras pessoas, que dirá para qualquer animal que se encontre na esquina. Seria ele um escravo do universo?

Erec correu sem hesitar para o quarto de suas irmãs. Foi para dentro do armário em que sua mãe dormia e pegou uma foto dela segurando Zoey.

Nell continuou dormindo, mas Zoey ficou de pé em sua cama, os cachos louros descendo desarrumados sobre seu pijama roxo e ao redor de seus grandes olhos castanho-esverdeados. Ela olhou para a foto e dançou pelo quarto dizendo:

— Sou eu! Sou eu!

Então esse pensamento sombrio envolvia levar uma foto de sua mãe até um carrinho de cachorro-quente onde ela *não* iria estar para conseguir *encontrá-la*. Erec balançou a cabeça e enfiou a foto no bolso.

A babá, que mais parecia uma fortaleza, estava estacionada na porta da frente. Seus olhos se abriram quando ela viu Erec e então voltaram a uma forma mais serena, como um felino vigiando. Ela o fez lembrar de um sonho estranho no qual um de seus gatos ficava gigante e tentava comê-lo.

— Eu vou sair...

A babá levantou um dedo, assistindo à pequena televisão. Uma reportagem em som alto dizia:

"Thanatos Baskania, o autointitulado 'Príncipe Real da Paz', continua buscando o caminho pela paz na Terra. Ele diz que nossos líderes mundiais precisam ser guiados por uma força maior para que nos tragam a paz existencial que tanto merecemos. Baskania e suas várias corporações multinacionais estão investindo uma grande quantidade de dinheiro e de pessoas para esta 'força maior', que é uma nova organização pela paz mundial, a Olho do Mundo. Hoje, em meio a muita controvérsia, a Olho do Mundo foi aceita como a força de comando das Nações Unidas."

A babá concordou com a cabeça e deu um sorrisinho.

— Bom homem — disse baixinho.

O ruivo Trevor cochilava, esquecido no sofá.

Os dedos dos pés de Erec estavam dando batidinhas no chão, prontos para correr.

— Eu volto logo.

Bem quando ele se aproximava da porta, entretanto, a mulher-palhaço sacou um guarda-chuva de debaixo de sua cadeira e deu um golpe com o cabo na maçaneta. Erec retirou sua mão bem a tempo.

— Ninguém sai do apartamento. — A voz da babá soava como um ancinho raspando o cascalho. — Você não vai se apresentar, jovenzinho?

— Desculpe.

Ele estava alcançando a maçaneta uma vez mais e, enquanto se movimentava, o guarda-chuva se levantou no ar. Ele abaixou a mão.

— Você se chama. Desculpe. Tudo bem, desculpe. Pode me chamar de Sra. Smith. Quais são os nomes dos gêmeos?

— Danny e Sammy.

— Hum... Danny e Sammy.

Em seguida o cabideiro caminhou tranquilamente pela sala fazendo malabarismo com três chapéus. Erec prendeu a respiração, já esperando o grito da babá. Ele devia ter jogado o cabideiro dentro do armário.

Os olhos apertados da babá, que nadavam numa maquiagem azul, calmamente fitaram o cabideiro sem qualquer traço de surpresa. O acessório parecia ofendido e jogou um quarto chapéu no ar, como para chamar mais a atenção. A Sra. Smith acendeu um cigarro com uma expressão de tédio em seu rosto.

— Tenho que ir. Estamos sem comida.

Erec tocou a maçaneta pouco antes do guarda-chuva atingi-la, dessa vez esfolando seus dedos.

— Não SAIA! — Ressoou como se uma britadeira saísse de seus lábios, e um sorriso suave tomou seu rosto.

— Mas não tem comida.

O pensamento sombrio se tornou mais forte, e os joelhos de Erec começaram a bater.

A babá deu de ombros.

— Acho que vocês não vão morrer de fome.

Seus olhos se estreitaram. Ela prendeu suas bochechas rechonchudas como se lutasse para não rir.

Erec tentou agarrar a maçaneta com um braço erguido para enganar o guarda-chuva. Dessa vez, entretanto, o cabo estranhamente grande o agarrou pela cintura e o puxou para a frente da Sra. Smith. Ela soprou fumaça no rosto dele.

— Faça isso mais uma vez — proferiu ela —, e terei que amarrar você. — Seu jeito ameaçador se transformou num sorriso irônico. — Mas não se preocupe. Nós todos vamos sair em breve. Então, espere aqui, Desculpe.

Erec voou para a cozinha, onde os gêmeos estavam sentados boquiabertos. A Sra. Smith bateu as cinzas do cigarro no carpete.

— Ela é louca — disse Sammy. — Não se preocupe. Vamos tirar você daqui.

Erec estava pronto para pular os seis andares até a calçada.

— Cadê a Zoey? — perguntou Danny. — A gente podia fazer a Zoey atacar a Sra. Smith, daí você pode escapar enquanto ela foge aterrorizada.

— Olhem — apontou Sammy.

A Sra. Smith estapeava seu próprio rosto enquanto Zoey, em pé e sozinha, molhava papel com saliva e enfiava dentro de um tubo de caneta. Uma bolinha voava em direção ao nariz batatudo da babá. Ela tentou chutar Zoey sem se levantar da cadeira, mas Zoey se desviou, rindo. Danny e Sammy também riram.

Zoey ficou firme de pé e soprou outra bolinha, desta vez para dentro da boca aberta da Sra. Smith. A babá cuspiu o papel em sua própria mão. Ela tentou de novo chutar Zoey, mas errou.

— É como se ela estivesse colada naquela cadeira — cochichou Sammy. Ela pegou Zoey no colo.

— Você vai se machucar, querida. Deixe a babá descansar. Você já usou o penico hoje?

— Nossa, ela é igualzinha a uma mãe — disse Danny.

— E você é uma peste — replicou Erec. A vontade de sair era tão incontrolável que ele mal podia respirar.

— Shh — pediu Sammy a Erec, com uma piscadela.

Ela levou Zoey para o banheiro e disse:

— Sra. Smith, Zoey precisa de ajuda.

A babá lixava as unhas, o cigarro quase caindo por entre seus dedos.

— Sra. Smith! A gente precisa de você — Sammy parecia desesperada.

A Sra. Smith ergueu sua mão para conferir o próprio trabalho.

— Ajudar no banheiro não faz parte dos meus afazeres.

— Por favor. Ela está ficando enjoada.

— Está mesmo...? — disse a babá num tom de voz grave. Soava mais como uma afirmação do que como uma pergunta. Ela começou a cantar baixinho e a lixar a outra mão.

Zoey, que obviamente não precisava de ajuda alguma, saiu do banheiro puxando uma longa trilha de papel higiênico. Quando Erec olhou dentro do banheiro, perdeu o fôlego. Era como se tivesse sido atingido por um balde de água gelada.

Os óculos de sua mãe repousavam no balcão do banheiro. A armação grossa e preta tinha uma corrente fina e lustrosa. Sua mãe nunca foi a lugar algum sem aqueles óculos pendurados no pescoço, embora ela raramente os usasse de verdade. De fato, Erec nunca tinha visto o acessório separado da mãe. Ela até dormia com eles, e frequentemente o menino se perguntava como ela fazia para não esmagá-los.

Erec pegou os óculos. Seus pés deslizaram para trás em direção à porta da frente como se estivesse dançando, tudo sob o comando dos pensamentos sombrios. Ele só recuperou o controle sobre os pés ao forçá-los contra o chão algumas vezes.

— Olhem o que eu achei.

— Uau — disse Sammy. — Nunca vi esses óculos longe dela antes.

— Ela nem usava — disse Danny. — Talvez tenha finalmente enjoado deles.

Era verdade. As únicas vezes em que Erec viu a mãe colocar os óculos no rosto foi quando ela estava pensando, sozinha. Ela poderia ficar parada olhando o céu. Depois de um tempo seus olhos estariam vermelhos. Quando Erec perguntava o motivo, ela dizia que os óculos a fizeram lacrimejar.

Ele colocou os óculos em seu pescoço na certeza de que ela iria querê-los quando se encontrassem. Danny tentou tirá-los só de brincadeira, mas a corrente segurou.

— Eu tenho que sair daqui. — Erec olhou em volta, ofegante.

Danny deu uma piscadela e pegou Zoey.

— Vou ficar debaixo da minha cama — cochichou ele. — Se isso funcionar, saia correndo.

Em alguns minutos Zoey voltou com um delicioso sorrisinho maroto.

— Danny está fugindo pela janela. Provavelmente ele já está bem longe!

A Sra. Smith pulou de sua cadeira como um coiote atrás de um papa-léguas em direção ao quarto de Danny. Suas pernas grossas e curtas e pés grandes voaram pelo carpete bege.

— O que você está esperando? — perguntou Sammy. — Anda!

Erec sentiu a foto de sua mãe no bolso e certificou-se de que os óculos estavam ao redor do pescoço.

— Vem comigo?

— Não. Prefiro ver o que a babá vai fazer quando encontrar Danny debaixo da cama. Agora vá!

Trevor roncou no sofá, agarrando suas miniaturas do Franklin Stein, o guardião da equipe Super A de Bola-Mola, e de um ciclope. Erec tinha certeza de que eles estavam brigando nos sonhos de Trevor. Ele desceu as escadas e correu três quarteirões antes de sequer ousar olhar para trás. Não havia sinal de que a babá o estivesse perseguindo.

Mal sabia ele que tinha acabado de percorrer apenas os primeiros passos de uma longa jornada.

CAPÍTULO 2

Onde a calçada se abriu

No final do quarteirão, uma multidão havia se formado atrás de uma barricada. Mighty Joe Liath, uma das celebridades da equipe Super A, apareceu de shorts, camisa apertada, usando o tapa-olho do time e flexionando os enormes bíceps.

Erec queria que Trevor estivesse ali. Trevor tinha todos os cards e miniaturas do Super A, conhecia as estatísticas dos jogadores e tinha visto todos os filmes. Ele gostava até da comida gordurosa das lanchonetes Super A King. Um homem seguiu Joe Liath com uma filmadora, e um outro arremessou uma barra de levantamento de peso, que o atleta jogou para o alto como se fosse um graveto. Quando desceu, Mighty Joe recebeu o acessório por trás dos ombros e se virou exibido, arreganhando os dentes.

Erec queria ficar e ver mais, mas seus pés já estavam batendo na calçada, prontos para continuar. Ele abriu caminho pela multidão aglomerada até se ver livre dela. Erec deixou seus pés o conduzirem pelo beco afora.

Um menino da sua idade passou andando e rindo junto com os pais. Erec imaginou como seria ter um pai de verdade em vez daquele que o abandonou quando tinha apenas 3 anos. Ou ainda, quem sabe, pais casados e felizes, que comprassem sorvete e saíssem para passear com ele? Seu pai estava vivo em algum lugar, mas Erec não tinha nenhum interesse em encontrá-lo.

Uma longa fila levava até o carrinho de cachorro-quente do lado de fora da Grande Estação Central. Pessoas andavam apressadas por todos os lados. Sua mãe não estava em nenhum lugar a vista. Ele parou em frente à Herman Howl — As Melhores Roupas Íntimas do Mundo, e olhou ao redor.

Isso era ótimo — ser impelido por um pensamento sombrio para não fazer nada. Então, sua mão, por vontade própria, se enfiou dentro do bolso.

Claro, a foto. Ele tinha que perguntar se alguém tinha visto sua mãe. O homem baixo e gorducho no carrinho de cachorro-quente estava lá na noite passada, quando eles compraram os lanches juntos. Talvez ele se lembrasse dela.

— Quer outro cachorro, garoto? — O vendedor passou os dedos, que pareciam salsichas, pelo que havia sobrado de seu cabelo preto e oleoso.

Erec puxou a foto.

— Na verdade, estou procurando por...

— O que é que você quer?

O homem olhou para a fila que se formava atrás de Erec. O menino ergueu a foto. O vendedor ficou boquiaberto e então voltou à sua expressão carrancuda original.

— Nunca a vi — negou ele, já mexendo nervosamente com seu pegador de comida.

— Como você sabia que eu estava procurando por ela?

O gorducho olhou para o próximo cliente:

— O que mais você vai perguntar? Próximo!

— Mas a gente veio aqui ontem...

— *Próximo!*

O homem atrás dele deu um passo à frente e pediu um refrigerante. Empurrado para o lado, Erec chutou uma pedra para dentro de um bueiro. O vendedor de cachorro-quente não lembrava de sua mãe. Perguntar para qualquer estranho sobre ela não faria o menor sentido.

Ainda pensando, Erec atravessou a rua e quase cruzou com um homem que trabalhava numa banca de jornais. O senhor era magro, com olhos azul-escuros grandes e meio nervosos e cabelos castanhos e ralos. Algo nele fez Erec se encolher. Ele era estranhamente familiar, como alguém saído de um de seus pesadelos.

Uma garota da idade de Erec com longos cabelos escuros e ondulados e pele muito clara surgiu na banca depois de ajudar um cliente.

— Posso adivinhar? — disse ela. — Sou boa em adivinhações. Doce, certo? Não, é mais sério. Algo para sua mãe, eu acho. Remédio para dor de cabeça?

O homem da banca disse rispidamente:

— Vai comprar alguma coisa? — Erec mexeu sua cabeça enquanto o sujeito cruzou os braços. — O quê? Você está desperdiçando meu tempo, garoto.

Erec procurou no bolso pela foto e a ergueu.

— Você a viu?

O homem pegou a fotografia.

— Onde conseguiu isso?

A garota de cabelos castanhos puxou a foto. Seus olhos se arregalaram.

O homem se aproximou.

— Isto aqui não é um serviço de achados e perdidos. Você é muito jovem para ficar andando por aí sozinho. — Ele se aproximou mais ainda, perto demais. — Você está perdido? Qual o seu nome?

A água-de-colônia que o homem usava parecia familiar, e horrível. Deu um arrepio em Erec, e seu estômago subiu para a boca. Ele pegou a foto e rapidamente saiu.

— Espere! — A garota foi atrás dele. Seus olhos castanho-escuros brilhavam enquanto ela acenava com uma barra de doce sobre a cabeça. — Você esqueceu isto.

Seu vestido era pequeno demais, notou Erec, e todo com cores diferentes. Ele nunca tinha visto uma roupa remendada tantas vezes.

— Eu não comprei doce nenhum — disse ele.

Ela enfiou o doce na mão dele e cochichou:

— Eu a vi. A foto. Me encontre em frente à Lírios d'Água, dobrando a esquina.

Ela se foi depressa.

Erec fitou o doce e olhou para a menina. Ele não podia acreditar que ela reconhecera sua mãe. Assim que ele dobrou a esquina, viu o homem gritando com ela.

O tempo parecia ter parado enquanto ele esperava em frente à floricultura Lírios d'Água. Logo quando ele achava que ela não fosse mais aparecer, a menina surgiu na esquina, com os olhos brilhando.

— Meu nome é Bethany Evirly. Meu tio Earl não pode nos ver conversando. Acredite, não vai querer conhecê-lo, e eu não gosto do jeito como ele estava olhando para você.

— Então somos dois.

Erec olhou para a rua, praticamente esperando que o tio dela aparecesse dobrando a esquina.

— Tudo bem. Eu teoricamente estou aqui para buscar o café preferido dele.

Bethany apontou para uma pequena e escura cafeteria chamada Gotas. Ela ficou observando por um instante o olho de vidro de Erec e logo desviou o olhar.

— Me deixe ver a foto de novo.

Erec a entregou a ela.

— É, definitivamente é ela. Eu trabalhei aqui por quase toda a minha vida. Não esqueço muito as coisas. Especialmente as coisas estranhas.

— O que era estranho? Onde você viu minha mãe?

Bethany ficou pálida.

— Era a sua *mãe*? Eu devia ter percebido. — Ela olhou para baixo. — Bem... eu a vi esta manhã. Ela foi lá para baixo. Eu sempre percebo quando as pessoas fazem isso.

— O que, para o metrô? — perguntou Erec.

— Não. É como uma passagem secreta para o subsolo. Eu te disse que coisas estranhas acontecem aqui. Dois homens grandes estavam com ela. Parecia que ... — Sua voz diminuiu.

— O quê?

— Parecia que ela estava sendo levada para algum lugar — disse Bethany. — Como se ela não pudesse se livrar deles. Esta manhã o tio Earl me trouxe aqui uma hora mais cedo, às quatro. Estava horrível, escuro e frio. Eu tive que fazer tudo sozinha, e o tio Earl só ficou sentado até estes dois homens grandes com tapa-olhos aparecerem com ela. Ela parecia realmente muito nervosa. Meu tio correu para encontrá-los. Acho que estava esperando por eles.

O ar faltou aos pulmões de Erec. Parecia que estava desabando. Sua mãe não estava nada bem, afinal.

— Você tem certeza de que era ela?

— Positivo. Eles estavam bem embaixo de um poste de luz.

— Me mostre onde é esse lugar no subsolo. Vou encontrá-la.

Bethany cruzou os braços.

— Não é tão fácil.

— Do que você está falando? Vamos.

— Você não pode ir entrando lá.

— Por que não?

Erec agarrou o pulso de Bethany e a puxou em direção à Grande Estação Central. Ela se soltou com força.

— Escute. Estou tentando dizer. Não faz parte do sistema normal do metrô. É um... metrô especial ou algo assim. Vi as pessoas usando por anos e anos. É escondido. Meu tio vê isso o tempo todo. Ele deve saber tudo sobre o assunto, mas não vai admitir nada.

Ela ficou com o semblante mais calmo.

— Mas eu descobri como funciona. Espiei o Gerard, o homem do cachorro-quente. Ele faz com que a calçada se abra. As pessoas dizem uma senha, ele puxa uma alavanca no carrinho, e a calçada se abre para alguns degraus, e então mais degraus aparecem para descer. Depois que as pessoas entram, a calçada se fecha sobre suas cabeças. É esquisito, as pessoas passam em frente e é como se ninguém enxergasse, mas para mim é muito óbvio.

Erec colocou a mão no rosto. Então era por isso que ele estava ali. Sua mãe corria perigo. O pensamento sombrio lhe disse que ela não estava ferida. Ele esperava que ela continuasse assim.

— Você acredita em mim? — Bethany olhou bem para ele.

Erec acenou que sim, embora não estivesse totalmente certo disso.

— Como faço para entrar?

— Nós dizemos a senha para Gerard e corremos pelos degraus. Mas meu tio não pode nos ver, ou está tudo acabado.

— Nós? A gente? Acho que não. Melhor eu ir sozinho.

Bethany jogou o peso do corpo de um pé para o outro, embaraçada, mas olhou dentro dos olhos dele.

— Eu vou com você. Esse é o trato. Ou nada de senha.

— Mas você pode ficar presa dentro da calçada.

— E você também.

— Eu tenho que encontrar minha mãe. Você não tem que ir. E a última coisa que eu preciso é do seu tio perseguindo a gente. Tenho certeza de que ele vai procurar por você.

— Ele não sabe que eu posso entrar lá. — Ela agarrou o braço dele. — Pensei em fugir para sempre. Tio Earl não liga para mim. Ele só fica comigo porque meus pais morreram quando eu era pequena. Ele me faz trabalhar dia e noite e nem vai me comprar outro vestido. — Ela olhou para baixo, para sua roupa suja e remendada.

— Mas e se nós ficarmos presos? E se for um esconderijo de criminosos?

— Vou me arriscar. Já que estou fugindo, que seja para algum lugar totalmente diferente e acho que esta é a minha maior chance. Sempre quis ver o que tem lá embaixo. Além disso, qual outro motivo melhor pra fazer isso do que encontrar sua mãe?

Erec não gostava da ideia do tio de Bethany persegui-los, mas ir para o subsolo sozinho não era muito bom também.

— Como a gente vai entrar sem ele nos ver?

Eles espiaram da esquina. Earl estava andando a rua de cima a baixo, procurando por Bethany.

— Ele está atrás de mim. Vamos dar a volta no quarteirão. A gente se esconde atrás das pessoas e abaixa quando chegar ao carrinho de cachorro-quente. Finja que está amarrando seus sapatos.

Por sorte, a Grande Estação Central estava ficando cada vez mais lotada. Eles andaram atrás de três homens com ternos azuis até a loja Herman Howl e se abaixaram ao lado do carrinho de cachorro-quente. Bethany apontou para os degraus de concreto vazios perto de uma parede. Pareciam não levar a lugar algum.

Gerard, o vendedor, apareceu por sobre seu carrinho, olhando para eles com suas sobrancelhas grossas levantadas.

— Vocês de novo? Vão comprar desta vez? Se querem ficar brincando, crianças, vão para um parque.

Bethany olhou para cima.

— Há mais que terra, vento e mar. A antiga magia de mim vai se lembrar.

As sobrancelhas de Gerard subiram e desceram como dois bumerangues peludos. Sua expressão ficou mais tranquila.

— Devem estar de brincadeira. Vocês são duas crianças.

Bethany parecia tão preocupada quanto Erec. Ela olhou para Gerard e disse, mais alto que antes:

— Há mais que terra, vento e mar. A antiga magia de mim vai se lembrar.

Gerard levantou as mãos.

— Tudo bem, tudo bem. Vocês têm as 60 pratas?

— O quê?

Erec enfiou as mãos em seus bolsos vazios.

— Trinta cada. Vocês não acham que ainda é de graça, né? — Ele olhou desconfiado para os dois.

Erec ficou emburrado.

— Nem em casa a gente tem tudo isso.

Bethany abriu um sorriso.

— Tenho 98 dólares e 63 centavos na minha carteira.

Erec ficou impressionado.

— Como você sabe a quantia exata?

Ela deu de ombros.

— Sou boa com números.

Erec balançou a cabeça em reprovação à ideia.

— A gente deve ter que pagar para retornar. Talvez outros 60. Um de nós pode ficar preso lá.

— Não vou voltar. — Ela pegou o pulso de Erec. — Prometo que, se tiver dinheiro só para uma passagem de volta, dou para você. — Então ela contou 60 dólares.

Gerard contraiu os lábios e tamborilou seus dedos de salsicha no carrinho.

— Vocês estariam, talvez, se escondendo de alguém? — Ele olhou por trás dos ombros para a banca.

— Por acaso é da sua conta? Toma. — Bethany empurrou o dinheiro para ele.

— Humm. — O rosto de Gerard se suavizou. — Acho que não é da minha conta. — Ele pegou o dinheiro e então ajudou dois clientes que olhavam para baixo, entretidos, na direção de Erec e Bethany. Quando eles partiram, Gerard sorriu.

— A senha, de novo?

Bethany pegou a mão de Erec.

— Pronto para correr? — Ela acenou para Gerard. — Há mais que terra, vento e mar. A Antiga magia de mim vai se lembrar!

Gerard levantou um pano vermelho de vinil em seu carrinho e puxou uma alavanca de metal reluzente.

— Crianças, vocês não estão levando nada com vocês, certo?

— Não — disseram ambos.

Bethany e Erec pularam atrás dos transeuntes. Diante de seus olhos, a calçada se abriu no final dos degraus e mais degraus apareceram levando para a escuridão. Erec e Bethany sumiram momentos antes de o concreto se fechar.

Erec tinha certeza de ter ouvido Gerard gritar alguma coisa sobre ótimas roupas de baixo na Herman Howl caso precisassem de novas.

CAPÍTULO 3

Na Estação F

O concreto se fechou sobre suas cabeças tão rápido que Erec imaginou o que teria acontecido se eles tivessem demorado para entrar. Luzes brilhantes piscavam no teto baixo e inclinado. Bethany e Erec desceram até um patamar onde mais degraus os esperavam. Eles levavam para um outro patamar e depois para mais outro. Cansados, os dois diminuíram a caminhada.

— Você não acha que isso fica assim para sempre, acha? — perguntou Bethany.

Erec deu uma olhada para trás e viu o caminho que tinham percorrido.

— Vai parecer uma eternidade quando estivermos subindo isso aqui de volta.

Bethany, no entanto, estava olhando para a outra direção.

— Eu me perguntava o que havia aqui embaixo há anos...

Conforme eles desciam, o ar ia ficando cada vez mais denso. De alguma maneira chegava até a ser pesado, quase "morto". Quanto mais longe eles iam, mais desagradáveis as coisas se tornavam, até sentirem os pulmões completamente contaminados. Erec desejou sentir o ar fresco que deixara para trás. Teve um impulso de correr de volta, mas lembrou que a mãe precisava dele. Os lábios de Bethany estavam bem comprimidos, os olhos entreabertos.

Depois de incontáveis lances de escadas, o caminho terminou em uma porta de metal cinza sem maçaneta. Ambos empurraram, mas ela não se moveu. Um sinal na lateral dizia "Bem-vindo à estação F (Fantástica), nosso novo e melhorado vagão de transporte, com novos e melhorados serviços monitorados pela Prince, Inc." Abaixo da placa havia um botão vermelho.

Erec gesticulou e disse:

— Depois de você.

Bethany solenemente apertou o botão. A porta deslizou e abriu o suficiente para ambos poderem entrar, então se fechou com força atrás deles. Eles andaram na direção de uma estação oval que parecia tão espaçosa quanto a Grande Central de lá de cima. Pessoas de todos os formatos, cores e tamanhos corriam de lá para cá: homens em ternos de trabalho, professores com turmas de crianças, casais e famílias. Crianças vagavam em pequenos grupos. Algumas vestiam roupas estranhas, jaquetas e calças prateadas brilhantes ou capas e mantos pretos ou azuis, compridos e com capuz.

— Isso deve ser uma parte subterrânea da Grande Estação Central — disse Erec, pensando alto. O ar ao seu redor ainda parecia estranho, errado. Era quase como se ele pesasse mais, não exatamente em seu peito, mas em sua mente. — Este lugar está me deixando estressado, mas não sei por quê.

— Eu também sinto isso. Tudo parece assustador. É como se de repente o mundo todo se sentisse triste... ou com raiva, de alguma maneira.

O teto tinha cerca de vinte metros de altura. Lojas e restaurantes ladeavam as paredes. Alguns eram familiares: a lanchonete Super A King e o Burger Rama. Mas a maioria era novidade, com nomes interessantes como Chilly Lá do Céu, Um Panelão de Peixe, Cozinha Vegetariana Animal ou Vegetal e a Sundaes de Lava Derretida. Parecia haver muitas lojas de roupas íntimas.

— Isso aqui é muito mais limpo do que o resto da Grande Central — disse Bethany. — E olhe para aquela loja, a Equipamentos de Voo Sem Medo. Como ela consegue se manter numa estação de trem?

— É, e todas aquelas lojas de roupa de baixo. Não entendo.

— Talvez seja porque as pessoas estejam viajando. Elas devem se esquecer de colocar roupas de baixo nas malas. — Bethany deu de ombros.

Erec espiou por uma vitrine.

— Não consigo nem ver roupas de baixo nessas lojas. Só roupas esquisitas e brilhantes.

— Talvez eles escondam tudo lá atrás para que ninguém dê risada das pessoas que se esqueceram das roupas de baixo.

Erec riu.

— Você está brincando.

A estranheza da estação quase o fez se esquecer da forte tristeza que tomava conta do ar.

— Ei, olhe a loja Caverna num Canyon. E... o que foi aquilo? — apontou Erec com o dedo.

— O quê? — Bethany o cutucou nervosamente. — Não vejo nada.

— Uma porta desapareceu. — Ele se virou para ela. — Achei que eu estivesse vendo coisas, mas aí vi outra vez. Olhe.

Por todas as paredes, as pessoas entravam por portas finas que sumiam quando se fechavam. Novas portas apareciam, e as pessoas casualmente saíam por elas, às vezes compravam café na SubSolos e voltavam para a mesma porta, que sumia.

Todas as portas pareciam iguais: de madeira simples marrom com maçanetas e pequenas placas, ambas de ouro. Às vezes elas apareciam em frente a uma banca de comida e então se encolhiam para metade do tamanho para encaixarem-se na pequena parede abaixo do balcão. Assim, as pessoas teriam que entrar rastejando, derramando seu café e resmungando.

— Vamos dar uma conferida nelas — disse Bethany.

— Melhor a gente procurar pela minha mãe.

Erec virou-se para ver se tinha desaparecido a porta pela qual ele e Bethany haviam entrado. Felizmente ela ainda estava lá. Feita de metal pintado, parecia ser bem diferente das outras portas de madeira. Acima dela, um grande letreiro de neón verde piscava "TERRA DE CIMA". Erec empurrou para se certificar de que ela abria em direção aos degraus de concreto. Ela não se moveu.

Uma voz computadorizada veio da porta.

— Senha?

Erec repetiu a senha que eles tinham dito a Gerard, mas a porta continuou fechada.

Ali ao lado, Bethany deslizou suas mãos sobre uma porta de madeira, chacoalhando a maçaneta.

— Não consigo abrir.

Um homem alto com um nariz comprido e cabelos oleosos sobre uma grande parte careca olhou de rabo de olho para ela com um monóculo.

— Com licença? Você está tentando invadir minha casa? Será preciso chamar a polícia?

Ele apontou para uma placa com números dourados onde se lia 2211.

— Não. Me desculpe. — Bethany estava com o rosto vermelho. — Eu nunca tinha visto uma dessas. Só queria saber como funcionava.

As sobrancelhas do homem se ergueram.

— Nunca viu uma Teletrans-Porta? — Ele sacou uma câmera e tirou uma foto dela. — Só por precaução.

Ele acariciou a câmera e murmurou um código depois que eles se afastaram. A porta bateu atrás dele e sumiu.

— Bethany, a porta das escadas está trancada. Estamos presos aqui.

Bethany parecia chocada. Ela bateu na porta, dizendo a senha e as muitas variações dela em que poderia pensar até finalmente desistir.

— Bem, eu não ligo. Nem queria ir embora mesmo.

Ela mordeu o lábio. Erec inspirou o ar pesado. Era melhor que esse fosse mesmo o jeito certo de encontrar sua mãe, ou ele estava em sérios apuros. Eles avançaram para o interior da enorme estação. Depois de alguns passos, Bethany parou e apontou para cima. Eles haviam passado por uma borda mais baixa do teto e podiam ver agora todo o caminho até o topo. Ele se movia, cheio de cores mutáveis e profusas.

— O que é aquilo? — perguntou Erec maravilhado.

Bethany estava pálida.

— Pessoas.

Erec olhou com mais atenção. Ela estava certa. Eram pessoas... sim, ele tinha certeza de que eram pessoas, *voando* pelo teto. A maioria estava sozinha ou em pares; não havia crianças lá em cima. Elas estavam fazendo algo com que Erec sempre sonhara, mas pareciam ocupadas e aborrecidas como quem vai do trabalho para casa na hora do rush. As pessoas olhavam para seus relógios enquanto voavam e, ocasionalmente, esbarravam umas nas outras e chacoalhavam seus punhos. Entradas de túneis no teto as levavam para dentro e para fora. Algumas aterrissavam sobre uma rampa alta que as conduzia para o chão da estação.

Erec ficou pensando se seriam imagens criadas por computador colocadas lá por diversão. Elas pareciam incrivelmente reais.

Os olhos de Bethany estavam vidrados também.

— Você acha que essas pessoas estão presas por cordas?

Um homem voador aterrissou na rampa, chegando até o chão, e foi em direção a Erec, trombando nele com sua maleta.

— Bethany — disse Erec lentamente. — Não acho que a gente esteja mais na Grande Estação Central.

— Vi coisas estranhas a minha vida toda, morando com o tio Earl — disse Bethany —, mas nunca nada parecido com isso.

Eles andaram pasmos, trombando nas pessoas porque não conseguiam parar de olhar para o teto. A multidão se abarrotava em direção aos grandes letreiros de neón. Um deles piscava "ALYPIUM" em enormes letras brancas.

— O que será que quer dizer Alypium? Você acha que é algum lugar? — perguntou Bethany. Em um gigantesco letreiro de neón mais à frente lia-se "AORTH" e, num terceiro, em azul, estava escrito "ASHONA".

— Ashona soa como o nome de um zoológico de animais marinhos — disse Erec.

— Ah, vamos até lá!

Erec balançou a cabeça sem se mover. Ele não conseguia imaginar como encontraria sua mãe ali. Seu pensamento sombrio havia sumido, assim como tantos pensamentos e nuvens costumam fazer.

— Veja todas as crianças indo para Alypium. Parece que tem muita coisa acontecendo por lá. — Uma multidão de crianças se dirigia para o letreiro de Alypium. Ele podia ouvir algumas delas falando sobre torneios, mas não bem o suficiente para entender tudo. Abaixo do letreiro de Alypium, linhas que se moviam rapidamente levavam para passagens em arcos com as inscrições "VIA CÉU" e "ARTÉRIA".

A fila da Artéria era longa, ao contrário da Via Céu. Um homem com um terno azul e uma maleta olhou para seu relógio, foi pela entrada da Via Céu e pulou. Em vez de pousar com seus pés, ele continuou flutuando para cima, uma mão carregando sua maleta ao lado e a outra sobre a cabeça, como um leme que o direcionava através do vento. Ele voou por uma curva fechada e sumiu de vista.

— Uau — disse Erec —, você viu aquilo?

Uma velhinha tocou o ombro de Erec.

— Mexa-se, querido. Ande ou saia do meio do caminho.

Erec olhou para a figura frágil com surpresa. Ele já estava para lhe oferecer seu braço quando ela o empurrou para o lado com sua bengala. Na entrada da Via Céu, com a bengala enfiada sob seu braço com uma bolsa preta brilhante, ela voou pelo túnel de vento.

— Será que a gente consegue fazer isso?

Bethany jogou seus longos e negros cabelos encaracolados sobre os ombros. Eles observaram outros saírem voando. Erec, tomado pela curiosidade, correu para o local de decolagem, ergueu os braços sobre a cabeça e pulou. Seus pés voltaram para o chão. Ele pulou uma vez e mais outra, primeiro com um braço para cima e depois com o outro, até que percebeu as muitas pessoas olhando para ele com sorrisos zombeteiros e expressões de choque.

O rosto de Erec começou a esquentar. Ele agarrou uma risonha Bethany e passou por alguém que estava dizendo "...pelo jeito ele deve ter uns cinco anos...".

— A Artéria, então? — Bethany riu.

— Tudo bem.

Erec alegremente saiu da Via Céu, e eles encontraram o final da fila para a Artéria. Ela era feita de trilhos de metal, como se fosse o trilho de uma montanha-russa.

— Eu ainda não entendo este lugar. Você acha que a Artéria é uma estrada?

— Humm — Ela deu de ombros. Ouvia a conversa de alguns meninos que estavam parados na frente deles.

Um menino baixo e magro com cabelos vermelhos cor de salsicha estava falando rápido.

— Meu pai disse que *todo mundo* vai estar lá. Até algumas das crianças do time Super A. Mas elas não têm mais chances do que nós. Quero saber se eles vão dividir os quartos com a gente no castelo.

O menino vestia uma das jaquetas prateadas. Ela se movia como lava derretida.

Um menino alto com cabelos loiros, mais ou menos da mesma idade de Erec, respondeu:

— Eles vão estar no castelo, sim, mas em quartos de verdade, e não como de gente como nós.

O garoto de cabelos vermelhos pareceu desapontado.

— Mas nós vamos conseguir vê-los.

A fila começou a se mover novamente, e os meninos dobraram a esquina. Depois de algumas voltas, Erec ouviu o garoto loiro falar com o ruivo sobre pegar o Elevado em vez da Artéria.

— Eu sei que leva mais tempo, mas dizem que é mais bonito, e eu nunca fui por lá antes. Olha, você ainda está usando roupa de baixo.

— Oops!

O menino de cabelos ruivos riu e retirou a jaqueta. O tecido se fundiu aos seus dedos, mas continuou inteiro de alguma forma. Ele enfiou a vestimenta em seu bolso de trás, apesar de uma boa parte dela ter ficado pra fora novamente. Assim que ele dobrou a última esquina da fila, sua jaqueta se enganchou num poste e foi puxada para fora do seu bolso. O menino não notou. Em vez disso, correu com seu amigo por uma pequena arcada onde estava escrito "Elevado".

— Ei — gritou Erec. — Sua jaqueta!

O menino desapareceu pela arcada.

Erec pegou a roupa quando passou pelo poste de metal. Ela parecia surpreendentemente fria, macia e lustrosa como metal líquido.

— Devemos ir mesmo por esse caminho.

Erec e Bethany passaram também pela pequena arcada.

Parecia um passeio por um parque de diversões, e ficava ainda mais esquisito com a sensação de tristeza que irradiava pelo lugar. Um homem com um colete listrado onde se lia "LinhaMágica" perguntou:

— Quantas? — Mas nem mesmo olhou para eles.

— Duas.

O homem os empurrou em direção à linha branca pintada no chão. Em um instante, um objeto que parecia um teleférico de esqui os tirou do chão. Os assentos eram almofadados e confortáveis. Havia um poste longo conectado a um cabo que desaparecia por um vão no teto. O homem passou um cinto por eles e empurrou uma barra almofadada debaixo dos braços dos dois. Ele colocou sacolas de papel em suas mãos e jogou sobre eles cobertores grossos com capuzes felpudos.

A cadeira suspensa na qual estavam subiu por um túnel longo e escuro. Luzes brilhantes zuniam ritmicamente na escuridão, e o vento golpeava seus rostos.

— Uau — disse Erec depois de um tempo. — Isso é que é túnel.

— Aposto que tudo isso faz parte do subsolo — gritou Bethany.

Num segundo, veio uma explosão de luz cegante. Um rosto grande e verde apareceu bem na frente deles. Erec engasgou. Seria aquilo mesmo? Sim. Era a Estátua da Liberdade. Eles devem ter saído de dentro da tocha dela, mas estavam rápidos demais para terem certeza. Erec e Bethany olharam para trás, boquiabertos, enquanto a estátua e toda a cidade de Nova York sumiam de vista.

CAPÍTULO 4

Perdedores em Alypium

Poeira úmida surrava os rostos de Erec e Bethany, e tudo estava branco até eles eclodirem de uma nuvem sobre o oceano. Não havia sinal de terra. Eles iam tão rapidamente que Erec estava feliz por estar protegido por cobertores. Havia sanduíches nas sacolas de papel, e Erec comeu o seu sem demora. Ondas enormes e brancas se agitavam bem à frente. Pássaros disparavam sobre as águas, e peixes pulavam das ondas. O garoto loiro estava certo, era um belo passeio.

O ar horrível e pesado que Erec tinha sentido na Estação F havia sumido. Mesmo assim ele tinha a impressão desconfortável de que deveriam ter dado meia-volta já há algum tempo.

— Quando você acha que a gente vai voltar?

— Não sei. Está vendo ali? Acho que aquele ponto é o teleférico antes do nosso. Já olhou para cima?

Erec virou a cabeça para ver com seu único olho. Com toda a emoção de voar sobre o oceano numa cadeira, ele não percebeu que havia um poste anexado à cadeira. Ele ficava pendurado no ar, sem nenhum tipo de suporte ou cabo. Vendo isso, ele agarrou a barra com toda a força.

— Não se preocupe, a gente já teria caído há muito tempo. Estamos voando mais ou menos há meia hora, e está tudo bem esse tempo todo.

Bethany sorriu.

— Acho que a gente encontrou um lugar... diferente. Quer dizer, pessoas que voam, este teleférico de esqui, aquela jaqueta que derrete na mão. Até a senha para chegar aqui: "antiga magia de mim vai se lembrar". E as pessoas que operavam o elevado tinham escrito "LinhaMágica" em seus coletes.

Ela parou para observar as águas.

— Você pode achar que estou ficando louca. É só que... sempre achei que existia um lugar como esse. Algo *mais*. Mágico, emocionante, diferente.

Erec balançou a cabeça.

— Eu costumava me sentir assim. Minha mãe via magia em todo lugar. Era como um jogo. Mas foi ficando ridículo, porque eu cresci e ela não parava de jogar.

Sua mãe ainda o tratava como um bebê mesmo depois de grande, até cantava uma canção de ninar horrível, uma fonte sem fim de constrangimento.

— Comigo era o contrário. Meu tio não admitia para mim que algo era fora do comum, mesmo quando estava bem na minha frente.

Eles olharam para a imensidão azul que estava abaixo deles, tão cheia de vida e mistério. Nuvens baixas passavam por seus rostos como uma brisa fresca. Por várias horas mais eles voaram sobre aquela suntuosa terra com grandes colinas, pontuadas por fazendas e vilarejos, cidades e florestas.

— Para onde será que a gente está indo? — perguntou Bethany. — Dando uma volta ao mundo?

— Por 30 dólares?

Eles passaram por mais água e lindas paisagens no campo. O sol aquecia o ar ao redor deles, e Erec tirou seu capuz. Uma montanha altíssima apareceu logo à frente, rostos de pedra e cumes de montanhas adentrando as nuvens. Eles planaram suavemente através dos picos. Havia várias cascatas próximas. Águias voavam ao redor do teleférico. Mais abaixo nas montanhas, uma abóbada dourada e brilhante cobria um enorme platô, ocultado por picos afiados. Embora fosse enorme, era difícil de ver, entrando e saindo do campo de visão conforme o sol ia refletindo sua luz.

Ao se aproximarem da abóbada, Erec sentiu a névoa tocar em seu rosto. Eles pararam na plataforma de uma estação. Um homem jovem e alto os soltou do cinto com um sorriso.

— Boa sorte nos torneios.

Erec puxou do bolso a foto de sua mãe.

— Você a viu?

Ele balançou a cabeça negativamente.

— Mas eu vejo muitas pessoas para ter certeza. A maioria usa a Artéria.

Erec sentiu um aperto por dentro quando andou pela estação de Alypium, e seus lábios se curvaram para baixo. Aquele ar triste e pesado da estação F estava aqui também. Esta estação parecia uma versão menor da F, cheia de gente voando e portas desaparecendo.

Bethany caminhou até um guichê de passagem. Um homem careca atrás da mesa apertou seus olhos em direção a ela.

— Indo a algum lugar? Parecccccccce que ninguém maissssss está indo. Eles estão apenas chegando.

— Quanto custam as passagens para Nova York?

— Nova York?

O homem levantou um pedaço de pele do lugar onde deveriam estar suas sobrancelhas.

— Massss isssso é na Terra de Cima. — Seus olhos se estreitaram. — Ahhhhh. Esssstranhos. Que interessssantes.

— Quanto é?

— Você não pode *ir* para a Terra de Cima. Issso não é permitido. Você conhece as regrasss.

O homem começou a balançar de um lado para o outro.

— Bem, então quanto é para aquela estação abaixo da Grande Central?

— Você quer dizer a F? Esssse é um nome muito bom. Muito melhor que ssseu antigo nome, o "Coração". Para voltar, o preço sssseria de trêsss sssssshires de prata.

Seu torso balançou como se ele estivesse prestes a atacar.

— Quanto dá isso em dólares? — perguntou Bethany.

— Dólaresss americanosss? Massss é claro. — Um sorriso serpenteou pelo rosto do homem. — Trinta dólaresss cada.

Erec notou que ele não tinha braços.

— Masss quais são seusss nomesss?

O sujeito sem braços estava sibilando e balançando tão freneticamente que Erec e Bethany se afastaram um pouco.

Erec cochichou:

— O que a gente vai fazer?

— Eu falei para você. — Ela deu 30 dólares a Erec. — Não quero voltar.

Erec não queria pegar o dinheiro.

— Você já ajudou bastante.

— Não.

Bethany apertou o dinheiro, dobrou e colocou no bolso dele.

— Não se preocupe. Estou ótima. Nunca tive um dia como este na minha vida. Só de comparar com a vida de escrava que eu levava lá em cima...

Erec colocou as três notas de dez dólares numa máquina e pegou de volta três moedas de prata, com uma coroa de um lado e uma rainha do outro. Bethany colocou os oito dólares que restavam e recebeu oito notas de papel, que traziam impressa a palavra "Nota". A menina virou uma delas e engasgou. No verso havia uma foto dela de quando era pequenininha, já trabalhando duro na banca de seu tio. Erec pegou uma Nota, e apareceu uma foto dele junto com alguns amigos em sua antiga escola.

Bethany apontou.

— Olhe.

O menino alto e loiro e o outro mais baixo e ruivo da Estação F estavam passando. Erec puxou a jaqueta lustrosa de seu bolso e correu para alcançá-los.

— Você esqueceu isso na estação.

O garoto ruivo puxou a roupa.

— Você roubou?

— Acho que não, seu bocó — disse o menino loiro —, já que ele está devolvendo para você. — Então, ele se afastou, chocado. — Oscar, olha para esses caras.

Ele dobrou os dedos e fez um P em sua testa.

Um sorriso malicioso se espalhou pelo rosto de Oscar.

— Perdedores! Pensei que eles não deixassem perdedores entrarem aqui! Qual é? Perdedores estão vindo para os torneios agora?

O garoto loiro olhava fixamente.

Insultada, Bethany puxou a jaqueta de volta.

— Ele não acabou de devolver isso para você?

— Me dê isso! — gritou Oscar. — Não é nossa culpa se vocês são perdedores.

Ele tentou pegar a jaqueta de novo, mas Bethany puxou de volta.

— Viu, Jack? Meu pai disse que tinha um motivo para eles serem perdedores.

— Meus pais falaram que eles deveriam ser tratados com o devido respeito. — Jack olhou para eles, franzindo a testa. — Acho que eles não gostam de ser chamados de perdedores.

— Não brinca? — disse Erec. — Talvez vocês dois não gostem de ser chamados de babacas estúpidos.

Oscar começou a avançar sobre Erec, mas Jack o conteve, rindo.

— Por favor, não fique ofendido. Nos desculpe, sério. Nós só não sabemos de que outro jeito podemos chamar vocês.

Oscar ficou rindo.

— É, com esses Ps bem grandões na testa.

— Digam o que quiserem de mim — Erec os avisou. — Mas se eu ouvir outra palavra sobre Bethany, vão se arrepender do dia em que nasceram.

Ele sabia que poderia fugir, mas lutar era automático após anos defendendo Nell, com seu andador, e Trevor, que era muito lento.

Bethany viu como ele estava bravo.

— Vamos, Erec. Esses caras não valem a pena.

Ela o puxou, deixando Oscar rindo.

Jack os alcançou, correndo, com o rosto branco.

— Por favor. Não vão. Desculpe, mesmo.

Erec olhou para ele sem acreditar. O nariz de Bethany estava empinado, e seu rosto, vermelho.

— Olhem — disse Jack. — É certo que vocês não são daqui, certo?

— É, eu acho.

— Quero realmente ajudar vocês a se... enturmarem. Sou Jack Hare, e este é Oscar Felix. A gente tem certeza que vocês são... lá de cima. — Jack apontou seu polegar para o alto. — São de onde as pessoas se esqueceram da magia. Vocês sobressaem aqui.

Erec estava confuso. Claro, algumas pessoas se vestiam de forma um pouco estranha, mas Jack, por sua vez, usava shorts e uma camiseta.

O queixo de Bethany tremeu enquanto ela olhava para seu vestido todo remendado.

— Tudo bem, Erec. Ele está falando de mim. Nunca vou ficar bem em lugar nenhum com esses trapos velhos.

— Não — disse Jack. — Não é a roupa de vocês. Vocês têm a letra P marcada em suas testas. É um feitiço que existe na sua espécie desde que o presidente Inkle criou a Lei de Identificação de Perdedores. Muita gente acha que foi uma grande ideia, mas meus pais dizem que isso não é certo. Todo mundo deveria ter privacidade, até as pessoas lá em cima.

Ele apontou o polegar para o alto novamente.

— Seu burro — disse Oscar. — Não é “lá em cima”. Não estamos mais na Aorth. Estamos em Alypium. De onde a gente está, todo mundo vive embaixo. — Ele apontou seu polegar para baixo com nojo. — Quero saber como eles entraram aqui.

Jack e Oscar tinham ambos peles muito pálidas. Jack olhou para Erec com interesse.

— Seus olhos têm cores diferentes. Isso é normal de onde vocês vêm?

Erec balançou a cabeça negativamente.

— Tenho um olho de vidro. — Ele deu uma pausa. — Meu nome é Erec Rex.

Oscar deu risada.

— Que nome engraçado.

— Deixe-o em paz — disse Jack. — Você tem o mesmo nome do seu pai, o que é engraçado conhecendo vocês dois.

Erec olhou bem de perto a testa de Bethany.

— Como é que eu não consigo ver o P?

— Acho que só os Guardiões conseguem ver — disse Jack.

— Guardiões? — perguntou Erec.

Bethany disse lentamente:

— Eles são os Guardiões, e nós, os Perdedores.

Jack assentiu.

— Os Guardiões da magia e os Perdedores da magia.

Bethany e Erec olharam um para o outro. Por fim ela riu.

— Bem, se esse lugar é realmente mágico, então nós *somos* perdedores por estarmos de fora aqui.

Erec perguntou:

— O que você quer dizer com termos esquecido da magia? Nós nunca tivemos contato com isso.

— A gente aprendeu em História que os perdedores esqueceram a magia há quinhentos anos.

— *Fizeram* com que vocês esquecessem — disse Oscar. — Porque vocês estavam se matando.

— Fique quieto, Oscar — disse Jack. — Vou ligar para o celular do meu pai e ver se ele sabe de um jeito para a gente se livrar desses Ps.

— O *meu* pai diria para mandá-los de volta — disse Oscar.

— Tirando o fato de que seu pai nunca está em casa — disse Jack. — Então, corta essa.

Ele esticou um dedo, balançou e colocou no ouvido. Então falou baixinho para o dedo e colocou de volta no ouvido.

Quando terminou, Bethany pediu para ver o telefone.

— Não dá para ver sem um microscópio — disse Jack. — Vocês não usam celulares lá na Terra de Cima?

— Humm, sim — disse Erec. — Mas são um pouquinho maiores.

Jack olhou estranhamente para ele.

— Meu pai disse para colocarmos logo chapéus em vocês. Os Ps devem sumir quando vocês se adaptarem. Vamos tirar vocês daqui, para o caso de alguém mais ter notado.

Oscar parecia assustado.

— Você está escondendo eles? Eles nem deveriam *estar* aqui para os torneios. E se eles ganharem?

— Então era porque era para ser — disse Jack. — Vamos pegar nossas bolsas.

— Para que são os torneios? — perguntou Bethany. — Eles dão prêmios?

— Vocês não sabem dos torneios? — Jack parecia espantado. — Pensei que era por isso que vocês estavam aqui.

Erec balançou a cabeça.

— Estou procurando a minha mãe.

Ele mostrou a foto dela a Jack e Oscar. Olhar para ela o deixou com o coração na mão. E se ele nunca mais visse sua família de novo? E se sua mãe estivesse perdida para sempre? Ele nunca deveria ter chegado até aqui sem saber para onde estava indo.

A esteira de bagagem estava lotada de malas e baús. Jack chamou:

— Vamos, rapaz.

Uma grande mochila se curvava e se contorcia em uma prateleira até que caiu no chão e correu depressa como uma gigantesca taturana em direção a Jack. Um homem uniformizado indicou a ela o caminho certo, dando tapinhas na parte de trás da mochila.

Oscar assobiou e duas malas azuis se inclinaram em suas rodinhas e se apressaram em direção a ele. A mochila girou aos pés de Jack enquanto ele vagarosamente coçava a barriga dela — se é que uma mochila tem barriga — antes de abri-la e encontrar um boné do time de Bola-Mola Super A.

Ele deu o boné a Erec.

— Coloque isso bem para baixo para cobrir o P.

Oscar parecia irritado, mas encontrou um boné do time Super A de Bola-Mola e jogou para Bethany.

O boné caiu no chão. Bethany ficou boquiaberta ao ver as malas de Oscar pulando nele como filhotinhos brincalhões.

— É isso — disse ela. — Isso tudo é um grande sonho. Acho que agora eu vou acordar.

Erec riu e entregou o boné para Bethany. Então foi aqui que a mãe dele encontrou aquela escova de dentes e as outras coisas que eles tinham em casa. Ele imaginou o motivo pelo qual tinham de manter tudo em segredo. Todo mundo iria querer saber sobre este lugar.

— É real. Eu já vi coisas iguais a essas antes, mas não malas que andam sobre suas próprias rodas.

Oscar levantou as sobrancelhas.

— Achei que todo mundo tinha malas com rodas. Elas são muito menos incômodas.

— Onde vocês conseguem essas coisas? — perguntou Erec.

— Vulcan. — Jack deu de ombros. — As lojas Vulcan estão em todo lugar, só que são difíceis de achar quando você precisa de verdade. Às vezes elas vagam pelas terras do além e aparecem anos depois. É mais fácil localizá-las online.

— Minha mãe comprou nosso cabideiro na Vulcan online — disse Erec.

Oscar pareceu confuso.

— Vocês têm computador na Terra de Cima, mas não têm malas com rodas?

Erec disse para Bethany:

— Encontramos... aquele algo a mais que você falou. Você sabia que estava por aí em algum lugar, certo? Bem, aqui está.

Por toda a estação as pessoas andavam com malas e bolsas. Só agora Erec percebera que ninguém usava as mãos para puxá-las.

— Por que você chama isso de roupa de baixo? — perguntou Bethany, apontando para a jaqueta de Oscar.

— Aorth é muito quente porque fica debaixo da terra — disse Jack. — Então, as "roupas de baixo" mantêm o calor a distância.

— Você está dizendo que todas aquelas lojas de roupas de baixo na estação F vendiam roupas para serem usadas em Aorth? — Erec riu. — Mas para que servem os torneios?

— Ah, você sabe, para escolher os próximos três reis ou rainhas.

— Reis ou rainhas do quê? — perguntou Bethany.

Jack olhou de esguelha para eles.

— Vocês não sabem nada sobre os Reinos dos Guardiões?

— Os o quê? — Erec balançou a cabeça.

Jack suspirou.

— O rei Piter de Alypium, o rei Pluto de Aorth e a rainha Posey de Ashona são trigêmeos. Eles governaram por 500 anos... todo o tempo em que os reinos estiveram por aqui. Bea Cleary, uma grande vidente de então, disse que eles eram os governantes de direito dias antes de terem nascido. O rei Piter tinha de ter trigêmeos, e assim eles seriam os próximos governantes. E ele teve, mas eles morreram quando eram bem novinhos. Sua mulher, rainha Hesti, morreu mais tarde naquela mesma manhã: ela, literalmente, ferveu de raiva. Não tinha sobrado nada, exceto sua coroa e uma mancha fumegante no chão. Foi muito triste. E agora não tem mais ninguém para subir ao trono. Os reis e rainhas estão cansados de governar, e o rei Piter está muito doente. Alguém decidiu realizar torneios para encontrar novos governantes que ocupem seus lugares. O legal é que qualquer um pode ser o próximo rei. Alguém pobre, simples, genuíno.

— Estúpido, ruim ou rico — acrescentou Oscar.

— Amanhã é a grande assembleia, e então os torneios começam no dia seguinte. Vocês vão ao castelo?

Erec não fazia ideia de onde encontrar sua mãe, e o castelo parecia ser um bom lugar para tentar. De qualquer forma, poderia ser ótimo para fazer uma refeição e bolar algum plano. Bonés na cabeça, Erec e Bethany seguiram Jack, Oscar e as bagagens deles para um ponto de ônibus.

— Vocês têm ônibus na Terra de Cima? — perguntou Oscar.

Era quase noite. Erec lembrou-se de seus irmãos e irmãs. Eles deveriam estar preocupados. Além disso, quem sabe sua mãe já estivesse em casa a essa hora. Ele pediu para usar o celular de Jack, que deu risada.

— Usar o meu? Essa é boa. Você não tem um? Eles fizeram alguma besteira quando você nasceu? — Ele falou em direção ao seu dedo, ouviu e então enfiou as mãos nos bolsos. — Tem uma proibição nas ligações para a Terra de Cima. — Vendo o desapontamento de Erec, Jack acrescentou: — Talvez você consiga lá no castelo.

Os sete, incluindo a mochila e as malas, subiram a estrada de uma montanha íngreme cujo topo sumia entre as nuvens. O anoitecer era frio. Erec teve a mesma sensação de desespero que havia experimentado na atmosfera das estações F e Alypium.

Montanhas pontudas se sobrepunham aos enormes pinheiros. A abóbada dourada pela qual eles passaram voando parecia invisível do lado de dentro. Aqui e ali, casas se espalhavam e lojas com janelas de madeira e pintura descascada compunham o cenário.

Jack olhou em volta.

— Não se parece nada com Aorth.

— Ouvi que há fantasmas no porão do castelo — disse Oscar. — E também tem quartos que prendem você, e passagens secretas.

— Vocês estão sentindo isso também? A sensação de algo terrível no ar? — perguntou Erec. — É como se o mundo estivesse para acabar.

— E é como se ele soubesse disso e estivesse assustado e bravo — completou Bethany.

Jack olhou para ele.

— Você deve estar sentindo a mudança. Quando as pessoas costumavam ir da Terra de Cima para os Reinos dos Guardiões, elas podiam sentir os problemas na Substância. Ouvi que elas ficavam deprimidas, a menos que trouxessem uma bolsa de ar da Terra de Cima e se adaptassem aqui bem devagar. Depois de algumas horas vocês não devem perceber mais nada.

— A Substância? — Bethany olhou para Jack de esguelha. — Que coisa é essa?

Ele virou os olhos, suspirando.

— Vocês não sabem de nada mesmo, não? É a energia que preenche o mundo, o que mantém toda a magia. — Ele balançou a cabeça em direção a Oscar, estupefato. — A Substância flui pela Terra, através dos Aitherplanos.

— Mas não temos a Substância e esses Aither... sei lá o quê na Terra de Cima — disse Erec.

— Têm sim, mas não podem usar para magia.

Erec imaginou como Jack sabia sobre a Terra de Cima se nunca esteve lá.

— Então elas não fazem nada de bom pra gente?

— Vocês precisam delas para viver.

— Mas onde eu moro não existe esse sentimento estranho daqui.

— A Substância é mais acumulada aqui. A gente sabe que é um problema, mas ninguém sabe por que ou como consertar isso.

— Então — disse, Bethany franzindo a testa — quando nos acostumarmos, isso vai parecer normal?

— Geralmente, sim. Você ainda vai sentir isso uma vez ou outra. Vai sentir que a Substância está errada e tentando se consertar, mas sem conseguir. A gente sabe que isso ainda está acontecendo, mas tentamos esquecer.

Um ônibus azul brilhante esperava no ponto. As bagagens de Jack e Oscar correram para um trailer, e o grupo subiu a bordo. A roupa e a pele do motorista brilhavam numa cor prata forte. Quanto mais Erec olhava para ele, mais difícil era enxergá-lo, como se ele fosse feito apenas de luz. Mas quando Erec se virou, voltou ao normal. O motorista olhou no espelho retrovisor e ajeitou o cabelo prateado.

Bethany cutucou Erec e usou duas Notas para pagar a passagem dos dois. Quando ela viu o motorista, soltou um guincho e pulou para trás, em direção a Jack. O motorista a fitou enquanto ela se apressava para dentro. Os quatro se jogaram sobre um dos dois bancos da frente.

— O que *é* esse cara? — perguntou Bethany.

— Um fantasma prateado — disse Jack, dando de ombros.

— Um fantasma de verdade?

Oscar franziu a testa.

— Vocês não têm fantasmas na Terra de Cima?

— Não. É seguro ficar perto deles?

— Geralmente — disse Jack. — Mas você não pode confiar neles. Os fantasmas ficam mais na deles, não gostam muito de humanos também.

— Fantasmas prateados? Há de outras cores também? — perguntou Erec.

— Claro — disse Jack. — Fantasmas dourados são ótimos, se você conseguir encontrar um. Mas você não vai querer esbarrar com um de bronze. E existem ainda os fantasmas humanos, que ficam na Terra depois que morrem. Eles parecem muito com pessoas normais.

Dois meninos idênticos, quase da mesma idade de Erec, com cabelos pretos bagunçados pelo vento, pele pálida e olhos muito azuis estavam reclamando com o motorista do ônibus. Eles vestiam mantos azuis longos, e um deles tinha um chapéu cinza meio caído.

— Eu não ligo. — O menino tinha uma voz petulante. — Talvez isso ajude. — Ele deu ao fantasma algo que brilhava através de sua mão prateada.

O motorista ficou parado, apontando para Erec, seus amigos e as pessoas no banco do outro lado.

— Vão para o fundo. Agora.

Eles gelaram ao ouvir a ordem.

— Agora!

O fantasma gritou tão alto que os ouvidos de Erec ficaram ressoando. Oscar ficou parado, seguido por Jack e pelos garotos no outro banco. Obviamente os meninos mimados tinham comprado o motorista. Isso irritou muito Erec.

Jack ergueu as sobrancelhas.

— Vamos, Erec. Você tem que se levantar.

O fantasma resmungou:

— Última chance.

Bethany se afastou. Os meninos idênticos deram risada.

Erec cruzou os braços. Ele sabia que tinha de se levantar. Lidar com um fantasma poderia ser perigoso. Mas esses garotos risonhos e ricos que mandaram todos os demais para o fundo do ônibus acenderam uma chama em Erec.

— Você não pode ficar mandando na gente.

— Ah, eu posso sim. — O braço do fantasma se transformou numa pá prateada gigantesca. Ele a balançou rapidamente em direção a Erec.

Erec encolheu-se por causa do susto, esperando ser arremessado pela porta. Nada aconteceu. O fantasma parecia chocado. Ele investiu novamente, e seu braço parou a centímetros de distância do corpo de Erec.

Era como se uma carapaça o estivesse protegendo. O fantasma tentou espetar Erec, mas não conseguia tocá-lo.

Os passageiros viram tudo. Erec olhou para si mesmo, não sabendo direito o que havia acontecido.

CAPÍTULO 5

Os óculos da visão

O fantasma riu zombeteiramente.

— Algo o está protegendo. Talvez sejam esses óculos. — Ele marchou de volta para o banco do motorista. Os meninos idênticos sentaram-se cada um de um lado de Erec, olhando avidamente para os óculos enquanto o ônibus dava a partida.

— Sou Balor Stain — disse um dos meninos —, e este é Damon. Você pode nos diferenciar porque eu tenho isso. — Balor apontou para um apito de bronze em seu pescoço. — E Damon sempre usa um chapéu ridículo. Quanto você quer por eles? — Ele tocou os óculos.

— Tire as mãos. Vou chamar meus amigos para cá.

— Não vai, não — disse Damon. Ele falou bem mais baixo do que Balor e empurrou com força o ombro de Erec.

— Você não pode — Balor sorriu. — Não é permitido que eles fiquem em pé quando o ônibus está andando. De todo modo, nos desculpe, certo, Damon? Foi odioso de nossa parte querer um banco inteiro para nos esticar. Sério, só estamos cansados. Ficamos acordados até tarde fazendo as malas, e aí viajamos o dia todo. Achamos que ia ser legal vir de teleférico e de ônibus como todo mundo.

Erec olhou bravo, de braços cruzados.

— Você ainda está bravo. Vamos compensar isso tudo, prometo. Festão com pizza no castelo, por nossa conta.

O rosto de Damon mudou e abriu um sorriso.

— Pizzaaaa. — Ele cantou: — Damon tem uma pizzazinha-nha que eu vou-vou-vou comêr-êr-êr... — mais ou menos no ritmo de "Atirei o pau no gato".

— Vocês são gêmeos?

— Trigêmeos. Nosso irmão Dollick não sai muito.

A velocidade do ônibus diminuiu. Uma grande parede de nuvens bloqueava a rua, se estendendo por uns 15 metros. A neblina cobria tudo, se erguendo como um forte. Um ônibus logo à frente deles desapareceu por uma entrada.

Balor sorriu.

— Ahh, a Cidadela das Nuvens ao redor de Alypium.

— Nós não estávamos em Alypium?

— Não. Aqueles eram os Arredores.

Uma forte luz verde brilhou sob as nuvens, e um pequeno vão se abriu. O ônibus passou por um longo e escuro túnel e então irrompeu em meio a um pôr do sol com nuances amarelas e rosadas. Ruas tortuosas se alongavam por lagos, árvores, casas e parques perfeitamente conservados. Alamedas estreitas com placas tortas pareciam até saídas de um conto de fadas.

No centro do vilarejo, uma mansão imponente com lindos jardins se projetava sobre casas e lojas.

— O que é isso? — apontou Erec.

— A Casa Verde. E onde o presidente Washington Inkle mora.

Lojas e teatros foram espremidos em um pequeno platô na colina. Eles estavam à sombra de uma enorme e estranha construção que se estendia sobre muitos blocos, em todas as direções. Era tão alta quanto ampla. Uma de suas laterais subia reta como um arranha-céu. Tubos compridos e irregulares de tijolos e cones dourados projetavam-se do outro lado, formando listras que brilhavam em suaves nuances de tom pastel. Janelas amplas e baixas davam à construção um visual ultramoderno. O lugar cintilava com a luz do sol como um lindo e gigantesco pente.

As portas subiam pela lateral estreita do prédio alto, não apenas levando ao ar rarefeito, mas também para o espaço aberto. Na verdade, conforme Erec ia olhando com mais atenção, a construção começou a parecer mais e mais com um castelo deitado sobre sua lateral.

— Esse é o castelo do rei Piter?

Balor olhou entediado.

— Claro. O famoso.

— É para parecer que está de lado?

— Não, na verdade não. Mas está mesmo de lado. O rei Piter está doente, velho e confuso. Ele não é mais capaz de deixar o castelo de pé.

— O quê?

— Ele resmungou um feitiço por acidente um dia, quase dez anos atrás, e o castelo ficou de lado. Ninguém mais tem o poder de corrigi-lo, e o rei Piter também não está mais em condição de fazer isso. Ele realmente deixou o lugar à sua própria sorte.

Erec franziu a testa.

— Vocês precisam de escadas para ir de um quarto para o outro?

— Não. O rei Pluto rearranjou a gravidade do lugar. É meio traiçoeiro para entrar e sair, mas quando se está lá dentro tudo parece normal.

— Geralmente — riu Damon.

Balor sorriu.

— De vez em quando um livro despenca da mesa ou alguém cai. Há alguns quartos que não ficam sob o feitiço da gravidade. Se você vai até eles, cai na parede. — Ele olhou para trás. — Não conte isso para os novos garotos. Damon e eu queremos fazer com que alguns deles entrem ali para verem o que acontece. — Damon e Balor caíram na gargalhada. — E seria mais legal ainda se alguém passasse pela porta errada e acabasse em pleno ar — riu Balor.

Erec estremeceu diante da ideia.

— Muito engraçado. — Esses dois eram mais do que pareciam. — O que são aqueles bichos? — Erec apontou para as criaturas negras voando sobre os cones na lateral do castelo. — Morcegos?

— Não — disse Balor. — Morcegos saem mais tarde. Aquelas são gárgulas.

O ônibus parou em frente aos seis monstros gigantescos de pedra que sentavam ao lado do palácio. Balor e Damon se levantaram e saíram. Erec esperou Bethany, Jack e Oscar.

— Como conseguiu fazer aquilo com o fantasma? Mantendo-o longe de você? — perguntou Oscar. Erec ergueu os ombros. Oscar deu uma olhada nos óculos da mãe de Erec antes de ir chamar suas malas do trailer.

Um jovem ansioso, com cabelos loiros, olhos verdes e um sorriso largo acenou e soprou um apito. Ele vestia uma capa azul brilhante com uma grande estrela branca.

— Por aqui, pessoal, futuros reis e rainhas. Peguem suas bolsas e vamos entrando. Sou Spartacus Kilroy, um dos Consevidentes do rei Piter. Peguem um quarto aberto nos dormitórios temporários e marquem o número do quarto no meu livro. — Ele andou para cá e para lá, esfregando as mãos juntas. — Isso é tão empolgante.

A ala dos dormitórios estava logo acima, com as portas no chão. Era anexada à base plana do castelo.

— Estou morrendo de fome — cochichou Erec. Se ele pagasse por uma refeição, não poderia bancar a volta para casa.

— Comida e abrigo grátis para os competidores — disse Jack. — Quer dividir beliche com a gente?

Oscar fez uma careta.

— Tudo bem — disse Erec. — Mas só por esta noite.

Para o dia seguinte ele planejou explorar Alypium para encontrar sua mãe e voltar caso não conseguisse.

Cada quarto tinha dois conjuntos de beliches. Jack, Oscar e Erec assinaram seus nomes no livro de Spartacus Kilroy e pegaram o quarto 323. Quando Jack e Oscar saíram para procurar o refeitório, Erec estatelou-se na cama, exausto. Garotos saíam desabalados pelos corredores, rindo e fazendo barulho. A tristeza no ar parecia fazer menos pressão agora, mas Erec ainda podia senti-la.

Ele tirou os óculos do pescoço. Por que o motorista de ônibus achava que eles o tinham protegido? Curioso, Erec experimentou os óculos rapidamente.

Em um segundo o quarto ficou menor e mais apertado. Mais confuso ainda, parecia agora que Erec estava sentado numa cadeira e não mais na cama. Eram os óculos. Eles o estavam fazendo ver coisas estranhas. Erec os tirou rapidamente assim que percebeu uma mulher no quarto com ele.

Ele estava de volta ao quarto de dormir. Erec gelou com a imagem que ficou em sua mente. A mulher, estranhamente, parecia com sua mãe.

Ele colocou os óculos de volta. Novamente ele estava no quarto pequeno e apertado. Com sua mãe. Que estava tricotando. Ela não o notou.

— Mamãe?

Assustada, June O'Hara deixou cair seu tricô. Ela olhou desesperadamente ao redor, diretamente para Erec.

— Quem está aí?

— Sou eu. Estou bem aqui.

Erec olhou para baixo e viu somente a cadeira debaixo dele. Ele pulou quando percebeu que não conseguia enxergar a si próprio.

June olhou em volta, preocupada.

— Cadê você?

— Estou aqui. No quarto. Na cadeira ao lado do sofá. Não consigo me ver.

Ela olhou de novo, nervosamente.

— Como você chegou aqui? — disse ela bem ressabiada.

Erec imaginou por que ela não estava mais feliz em vê-lo (ou em não vê-lo).

— Não sei. Eu só coloquei seus óculos e, de repente, eu estava aqui.

O rosto de June ficou vermelho, acompanhado de um grande sorriso.

— Isso! — Ela socou o ar e caiu, rindo, na cama. — Graças a Deus. É você. Erec, isso é fantástico. Você foi um garoto muito esperto ao encontrar meus Óculos da Visão. Eu tinha rezado para que um de vocês os achasse. Que alívio. Você está bem? Onde você está?

— Estou bem. Estou aqui, com você.

June sorriu.

— Não, querido. Quando coloca os óculos você pode me ver, mas não está aqui de verdade. Qualquer um que olhe você poderia jurar que está falando sozinho. Você está em casa?

— Não, eu fui procurar você esta manhã. Tive um pensamento sombrio. Agora estou num lugar chamado Alypium. Cheguei aqui vindo da Grande Estação Central. Mamãe, as pessoas estavam *voando*. Achei que nunca fosse encontrar você.

June parecia atônita.

— Você está em Alypium? — murmurou ela. — Não acredito nisso.

Erec olhou para o pequeno e confortável quarto.

— Que lugar é esse?

June se virou para o lado em que ele deveria estar.

— Erec, não quero que fique nervoso, mas você tem que saber. Eu fui... capturada. Presa por pessoas que evitei por muito tempo. Eu estou *bem*. Eles não podem me ferir, mas temo que possam me manter aqui. Estou com medo. Estou numa masmorra, a masmorra de Pluto.

Ela movimentava seu braço pelo pequeno quarto limpo.

— Pensei que se ficássemos nos mudando, conseguiríamos nos esconder, mas foi muito difícil quando tomaram nosso dinheiro. O mais engraçado é que, agora que eles me pegaram, parece que nem sabem quem eu sou. Eles sabem apenas que eu morei em Alypium dez anos atrás e que tive gêmeos. Não se preocupe — acrescentou ela. — Vou achar um jeito de sair daqui.

Erec estava chocado.

— O quê? Você *morou* em Alypium?

June suspirou.

— Sim. Eu morei aí e foi onde você nasceu. Agora o destino o trouxe de volta. Graças a Deus você está bem.

A cabeça de Erec estava girando. Talvez isso tudo fosse apenas um sonho.

— Você está me dizendo que eu *vim* deste lugar? Por que partimos daqui?

— Ficou perigoso. — Ela se inclinou para a frente ansiosa. — Os gêmeos estão com você?

— Não.

— Ahn? — June parecia desapontada. — Eles não estão em casa. Minha amiga aqui esteve verificando. Ela encontrou uma babá para Trevor, Nell e Zoey enquanto eu estiver aqui. Estão todos bem.

— A Sra. Smith? Ela é terrível.

— Que Sra. Smith? A babá é Lynette Wool.

— A Sra. Smith era a mulher que estava lá em casa quando eu acordei. Ela não queria me deixar vir. Tive que escapulir de lá.

— Não sei quem é essa — disse June, preocupada. — Lynette está lá agora. É com ela que minha amiga daqui está em contato. Sou sortuda de ter alguém aqui em quem confiar. — Ela suspirou. — Se pelo menos eu soubesse onde estão os gêmeos... Talvez eles tenham vindo atrás de nós.

— Talvez eles estejam em casa agora — Erec olhou ao redor. — Isso não parece uma masmorra.

— Mas é. — June estava triste. — Posso fazer parecer com o que eu quiser.

— É muito simpático da parte de seja lá quem quer que tenha capturado você.

— Na verdade, não. — June examinou as unhas. — Eles é que não podem me deter.

— Não estou entendendo.

June hesitou.

— Eu conheço magia, Erec. É por isso que não posso ser machucada, e posso fazer minha cela parecer com isso. — Ela passou os dedos sobre a mesa, murmurando baixinho. Uma caixa de chocolate ao leite surgiu, e June começou a comer.

Erec engasgou. Isso não poderia ser real.

— Faça isso de novo.

June encolheu os ombros e outra caixa de chocolate amargo apareceu dentro do quarto. Erec ficou feito bobo. Nada mais parecia certo. Ele estava em Alypium e vendo sua mãe numa masmorra através de óculos mágicos. Isso tinha que ser um sonho.

— Erec? Você está bem? — perguntou June. — Pensei que com seu despertador e escova de dentes mágicos, isso tudo não o surpreenderia muito.

— Ah, claro. Eu cresci com essas coisas. Estou acostumado com elas. Mas você... por que não me *contou*? E onde conseguiu esses óculos?

June sorriu.

— Um velho amigo os fez para mim. Eles deixam você ver a pessoa de que sente mais saudade. Não conte a ninguém sobre seus poderes, Erec. Mantenha-os num lugar seguro e não deixe ninguém vê-lo usando-os. Desculpe não ter contado antes. Não era a hora certa.

Erec ouviu passos abafados e uma chave sendo colocada na tranca.

— Tem alguém vindo. — Ele não queria tirar os óculos.

— Erec, se você está bem, talvez deva ficar em Alypium por enquanto. Talvez possa me ajudar a fugir daqui. Mas não conte a *ninguém* quem você é. Agora tire os óculos antes que alguém o veja, mas mantenha a corrente no pescoço. Só os coloque novamente quando estiver sozinho. E se vir um guarda aqui me interrogando, não diga uma palavra.

— Não posso ficar com você?

— Você não está aqui de verdade. Vá antes que alguém aí o veja.

Erec tirou os Óculos da Visão. Oscar parou na frente dele, com o queixo caído.

— Você está bem?

— Ahn, sim. — Os pensamentos voavam a toda velocidade pelo cérebro confuso de Erec. Sua mãe conhecia magia? Ela era uma refém? Ele nasceu em Alypium?

Oscar parou na frente dele com os olhos apertados.

— Com quem você estava falando?

— Eu só estava... sonhando acordado.

Oscar apontou o dedo para os óculos.

— Eles *são* mágicos. Como o motorista do ônibus disse. Eu tinha certeza de que eram importantes. Posso vê-los?

Oscar tentou tirar os óculos da cabeça de Erec, mas eles pararam na altura de seu queixo. Não importava a força com que puxasse, eles não saíam do lugar.

— Eles não têm nada de especial. Sério — disse Erec.

Oscar franziu o cenho.

— Que seja. — Ele pegou uma jaqueta e saiu do quarto.

Erec encontrou Bethany, Jack e Oscar no refeitório.

— Devo ficar em Alypium um tempo a mais — disse Erec.

Bethany sorriu.

— Ótimo — disse Jack. — Vai poder participar dos torneios.

Oscar apertou os olhos.

— Você não estava procurando sua mãe?

Erec deu de ombros.

— Ela provavelmente está bem. Vou telefonar para ela amanhã.

Uma grande mesa estava cheia de frutas e grãos que Erec nunca tinha visto antes. Purês frios de pimentão vermelho e sopa de cenoura ao lado de iguarias exóticas. Tigelas multicoloridas de um arroz pastoso cobriam outra mesa.

— O que é isso? — perguntou Erec a um menino que colocava um pouco em seu prato.

— Pão de nuvem. Tem de espinafre, milho, morango, abóbora e puro.

O garoto mexeu o nariz.

— Onde está o bife? — Erec ficou com enjoo ao olhar para aquele grude colorido. Por um momento temeu estar tendo outro pensamento sombrio.

Bethany chamou do outro lado do refeitório.

— Ei, Erec. A comida de verdade está ali no canto. — Ela apontou para uma mesa lotada de hambúrgueres, pizza e bolinhos.

Uma mulher alta e magra, com um nariz e olhos bem afiados e cabelos pretos com alguns fios grisalhos presos num coque, apareceu com uma bandeja de sushi.

— Alguém aqui é de Ashona? Podem se virar com a comida. — Ela gargalhou. — Aorth? Tem carne e pizza para vocês. Nossos bons competidores devem estar ansiosos por sua alimentação local. Vocês vão se acostumar logo à nossa comida. E será muito melhor pra vocês, sabem? É por isso que vivemos tanto tempo.

Ela observou Erec atentamente. Ele olhava a comida com grande avidez.

— Bem, pegue um pouco, então. Sou Hecate Jekyll, chef de cozinha. Estou aqui desde sempre. Digam He-ca-te. Não destruam meu nome. — Ela levou as mãos à cintura.

Oscar apareceu para repetir o prato.

— A gente pode pegar hambúrger aqui o tempo todo?

Hecate Jekyll gargalhou.

— Vou deixar pegar mais um pouco, mas você devia comer as outras coisas. Vai deixá-lo mais forte para os jogos. Não há nada melhor para vocês do que grãos, verduras e nuvem moída. — Ela balançou a cabeça. — Me falem se quiserem algo em particular. Claro, sou muitíssimo ocupada, tenho que cozinhar especialmente para o rei Piter nas horas mais estranhas do dia. Aquele homem segue um horário muito rigoroso. Procurem por mim numa das cozinhas do castelo se precisarem de algo.

Um dos olhos de Hecate Jekyll era castanho claro, e o outro era de um azul brilhante. Erec olhou mais atentamente e viu que o azul era de vidro.

— Ei, você tem um olho de vidro igual ao meu.

Hecate Jekyll riu para si mesma.

— Sou velha como as montanhas, menino. É um milagre eu ainda ter algumas das minhas partes originais.

Jack pegou mais um pouco do pão de nuvem.

— Adoro esse lugar. Você não sabe como é difícil encontrar comida vegetariana decente na Americaorth do Norte. Eu vivo praticamente de batatas fritas.

— Há quanto tempo você é vegetariano? — perguntou Bethany.

— Desde pequeno. A maioria das pessoas tem algum tipo de dom. O meu é falar com os animais. Me envolvi tanto com eles que perdi a vontade de comer carne.

— Qual o seu dom? — perguntou Bethany a Oscar.

— Posso descobrir coisas de valor — disse fitando os óculos de Erec.

— Então essa é a magia que vocês têm e que nós esquecemos?

— Há três tipos de magia. — Jack inclinou-se para a frente, obviamente empolgado para ensinar sobre magia a um Perdedor. — Um tipo é herdado. Nós o chamamos de dom ou, às vezes, maldição. Você recebe por parte de mãe ou pai. Se for sortudo, recebe dos dois. Vem naturalmente. O segundo tipo é magia comprada, como o helipó, que permite você voar. Há também poções, chapéus que melhoram sua memória, sapatos que fazem correr mais rápido ou minha mochila que se move sozinha.

Erec franziu a testa.

— Você está dizendo que meu cabideiro que anda é mágico?

Jack riu do tão pouco que ele sabia.

— O que você achava que era? O terceiro tipo de magia é aprendido. É o jeito mais difícil. Algumas pessoas conseguem fazer, outras não. Se você quiser tentar, tem de ser aprendiz de um feiticeiro. Leva anos.

Erec ergueu seu chapéu para coçar a testa, tentando digerir toda aquela informação.

— Ei — murmurou Jack — seu P está mais fraco. Já está sumindo.

Erec sorriu.

Depois de comer, o peso do ar — ou a Substância, ou o que quer que fosse — parecia ter sumido. Ou pelo menos estava bem longe, como uma criança chorando numa esquina distante e que poderia ser facilmente ignorada.

A exaustão tomou conta de Erec quando voltou ao seu pequeno quarto. Ele deixou a corrente dos óculos no pescoço, deitou-se e caiu em um sono profundo.

Os olhos de Erec se abriram no meio da escuridão. Ele tinha tremores e suava frio. Era o pesadelo de sempre. Ele estava desamparado, talvez com 3 anos, andando na rua à noite. Não tinha para onde ir. Andava até que estivesse com muito frio e cansado e então se encolhia embaixo de um arbusto.

Seu pai, de quem ele só se lembrava vagamente, e o chefe de seu pai o encontraram no escuro de algum jeito. O chefe chamou o pai de Erec de estúpido. Seu pai murmurou que Erec era inútil, mas o chefe gritou que o menino poderia ser muito útil, e o pai de Erec se ajoelhou e pediu desculpas. O sonho sempre terminava com o chefe dizendo que fariam Erec esquecer de tudo aquilo.

Essa era a parte estranha. Ele obviamente não tinha esquecido. Porque não era apenas seu pesadelo mais recorrente, como também era a única lembrança que Erec tinha de seu pai.

Erec sentiu a escuridão ao seu redor. Ele ficou maravilhado de estar mesmo num quarto em Alypium e não em seu quartinho na lavanderia. Ainda assim, ele queria ter um relógio. Tentou voltar a dormir, mas sua mente girava. Ele realmente viajou pelo oceano? Até um lugar estranho onde a magia era normal... e onde (impossível!) ele tinha *nascido*? Então, sua mãe o teria adotado aqui também. Sim, sua mãe *mágica*. Sua mãe mágica e *sequestrada*. Estava tudo completamente errado.

A mente de Erec o bombardeava com perguntas conforme os minutos lentamente passavam. Os gêmeos estavam bem? Onde ele deveria guardar os óculos à noite? Quem sequestrou sua mãe, e por quê? Os óculos o protegeram do fantasma prateado? Por que sua mãe o levou embora de Alypium quando era pequeno? Ele ganhou seu olho de vidro em Alypium?

June sempre disse que o pai de Erec estava vivo, dando a entender que sua mãe biológica tinha morrido. Talvez ele estivesse aqui em Alypium. Seu coração disparou com esse pensamento. Ele gostaria de encontrar seu pai se tivesse a chance? Sua única memória dele era terrível, e parecia óbvio que seu pai não queria nada com ele; então, provavelmente, não haveria tal encontro.

CAPÍTULO 6

Um castelo de lado

Jack sorriu.

— Ei, esse P na sua testa está ainda mais fraco. Mas eu ainda deixaria o chapéu por hoje. Vamos tomar café.

Erec se espreguiçou. Ele tinha finalmente caído de volta no sono em algum momento da noite passada.

— Vão vocês dois. Encontro vocês lá.

Quando a porta foi fechada, Erec rapidamente a trancou e colocou os Óculos da Visão. Sua mãe estava lendo na cama.

— Mamãe?

June deixou o livro cair.

— Erec? Você me assustou. Tudo bem?

— Estou bem. E você?

— Tudo bem. Os guardas da masmorra estavam aqui ainda agora. Fizeram as mesmas perguntas de ontem de manhã.

— Tenho algumas perguntas. Primeiro de tudo: os óculos. Meu colega de quarto tentou tirá-los de mim, mas não conseguiu. Por que isso? E eles me protegeram do fantasma prateado.

Erec contou a ela sobre a viagem de ônibus.

— Se a corrente está ao redor do seu pescoço — disse June —, ninguém pode tirá-los de você. Não acho que eles tenham conseguido proteger você do fantasma, mas vão proteger seu pescoço, pelo menos, enquanto estiver com eles. Não os tire nunca.

— E se eu esmagá-los quando estiver dormindo?

— Eles são protegidos por um encanto. Um elefante poderia sentar sobre os óculos, e eles não se quebrariam.

— Então por que o fantasma não pôde me ferir?

June pensou por um instante.

— Vamos dizer que *você* está encantado, assim como os óculos.

— Então, um elefante poderia sentar em mim, e eu não seria esmagado?

— Sim! Bem... não. Mas fantasmas não podem machucá-lo. É algo como o passado não conseguir causar mal ao futuro.

June parecia desconfortável. Erec a pressionou.

— Quem me deu o encanto? Meus pais biológicos?

— Pode-se dizer que sim. Está na linhagem da sua família. Erec, há motivos pelos quais eu não lhe contei mais, e não tenho certeza de que este seja o momento para começar.

Erec lutou contra a vontade de discutir com ela. Havia outras coisas que ele queria saber.

— Você trabalhava aqui em Alypium? O que você fazia?

June acenou com a mão para fazê-lo parar.

— Erec, você entende? Não posso entrar nesse tipo de assunto ainda. Isso é o bastante por ora.

— Não, não é. — Ele respirou fundo. — Me diga, meu pai está em Alypium?

June balançou a cabeça com tristeza.

— Erec, não sei como dizer isso. Tente esquecê-lo.

— Por que eu faria isso? — Ele pensou por um instante. — E minha mãe biológica, está morta?

— Erec! — O rosto de June se avermelhou. — Agora *chega*.

Ele esperava apenas um simples sim.

— Ela está morta? Você sempre disse...

— Eu nunca disse *nada* — cortou June rispidamente. — Lembre-se de que os óculos têm de ficar no seu pescoço. Não os use na frente de ninguém.

Erec fez que sim com a cabeça, mesmo sem ela poder vê-lo. Então ela continuou.

— Estive pensando. Você consegue entrar no castelo do rei Piter?

— Estou hospedado aqui. Eles anexaram quartos ao castelo para os torneios.

— Perfeito. — June alisou os lençóis sobre si. — Vou pedir para você fazer uma coisa. Encontre o rei Piter. Você precisa ser extremamente cuidadoso. Espero que ele se lembre de mim. — Ela balançou a cabeça. — Se pelo menos você tivesse uma foto minha...

— Eu tenho. Trouxe uma comigo.

O rosto de June se iluminou.

— Maravilhoso. Mostre a ele minha foto. Conte que estou trancafiada nas masmorras do rei Pluto. Ele vai me tirar daqui. Tenho tido alguns problemas para fazer isso sozinha.

— Isso ainda não parece uma masmorra para mim. — Erec olhou para as cortinas de pano de algodão e para os travesseiros macios.

— Obrigada. — Sorriu June. — De qualquer maneira, estou presa.

— Por que você está na masmorra do rei Pluto?

— O pessoal dele me capturou. Tome muito cuidado com ele, Erec.

— Como eu encontro o rei Piter?

A ideia em si era bem estranha. Ele tinha de pedir um favor para um rei?

June pensou no assunto por um segundo.

— Ele estará na ala oeste. Leve a ele uma romã. Ele adora. Deve deixá-lo de bom humor.

— Uma romã? Onde eu acho uma?

— Em uma das cozinhas. Agora vá. Coma bem, você vai precisar de energia. E encontre uma escova de dentes na cidade. Só porque está num dormitório não quer dizer que não tenha que ter higiene...

— Mamãe! Estou bem. Já que estou por aqui, provavelmente vou entrar no torneio. Vai parecer estranho eu estar aqui e não participar. Você acha que tudo bem?

June considerou a ideia.

— Com sorte você não ficará por muito tempo, mas não vejo que mal possa causar. Talvez o destino tenha colocado você aí por uma razão. Só tente não chamar atenção. — Ela deu uma pausa. — E não conte a ninguém que você é da Terra de Cima. Ou que seu nome é Erec Rex.

— Tarde demais. Qual é o problema? Tem alguém lá fora que quer me pegar?

June tossiu e olhou para o teto.

— Não, não até algumas pessoas descobrirem que você está aí. Vamos ver, Erec... chame a si mesmo de Rec... Rick. Rick Ross, que tal? E diga que você é da... Americaorth do Sul. É parte da Aorth, grande o suficiente para ninguém ficar imaginando o motivo de nunca o terem visto.

Erec não gostou de tudo aquilo.

— Mamãe, não acredito que você conhecia magia e nunca me contou. E também que sou de Alypium.

Ele sentiu sua garganta apertar. Ele realmente era um idiota. Por que não suspeitou que havia alguma coisa estranha sobre ela o tempo todo? Ela trazia para casa torradeiras e despertadores com vida própria. Ele achou que ter crescido ao lado deles fez tudo parecer normal, como se uma mãe normal pudesse comprar objetos daquele tipo.

— E você não está respondendo todas as minhas perguntas. Você não imagina como eu me sinto?

June o fitou com tristeza na cadeira em que ele estava sentado. Por um instante pareceu para Erec que ela estava olhando para seu estômago, mas quando olhou para baixo lembrou que estava invisível. Ele tirou os Óculos da Visão, e seu pequeno e tosco dormitório surgiu.

Bethany estava no refeitório mordiscando um pudim branco e macio com redemoinhos de mel, polvilhado com nozes e amoras.

— Eles chamam isso de ambrosia. Não é ruim. É tudo o que eles têm para o café da manhã, além de néctar.

Ela segurou o que pareceu ser um reluzente copo de mel.

— O que quer que seja, é bom. Me sinto muito melhor também. Aquela sensação horrível da Substância se foi, a menos que eu pense nela. Como foi sua noite?

Erec contou a Bethany sobre os óculos e sobre sua mãe.

— Não esqueça que agora eu sou Rick Ross e vim da Americaorth do Sul.

— Tudo bem, Rick Ross. Mas o que você vai dizer a Jack e Oscar?

Erec ergueu os ombros.

— Vou dizer a eles que mudei meu nome para esconder o lugar de onde vim. Eles podem pensar que é loucura, mas acho que vão acreditar.

— Você escreveu "Erec Rex" no livro de Spartacus Kilroy?

Os olhos de Erec se arregalaram.

— Ah, não. Preciso apagar aquilo de lá, e rápido.

— O livro não está mais lá. Vai ter uma assembleia sobre os torneios em algumas horas. Talvez Kilroy o leve para conferir os nomes.

Aquilo lembrou Erec de uma outra coisa.

— Talvez o rei Piter esteja lá também. Parece um bom lugar para começar.

A entrada para o castelo parecia com uma grande portinhola na parede. Erec tentou entrar, mas a gravidade o puxou para o lado. Ele se viu deitado em pleno ar e caiu para trás no que agora era um alçapão no chão. Erec cuidadosamente enfiou sua cabeça pela portinhola, encostou o peito no chão do castelo e se empurrou para dentro.

Entrar no castelo vindo do monótono quarto de pedra era como ir do preto e branco para o colorido. Uma tapeçaria enorme e maravilhosa cobria as paredes com cenas de antigas batalhas, heróis segurando cabeças de górgonas com cabelos de serpente, dragões voando e unicórnios correndo por florestas. Erec ficou olhando para uma tapeçaria grotesca de um dragão queimando um cavaleiro de armadura apenas com seu bafo de fogo. O tecido se mexeu com uma brisa, e Erec observou, maravilhado, a mudança da imagem, que passou a mostrar um dragão feliz descansando num baú do tesouro, palitando os dentes com a espada do cavaleiro.

Três grandes candelabros pendiam na enorme sala. Muitas de suas velas estavam apagadas. Sujeira se espalhava pelo chão, e havia rachaduras pelas paredes e teto. Tudo por ali dava a impressão de que a inacreditável beleza tinha se deteriorado. Grandes portas de madeira levavam para fora. Uma estava aberta. Erec foi dar uma olhada mas titubeou quando notou uma vastidão de ar à sua frente, com céu à direita, grama verde mais ao longe à esquerda e árvores à distância, vistas na horizontal.

Uma empregada irritada passou rapidamente com um espanador de pó. A porta se fechou. Empregadas e zeladores corriam por todos os lugares com vassouras, pás de lixo, esfregões e panos de chão. Todos pareciam frustrados. Eles resmungavam feitiços e, mesmo esfregando com toda a força, a sujeira saltava de um lugar para o outro.

Bethany perguntou a uma empregada por que ela ficava tentando tirar as manchas de um vaso se elas sempre só mudavam de um lugar para outro.

— Porque é para isso que sou paga, o que você acha? — A empregada parecia brava. — Não sou incompetente. *Ninguém* consegue limpar este lugar desde que o rei Piter deixou tudo cair em frangalhos.

— Como ele fez isso? — perguntou Erec.

— Ah, o castelo não funciona direito desde que ficou de lado. Ele sabe que algo está errado, e deixou de cooperar. O rei Piter costumava *insistir* para que o lugar estivesse impecável.

Ela sorriu e suspirou.

— Eram bons tempos aqueles. Agora ele está muito velho e doente — revelou, cochichando em seguida: — Estamos todos esperando depois desses torneios que... um de vocês consiga endireitar esse lugar de novo.

O vaso repentinamente caiu de lado. A empregada o agarrou e o colocou de volta no lugar.

— Melhor vocês terem cuidado — disse ela aos jovens, que estavam de olhos arregalados. — Essa gravidade falsa não funciona sempre. Não se aproximem de nenhuma das portas abertas, a menos que consigam voar.

Erec e Bethany passaram por um corredor até um grande átrio ornado, onde as quatro alas do castelo se encontravam. A ala oeste estava bloqueada por cordas e por um guarda enorme com cabelos bem finos e longos e uma armadura protegendo seu peito. Ele portava uma lança e um objeto que parecia um controle remoto.

O rei Piter estava em algum lugar por ali. Se ao menos Erec conseguisse passar... Quando ele avançou sobre as cordas, o guarda olhou zangado.

— Estes são os aposentos privativos do rei. Ele não deve ser perturbado. Agora saiam.

— Será que eu poderia, por favor, usar o banheiro? — perguntou Bethany.

— Não — grunhiu o guarda. — Você vai encontrar um na ala sul.

Dois garotos passaram rindo por ali. Um empurrou o outro, que caiu e escorregou por baixo das cordas. O guarda entrou em ação e apontou seu controle remoto no menino que estava no chão. O garoto foi congelado dando meia-risada e com o joelho no ar. O guarda o deslizou de volta por baixo das cordas e apertou outro botão. O menino olhou ao redor, estupefato, e se levantou.

Bethany limpou a garganta.

— O rei Piter está lá? Queríamos falar com ele.

Um homem alto com cabelos pretos surgiu dobrando o corredor atrás das cordas. Uma ruga passava verticalmente pelo meio de sua testa protuberante. Grossas sobrancelhas se projetavam de seu afiado e fino nariz, quase se juntando e formando uma peluda letra V. Ele usava um amuleto de escaravelho em sua capa preta e carregava uma bela bengala cravejada com figuras em madeira escura. O cheiro que vinha dele fazia Erec lembrar-se de lixo podre.

— E queem são vocêês? — disse ele com desdém, e num sussurro intenso e assustador.

— Ahn... Rick Ross. E Bethany. Somos da Americaorth do Sul.

Erec respirou fundo.

— O rei está? Queríamos falar com ele.

— Falar com ele. — A voz do homem se levantou num tom jocoso. — O rei não tem sido o mesmo ultimamente, e a última coisa de que ele precisa é ser incomodado por *fãs*. — Seus olhos se apertaram. — E nem pensem em fazer uma visita escondida. Tenho o rei debaixo das vistas. Se eu pegar vocês dois na ala oeste, vão direto por uma Artéria para a Americaorth do Sul. Agora voltem para junto daqueles outros pirralhos para sua competição ridícula, quer dizer, enquanto ela durar — falou, rindo para si mesmo.

Erec e Bethany saíram dali.

— Quem era esse? — perguntou a garota. — Ele é horrível.

— Quem quer que seja, nunca deixa o rei sozinho — disse Erec. — O que é que eu vou fazer agora?

— Não se preocupe — disse Bethany. — Vamos pensar em alguma coisa. Vamos para o concurso.

Cadeiras de veludo macio e enormes candelabros ornamentavam o belo teatro na ala leste. Várias pessoas sentaram no palco, incluindo Stoney Rayson, um saltador do time Super A. Um burburinho de expectativa ecoava por todo o local.

— Olhe — disse Erec. — É Stoney Rayson! Agora eu já consegui ver dois membros do Super A em pessoa.

Bethany olhou de esguelha.

— Eu me lembro dele pelas reportagens na banca.

— O quê? Você não o viu na TV pelo menos um milhão de vezes?

Bethany corou.

— Não vejo muita televisão. O tio Earl diz que tenho que ser útil. Isso significa cozinhar e limpar o tempo todo.

Bethany apontou enquanto o homem com a testa enrugada que gritou com eles na ala oeste passava pelo palco com sua bengala. Junto a ele estava Spartacus Kilroy, que os havia cumprimentado no ônibus, ainda vestindo a capa azul brilhante com a estrela branca. Erec não o viu com o livro.

Eles estavam ajudando um ancião no palco. Longos cabelos brancos repousavam sobre seu rosto enrugado. Ele era grande mas curvado para a frente, como se fosse de alguma maneira se dobrar sobre si próprio. Kilroy e o homem com a testa enrugada tentavam ajudá-lo a se sentar, mas ambos o estavam puxando em direções diferentes. Os braços do velho homem já estavam sendo esticados, e seus olhos se arregalaram enquanto olhava nervosamente para os dois. O homem de cabelos escuros rosnou e sentou o senhor ao seu lado.

Spartacus Kilroy aproximou-se do microfone, e o lugar explodiu em comemoração. Ele riu e levantou suas mãos para o alto.

— Obrigado! Para aqueles que não me conhecem, sou Spartacus Kilroy. Podem me chamar de Amigão, Sr. Kilroy, — o que acharem melhor. Tenho sido um dos Consevidentes do rei durante os últimos dez anos, e que ótima década para estar aqui! Nisto! Ele acenou com um braço para o público. — Isto é maravilhoso. Um marco histórico! O momento para toda a nossa juventude se unir como uma só: ricos e pobres, inteligentes e burros, jovens e... mais jovens, de *todas* as paragens desta linda terra!

— Exceto a Terra de Cima — cochichou Bethany.

Kilroy continuou.

— Estes torneios não são apenas o ponto alto da minha carreira. Como todos vocês sabem, eles vão mudar para sempre as vidas de três jovens que estão aqui, nesta sala. Três meninos ou meninas bem aqui hoje, serão nossos futuros governantes. O que vocês fariam se fossem reis ou rainhas, com seus cetros e todo aquele poder ao alcance dos dedos?

O homem de cabelos negros fez uma carranca ainda maior que antes. Parecia até que ele queria pular de sua cadeira e bater nos competidores com sua bengala.

Kilroy disse:

— Seiscentos e vinte e um de vocês assinaram o meu livro. Depois de amanhã, apenas duzentos permanecerão nos jogos. Os dois próximos torneios irão derrubar os números para cem, e depois cinquenta. Esses cinquenta vão participar de jogos de grande dificuldade. Um será planejado pela rainha Posey, de Ashona, outro pelo rei Pluto, de Aorth, e então será a vez do rei Piter e seus comandados. Isso tudo irá diminuir o grupo para 25, dez e finalmente três.

"Vocês estão todos convidados a ficar e se divertirem com os jogos. Três dias após os torneios vamos dissolver os dormitórios do castelo, então, por favor, tentem não estar dentro deles quando isso acontecer. Nesse meio-tempo haverá festas e até uma partida com a equipe Super A de Bola-Mola de Alypium, para seu divertimento.

Depois que os aplausos barulhentos silenciaram, Kilroy continuou.

— Diante de vocês está o quadro de sete juízes, incluindo a mim. Sr. Richard Rayson, conhecido como Stoney Rayson, do famoso time Super A.

Houve muitos aplausos, enquanto Stoney sorria revelando dentes incrivelmente brancos.

— Olive Umpee, a árbitra dos jogos.

Uma mulher com cabelos grisalhos acenou com a cabeça, agradecendo os aplausos.

— Nossa encantadora rainha Posey.

Kilroy acenou para uma mulher com cabelos negros, círculos escuros abaixo dos olhos e uma coroa de prata, que retribuiu regiamente.

— O rei Pluto.

A sala explodiu com aplausos enquanto um homem magro com um casaco grosso e uma coroa de bronze acenava convencido.

— O rei Piter.

O aplauso aumentou ainda mais. O velho homem de cabelos cinza sem vida piscou como se não tivesse a mínima ideia do que estava acontecendo.

— E o outro Consevidente do rei Piter, Balthazar Ugry.

O rosto do homem de cabelos negros se moveu num sorriso pretensioso enquanto o aplauso diminuía.

— Veremos todos vocês amanhã no primeiro jogo, que é chamado de Monstro. Às dez horas, atrás do labirinto do castelo.

Mais aplausos surgiram enquanto Kilroy acenava e tomava seu assento.

Stoney Rayson caminhou até o pódio num terno cinza costurado sob medida e usando o tapa-olho preto do time Super A. A sala foi à loucura. Rayson obviamente adorou toda a atenção. Ele ajeitou seus cabelos cinza lisos e deslumbrou a multidão com seu olho descoberto, cinza como o aço. Então ele posou com os joelhos dobrados, braços esticados e punhos para trás, parecendo-se com uma de suas miniaturas. Nos filmes, ele transformava pessoas em pedra ao movimentar seus punhos para trás e abrir olhos de górgona em seus pulsos.

A voz profunda de Rayson ressoou.

— Se não fossem por estas faixas nos meus pulsos, crianças, vocês todas seriam *pedras* lá fora!

As crianças ficaram loucas quando Rayson posou novamente, apontando seus punhos ao redor da sala.

— Tudo bem, pessoal, encontrarei vocês pessoalmente. Sou um dos seus juízes, é isso mesmo. Lembrem-se: não me toquem.

Ele bateu em suas mangas como se quisesse limpar a sujeira das mãos das crianças.

— Aquele que tocar o Homem Pedra será desclassificado. Meu filho, Rock, estará com todos vocês amanhã. Agora, boa sorte, jogo limpo e joguem para ganhar!

Stoney movimentou seus pulsos uma vez mais, numa pose rápida que colocou a sala novamente em polvorosa. Depois, voltou ao seu assento.

Olive Umpee, atarracada e musculosa, com cabelos grisalhos grossos cortados num estilo curto e em forma de tigela, caminhou pelo pódio. Seus lábios estavam tão apertados que ficaram quase invisíveis. Ela examinou a multidão com aversão e assoprou seu apito prateado bem alto no microfone. A sala fez silêncio, e as orelhas de Erec ressoavam.

— Bem — gritou Umpee ao microfone — espero que três de vocês em algum lugar aí tenham controle sobre si próprios. Este não é um torneio para idiotas ou medrosos. Aliás, aqueles que sabem que não são talhados para governar, por favor, saiam agora!

Todos olharam ao redor, mas ninguém se levantou. Umpee continuou, com mais tranquilidade.

— Vocês devem se dirigir a mim como Srta. Umpee, ou árbitra. Sou a assistente do rei Pluto. Existem regras. Nada de controles remotos ou mágicas compradas, a menos que tenham sido especificadas. Não haverá segunda chance. Vou ficar de olho em vocês.

Ela olhou de soslaio o público antes de virar abruptamente e se sentar.

A rainha Posey — uma bela mulher com cabelos escuros longos e cacheados e uma coroa de prata ondulada — levantou-se segurando um cetro dourado longo com joias reluzentes. Ela usava um vestido azul piscina luminoso e um xale branco que esvoaçava e girava ao seu redor como se fosse feito de pequenas plumas flutuantes.

— Ela precisa dormir mais — cochichou Bethany. — Olhe as linhas embaixo dos olhos dela.

A rainha pigarreou ao microfone, e a sala calou-se.

— Silêncio, por favor. Sou a rainha Posey, de Ashona. Meu irmão Piter quer estes torneios, então o estou apoiando. Divirtam-se, por favor.

Ela jogou um beijo para o público. Seu sotaque macio soava misterioso.

— Tenho ótimos prêmios para os vencedores do meu torneio.

Ela acenou e foi se sentar.

Próximo a ela, o rei Pluto pegou seu cetro e andou até o microfone. Ele era pálido e estava agasalhado num casaco preto grosso, echarpes e um chapéu preto de tricô. Uma coroa de bronze fina repousava sobre o chapéu. Ele assoou o nariz e ergueu uma das mãos até as palmas do público cessarem.

— Sou o rei Pluto, de Aorth, como devem saber. Ei, pessoal... caramba, está frio aqui em cima.

Erec não achou que estivesse nem um pouco frio. O rei Pluto falava rápido, soando bem diferente de sua irmã Posey.

— Me faz lembrar de um ciclope que invadiu uma loja e roubou uma garrafa térmica. Ele não tinha ideia do que era. Um amigo disse a ele que mantinha as coisas quentes aquecidas, e as coisas frias, frias. Ele mostrou para sua mulher, e ela perguntou: "O que você colocou dentro dela?" Ele disse: "Três picolés e um copo de chocolate quente." Escutem, divirtam-se muito. Mal posso esperar para conhecer os novos governantes, para que meu irmão, minha irmã e eu possamos finalmente nos aposentar. O rei Piter costumava contar à rainha Posey sobre um pequeno e ótimo condomínio à beira-mar em Miami Beach. Eu já estou pronto.

Ele riu por dentro e sentou-se.

Erec estava confuso. Era esse o rei Pluto que colocou sua mãe numa masmorra? Do qual Erec deveria manter distância? Ele parecia ser tão legal...

Kilroy cochichou na orelha do rei Piter e andou até o microfone.

— Como vocês sabem, o rei Piter não está bem. Vocês têm as bênçãos dele. Ele gostaria que soubessem que está muito entusiasmado com os torneios.

O rei Piter olhava, fascinado, para suas próprias mãos.

Balthazar Ugry, o outro Consevidente do rei Piter, com a sua testa protuberante, foi ao pódio. A sala caiu em silêncio, e algumas pessoas engasgaram. Erec sentiu seu estômago subir até a garganta.

Ugry sibilou:

— Não poderia dizer a vocês o quão... feliz estou por estarem aqui no nosso palácio. Meu nome é Balthazar Ulrich Theodore Ugry. Devo, claro, atender ao rei como meu principal dever, mas, acreditem-me, vou observar todos vocês. Nada vai me escapar.

Ele deu meia-volta e seu manto negro voou atrás dele. O público ficou vidrado e esqueceu até de aplaudir.

— Tudo bem! Amanhã de manhã, dez horas, atrás do labirinto. O primeiro jogo — disse Spartacus ao microfone. Ele correu de volta em direção ao rei Piter, mas Balthazar Ugry já estava ajudando o rei a deixar o palco.

CAPÍTULO 7

O labirinto

— Quer sair para procurar uma romã comigo? — perguntou Erec.

— Tudo bem. — Bethany ergueu os ombros. — Mas não consigo imaginar o rei Piter ajudando sua mãe. Você viu como ele parece velho?

— Eu preciso tentar. — Erec também duvidava. — Talvez ele tenha mudado desde que minha mãe o conheceu. Kilroy disse que ele estava doente.

— Achei que o rei Piter, rei Pluto e a rainha Posey tinham de ser trigêmeos — disse Bethany. — O rei Piter parece até o bisavô deles!

Andando até a cozinha na ala leste, Erec sentiu uma pontada de tristeza. Levou um segundo até ele perceber que a sensação não era dele, e sim parte da atmosfera ao seu redor — a Substância. Mas, no minuto em que as portas da cozinha se abriram, a sensação desapareceu.

Barulhos fortes vieram voando da cozinha: panelas e frigideiras caindo, facas batendo em tábuas de corte e aparelhos sacudindo. Um forno escuro gigantesco corria desabalado sobre curtas pernas de metal. Ele passou os braços articulados por pilhas de comida, jogando montes de ovos e farinha para dentro de sua porta. Segundos depois, ele cuspia cascas de ovos no chão. Serviçais corriam para lá e para cá, limpando toda a bagunça. Despreocupado, o forno despejava montes de açúcar e manteiga dentro de sua barriga, e entrou em colapso com um zumbido que soava mais como uma imitação ruim da música “A Spoonful of Sugar”, do filme *Mary Poppins*. Em um segundo estava tudo quieto. As duas luzes em sua tampa se apagaram, fazendo parecer como se ele tivesse adormecido.

Balor e Damon Stain, que Erec tinha conhecido no ônibus, e um garoto loiro alto com olhos verde-escuros sentaram num canto.

— É o pobre menino rico — disse Balor. — Nunca ouviu falar de Teletrans-Portas, mas é dono deste belo artefato aqui. — Ele apontou para os óculos de Erec e olhou de esguelha. — Aposto que esse olho engraçado faz alguma coisa esperta também. Posso ver os óculos?

Erec sacudiu a cabeça.

— Quem é seu amigo?

Balor deu de ombros.

— Ward Gamin. Ward, este é... como você disse que era seu nome?

— Rick Ross. E esta é Bethany Evirly.

— Evirly. Soa familiar — Balor sorriu. — Vocês dois vão estar no meu time.

— Seu time? — perguntou Erec. — Vamos ter times amanhã?

Os olhos de Balor e Ward se encontraram.

— Amanhã não. No segundo torneio. — Ele olhou ceticamente para Bethany. — Você tem alguma carta na manga?

Os olhos de Bethany se apertaram.

— Você acha que eu vou querer estar num time com uma pessoa que me expulsou do meu banco no ônibus?

— Ah, ela tem coragem — disse Balor. — Vamos ficar com ela no time com certeza.

— É — Ward sorriu. — Nem que seja só para deixá-la com raiva. — Eles comemoraram batendo as mãos.

Damon caminhou todo pomposo, flexionando seus músculos e cantando: "Só pra deixá-la loouca, loouca, loouca." — Ele parou e ficou olhando para um ponto fixo. — Eu quero os bolinhos.

Sua boca se abriu, e um fio de saliva escorreu para fora.

— E quem disse que você pode escolher? — perguntou Bethany cruzando os braços.

Balor, Damon e Ward caíram na gargalhada.

— Eu digo — rebateu Balor. — Tenho conexões. Quem eram aqueles outros dois com vocês no ônibus?

— Jack Hare e Oscar Felix — disse Erec. — Como vocês sabem que vamos todos conseguir passar pelo primeiro torneio?

Balor deu um sorriso largo.

— Sigam-me, se puderem. Eu conheço o caminho.

Ward empurrou o ombro de Balor.

— Cale a boca. Aqui estão as nossas coisas.

Hecate Jekyll estava trazendo travessas cheias de biscoitos, bolos, pipoca e doces. Balor e Ward agarraram as travessas e Damon os seguiu, enfiando comida na boca por todo o caminho.

— Eu já não vi vocês antes, crianças? O que posso fazer por vocês?

— Você tem alguma romã?

As mãos de Hecate Jakyll caíram de sua cintura.

— Romã, é? Você é um fã de romãs? Qual o seu nome?

— Humm, Rick. — Deu um branco na cabeça de Erec. Ele não conseguia lembrar seu novo sobrenome.

— Rick do quê? — Hecate Jekyll o encarou.

Erec olhou rapidamente para Bethany, a mente girando rápido. Rick Rose? Rick Rent?

— Rick Ross — revelou Bethany. — Ele está um pouco distraído, lugar novo e tal. Nós também queríamos alguns hambúrgueres, por favor. E, se for possível, aquela travessa de sobremesas que Balor Stain levou parecia ser muito boa também.

Hecate Jekyll sorriu.

— Bem, claro. Balor e Damon têm seu próprio cardápio, mas sempre aparecem por aqui para mudar tudo todos os dias. Acho que não tem problema mandar vocês lá pra cima com um prato de guloseimas. Tudo bem, dois hambúrgueres e duas romãs?

Erec e Bethany concordaram. Hecate desapareceu e voltou com hambúrgueres e romãs. Ela cochichou algo para o forno grande e preto, que abriu sua porta e colocou uma prateleira para fora como uma grande língua. Ela apanhou alguns doces e os passou para uma travessa.

Hecate sacudiu a cabeça, quando entregou a Erec as romãs.

— Agora, garotos, comam alguma comida saudável de Alypium hoje à noite. Assim terão mais energia para a corrida amanhã.

Erec carregou as romãs em seu braço, e Bethany levou o prato recheado de donuts, brownies, biscoitos e bolinhos. Enquanto eles comiam seus hambúrgueres, Bethany cochichou:

— Você a ouviu dizer "energia para a corrida"? Pelo jeito, vamos ter uma corrida amanhã. — Ela mordeu o lábio. — Não sou uma corredora.

— Lembre-se, Balor disse que sabe o caminho. Não é uma corrida normal.

Ela franziu a testa.

— Ele é a última pessoa que eu seguiria.

— A menos que quisesse ganhar. Balor obviamente tem um tratamento especial.

— De jeito nenhum — disse Bethany. — Você ouviu Kilroy. Todo mundo tem chances iguais. "Ricos e pobres, inteligentes e burros" — disse ela, dando risadinhas.

— Não acha que a Hecate Jekyll olhou engraçado para mim quando perguntei pelas romãs? — Erec pegou um bolinho coberto com confete.

— Que nada — Bethany enfiou um brownie na boca. — Ela só ficou pensando como é que você não sabia seu sobrenome.

Erec olhou para sua camiseta suja de doces.

— Será que Jack me emprestaria algumas roupas?

Bethany tirou migalhas de brownie de seu vestido.

— Minha colega de quarto, Melody, me disse que tem uma lavanderia grátis no castelo. Você não precisaria de muitas roupas.

Erec contou a Bethany sobre seus "pensamentos sombrios" enquanto eles passavam em frente à isolada ala oeste. O guarda estava resmungando para si mesmo sobre o sumiço de seu almoço. Quando viu Bethany passar com um prato cheio de guloseimas, ele jogou suas mãos para o alto.

— Mas que droga. Onde está Ugand?

Bethany colocou um dedo na frente da boca enquanto eles dobravam um corredor. Três meninos que passavam estavam comendo as guloseimas com os olhos.

— Querem um pouco? — perguntou ela.

— Claro.

— Vocês podem ficar com a bandeja toda se pregarem uma peça naquele guarda — cochichou Bethany.

Um dos garotos levantou a sobrancelha.

— Tem certeza de que é uma boa ideia?

Ela fez que sim.

— Vai ser engraçado.

Erec e Bethany observaram enquanto os garotos se aproximavam do guarda, arremessando bolinhos um para o outro. Quando eles estavam bem perto do guarda, gritaram "Aaargh!" e jogaram comida na cara dele.

Enquanto o guarda se limpava e amaldiçoava os meninos, Bethany e Erec avançaram rapidamente pela corda. De olho no guarda, eles foram se esgueirando atrás das armaduras que se enfileiravam no corredor, portando espadas, machados e nunchakus. Uma delas segurava um ursinho de pelúcia. Assim que passaram, a armadura o apertou mais forte e virou-se.

Os corredores levavam a outros corredores, e enormes portas ladeavam as paredes. Uma torrente de barulho veio de trás de uma das portas fechadas. Soou como se bolas de boliche tivessem caído, como se frigideiras e panelas estivessem colidindo entre si, com um canto selvagem misturado a tudo.

— O rei pode estar em qualquer lugar.

Eles espiaram em quartos e se esquivaram de empregadas. Erec viu uma fina Teletrans-Porta de madeira com uma maçaneta dourada, como a que tinham visto na estação F. Então Bethany apontou para um quarto.

O rei Piter estava sentado num sofá de veludo vermelho perto de uma lareira. Ele parecia estranhamente esquelético e curvado demais para um homem tão grande. Spartacus Kilroy estava tentando fazê-lo tomar café.

— Vamos lá, rei, abra a boca. Tome tudo. — Ele empurrava o copo na boca do rei, que se virava para o lado. — Você sabe que é hora do café. Isso o ajuda muito. Tome tudo. — Ele derramava o café na boca do rei Piter e limpava suas mãos. O rei se jogou sobre o sofá.

— Descanse. Já tomei conta de tudo. — Ele esticou o cobertor sobre o rei e saiu.

Bethany e Erec se espremeram contra uma parede atrás de uma armadura. Kilroy passou sem vê-los. Erec prendeu a respiração quando entraram no quarto. Ele parou em frente ao rei Piter, sem saber como acordá-lo. Ele colocou a mão no ombro do rei.

Os olhos do rei se abriram e ele olhou para Erec em choque. Erec puxou sua mão e os olhos do rei Piter começaram a se fechar.

— Preciso da sua ajuda. Minha mãe, June O'Hara, é uma prisioneira nas masmorras do rei Pluto.

O rei Piter parecia confuso.

— Você se lembra da minha mãe?

O rei Piter inclinou sua cabeça como se estivesse pensando profundamente. Erec mostrou a foto de sua mãe. O rei olhou para ela e fungou.

— Você gostaria de uma romã? — disse Erec segurando uma das frutas.

O rei torceu o nariz como se aquilo desse nojo a ele, mas Erec empurrou a romã para as mãos dele. Quando suas mãos se tocaram, o rei disse:

— Erec?

Erec pulou para trás, surpreso.

— O que significa isso? — Balthazar Ugry irrompeu no quarto. — Então são os dois cretinos de novo. Tinham que deixar o rei nervoso, não? Peguem suas malas, pois vão direto para casa. Vocês garotos acham que podem aparecer aqui e dominar tudo, ser o novo rei ou rainha. Bem, isso realmente não vai acontecer.

— Ah, Baltazar, vejo que encontrou meus amigos — disse uma voz vinda da porta. Spartacus Kilroy piscou para Erec. — Há algum problema?

Ugry sibilou.

— Você conhece esses trastes?

— Claro. Eles se ofereceram para ajudar. O rei Piter queria conhecer alguns competidores e estes dois concordaram.

— Que engraçado — rebateu Ugry. — Não ouço o rei *dizer* algo há anos.

— Tudo depende da sua abordagem — disse Kilroy, sorrindo.

Ugry olhou furioso para Erec e saiu do quarto.

— Obrigada — disse Bethany, muito aliviada. — Eu ia morrer se tivesse que voltar para casa.

Kilroy chacoalhou a cabeça com o pensamento.

— Balthazar tende a exagerar. Se dependesse dele, todos vocês voltariam para casa. Não tenho certeza de quem ele acha que serão os novos reis e rainhas. Mas ele é um pouco rígido em seus métodos. Acredito que o mundo parou para ele quando soube que o rei Piter ficou doente. De qualquer maneira — acrescentou Kilroy, mais sério —, não incomodem o rei novamente. Uma vez só, tudo bem. Mas ele precisa descansar.

Kilroy apontou para Erec e Bethany o caminho que levava para a saída da ala oeste.

Os jardins ao redor do castelo estavam imaculados, bem diferentes do próprio castelo. Belas plantas que Erec nunca tinha visto foram ajeitadas sem uma erva daninha à vista. As rosas que margeavam a passagem eram mais altas que o próprio Erec, com botões do tamanho de sua cabeça. Um terraço lotado de margaridas enormes e de um colorido brilhante vibrava com toda a atividade ali. As flores das margaridas voavam pelo ar, rodando como pequenos helicópteros amarelos, roxos e alaranjados e aterrissando em diferentes caules.

Pequenos répteis verdes com grandes pernas saltitavam. Quando um pulou na cabeça de Bethany, ela berrou e o espantou.

— O que era aquilo?

Uma menina que estava próxima falou:

— Lagartos saltadores. São inofensivos.

A menina desviou quando outro lagarto saltador quase pulou sobre seu rosto.

Perto da lateral traseira do palácio, tremulavam centenas de bandeiras de todos os países da Terra de Cima e dos Reinos dos Guardiões. Algumas crianças correram entre os mastros das bandeiras, tocando um e depois outro. Vendo isso,

Erec tocou um também. Um silêncio tomou conta do local, e logo após uma bela música soou. Erec achou que fosse o hino nacional daquele país.

Atrás do castelo havia um grande labirinto feito de arbustos muito altos, que não permitiam a visão sobre eles.

— Ah, que divertido — disse Bethany. — Vamos tentar.

Uma placa na entrada do labirinto dizia que ele estava fechado durante o dia.

— Como pode um labirinto estar fechado? — perguntou Erec.

— Você está certo. Vamos — Bethany agarrou seu braço.

Ninguém estava olhando, então eles entraram. Uma vez lá dentro, descobriram que todos os caminhos eram parecidos. Eles logo se perderam. Com tantas viradas e curvas, o labirinto parecia uma armadilha sem fim. Erec começou a imaginar se eles conseguiriam sair.

Finalmente eles ouviram um uivo alto e alguém praguejando. Atentos, eles seguiram o barulho. Uma fresta nos arbustos revelou um pátio no centro do labirinto. Um homem estava acorrentando uma estranha fera adormecida a um poste. Outro homem sentou no chão, reclamando. Sangue cobria seu braço esquerdo, que pendia frouxo em seu ombro.

— Está tudo bem, parceiro — disse o primeiro homem. — Eles vão consertar você lá no palácio, vão sim.

O homem coberto com sangue gemia.

— Por que eles querem um minotauro aqui, afinal? Com todas essas crianças. Alguém vai acabar morto, pode esperar. Olhe o que fez em mim enquanto *dormia*.

O primeiro homem deu de ombros.

— Isto é o que o Consevidente do rei quer, e ele sabe mais do que nós. Disse que tinha algo a ver com uma surpresa.

— Bem, vamos deixar comida para essa coisa?

— O Consevidente o quer faminto.

O homem sentado não gostou da ideia.

— Essa coisa poderia comer uma criança no café da manhã.

Erec e Bethany tentaram dar uma olhada melhor no minotauro. Ele tinha a cabeça e o corpo de um touro enorme, mas suas pernas traseiras lembravam as de um humano gigante e peludo vestindo shorts de corrida.

— Vamos sair daqui — disse Bethany. — Se a gente seguir a parte direita da parede de um labirinto, vai conseguir sair cedo ou tarde.

O sol estava se pondo, e o labirinto parecia interminável. Saber que poderiam cruzar com o minotauro comedor de criancinhas a qualquer momento só piorava a situação. Quando eles finalmente saíram, Erec estava tremendo. Eles correram para os dormitórios e desfaleceram numa sala de estar.

Mais tarde, no jantar, tudo em que Erec conseguia pensar era fazer mais perguntas para a mãe. Por que ela mentiu para ele durante toda sua vida? Ele não sabia no que acreditar. Queria colocar seus óculos bem ali, no refeitório, mas havia crianças por todo o lugar. Em seu quarto a situação não era melhor, com Jack e Oscar entrando e saindo toda hora. Ele fechou os olhos.

— Que burro eu fui. Por que não coloquei os óculos lá no labirinto?

— Coloque-os agora — disse Bethany. — Ninguém pode nos ouvir. Vou fingir que estamos conversando.

— Alguém poderia sentar junto com a gente, e eu nem saberia.

— Não se preocupe. Eu chuto você se alguém chegar muito perto.

Erec colocou os óculos no rosto. Sua mãe estava tricotando e lendo um livro com uma televisão ligada.

— Mamãe?

Pega de surpresa, June deixou cair seu tricô e cuspiu a limonada. Ela colocou a mão sobre o coração.

— Erec?

— É, sou eu, mamãe.

Uma onda de constrangimento passou por ele quando percebeu que estava olhando para Bethany e dizendo "mamãe".

— Você está bem?

— Estou bem, mas posso ter que sair a qualquer segundo.

Ele não disse que estava sentado num refeitório lotado. Ele podia até imaginar o que ela falaria.

— Tenho muita coisa pra perguntar. Primeiro, por que você não me contou tudo isso antes? Estou completamente desnorteado. Descobri que minha própria mãe conhece magia. Nasci em Alypium. As pessoas estavam atrás de mim aqui por algum motivo. Quero saber a história toda.

— Erec, pare. Compreendo — disse ela pegando seu tricô. — Me desculpe não ter contado a você sobre a magia. Tinha minhas razões. E você iria querer saber tudo... como está fazendo agora. E você *não pode* saber muito mais.

Ela apertou uma caneta que estava segurando tão forte que acabou quebrando.

— Não seja impaciente, você irá descobrir tudo quando for a hora.

— Por que o rei Pluto capturou você?

June suspirou.

— Ele teve uma vida difícil. Era um homem doce, mas tinha de aguentar muita coisa. Não era tão poderoso quanto Posey e nem de longe tanto quanto Piter. Não que isso fizesse diferença, mas ele era sempre comparado, e sei que se sentia mal. Ele também é muito sofrido. Seu cetro é mais fraco. É isso que os mantém vivos por tanto tempo. O mesmo acontece com tudo o que tocam. Por isso a mulher do rei Piter viveu tanto tempo, antes de ela e os trigêmeos serem mortos. O marido e os filhos da rainha Posey têm centenas de anos. Mas as famílias de Pluto... ele teve algumas, mas elas envelheceram e morreram enquanto ele continuava vivendo. Seu cetro não é forte o suficiente para manter todos vivos. Isso tem sido algo terrivelmente doloroso.

Sua mãe suspirou.

— Mais ainda: ele usa seu cetro há muito tempo, provavelmente para compensar sua falta de poder. Aqueles cetros podem desvirtuar a mais forte das almas, a menos que sejam tratados com muito cuidado. E Thanatos Baskania está sempre ao seu lado, fazendo-o se sentir pior, prometendo a ele um poder que nunca teve. Temo que ele tenha se corrompido para sempre.

Parecia que sua mãe tinha evitado responder sua pergunta, mas ele estava curioso.

— Thanatos Baskania? Você não está falando do Príncipe Real da Paz, está?

— O próprio — June franziu a testa. — Você deve escutar isso agora, para o seu próprio bem. Baskania, o Príncipe Real, não é da Terra de Cima. Ele tem de ser evitado a todo custo.

Na verdade, de todas as pessoas, ele não pode descobrir que você está aí. Ele é um homem perigoso.

— De onde ele é? Alypium?

— Ele criou Alypium, e Ashona e Aorth também. Ele é dos velhos tempos, quando a magia estava em todos os lugares.

— Mas o que ele está fazendo na Terra de Cima, então?

— Boa pergunta. Tenho um mau pressentimento sobre isso. Seu poder o enlouqueceu após centenas de anos de tentativas de aperfeiçoar a magia e fazer coisas que ninguém mais poderia. Dominar a Terra de Cima não seria muito difícil para ele, e é isso que eu receio que ele esteja tramando. Quando ele comprou aquelas corporações enormes que se espalham pelo mundo, fiquei pensando se foi pelo dinheiro e todas as pessoas e coisas que podem ser compradas. Mas agora, com essa politicagem pela "paz" e o envolvimento com as Nações Unidas... eu não sei. Mas ele será impedido antes de chegar longe demais. Os governantes dos Reinos dos Guardiões nunca o deixarão tomar o controle.

— Que governantes?

— Bem, o rei Piter, claro. E a rainha Posey, suponho.

Erec ouviu Bethany rindo ao longe, como se ele tivesse contado uma piada. Ele se sentiu grato pela ajuda dela.

— Mamãe, o rei Piter não pode ajudar. Ele não se lembra de você. E ele não quis as romãs.

June estava chocada.

— Mas ele me conhece. Talvez ele não tenha ouvido você. Ele estava ocupado?

— Ele estava enfiado num sofá, olhando a parede.

— Ele estava dormindo? — June mordeu o lábio.

— Não — disse Erec. — Mas ele está doente, e muito velho e confuso. Não acho que ele saiba onde está.

June pegou seu tricô, estudando a métrica.

— Não pode ser. Eu sabia que ele não estava... se sentindo bem e que algo estava terrivelmente errado, mas não tinha ideia...

Erec imaginou como é que ela sabia, mas não parecia que sua mãe quisesse conversar sobre isso. Ele podia ouvir Bethany jogando conversa fora.

— A menos que... — disse June, bem alto.

— Ahn? — perguntou Erec.

— Você disse que ele parece confuso, que não sabe onde está, certo?

— É. Ele largou o castelo à própria sorte e agora o lugar está virado de lado.

— Algo não está certo, Erec. Acho que alguém o colocou sob algum feitiço. Não acho que ele esteja doente. Tive uma ideia...

Bethany chutou Erec forte na perna.

— Ai... tchau! — Ele disse e tirou logo os óculos do rosto.

Ward Gamin, amigo de Balor Stain, estava indo em direção à mesa de Erec com um olhar de desprezo. Os músculos sobressaíam sob a camisa.

Bethany cochichou:

— Seu copo de néctar foi arremessado naquela parede, Erec. Deve ter sido uma falha da gravidade. Caiu tudo em cima de Ward.

Ward limpou sua camisa com o guardanapo de Erec.

— Se acha engraçado, hein?

Erec mordeu o lábio, tentando não rir. Ele ofereceu outro guardanapo.

— Desculpe, Ward. Acho que a gravidade bagunçada fez isso.

Bethany concordou com a cabeça.

— Tentei segurar, mas não consegui.

— É claro — Ward olhou para trás e para a frente, entre Erec e Bethany. Ele parecia confuso sem saber como transformar a desculpa deles numa briga. — Bom, eu não gosto de vocês mesmo. Não ligo para o que Balor pensa. Ele só quer isso aqui. — Ele apontou para os óculos de Erec. — Mas vocês são um bando de manés, isso sim. — Ele saiu andando, gargalhando. — Retardados como vocês não vão conseguir passar nem pelo primeiro jogo.

Bethany mostrou a língua pelas costas de Ward.

Erec afundou em sua cadeira.

— Me sinto como se estivesse com um alvo colado nas costas. A única pessoa na qual posso confiar está presa numa masmorra... tirando você.

E ele nem estava tão certo de que confiava em sua mãe.

— Vou me deitar — disse ele. — Vejo você pela manhã?

— Dez horas, atrás do labirinto — respondeu Bethany. — Ward Gamin está errado. Nós *vamos* vencer.

CAPÍTULO 8

O monstro

Depois de tomar banho e vestir roupas limpas que Jack emprestou a ele, Erec sentia-se uma nova pessoa. Jack disse que o P em sua testa estava tão fraco agora que ele mal podia enxergar. Erec decidiu colocar o boné só por precaução. Eles encontraram Bethany no refeitório, sem seu boné, comendo uma ambrosia com néctar. Ela parecia completamente diferente vestindo a camisa alaranjada e os shorts azuis que sua colega de quarto Melody havia lhe emprestado, em vez de seu vestido remendado.

— Você está ótima — disse Jack.

As bochechas de Bethany ficaram rosadas.

— Não me sinto como eu mesma. Me sinto muito... melhor. Por que algumas crianças usam mantos azuis?

— Elas estão em processo de aprendizado para se tornarem feiticeiros. Feiticeiros vestem mantos pretos — disse Jack — pelo menos eles costumavam usar. Está ficando meio fora de moda. Muitos feiticeiros vestem roupas normais agora, exceto os que querem chamar a atenção. Engraçado, os menos poderosos geralmente são os que vestem mantos.

Erec fez uma pergunta sobre algo que havia pensado no dia anterior.

— Você sabe o que era aquela caixa mágica que o guarda tinha? Ela parecia com um controle remoto.

Jack riu.

— Era isso mesmo. Elas concentram sua energia e permitem que você faça magias que não conseguiria a menos que fosse realmente muito bom. Todos os aprendizes usam uma dessas. Muitas pessoas jamais poderiam fazer magia sem elas. Tudo depende de quanta energia há guardada dentro de você, na verdade.

Erec achou que aquilo era ótimo.

— Elas deixam você fazer qualquer coisa que queira?

— Não. Só magia de nível médio, como mover coisas ou pessoas, tornar objetos invisíveis, destruir coisas, fazer pessoas se sentirem diferentes, tocar fogo em algo, e por aí vai.

Erec e Bethany olharam um para o outro.

— Então elas fazem muita coisa. O que não conseguem fazer?

— Um bocado. Não podem curar coisas, mudar coisas, fazer coisas crescerem, criar campos de força, encantar objetos, ler mentes. Para conseguir tudo isso você tem de aprender bastante e deixar de precisar de um controle remoto.

Uma multidão estava reunida atrás do labirinto onde Erec e Bethany haviam se perdido. Ele estremeceu ao pensar no minotauro lá dentro.

— Você não acha que a gente tem que ir lá dentro e...

Bethany ficou pálida.

— Não vamos fazer isso. Você ouviu o que o homem disse. Aquela coisa poderia nos comer no café da manhã!

O estômago de Erec pareceu despencar.

— Alguém vai acabar machucado, eu sei disso. Vou entrar e fazer o que puder para ajudar.

— Você não está com medo?

— Eu não disse isso.

Erec não pensaria em sentir medo. Não havia espaço para isso agora.

Spartacus Kilroy, com sua capa estrelada azul brilhante, ficou em pé numa grande arcada de metal com uma abóbada no topo. A seu lado, a rainha Posey tocou seu cetro no solo. Uma pequena corrente de água nasceu próxima aos pés de Erec, circundando os vários competidores ali presentes.

Kilroy assoprou seu apito. Ele parecia desconfortável.

— Agora que estamos todos juntos, tenho um comunicado. Tem havido relatos de que, humm, alguns de vocês não são quem dizem ser. Temos recebido algumas ligações e... só por segurança, espero que entendam, todos terão de passar por este Identidetector. Percebam a parede de água cercando vocês, providenciada pela rainha Posey, para o caso de alguém tentar — ele limpou a garganta — fugir. Agora, formem uma fila e vamos terminar logo com isso.

Um burburinho surgiu imediatamente. Bethany agarrou Jack pelo braço.

— O que é um Identidetector?

— Ele mostra sua verdadeira identidade e aparência. Também revela pessoas que podem mudar de forma.

— Como as pessoas conseguem mudar de forma? — perguntou Erec.

— Há encantamentos — disse Jack. — Não são muitas pessoas que fazem isso, porque você nunca mais consegue voltar a ser o que era antes.

— Por que não? — perguntou Bethany.

— Você teria de usar o encantamento de novo para fazer voltar a se parecer consigo mesmo, mas ele nunca funciona direito na segunda vez. Você só fica um pouco parecido. E se se transformar mais do que uma ou duas vezes, começa a ficar esquisito. Orelhas pontudas, olhos cor-de-rosa. Por isso que as pessoas não fazem muito isso.

Kilroy estava tentando, sem sucesso, formar uma fila. Jorros ocasionais de água molhavam a multidão, e tudo era acompanhado de gargalhadas.

— Erec — Bethany o puxou para o lado e cochichou: — É melhor você se esconder. Ele vai ver seu nome verdadeiro. E se revelar de onde nós viemos? Estaria tudo acabado.

— Talvez devêssemos sair daqui.

Erec não sabia como uma fina corrente de água poderia mantê-los presos, então ele colocou parte de seu pé sobre a água. Ele foi jogado para o alto com tanta força que acabou caindo de costas. Gargalhadas estridentes irromperam ao redor dele, mas Bethany parecia estar em pânico.

Uma fila se formou próxima ao Identidetector, e era a única saída do círculo de água. Erec e Bethany ficaram próximos da máquina, mas evitaram a fila. Kilroy conduziu os garotos um a um por baixo da abóbada azul do Identidetector.

Um menino andou para baixo da abóbada.

— Nome? — perguntou Spartacus Kilroy.

— Bo Garth — disse o menino.

— Bo Garth — repetiu Spartacus, e as páginas de seu livro de registro voaram até o nome de Bo.

Erec podia ver a tela do lado do Identidetector comparando duas fotos idênticas do rosto de Bo e seu nome. Nenhum endereço ou outra informação foram listados. Spartacus marcou o nome de Bo.

Erec apontou seu polegar em direção ao livro nas mãos de Kilroy.

— Acho que foi uma boa coisa não ter mudado meu nome no livro dele. Assinei como Erec Rex, então deve ficar tudo bem.

— Mas e se Kilroy reconhecer seu nome?

Erec chutou uma pedrinha na parede de água, e um pequeno jato a jogou de volta.

— Pelo jeito eu não tenho muita escolha.

A multidão dentro da parede de água estava diminuindo quando um bate-boca irrompeu próximo ao Identidetector.

— Bem, acho que temos o nosso criminoso — disse Spartacus Kilroy.

Erec se espremeu entre o amontoado de gente que espiava as fotos pela lateral da máquina. Uma mostrava um menino bravo, por volta dos 14 anos, agora amaldiçoando tudo dentro da máquina. A outra foto era a de um homem com pouco cabelo e de meia-idade.

— Rainha Posey, Vossa Alteza, nós o encontramos. Um homem crescido tentando se infiltrar nos torneios. — Kilroy balançou a cabeça.

A rainha Posey surgiu com um estardalhaço, com os cabelos castanhos pendendo em cachos e vestindo mantos azuis brilhantes. Agora que ela estava próxima, Erec viu que os círculos negros embaixo de seus olhos eram formados por três linhas escuras e finas. Ela franziu e apontou o dedo para o menino-homem, cujo nome era Tyrone Rant. Num segundo, Rant estava sentado próximo a ela, preso por uma pequena parede de água.

Kilroy parecia perturbado.

— Ótimo nós termos verificado. Vossa Alteza, devemos deixar o restante dos garotos irem?

A rainha Posey pensou por um minuto.

— Não. Acho que todos eles devem passar pelo Identidetector.

O coração de Erec tremeu.

Não restavam muitas crianças dentro da máquina quando surgiram os gritos. Outros dois se juntaram a Rant em sua parede de água: mais um homem se passando por menino e uma mulher que parecia uma menina de 10 anos. A rainha Posey não parecia nada satisfeita.

— Vou acabar com isso — anunciou Bethany.

Ela andou até o Identidetector com Erec logo atrás. Após uma curta espera, ela entrou.

— Bethany Evirly — disse ela.

— Bethany Evirly — repetiu Kilroy, parecendo cansado. Ele olhou para ela. — Ah, oi. — Ele sorriu. Seu livro se abriu numa nova página e ele marcou o nome dela. — Vejo que você mudou seu nome uma vez — Disse ele. — Humm. Você é parente de Earl Evirly?

Já pálida, Bethany balançou a cabeça negativamente.

— Que pena — disse Kilroy. — Ele tem circulado nas altas rodas daqui ultimamente. Sempre em reuniões importantes. — Ele deu de ombros. — Próximo.

Erec entrou.

— Erec Rex.

— Amigo de Balthazar — Kilroy esboçou um sorriso.

Ele olhou para a máquina, intrigado.

— Não estou certo sobre o que fazer com isso. Vossa Majestade poderia olhar? Ele *é* um garoto, mas as imagens não batem.

A rainha olhou as fotos por um longo tempo, e depois para Erec com um ar de descrença. Erec imaginou o que haveria de errado com a fotografia. Ele não conseguia vê-la de dentro da máquina. Poderia seu nome estar confundindo todos?

— Majestade? Devemos deixá-lo participar dos jogos? Ele não é um adulto tentando se infiltrar. Quem sabe o que aconteceu a ele?

A rainha Posey limpou a garganta.

— Você tem razão, claro. Ele pode ficar.

Erec sentiu grande alívio, embora suas pernas estivessem fracas por conta de toda a espera.

— Consevidente Kilroy?

— Me chame de amigão — Kirloy piscou um olho. — Já é a segunda vez que eu o salvo.

— Humm, eu gosto de ser chamado de Rick Ross e não de Erec Rex. Você poderia mudar meu nome no seu livro? — Erec prendeu a respiração.

Kilroy estava mesmo surpreso.

— Bem, não sei. Isso é bem inusitado.

— Você ouviu o garoto — disse a rainha Posey. — Chame-o de Rick Ross.

— Bem, tudo certo, então. — Kilroy sorriu educadamente e desenhou uma linha fina no nome "Erec Rex." — Agora é Rick Ross.

— Obrigado. — Erec fez uma reverência à rainha e foi direto para onde Bethany o estava esperando.

— O que aconteceu? — perguntou Bethany. — Não pude ver as fotos daqui. Eles reconheceram seu nome?

— Não faço ideia.

Erec balançou a cabeça, surpreso.

— Eles disseram que minhas fotos não batiam. Como é que pode isso? Eu não tinha um encantamento de transformação. A rainha Posey ficou olhando para mim. Imagino se ela reconheceu meu nome. Acho que Kilroy não se deu conta.

Um peso enorme se fez sentir sobre os ombros de Erec. Ele estava a salvo, mas não sabia ao certo o que estava acontecendo.

Bethany mordeu o lábio.

— Parece que meu tio Earl já esteve aqui.

— Tudo bem — gritou Kilroy. — Ninguém mais vai passar pelo Identidetector. Os jogos começaram oficialmente!

Ele soprou seu apito, e a multidão explodiu em alegria.

— O primeiro torneio — disse Kilroy — é o MONSTRO: Maratona de Obstáculos Numerosos Sinalizados por Trilha de Opções. A corrida é dividida em trechos de um quilômetro, cada um separando-se em duas direções. Ao final dos trechos haverá uma placa com uma pergunta. Cada alternativa de resposta irá direcionar vocês para um caminho diferente. Só um é o correto. Se escolherem a resposta certa e seguirem pelo trecho certo, ele irá se dividir novamente depois de mais um quilômetro e surgirá uma nova pergunta. Se vocês escolherem uma resposta errada, irão ou para um beco sem saída do qual terão de dar meia-volta ou, pior, irão para outro trecho que se bifurca, onde há duas respostas erradas levando para dois becos sem saída. Se vocês chegarem a uma pergunta em que saibam que ambas as alternativas estão erradas, voltem e escolham outra rota. Vocês não serão capazes de ver os becos sem saída até que estejam diante deles. Eles parecem bifurcações na trilha. Quando voltarem de um beco sem saída, devem vestir os bonés do desaparecimento, que estarão em grandes caixas próximas de cada placa.

Kilroy colocou um boné preto em sua cabeça e desapareceu. Então ele o tirou e reapareceu.

— Isto evita que seus competidores saibam que estão no caminho errado. Se vocês fizerem cada escolha corretamente, podem vencer em cinco trechos. Isso dá quatro quilômetros. Se errarem em todas as escolhas, a corrida pode durar 12 quilômetros adiante e mais oito quilômetros de volta. Não se cansem muito rápido. A tomada de decisão é mais importante do que a velocidade. E não se preocupem. É difícil, mas duzentos de vocês irão vencer a Maratona de Obstáculos Numerosos Sinalizados por Trilha de Opções. Boa sorte!

Erec pensou em sua irmã Nell e no andador dela. O torneio não parecia muito justo. Ainda assim, o fato de a prova não envolver o minotauro no labirinto o deixou mais aliviado.

Erec observou enquanto Bethany estava fazendo contas com os dedos. Ela o viu olhando e pareceu meio sem jeito.

— Só estou tentando descobrir as chances de vencer respondendo as perguntas aleatoriamente contando com todas essas crianças e o número de trechos. — Ela ergueu os ombros. — Eu gosto de matemática.

Os árbitros se reuniram ali perto, com exceção do rei Piter. Balthazar Ugry ficou em pé ao lado com uma cara fechada. O rei Pluto acenou com seu cetro, e números surgiram nas costas das camisas de todo mundo. A de Erec era 441, e a de Bethany era a 398. Erec imaginou se os números ficariam em suas camisas permanentemente.

A grande multidão seguiu Spartacus Kilroy em volta do labirinto e se juntou numa grande linha de partida. Kilroy soprou seu apito, e todos correram, trombando uns nos outros por um quilômetro até a primeira placa. Um menino e uma menina que pareciam ter por volta de 16 anos voaram sobre a multidão. Uma garota apontou para cima, dizendo:

— Lá vão os gêmeos Calais.

Um garoto passou numa velocidade tão grande que Erec quase caiu. Seus pés deslizaram pela pista como gelo sobre vidro. Alguns garotos se moveram como se estivessem andando na lua. Erec, no entanto, ficou mais surpreso por ver um guepardo que passava por ali como um raio. Quando a criatura chegou até o poste com a placa, se transformou numa garota sardenta com longos cabelos dourados.

Erec viu Balor Stain lendo algo escrito na palma de sua mão e correndo para a esquerda sem pestanejar. Damon, Ward e Rock estavam ao seu lado. Todos eles saltavam a passos largos, como se seus sapatos tivessem foguetes ou molas.

Uma fera gigantesca com longos pescoços que lembrava uma cobra com grandes presas na boca sibilava junto à primeira placa. Erec pulou para trás quando uma das cabeças avançou em sua direção com as mandíbulas abertas. Uma voz feminina persuasiva e robótica proclamou monotonamente, se fazendo notar sobre toda a comoção.

— Vocês se depararam com uma hidra, que emergiu de um lago. Ela está avançando sobre vocês, com as presas à mostra. Sigam pelo caminho à esquerda se colocarem um saco sobre a cabeça do meio. Vão pelo caminho da direita se cortarem suas cabeças com a espada.

As crianças correram para a esquerda ou para a direita, às vezes mudando de ideia e passando para o outro lado. Uma cabeça de cobra investiu contra uma menina que não estava olhando na direção da placa. Erec correu para tirá-la do alcance do monstro, o qual, porém se desvaneceu em pleno ar quando tocou a menina.

Um garoto alto e magro pulou mais de seis metros no ar e olhou por sobre a placa. O que quer que tenha visto não deve tê-lo ajudado, já que ele parecia muito desapontado quando tocou o chão novamente. De alguma forma, uma menina com cabelos pretos conseguia fazer a hidra pular de um lado para o outro. Embora fosse interessante de ver, não a ajudava nem um pouco.

— Bem — disse Bethany, que permaneceu junto a Erec —, cortar as cabeças dela é cruel e nojento, mas deve ser a melhor resposta.

— Eu acho que não — disse Erec. — Balor correu para a esquerda sem nem mesmo ler a placa.

Bethany colocou as mãos sobre a cintura.

— Então a gente deveria ir para o outro lado.

— E perder na certa?

Erec não sabia por quê, mas queria vencer. Talvez fosse seu lado competitivo falando mais alto. E sua mãe dissera que o destino deve tê-lo colocado ali por alguma razão. De qualquer maneira, parecia melhor se esforçar ao máximo.

Bethany fez uma careta e correu até o caminho esquerdo. Balor e seus amigos estavam fora do seu campo de visão. O caminho estava menos lotado, e eles correram um quilômetro numa boa velocidade. Na próxima placa, uma enorme fera que lembrava um caranguejo estalou pinças em direção aos garotos. O bicho tinha um olho só e uma boca gigantesca com dentes afiados.

A mesma voz feminina calma e monótona disse:

— Parabéns. Vocês jogaram um saco sobre a cabeça do meio da hidra, a que tem um pequeno cérebro, confundindo-a para que pudessem fugir. Se vocês cortarem a cabeça de uma hidra, duas outras crescem em seu lugar na mesma hora. Agora um ginglehoffer faminto avista vocês na floresta. É hora do jantar. Ele corre para pegá-los. Se usarem um marshmallow, sigam pelo caminho da esquerda. Se usarem uma espada, vão pelo caminho que está bem à frente. Se utilizarem uma coleira, peguem o caminho da direita.

Murmúrios de confusão preencheram o ar. Com a incerteza em seus rostos, as crianças correram em todas as direções.

— Pelo menos não somos os únicos que não têm nenhuma pista — disse Erec.

— Bem — disse Bethany —, parece que espadas não funcionam direito contra essas coisas. E um marshmallow é uma coisa ridícula. Quer tentar a coleira?

Erec achou que uma coleira soava tão ridícula quanto um marshmallow, mas que era tão boa quanto qualquer outra coisa. Eles correram para a direita, mais devagar agora, para a placa maior que estava um quilômetro à frente. Na placa, um dragão soltou um rugido e arranhou o ar com suas garras, e as asas abertas. Um caminho bifurcou atrás dele.

— O que você faria com uma coleira se um ginglehoffer o estivesse caçando? — perguntou a voz feminina. — Se tornaria um delicioso jantar. Coloque o boné da invisibilidade atrás desta placa e deixe-o no poste do ginglehoffer.

Erec e Bethany olharam um para o outro com desgosto.

— Estou ficando cansada de correr — disse Bethany.

Por trás do poste da placa, o dragão raivoso parecia um pedaço de papelão sem movimento. Bethany colocou um boné e desapareceu.

— Como vamos correr juntos se não consigo ver você?

— Não podemos. — A voz de Bethany estava próxima de Erec. — Não espere por mim. Estou ficando cansada. Não quero fazer você perder.

— Pode esquecer isso — disse Erec colocando seu boné. — Corra o máximo que puder. Você deve me vencer mesmo. Vamos esperar um ao outro no poste da placa. Aí poderemos descansar.

Correr invisível era bem estranho. Bethany apareceu um minuto depois de Erec retirar seu boné na placa do ginglehoffer.

— Só corremos quatro quilômetros — disse Bethany. — Melhor a gente diminuir o ritmo. Lembra da história da tartaruga e da lebre?

Oscar e Jack se agarraram à placa, vermelhos e descabelados, e se dobraram sobre seus joelhos, arfando.

Oscar franziu a testa.

— Nós cortamos a cabeça da hidra, então encontramos um mosquito gigante e tentamos jogar uma rede nele. Erramos. Jack me convenceu a voltarmos para cá antes que tentássemos cavalgar no mosquito. Quem sabe o que é o correto a se fazer? — Ele olhou para Jack. — Se era para a gente cavalgar no mosquito...

Jack ergueu um dedo.

— Shh... A gente fez o certo, bobalhão. Preste atenção no que a placa está dizendo.

Erec não conseguia ouvir nada. Ele percebeu que as palavras da mulher deveriam ser ouvidas dentro das cabeças dos corredores quando eles chegavam até uma placa.

Oscar cuspiu no chão.

— Corremos cinco quilômetros. Vocês dois parecem muito bem.

— Só corremos quatro quilômetros. Estamos indo mais devagar — disse Erec.

Ele foi deixar o boné do desaparecimento na caixa, mas voltou quando Bethany pigarreou ruidosamente. Ela guardou o boné dela no bolso e apontou para ele. Erec colocou o boné em seu bolso também.

Oscar e Jack o viram.

— Bem pensado — disse Oscar. — Parece ser uma boa.

Jack levantou uma sobrancelha.

— Não acho que isso seja inteligente. É roubo. Vale a pena ser mandado de volta para casa?

Oscar torceu o nariz.

— Falem que foi apenas um engano. Eles não podem provar nada.

Depois de um instante de dúvida, Erec decidiu que deveria ficar com o boné. Ele poderia acabar ajudando-o a salvar sua mãe. Ele olhou para o ginglehoffer, com suas garras afiadas, enquanto a voz da mulher novamente surgiu em sua cabeça.

— Eu ainda não gosto da espada — disse Bethany. — O caminho da coleira não tinha saída.

— É o marshmallow — disse Jack.

— Você ficou louco? — disse Oscar.

— Não. Meu pai falou alguma coisa sobre isso uma vez, tenho certeza.

— Sem chances. Me dê a poderosa espada.

Oscar se dirigiu para o caminho que estava bem adiante. Bethany, Erec e Jack pegaram o caminho do marshmallow, à esquerda. Correr não era mais tão ruim após um breve descanso. Eles corriam num ritmo cadenciado, e pularam para trás quando um minotauro gigante usando shorts apareceu de repente, investindo contra eles. A parte superior de seu corpo era igual a de um touro e ameaçava esmagá-los.

— Aaah! — Bethany correu para o outro lado.

— Olhe — disse Jack. — É de mentira, não pode machucar você.

A voz irritantemente calma da mulher ecoou em suas cabeças.

— Parabéns. Ginglehoffers não conseguem resistir a marshmallows, mas são terrivelmente alérgicos a eles. O de vocês come o marshmallow, tem ânsia e vomita enquanto vocês fogem.

— Acho que o negócio é escapar e não matar os monstros — disse Erec.

— Claro — concordou Bethany. — Sempre devemos ser bons com as criaturas.

Jack balançou a cabeça positivamente.

— Humm, por que eu não gostaria de ser bom com um minotauro? — disse Erec, rindo.

A voz da mulher continuou:

— Um minotauro gigante está avançando por um campo em sua direção. Se vocês implorarem por suas vidas ao minotauro, sigam pela esquerda. Se dispararem uma flecha no olho do minotauro, sigam reto. Se jogarem água no minotauro, sigam pela direita.

— Não acho que implorar para um minotauro poderia funcionar.

Bethany olhou feio para a horrível criatura.

— Mas eu também não gosto de atirar no olho dele. Alguém tem água aí?

Erec olhou para Jack.

— Seu pai falou alguma coisa sobre minotauros?

— Não. — Jack deu de ombros. — Para mim, a água é uma opção tão boa quanto qualquer outra.

Eles pegaram a bifurcação da direita. Depois de mais de cem metros, Jack trombou com alguma coisa no ar. Caiu de costas, com os pés para cima.

— Que droga — ecoou uma voz atrás deles. Os três se olharam.

— Isso é o que eu estou achando que era? — perguntou Erec.

Jack levantou-se e tirou a poeira que ficou em sua roupa.

— Era alguém correndo com um boné da invisibilidade. Estamos no caminho errado.

— Isso nos poupou dois quilômetros — Bethany esfregou a testa.

— Ou mais — disse Jack. — Poderia ter se bifurcado novamente.

Erec e Bethany tiraram os bonés de invisibilidade de seus bolsos.

— Ugh! — disse Jack. — Eu não peguei um. O que eu faço agora?

Ele olhou nostalgicamente para a caixa de papelão atrás da placa do minotauro.

Bethany disse:

— Você não precisa de um. Apenas corra de volta sem ele. Você só entrou um pouquinho aqui.

— Não. Não vale o risco — disse Jack.

Ele olhou tristemente para o caminho à frente enquanto outros garotos o percorriam.

— Aqui.

Bethany jogou seu boné para Jack e correu de volta sem ele. Erec e Jack olharam um para o outro, colocaram os bonés e a seguiram.

— Obrigado.

Jack sorriu e jogou o boné para Bethany.

Ela ergueu os ombros.

— Acho então que tem que ser a flecha. Implorar para um minotauro é ridículo.

Eles andaram devagar, mas tomaram seu rumo assim que notaram um homem grande e musculoso ao final do caminho. Ele segurava uma clava e tinha um olho enorme no meio de sua cabeça inclinada.

A voz da mulher se fez ouvir novamente nas mentes dos garotos.

— Parabéns. Vocês acertaram na mosca. Sua flecha atingiu o minotauro, permitindo a vocês atirarem outra em seu olho, cegando-o. Ou até mesmo em seu coração, para matá-lo.

— Quanta bondade com os animais — disse Jack.

A voz disse:

— Agora, ao final de sua jornada, um ciclope zangado movimenta sua clava na direção de vocês enquanto desce a montanha. Se vocês agarrarem os tornozelos dele e derrubarem-no antes que tenha tempo de reagir, sigam para a direita. Se oferecerem a ele seu relógio e todos os seus pertences, entrem à esquerda.

Erec ergueu a sobrancelha.

— Alguma coisa me diz que é melhor oferecer um agradinho do que enfrentá-lo.

Bethany e Jack concordaram e começaram lentamente a descer pela bifurcação da esquerda. Alguns garotos passaram correndo, o que fez os três se apressarem para chegar à linha final.

— Passamos por sete partes. Isso dá seis quilômetros — disse Erec. — Nada mal.

Olive Umpee anotou o número das camisetas assim que eles cruzaram a linha de chegada. Erec perguntou a Umpee qual foi sua colocação, e ela apontou para uma grande lousa atrás dela, na qual apareciam os nomes dos corredores ao lado de seus números. Erec, Bethany e Jack eram os colocados de número 95, 96 e 97. Eles comemoraram e se jogaram na grama.

— Vejam os quatro primeiros colocados — apontou Bethany. — Balor Stain, Damon Stain, Rock Rayson e Ward Gamin. Que grande surpresa.

Hecate Jekyll distribuía picolés de nuvem, sundaes de pólen, favos de mel, raspinhas de gelo e água mineral numa barraca onde todos podiam se refrescar. Erec provou um picolé de nuvem com sabor de néctar e pêssego, cujo formato era em espiral. Uma névoa púrpura se movia ao redor do palito. Era frio e delicioso e rodava dentro da boca dele antes de derreter. Bethany comeu um picolé de nuvem sabor xarope de bordo.

— Nossa. Ele evapora! — disse ela.

Conforme o picolé de nuvem ia derretendo, girava cada vez mais rápido, e pedaços iam se vaporizando no topo. Jack pegou um de mel e cacau e um de pólen e maçã antes de se jogar na grama macia.

— Contem para todos que o amigão Kilroy planejou uma festa na ágora hoje à noite para os vencedores — disse Hecate Jekyll. — Os convidados se encontrarão às seis na entrada dos dormitórios. Vamos de lá andando juntos.

Ela piscou.

— Vamos ter pizza, sorvete, doces, refrigerantes, algumas guloseimas da Aorth para vocês. E uma romã para você. — Ela apontou para Erec e então deu um tapinha em sua própria cabeça. — Veja bem, sou velha, mas ainda tenho tudo gravado aqui em cima.

Balor, Damon, Ward e Rock Rayson passaram por ali, rindo. De algum jeito eles conseguiram muitos pacotes das lanchonetes Super A King, com hambúrgueres e refrigerantes.

— Então vocês conseguiram — disse Balor. — Bom. Vão entrar no nosso time, então. — Ele riu. — Provavelmente. Vocês vão para a festa dos vencedores hoje à noite?

— Acho que sim — disse Erec. — Você vai?

— Ah, temos outros planos — disse Balor.

Damon abriu um grande sorriso.

— A gente vai sair para fazer *espionagem*.

Balor olhou atravessado para Damon.

— Cale a boca, boboca. — Ele se virou para Erec e riu. — Divirta-se hoje à noite. — E foram embora.

— Você ouviu aquilo? — disse Bethany. — Eles admitiram que vão espionar. É assim que eles descobrem tantas coisas sobre os torneios.

— Para mim, parece que quem quer que tenha dado para eles aqueles hambúrgueres da Super A King poderia perfeitamente ter entregado os segredos do torneio — disse Erec.

Oscar chegou todo vermelho e arfando.

— Parece até que vocês passaram o dia inteiro descansando na grama.

Os olhares de Jack, Erec e Bethany se cruzaram. Ninguém queria perguntar se ele chegou como um vencedor. Oscar caiu de joelhos.

— Bem, vocês não vão nem perguntar como eu me saí?

— Humm, como você foi? — perguntou Jack.

Oscar franziu a testa.

— Cento e noventa e cinco.

— Você passou! — gritou Jack.

— Mas foi por pouco — disse Oscar. — Meu pai vai me matar.

As peles de Oscar e Jack estavam avermelhadas.

— Vocês estão queimados de sol. — Bethany tocou no nariz de Oscar. — Vocês não tomam sol em Aorth?

Oscar a encarou como se a resposta fosse óbvia.

Stoney Rayson apareceu, muito bem vestido num terno cinza, pulseiras pretas e tapa-olho. Crianças corriam, procurando por papel e caneta para pegar autógrafos. Rayson os ignorou, anunciando num microfone:

— O torneio acabou. Os juízes estão partindo, e o trajeto já se foi.

De repente, uma área aberta de grama e flores do campo surgiu no lugar do trajeto pelo qual eles passaram um segundo atrás.

— Vencedores, peguem seus prêmios aqui.

Rayson apontou para um grande cercado onde bolas de diferentes cores e tamanhos estavam espalhadas pelo chão.

— Todos peguem uma anibola.

Rayson conferiu os nomes dos vencedores conforme eles foram entrando.

— Só uma de cada, apenas uma. Vocês podem guardá-la ou soltá-la.

As bolas estouravam de todos os lados, se transformando em coelhos, hamsters, lagartos, cachorros, esquilos, porcos e até ornitorrincos. Erec reconheceu Bo Garth do Identidetector. Ele tocou uma bolinha vermelha e ela estourou, deixando um mosquito em seu lugar. Ele espantou o inseto, deprimido.

Bethany estava radiante. Ela olhava cuidadosamente para um pequeno grupo de bolas.

— Eu sempre quis um bichinho. O tio Earl nunca me deixou ter um.

Jack tocou uma bola multicolorida, que se transformou numa grande e linda borboleta e saiu voando. Ele deu de ombros.

— Eu tenho muitos bichos em casa, mesmo.

Balor, Damon, Rock e Ward passaram pela inspeção, e Rayson puxou um saco de estopa, rolando quatro anibolas pretas na frente deles. Os meninos tocaram nelas, transformando-as em quatro reluzentes garanhões negros todos idênticos. Os garotos riram e comemoraram, batendo as mãos. Rayson apontou o dedo para uma pilha de cabrestos e selas.

— Ei! — gritou Bo. — Por que eles ficam com as especiais?

— Os quatro primeiros colocados — riu Rayson, limpando as mãos.

Bethany cuidadosamente escolheu uma bola rosa, que se transformou numa gatinha rosa muito fofa. Ela se desmanchou toda e pegou o animalzinho no colo, feliz como Erec nunca a tinha visto antes.

Oscar passou correndo com as mãos em forma de concha, levando um peixinho que estava tentando respirar.

— Onde tem água?

Erec procurou com cuidado por uma anibola. Ainda havia muitas delas ali, e os garotos que caminhavam pelo cercado pareciam estar com medo de escolher as que sobraram. Erec finalmente tocou uma bola cinza, que se transformou em um cachorro já crescido, balançando o rabo. O corpo era parecido com o de um labrador, exceto pelas orelhas pontudas e triangulares. Suas costas e face eram manchadas de um cinza escuro, enquanto a parte de baixo do corpo, as pernas, pescoço e focinho traziam um branco brilhante. Uma tira branca de pelos descia por sua face.

O cachorro pulou, colocando as patas no peito de Erec quase o derrubando. Lambeu todo o rosto do garoto. Seus olhos eram de um azul intenso e demonstravam muita inteligência. Erec passou um braço ao redor do pescoço do animal e esfregou sua cabeça, dando risada.

Repentinamente ouviu-se um grito. Garotos e animais correram gritando e grasnando enquanto um enorme rinoceronte avançava pelo cercado. Agitadas, as anibolas se transformavam em pássaros e salamandras ao redor deles. Erec agarrou seu cachorro e o braço de Bethany e correu para o portão.

Bethany e o cachorro de Erec ficaram olhando para ele em choque.

— Como você conseguiu levantar o cachorro assim? Ele não é pesado?

Erec percebeu que ainda estava segurando o animal e então o colocou no chão. Ele ergueu os ombros.

— Sou mais forte do que pareço.

Stoney Rayson observava todo o pandemônio sem se mover. Três crianças estavam deitadas de costas no cercado enquanto outras haviam sido pisoteadas. Erec imaginou se Rayson estava paralisado pelo choque.

Finalmente, depois que toda a área estava quase vazia e o rinoceronte ter dado algumas voltas pelo cercado, Rayson gritou:

— Todo mundo, para trás.

Ele arregaçou o punho direito da camisa, dobrou a mão para trás e, de repente, o rinoceronte se transformou em pedra, com a cabeça baixa e em posição de ataque.

Uma garota e vários animais próximos à fera também foram transformados em pedra, junto com a perna esquerda de Bo Garth, que estava levantada no ar. Bo gritava.

— Tudo bem — Rayson cobriu seu pulso novamente.

— Vamos levar todos vocês para o hospital real na ala sul. — Ele pegou Bo em seus braços e começou a carregá-lo para o castelo.

Balthazar Ugry apareceu, apreensivo.

— Eu sabia que alguém iria sair machucado — disse ele. — Esses torneios têm de acabar, *agora*.

— Ninguém perguntou a você, Balthazar — disse Rayson. — E ninguém se machucou no torneio. Fique fora disso.

Ugry apontou seu cajado em direção ao cercado. A menina que tinha virado pedra, algumas crianças e uns animais que mancavam petrificados foram erguidos do campo e flutuaram junto com ele para o castelo.

— Você viu Stoney Rayson transformar aquele rinoceronte em pedra? — perguntou Erec. — Ele deve ter mesmo olhos de górgona em seus pulsos.

Bethany também estava perplexa.

— Será que todos os membros do time Super A têm mesmo os poderes que mostram nos filmes e nos quadrinhos?

Jack olhou para eles com a testa franzida.

— Claro que sim. O que vocês achavam? Alguns daqueles sujeitos são muito assustadores. Estou surpreso que vocês nunca tenham ouvido sobre eles na Terra de Cima.

Erec se lembrou dos quadrinhos que tinham o Poderoso Joe Liath esmagando seus inimigos, Franklin Stein trazendo coisas mortas à vida e Mel Timan com seus raios de calor. O menino pensou nisso tudo e tremeu.

A pizza e o sorvete da festa dos vencedores eram bem mais gostosos do que os picolés de nuvem que Erec comeu no jantar. Hecate Jekyll havia preparado várias bandejas de sobremesas e trouxe para o lugar uma máquina de refrigerante.

Spartacus Kilroy silenciou o local com um pronunciamento.

— Em primeiro lugar, parabéns. Vocês demonstraram inteligência, força e, estou feliz em dizer, muito espírito esportivo. Estão todos convidados para o próximo torneio na quarta-feira. Será daqui a dois dias. Chama-se Prós e Contras. Vamos nos encontrar novamente atrás do labirinto às dez horas da manhã. Agora, uma salva de palmas a vocês mesmos.

Os garotos vibraram. Kilroy pediu silêncio mais uma vez.

— Infelizmente, como vocês sabem, houve um terrível acidente na premiação de hoje. De alguma maneira, uma das anibolas acabou se transformando num rinoceronte muito bravo. Três vencedores foram atacados, a perna de Bo Garth virou pedra, e Sue Penne foi totalmente transformada em pedra por Stoney Rayson, que estava tentando ajudar.

"Ezzy Mumbai, nossa médica do castelo, é excelente. Ela me assegurou que todos ficarão bem. Tenho certeza que vocês podem imaginar como essas crianças estão desapontadas por não poderem mais continuar nos próximos torneios, então, por favor, façam uma visita a elas. E qualquer um que não tenha pego uma anibola por causa do acidente, me procure.

A música preencheu a sala. As crianças conversavam sobre o torneio, todas agindo como se já soubessem as respostas o tempo todo. Era uma sala cheia de desbravadores.

Erec foi até a mesa de sobremesas para pegar outro brownie. Ele não havia falado com sua mãe desde o torneio porque Jack e Oscar estavam no quarto. Estava preocupado com a possibilidade de a rainha Posey ter reconhecido seu nome. Iria ela atrás dele e o trancaria em uma masmorra? Como ele não conhecia magia, a vida nas masmorras poderia não ser tão confortável para ele como era para sua mãe.

Spartacus Kilroy trombou com Erec no caminho para a porta, resmungando alguma coisa sobre o terem chamado no castelo. A gatinha cor-de-rosa de Bethany repousava feliz em seu ombro. Era tão fofa que parecia de pelúcia.

— Docinho é o nome que escolhi para ela. Encontrei uma caixa de sapato onde poderia dormir, mas provavelmente vou deixá-la dormir no meu travesseiro. Qual o nome do seu cachorro?

Erec não tinha pensado nisso.

— Ainda não sei.

De repente, surgiram muitos gritos do outro lado da sala. Alguma coisa estava muito errada. Os punhos de Erec se fecharam com força, e ele correu na direção do barulho. Na penumbra teve um vislumbre de crianças correndo para todos os lados, trombando umas nas outras.

Uma menina tinha sangue no rosto. Teriam gritado por estar ela machucada, ou ela estava ferida por causa de toda a balbúrdia? Houve uma briga? Erec respirou fundo. Mais berros foram ouvidos, e as crianças correram ao redor dele, em desespero.

Então, Erec ouviu um gemido tão profundo que se assemelhava a grossas dobradiças enferrujadas sendo abertas. Arrepios percorreram seu corpo enquanto o barulho se transformava num uivo sobrenatural. Então, no meio de alguns garotos que corriam, Erec pôde ver. O minotauro. A mesma criatura que dormia no labirinto estava agora na sala da festa, acordada.

O minotauro parecia completamente irracional e tão desorientado quanto os garotos. Ele trombava nas mesas e dava patadas nas cadeiras e crianças. A criatura apontou os chifres para um menino e avançou. No último segundo, alguém o puxou com força, salvando-o. O minotauro parou para respirar por um instante e olhou todo o caos. As crianças tentavam abrir as maçanetas e chutavam as portas, mas estavam trancadas.

Erec socou uma janela, tentando passar por ela, mas se deteve subitamente. Um par de olhos frios e penetrantes apareceu do outro lado: era Balthazar Ugry. O rosto de Ugry tinha uma feição horrível, os olhos faiscavam. Por um momento Erec ficou com mais medo de Ugry do que do minotauro.

Na confusão, as crianças encheram um balde com água e jogaram no bicho, fazendo com que ele ficasse ainda mais bravo. "Claro... a corrida Monstro nos mostrou hoje como parar um minotauro", pensou Erec. Qual era a resposta certa? Nada de água. O minotauro agarrou uma menina e quase a mordeu, mas alguém jogou uma mesa em sua cabeça. Ele a soltou e rugiu, girando seu corpo.

— Furem o olho dele — gritou Bethany. Mas não havia nenhuma espada.

De repente, Erec se sentiu fraco e tonto, como se estivesse pairando sobre a multidão. Seus olhos se arregalaram. Era um pensamento sombrio. Ele não gostava daquela sensação, da perda de controle. Uma mistura de enjoo e de um domínio silencioso tomou conta dele. Ele tentou não resistir àquilo.

Logo em seguida Erec pegou uma bandeja de louça e a jogou nas prateleiras de vidro atrás do bar, quebrando-as. O minotauro estava esmagando um menino com suas mãos gigantescas, mas se virou para olhar a causa do barulho, encarando em seguida o menino novamente e lambendo os beiços.

Erec saltou sobre o bar, pegou um estilhaço de vidro e avançou. A fera olhou para ele um pouco antes de Erec enfiar o vidro fundo em seu olho. A criatura urrou, mas soltou o menino gemendo para tentar retirar o vidro.

Logo uma porta se soltou de suas dobradiças com violência e Spartacus Kilroy entrou correndo junto com um carrancudo Balthazar Ugry atrás. Kilroy correu em direção ao minotauro, com o controle remoto apontado e gritando palavras estranhas.

Nada aconteceu.

Ugry apontou com seu cajado e disparou:

— Aphantos.

O minotauro desapareceu.

— Para fora — gritou Ugry para os competidores. — Fora!

Eles correram pelas portas, alguns cambaleando e outros chorando.

Kilroy amparou o menino que tinha sido atacado pelo minotauro.

— Alguém se machucou? Ah, meu Deus — disse ele, atônito pelo desastre. — Vou levá-lo para o hospital real. Venha comigo.

Ugry estava parado próximo à entrada, com uma expressão asquerosa no rosto.

— Que noite horrível — disse Bethany. — Lembra o que disseram aqueles homens no labirinto? O Consevidente do rei pediu um minotauro *faminto* como uma surpresa. Que grande surpresa.

— Bem, Ugry quer acabar com os torneios. Talvez fosse esse seu plano.

Jack parecia chocado.

— Mas Balthazar Ugry é um dos Consevidentes do rei Piter. Ele se dedica ao rei desde antes de nós existirmos. Ele não iria nos ferir.

Erec não tinha tanta certeza.

— Você já o viu bem de perto? Ele me dá arrepios. Tem alguma coisa errada nele. Eu quase sinto como se ele estivesse olhando através de mim.

— Você viu o rosto dele durante a premiação depois que o rinoceronte apareceu? — perguntou Bethany.

— Fico pensando se ele não planejou aquilo tudo também. Talvez ele esteja tentando afugentar todo mundo.

— Eu o vi na janela assim que o minotauro apareceu — disse Erec. — Ele tinha um jeito maligno.

— Talvez ele tenha chamado Kilroy para que ele não pudesse nos ajudar e, magicamente, nos trancou — completou Bethany.

Jack balançou a cabeça negativamente.

— Vocês não têm provas. Qualquer um poderia ter feito isso.

— Quem, por exemplo? — perguntou Erec.

— Talvez um perdedor magoado — disse Jack, mas ele também não parecia muito certo disso.

CAPÍTULO 9

Os tênis ludibriadores

— Gosto cada vez mais de ambrosia e néctar — disse Bethany, andando com Erec depois do café da manhã no dia seguinte. Ela estava vestindo outra das roupas de sua colega de quarto. — E me sinto ótima depois de comê-los.

Erec a olhou de rabo de olho.

— Talvez eles comecem a vender essas coisas nas lanchonetes.

Bethany deu risada.

— Vou querer um Ambrosia Super Star, por favor. Sem bacon.

Erec pegou uma sacola com ambrosia para seu novo cachorro, mas duvidou que ele fosse gostar.

Melody passou e acenou, os cabelos pretos encaracolados caindo sobre os ombros. Bethany disse:

— Agora é uma boa hora se você quiser usar meu quarto para conversar com sua mãe. Fico vigiando a porta.

Erec entrou no quarto de Bethany e fechou a porta. Um guincho alto o fez pular, e então algo voou em sua direção.

Ele levantou a mão e derrubou Docinho no ar, mas não antes de ela arranhar seu rosto. Ela pulou na cama de Bethany e encarou Erec sibilando e rosnando, como se estivesse tentando imitar um cachorro.

Erec encarou Docinho até ela se acalmar na cama. Ele colocou os óculos e saltou para o quarto de sua mãe. June estava sentada em sua cama, lendo.

— Mamãe? — chamou Erec baixinho.

June pulou e largou o livro.

— Erec?

— Estou na cadeira azul — embora ela não conseguisse vê-lo, era bom poder se voltar para a direção em que ele estava.

— Você está bem?

— Estou sim. Venci o primeiro torneio, mamãe! Era uma corrida, e era preciso saber sobre monstros. Foi divertido. Talvez eu vença mais alguns. Ganhei um cachorro como prêmio. Mas um minotauro atacou as crianças na festa dos vencedores. Ainda bem que tive um pensamento sombrio, ou um dos garotos poderia ter sido devorado.

June parecia assustada.

— Não posso acreditar nisso. Piter... o rei Piter nunca deixaria que algo assim acontecesse. Ele *precisa* saber sobre isso.

— Mamãe, o rei não sabe de nada. Ele está atordoado.

Ela não conseguia entender.

— Alguma coisa muito suspeita está acontecendo. Se Piter estivesse mesmo doente, Ippocra Asclep, a médica do castelo, poderia curá-lo imediatamente. Não há nada que essa mulher não possa resolver.

— Ela não está aqui. Agora a médica do castelo é Ezzy Mumbai.

June balançou a cabeça.

— Alguém está aprontando para o rei. Quem você acha que poderia estar por trás disso?

— Balthazar Ugry, um dos Consevidentes do rei, sempre parece estar por perto quando coisas ruins acontecem. Quando ele me olha eu tenho arrepios.

— Balthazar sempre foi fiel à coroa — disse June. — Mas as coisas parecem estar de cabeça para baixo agora.

— A rainha Posey descobriu meu nome, e parece que o reconheceu. Os olhos dela quase pularam fora da cabeça. Ela... estava querendo me pegar quando eu morava aqui?

June balançou a cabeça negativamente.

— Não. Eu adoraria dizer que você pode confiar nela, mas eu realmente não sei mais. Só não se aproxime muito de Posey.

— Por que as pessoas estão atrás de mim? O que está acontecendo?

June suspirou.

— Por favor, o dia tem sido péssimo. Conversaremos sobre isso depois. Apenas tenha cuidado. Danny e Sammy ainda não voltaram. Lynette Wool, que está cuidando das outras crianças, disse que eles ligaram algumas vezes e que estão bem, junto com alguns amigos. Eles falaram com todo mundo, então estou certa de que eram eles mesmos ligando, mas não faz sentido. Eles ainda não têm amigos em Nova York.

June fez um copo de água gelada aparecer e tomou um gole.

— Erec, preciso dar o fora daqui. Obviamente o rei Piter não pode me ajudar. Mas talvez você possa.

Erec saltou para trás, surpreso, mas ela não o via.

— Detesto pedir. Isso pode ser perigoso. Mas não tenho outra opção.

Ela ergueu um dedo, pensando.

— Você pode fazer uma fórmula para explodir o campo de força ao redor da minha cela. Ela demora um pouco para ficar pronta, então é melhor começar já. A maior parte das coisas de que precisamos está espalhada pelo castelo.

Ela sorriu enquanto seu plano começava a tomar corpo.

— Há uma coisa de que você precisa para ajudar a coletar os ingredientes. São sapatos especiais, chamados de tênis ludibriadores.

— Já tenho os meus tênis.

— Não. Estes são *diferentes*, Erec. Eles fazem você andar rápido, em silêncio total, sem rangidos no assoalho ou coisas do gênero. E se alguém estiver por perto, você pode dar um pisão forte no chão que o som vai sair em outro cômodo ou causar uma algazarra corredor abaixo, tudo feito para despistar.

Erec gostou muito da ideia.

— Os tênis ludibriadores estão sob um assoalho no closet, fora das câmaras reais. Há uma bolsa de dinheiro junto com eles para qualquer emergência. Pegue-a também. Vá para a asa oeste. Vejamos... siga pelo terceiro corredor à esquerda, vá até o final dele, vire à direita, vá até o final do corredor, então dobre à esquerda. O closet vai estar à sua direita, bem junto de uma grande porta dupla.

Erec disse:

— Terceiro corredor à esquerda até o final, direita até o fim e então esquerda.

— Exato. Pegue os tênis e a bolsa e então conversaremos sobre os ingredientes para a fórmula que vai explodir o campo de força.

— Mamãe, se você pode fazer magia, por que não faz a fórmula?

— Eu tentei. O campo de força impede que eu traga objetos mágicos, como alguns dos ingredientes.

— Como vou colocar essas coisas aí dentro?

— Você terá de trazê-las. Há muitas maneiras. Vou pensar nisso. Dê um jeito de ficar de olho no rei Piter. Se você descobrir quem o está enfeitiçando, me conte.

Quando Erec saiu pela porta, Bethany pegou Docinho e a alimentou com algo estranho.

— Vou esperar aqui — disse Erec —, longe do ataque da gata.

— Você está de brincadeira — disse Bethany, rindo. Ela conversou com a gata fazendo voz de bebezinho. — Você é uma menininha muito fofa e não machucaria ninguém, não é?

— Ah, é! — Erec apontou para o arranhão em seu rosto.

— Talvez você mesmo tenha feito isso — Bethany deu de ombros.

— Ah-hã. O que você está dando para ela comer?

— Ambrosia e sushi. Ela adora.

Erec contou a Bethany sobre os tênis ludibriadores e quando teminou ela disse:

— Podemos usar os bonés do desaparecimento para entrar na ala oeste. — Bethany puxou seu boné de dentro de uma gaveta e o colocou e tirou algumas vezes, vendo a si mesma desaparecer. Percebendo as roupas que estava vestindo, ela acrescentou: — Preciso encontrar a lavanderia. Ainda bem que é de graça. Não quero nunca mais usar aquele vestido horrível de novo.

Aquilo deu uma ideia a Erec.

— As roupas vão ser uma boa desculpa. Se formos pegos na ala oeste, podemos dizer que estávamos procurando a lavanderia. E podemos esconder os tênis e o dinheiro no meio das roupas.

Erec enfiou seu boné no bolso e foi colocar suas roupas sujas dentro da bolsa. Quando ele pôs o boné, a bolsa desapareceu junto com ele. Assim que ele pisou na gravidade lateral dentro do castelo, duas meias e um par de shorts caíram de sua bolsa, tornando-se visíveis em pleno ar ao caírem. Um menino que estava perto deu um pulo para trás, assustado. Os shorts e meias sumiram quando Erec os pegou de volta. O garoto disse para seu amigo:

— Estou muito cansado. Vou me deitar.

Erec e Bethany saíram de mansinho dali, na ponta dos pés.

Era difícil se mover rapidamente uma vez que as pessoas no caminho não os viam. Spartacus Kilroy passou por ali com sua capa azul brilhante e olhou através dos dois. Quando estavam próximos da ala oeste, Balthazar Ugry parou bem perto deles e os encarou; seu amuleto de escaravelho brilhando na luz. Erec agarrou o braço de Bethany e a puxou para a parede antes de Ugry passar. Ele prendeu a respiração. Ugry se aproximou ainda mais, com os olhos ardendo em chamas.

O estômago de Erec se revirou. Um cheiro de mofo tomou tudo ao seu redor e ele se esforçou para não espirrar. Ugry olhou em sua direção, Erec olhou para baixo. Ele ainda estava invisível.

A testa de Ugry ficou toda franzida.

— Vocês *roubaram* estes bonés de desaparecimento? Tirem-nos agora.

Erec e Bethany tiraram os bonés e cada um notou o rubor no rosto do outro.

Bethany disse:

— Me desculpe, senhor. Nós acabamos de encontrá-los... nos dormitórios.

Ela ergueu o seu para devolver a Ugry.

Os olhos de Ugry se apertaram.

— Devolvam os bonés a Spartacus. Se eu os pegar usando isso novamente, vocês irão para casa imediatamente. Ou para algum lugar ainda pior.

Erec e Bethany seguiram pelo corredor, ofegantes.

— Como ele nos viu?

Bethany deu de ombros.

— Parece que ninguém mais nos viu. É melhor não os usarmos de novo.

Ela enfiou o boné no bolso.

— Não deveríamos dá-los a Kilroy? — perguntou Erec.

— Ugry não disse que seríamos expulsos se *ficássemos* com eles — disse Bethany. — Só se os usássemos novamente.

Balthazar Ugry e Spartacus Kilroy estavam se encarando ali perto. Erec ouviu Kilroy dizer:

— Você não sabe o que é o certo para Alypium. Não se intrometa onde não é chamado, Ugry.

— E o que você vai fazer? — desafiou Ugry. — Me matar?

Bethany passou por eles sem ser percebida e fez um sinal para Erec segui-la em direção à ala oeste.

— Vou distrair o guarda, e você corre para dentro.

— Acho que, enquanto Ugry estiver aqui fora, posso usar o boné do desaparecimento — disse Erec.

— Eu não usaria. Se você for pego na ala oeste, pode dizer que se perdeu, mas, se estiver com o boné, estará tudo acabado. Ugry adoraria nos mandar de volta para casa. Vá, rápido, eu distraio o guarda.

— Como? — Erec achava incrível a maneira como Bethany conseguia enxergar ali uma oportunidade; mesmo com um guarda, Ugry e Kilroy por perto.

— Vou perguntar a ele sobre a lavanderia. Vá enquanto eles ainda estão discutindo — ela foi para a outra ponta da corda de isolamento e chamou o guarda. Erec olhou rapidamente pelo corredor onde estavam Ugry e Kilroy e se jogou por baixo da corda com a sacola da lavanderia em suas mãos.

Ele correu na ponta dos pés e passou por uma sala de onde estrondos vinham de trás de uma porta e virou à esquerda no terceiro corredor. Ao final deste corredor, ele olhou para a direita. Duas empregadas estavam encostadas na parede, conversando.

Erec se escondeu no canto da parede, esperando que elas partissem. Em vez disso, as mulheres começaram a caminhar na direção dele. Ele colocou a mão sobre o boné do desaparecimento em seu bolso. Poderiam elas vê-lo se o estivesse usando, assim como aconteceu com Ugry? Melhor não arriscar. Ele abriu a porta e entrou em um quarto escuro.

No instante em que ele entrou lá dentro, uma tremenda força o arremessou de lado contra a parede. Ele estava pregado como se a parede fosse um ímã e ele feito de ferro. Erec usou toda a força para desgrudar seu corpo, mas as mãos continuaram presas. Conseguiu então tirar uma das mãos, mas, assim que levantou a outra, o corpo todo foi novamente puxado de volta para a parede.

Ele começou a ouvir passos e vozes vindos do lado de fora do quarto. Erec percebeu que tinha feito muito barulho ao se chocar contra a parede. A porta foi aberta, e a luz entrou. Sem pensar, Erec agarrou o boné do desaparecimento do bolso e o colocou.

Uma empregada apertou o interruptor para acender a luz e observou o interior do quarto. Ela parecia saber que não deveria entrar ali.

— Nossa, achei que havia alguém aqui dentro.

— Sim — a outra riu nervosamente. — Alguém que não sabia o que estava fazendo.

— Bem, vou falar com Ugry — disse a primeira. — Ele vai querer saber sobre isso.

Elas fecharam a porta e deixaram a luz acesa.

Erec tirou o boné. Ugry estava vindo, e ele estava preso. Erec olhou ao redor do quarto. Os únicos móveis eram um sofá e uma cadeira. Eles pareciam fixados à parede em que ele estava grudado.

Assim que tentou se mover, Erec percebeu que seus pés se levantavam facilmente do chão. Incrivelmente ele podia andar por toda a parede, diretamente até o teto. Era como se não houvesse gravidade ou...

Erec lembrou de Balor Stain dizer que a mudança de gravidade não se fazia valer dentro de alguns quartos do castelo. E também como eles deixavam algumas crianças entrar nesses lugares só para ficar vendo-as se debater contra a parede. Erec se sentiu um idiota. A gravidade estava de lado, só isso. Ele ficou de pé na parede. Agora a pergunta era como subir o chão em direção à porta. Ele arrastou o sofá pela parede, encostando-o no chão, e subiu nas almofadas. Ficando de lado, ele alcançou o batente da porta e se puxou para fora, caindo no chão com um estampido.

Vozes ecoaram pelo corredor. Erec tinha certeza de ter ouvido Ugry e disparou pelo corredor que agora estava vazio, então virou à direita e depois à esquerda. O closet deveria estar à sua direita, junto às enormes portas duplas trancadas. Ele correu para a maçaneta dourada da Teletrans-Porta. Havia várias portas que pareciam ser closets. Qual delas seria a certa?

A voz de Ugry estava ficando cada vez mais próxima. Erec mergulhou para dentro de uma grande porta que estava do lado das portas duplas e por sorte não voou contra a parede. Lençóis e toalhas estavam empilhados lado a lado sobre prateleiras. Talvez aquele fosse o local certo. Ele passou suas mãos pelo assoalho, mas não sentiu nada de diferente. Erec tentou levantar uma delas com os dedos, mas parecia impossível de conseguir.

Uma empregada falava sem parar:

— ...por aqui em algum lugar. O Consevidente Ugry disse que ele provavelmente estava usando um boné do desaparecimento.

Enquanto os olhos de Erec se acostumavam à escuridão, ele viu que uma das tábuas junto à parede era levemente diferente e a puxou abruptamente. Abaixo dela estavam os tênis de camurça azul e uma bolsa de lona cheia de moedas e notas amarradas com elásticos.

— Ele não pode ter fugido. Provavelmente está escondido em algum lugar. — A voz de Ugry parecia muito próxima.

Erec colocou os tênis ludibriadores. Por sorte, eles serviram. Ele esperava que sua mãe estivesse certa sobre o funcionamento deles. Assim que a maçaneta da porta começou a virar, ele deu um pisão no chão.

Um barulhão se fez ouvir no corredor. A maçaneta parou de se mover.

Ugry disse:

— Humm.

Erec ouviu os passos altos das empregadas e os xingamentos de Ugry ressoarem pelo corredor.

Erec enfiou seus tênis velhos na bolsa. Só para ter certeza, ele pulou mais algumas vezes antes de dar uma espiada do lado de fora. Não havia ninguém por ali. Ele seguiu pelos corredores, correndo em completo silêncio graças aos tênis ludibriadores. Mas, assim que ele dobrou o último corredor, trombou com Spartacus Kilroy, que estava carregando uma bandeja de leite e bolachas. As bolachas caíram no chão e se quebraram em pedaços. Um pouco do leite se espalhou pela bandeja. Kilroy olhou para a bandeja, espantado.

— Humm, desculpe.

Erec limpou as migalhas de bolacha de sua roupa e as colocou de volta no carrinho.

— Eu não o ouvi chegando. Foi minha culpa. Nada demais, só espirrou um pouco de leite. Estes são os biscoitos e o leite das dez horas para o rei.

Kilroy, repentinamente, ficou preocupado.

— Diga, o que você está fazendo aqui?

Erec mostrou sua bolsa da lavanderia.

— Tentando encontrar a lavanderia. Alguém me disse que era por aqui. Acho que estavam de brincadeira.

Kilroy sorriu.

— Vou mostrar o caminho certo a você. Agora, não venha mais para esta área, está bem?

— Sim, senhor.

Kilroy levou Erec, e ambos passaram pelo guarda.

— A lavanderia costumava ficar no porão, mas desde que o castelo ficou de lado é impossível chegar lá. Agora fica perto das cozinhas.

Ele seguiu com a bandeja, e Erec viu Bethany conversando com um grupo de garotos do outro lado do saguão. Quando ela viu Erec, correu até ele. Ele apontou para seus pés.

— Você conseguiu!

— Eles funcionam muito bem. Sabe, estive pensando. Se nasci aqui, devo ter algum tipo de magia também. Talvez *eu possa* fazer alguma coisa, como mandar Balor e Damon para casa ou ficar invisível sem o boné do desaparecimento.

Ele coçou a cabeça.

— Queria lembrar mais de como era estar aqui.

— Melhor fazer isso logo. O torneio Prós e Contras é de manhã, e não faço ideia do que se trata.

A lavanderia, quando ele a encontrou, estava muito mal iluminada. A princípio Erec teve que se esforçar para enxergar as máquinas de lavar emparelhadas e alinhadas na parede. Embora o local parecesse vazio à primeira vista, Erec ouviu fungadas e uma respiração ofegante e imaginou se alguém estaria se escondendo.

Com um rangido, várias máquinas de lavar giraram e começaram a andar em direção a eles. Assim que ficaram mais próximas se tornaram mais rápidas, e as outras que estavam no lado oposto do cômodo fizeram o mesmo. As tampas das máquinas se abriam e fechavam, dando a elas um aspecto ameaçador, como se estivessem para abocanhar Erec e Bethany. Os barulhos de fungadas ficaram mais altos. Erec se deu conta de que os ruídos vinham das máquinas.

Bethany se afastou, mas as máquinas se aproximavam mais ainda. Uma pequena máquina de lavar, que batia na cintura de Erec, mordeu sua bolsa de roupa suja. Erec abriu a tampa, e ela se empinou. Ele tirou o dinheiro da bolsa e jogou a roupa suja para dentro da lavadora rapidamente, desejando que o deixassem em paz de uma vez. A pequena máquina se fixou no chão de cimento e começou a trabalhar toda satisfeita.

O restante das lavadoras seguiu ainda mais depressa em direção a Bethany. Para Erec, elas pareciam um grupo de patos gigantes brigando pelo pão jogado pelas crianças. Bethany gritou, deixando as roupas caírem enquanto corria para a porta. Uma das máquinas, com os pés, jogou a bolsa dela para o alto, e várias ficaram se espremendo esperando o objeto cair dentro de uma de suas bocas.

A lavadora sortuda gorgolejou feliz enquanto as outras lentamente voltavam em direção à parede. Uma máquina andou até Erec, cheirando-o e então voltou ao seu lugar.

— Então é isso — gritou Bethany da porta. — Nunca mais vou ver essas roupas de novo. Se alguém está achando que vou enfiar minha mão nessas coisas para tentar pegá-las de volta...

As gorgolejantes e barulhentas máquinas com as roupas deles logo ficaram em silêncio. A menorzinha trotou até Erec, cercando-o alegremente. Com sua tampa, ela mordiscou e puxou a camisa dele.

— Ela ainda está com fome? — perguntou Bethany lá da porta.

— Talvez ela queira brincar — disse Erec. — Ou talvez as roupas estejam prontas.

Ele espiou dentro da pequena lavadora, que mantinha sua tampa aberta. Suas roupas estavam perfeitamente limpas e dobradas. Ele as tirou de dentro, e a máquina trotou de volta à parede.

A máquina maior, com as roupas de Bethany, estava parada. Um pequeno barulho veio dela, parecia muito com um ronco. Erec deu uma olhada, e a roupa de Bethany também estava limpa e dobrada. Ele as retirou, deixando a máquina cochilando.

Oscar e Jack já tinham saído quando Erec voltou ao quarto. Ele abriu a bolsa, e havia mais ouro, prata e bronze do que ele já tinha visto, bem como rolos de mais daquelas Notas engraçadas que ele tinha visto na estação de Alypium. As moedas de ouro tinham furos no centro. Ele respirou fundo e sentou com a bolsa em seu colo.

Seu cachorro encostou o focinho na mão de Erec e o fitou com seus olhos azuis.

— Bom menino. Podemos comprar uma ótima comida para você agora. E uma coleira também. — Erec abriu um guardanapo e deu para seu cachorro um peixe, uma maçã e um pouco de pão. Com o bichinho feliz, ele trancou a porta e colocou os óculos.

— Mamãe?

June pulou, mas não muito dessa vez. Ela estava tricotando, e seus dedos exibiam enormes anéis de diamante, rubi e esmeralda.

— Ah, Erec, graças a Deus. Eu estava tão preocupada por tê-lo enviado sozinho ao castelo com tudo de cabeça para baixo, principalmente porque Posey sabe que você está aqui. Está tudo bem?

— Estou bem, mamãe. Peguei o dinheiro e os tênis ludibriadores. Eles são ótimos.

— Já? — disse June. — Maravilhoso. Você teve alguma dificuldade?

— Nenhuma. Não se preocupe comigo.

Não havia necessidade de deixá-la alarmada sobre como ele quase foi capturado por Ugry.

— Mamãe, de onde são todas essas joias?

Se eles já tivessem todos aqueles anéis, poderiam ter comprado uma casa.

Ela deu um toque em seu dedo, e eles sumiram.

— Sinto falta das coisas mais refinadas. Funcionam como um pequeno consolo por eu estar presa.

— Se você podia fazê-los aparecer, por que não fez isso quando a gente estava precisando tanto de dinheiro?

— Eu não podia. Magia não é permitida na Terra de Cima. E se eu tivesse tentado, seria ainda mais fácil de nos encontrar. Há aparelhos de rastreio.

Ela fez surgir um pequeno anel de esmeralda de volta em seu dedo.

— Então, você está pronto para encontrar ingredientes para a fórmula que vai me tirar daqui?

— Pode apostar que sim. Quais são?

Ela já tinha uma lista pronta.

— Vamos precisar de uma ferradura usada, mata-lobos, pólvora, nitrodesejo, uma pena de águia, três fios de juba de leão, essência de javali africano e álcool feito de cereais. É melhor você anotar tudo.

O coração de Erec palpitou.

— E eu vou ter quantos anos para achar tudo isso?

— Ah, não é tão difícil assim. Você pode achar a maioria no castelo.

— Certo.

Erec tirou seus óculos, pegou um papel e encostou-se na porta.

— Pegue quatro punhados de mata-lobos, dez gotas de nitrodesejo, três xícaras de álcool feito de cereais e cinco gotas de essência de javali africano. Tenha cuidado com tudo isso. Você vai encontrar tudo na despensa de ingredientes, pelo menos era assim no passado. A antiga chefe de cozinha, Hecate Jekyll, mantinha tudo bem estocado. Ela ainda está lá?

— Está sim — disse Erec.

— Bom. Ela vai ser de grande ajuda. Peça a ela por essas quatro coisas. Não acho que ela saiba muito sobre fórmulas para descobrir o que estamos planejando. Se ela oferecer resistência, me conte e eu digo como invadir a despensa dela. Então você vai precisar de dois copos de pólvora, isso dá mais ou menos duas mãos juntas cheias. Há montes disso no depósito de armas convencionais. Eu digo mais tarde como você consegue entrar lá.

Aquilo soou estranho para Erec.

— Por que há um depósito de armas? Existem guerras em Alypium?

— Nunca houve. É mais por precaução. Agora, a pena de águia e os três fios da juba de leão são as coisas mais incomuns. Tenho certeza que Hecate Jekyll não deve tê-los no estoque. Você terá de encomendá-los na Net.

Ela parecia ansiosa.

— Você consegue fazer isso?

— Mamãe, não sou estúpido. Lembra que você disse que poderíamos usar a internet na casa das outras pessoas? É fácil. Mas duvido que eu encontre fios da juba de um de leão e pena de águia.

June explicou melhor o que queria dizer.

— Não estou falando da internet. Quero dizer a MágicaNet. É a mesma ideia, só que diferente.

— É fácil de usar?

— Muito fácil. Alguém deve ter acesso por aí. — Ela estalou seus dedos. — Pergunte às pessoas. É algo meio recente. Eu não sei como vivíamos sem ela.

O rosto dela se abriu com um sorriso.

— Dá até para comprar coisas através dela. E agora você tem dinheiro. Mas tenha cuidado, há alguns trapaceiros à solta. Se você precisar de mais dinheiro, eu digo como pode fazer para entrar nos cofres do castelo.

Erec anotou:

— "Pena de águia e três fios da juba de um leão, — MágicaNet".

Ele não acreditava no que estava ouvindo. Sua mãe sabia como invadir os cofres do castelo? Ele achou que isso não deveria ser surpresa nenhuma, já que ela poderia saquear a despensa de Hecate Jekyll e assaltar o depósito de armas. Ela sabia muito sobre roubar coisas. Ele começou a imaginar por qual motivo ela estaria presa.

— Com isso, fica faltando a ferradura usada. Humm. Acredito que você possa conseguir realmente qualquer coisa na MágicaNet, deve tentar por lá mesmo.

— Não se preocupe. Eu sei onde posso encontrar uma — Erec escreveu: — "Ferradura usada, anibola-cavalo do Balor".

Roubar a ferradura seria um prazer.

CAPÍTULO 10

O Prós e Contras

Foi difícil convencer Bethany a pegar dinheiro para comprar roupas, ração e uma coleira para Docinho. Mas assim que Erec conseguiu, ela ficou radiante com suas novas coisas. Eles balançavam seus pés descalços na água de uma grande fonte circular. A garotada estava nadando na água que jorrava de uma enorme baleia de pedra, de um monstro do mar e de uma sereia, todos bem no centro da fonte.

Docinho dava tapinhas na água ao lado de Bethany. Depois de observá-la, a garota olhou para ver se alguém estava ouvindo e disse:

— A Docinho pode falar. Sério. Ela pulou no meu ombro e cochichou que o menino com o olho de vidro, ou seja, você, conversou com a mãe no meu quarto. Estou tão orgulhosa dela. Mas não consegui que ela falasse mais nada.

— Ótimo. Primeiro ela me ataca e depois me espiona.

Erec olhou para a gatinha rosa e fofa que estava inocentemente lambendo a pata.

— Você está com inveja porque seu cachorro não fala. Ele já tem um nome?

— Não.

Erec estava morrendo de vontade de cair na água, e disse:

— Devíamos ter trazido traje de banho.

— Para nadar?

Bethany olhou para a água, e seu rosto ficou todo vermelho.

— Sabia que nunca nadei? Que nunca tive uma roupa de banho? Sinto-me uma idiota. Não conheço nada.

Erec jogou uma pedra, e ela ricocheteou na água até bater no monstro marinho. Ele não sabia ao certo o que dizer.

Bethany abraçou suas pernas.

— O tio Earl acha que nadar é uma perda de tempo, que festas são bobagens e se estou descansando não faço por merecer o que ganho — ela chutou a água, molhando tudo ao seu redor. — Espero nunca mais vê-lo de novo.

De repente, ela pulou na água até a cintura, de roupa, escorregou e caiu para baixo da superfície. Voltou tossindo e cuspindo, os olhos bem abertos.

— Isso é *ótimo*! — ela foi para o fundo de novo.

Sorrindo, Erec pulou com seus shorts.

— Não se sinta mal. Minha mãe é muito legal, mas também me deixa louco às vezes.

Bethany ficou de pé, pingando.

— Você está de brincadeira. Eu daria qualquer coisa para ter uma mãe como a sua. Acho que tive uma assim uma vez. Eu tenho uma coisa que me ajuda a lembrar dos meus pais. O Earl nunca soube ou teria tirado até isso de mim, com certeza.

Bethany procurou alguma coisa em sua camisa e então tirou duas fotos ovais ligadas por uma presilha dourada.

A foto da esquerda mostrava um homem sorrindo, com a pele bronzeada como uma panqueca, além de pequenos olhos e cabelo castanhos. A imagem da direita tinha uma mulher ruiva ninando uma bebezinha risonha de cabelos pretos.

— Essa é minha mãe e eu, e este é meu pai. Tenho este pingente invisível desde quando eles morreram. Você é o único para quem eu já mostrei.

Ela fechou o acessório, e ele desapareceu.

— Kilroy disse que Earl Evirly vem aqui para encontros importantes. Você acha que poderia ser seu tio?

Bethany suspirou.

— Ele sai em viagens de negócios às vezes. Eu tinha que trabalhar dobrado quando isso acontecia. Eu sempre ficava imaginando que tipo de viagens de negócios um jornaleiro poderia fazer. Claro que ele nunca me contaria. Mas é difícil de imaginar um vendedor em reuniões num castelo.

— Com um pingente invisível como esse, parece que as viagens dele são mais para Alypium do que para Hoboken.

Bethany ergueu o nariz para o alto.

— *Ele* não me deu este pingente. Meus pais me deram.

Erec deu de ombros.

— Talvez você tenha nascido aqui também.

Bethany parou de brincar na água e se sentou na parede. Os dois ficaram olhando para a água.

— É engraçado — disse Bethany enquanto Erec se juntava a ela. — Quando você teve uma coisa a vida inteira, mesmo que seja esquisita, como um pingente invisível, acho que você não estranha muito.

Erec concordou.

— Eu estou desconfiado de que minha mãe tenha sido algum tipo de... fora da lei.

As sobrancelhas de Bethany se ergueram.

— Sem chances.

— Claro que sim — Erec contou a ela todos os seus motivos. — Bethany, ela sabe como arrombar os cofres do castelo e como invadir as despensas de Hecate Jekyll. Você não fica pensando de onde veio o dinheiro da bolsa? Não somos ricos lá em casa. E se ela estiver presa por essa razão? E se ela roubou dinheiro e estava fugindo? A gente não parava de mudar de casa. Ela sabia que eles estavam chegando perto. Isso explicaria por que a gente tinha dinheiro sem ela trabalhar quando eu era mais novo. E mais: ela não me conta o que ficava fazendo em Alypium.

— Você ainda vai soltá-la, certo?

— Claro. Ela é minha mãe. Me adotou. Acho que isso me torna um fora da lei também. Deve ser por isso que não posso dizer meu nome verdadeiro por aí. Talvez eu seja preso se não puder devolver todo o dinheiro que ela roubou.

Essa ideia fez Erec ficar preocupado, e ele parou de falar.

— Eu imagino se *sou* de Alypium.

Os dedos de Bethany ficaram alisando o amuleto invisível.

— Talvez meus pais tenham sido importantes. Talvez seja por isso que o tio Earl visite tantas pessoas importantes.

— Talvez seus pais fossem o rei e a rainha.

Bethany deu uma risadinha.

— Se o rei Piter fosse meu pai, eu teria uns cem anos. Além disso, meus pais morreram. E os trigêmeos do rei Piter foram assassinados.

— É — Erec se levantou, pingando água. — Venha, vamos voltar.

Molhando tudo, Erec foi até os dormitórios para se trocar. Conversar sobre sua mãe o fez lembrar da noite anterior à sua chegada em Alypium, e ele se sentiu culpado. Entre os irmãos e os empregos da mãe, Erec quase nunca teve um tempo sozinho com ela. Naquela noite, eles finalmente foram caminhar juntos. Um homem os estava seguindo. Erec contou para ela, mas, quando ela se virou, o sujeito havia sumido.

June riu.

— Que imaginação. Eu queria ser pequena de novo.

— Eu não sou mais pequeno, mamãe.

— Claro.

Erec tinha comido um cachorro-quente, e um homem idoso se sentou ao lado deles em um banco. June apontou para um jardim de flores espremido num pequeno espaço de solo.

— Aposto que se você olhar com muita vontade poderá ver uma fada das flores lá. Aqui não há muitos lugares para elas irem.

O senhor levantou as sobrancelhas e esboçou um sorrisinho. Então, para o completo constrangimento de Erec, ela começou a cantar a canção de ninar que tinha escrito para ele tanto tempo atrás. Isso, infelizmente, acontecia com uma certa frequência. Ele achava que isso era para fazê-lo se sentir melhor por ter sido abandonado por seu pai e também por ter um olho de vidro. O homem no banco olhou com dó para Erec.

Quietinho, quietinho meu amor, minha coragem
Siga seus sonhos para um lugar selvagem
Durma tranquilo em sua cama quentinha
Deixe pensamentos mágicos preencherem a cabecinha
Você pode ser um viajante, um valente cavaleiro

E numa caverna encontrar um dragão arteiro
Ele tem um presente só para você
Dado por seu pai, não vá se esquecer
E este presente especial, digo de coração
É seu olho de dragão
Foi feito para você, encaixa perfeitamente
Para que sua nova vida seja decente

O homem no banco se levantou.

— Mamãe, sou muito velho para canções de ninar.

— Ah-hã — disse June, sonhadora.

Não só ela o tratava como um nenezinho de dois anos e não acreditava nele sobre o homem que os seguia como também não o estava escutando.

Erec se revoltou.

— Eu odeio essa canção.

June disparou um olhar cortante ao menino.

— Ah, é mesmo? Eu me lembro bem de você implorando para eu cantar.

— Isso foi há muitos anos. Agora eu não aguento mais.

Parte de Erec se sentiu mal por dizer isso, mas uma outra parte precisava daquilo.

June se endireitou no banco.

— E por quê?

— Me faz lembrar que não tenho um pai. E que me falta um olho. E a canção não me faz sentir melhor sobre isso.

— Você tem um pai.

— Não de verdade. Ele nunca nem se importou em mandar um cartão de aniversário. Eu nunca sequer vi uma foto ou falei com ele. Ele está feliz por ter se livrado de mim.

June colocou a mão sobre a de Erec.

— Seu pai o ama muito.

Isso o levou ao limite.

— Você acha que sou estúpido? — Erec não conseguiu se controlar. — Por que você nunca me falou sobre ele? E sobre minha mãe biológica? Ela morreu, certo? Você nunca falou se ela *está* viva e que me ama. É por isso que meu pai me deu para adoção. Ele não queria cuidar de um garoto. Por que você não me conta a verdade? Você não fala sobre o que interessa, só sobre as "fadas das flores". Você me trata como um bebê.

Embora tenha ficado aliviado ao colocar tudo para fora, Erec imediatamente sentiu-se péssimo.

Os olhos de June marejaram, e Erec sentiu o coração pesar. Ela trabalhou duro e queria que tudo fosse bom para ele mas ele não se segurou e a fez chorar.

Eles andaram em silêncio para casa. Ela comprou um sorvete de chocolate na casquinha para ele, mesmo com Erec sabendo que eles não podiam gastar dinheiro. Tinha um gosto muito bom, mas estava coberto pelo sabor da tristeza.

— Imagino se Hecate Jekyll vai ter aquelas coisas malucas. O que é nitrodesejo?

Bethany e Erec ficaram de lado enquanto subiam até o castelo. No caminho para as cozinhas, a rainha Posey apareceu na frente deles usando uma beca de escamas de seda azul esverdeada e segurando seu cetro cravejado com enguias e dragões marinhos. Eles pararam para evitar trombar com ela.

A rainha Posey apontou seu longo dedo para Erec.

— Aí está você — a voz dela era lenta e profunda. — Precisamos conversar.

Erec olhou em desespero para Bethany e virou-se para sair correndo. A rainha Posey agarrou seu pulso.

— Não tão rápido.

Instantaneamente, o saguão ao redor da rainha Posey e de Erec se transformou numa sala grande e redonda com o teto alto. Golfinhos pulavam e brincavam numa piscina ao centro. Acima deles havia uma abertura para a luz solar do tamanho da piscina, que era decorada com afrescos de enguias, arraias, polvos, serpentes marinhas e estrelas-do-mar.

A rainha de Ashona sentou numa cadeira que parecia uma concha de ostra gigantesca sobre um pedestal. Ela sinalizou para ele se sentar numa cadeira parecida. Era surpreendentemente confortável, embora tenha feito ele se sentir como uma pérola.

— Por que seu nome é Erec Rex? — perguntou a Rainha Posey.

Erec prendeu a respiração. Estava tudo acabado? Seria ele mandado para uma masmorra porque não podia pagar pelo dinheiro roubado por sua mãe?

— Eu quero uma resposta, quem quer que você seja. O Identidetector não mente. Seu nome é Erec Rex, não é?

Erec fez que sim com a cabeça. Sua voz parecia congelada.

— Por que você é chamado assim?

Que tipo de pergunta era aquela? Erec queria perguntar para todo mundo o motivo de terem os nomes que lhes foram dados, mas não parecia ser uma boa ideia bancar o espertinho com uma rainha. Ele deu de ombros, o coração ainda estava acelerado.

— Você mudou seu nome para Erec Rex? Você achou que se chamasse a si mesmo de Erec Rex poderia vencer os torneios?

Erec mexeu sua cabeça negativamente. Quanto mais ela dizia seu nome, mais desconfortável ele ficava. Do que ela estava falando? Ela achava que ele era um criminoso assim como sua infame mãe adotiva?

— De onde você é?

Erec hesitou. Ele mentiria para a rainha? Ou contaria a verdade?

— Americaorth Sul.

Erec torcia para que ela não perguntasse detalhes.

A expressão do rosto da rainha Posey se suavizou.

— Talvez você tenha recebido seu nome em homenagem ao Erec Rex de Alypium. Foi isso?

Erec levantou os ombros. Parecia ser uma desculpa tão boa quanto qualquer outra. Ele não era o Erec Rex que eles conheciam, era só um garoto que recebeu um nome igual ao do verdadeiro.

— Sim. Acho que sim.

A rainha ergueu a sobrancelha.

— Mas você mudou sua forma, certo? Quem mudou sua aparência, ou você mesmo fez isso?

Erec olhou para ela, com a boca aberta. Como ele poderia responder uma pergunta daquela?

— Realmente não sei. Não me lembro o que aconteceu.

A rainha Posey olhou para ele ceticamente.

— Obviamente você não pode ser *o* Erec Rex — ela suspirou. — Ouvi dizer que há um outro menino aqui que também dizia ser Erec Rex ou alguma coisa ridícula desse tipo. Acho que vocês estão tentando chamar a atenção. Ou estão fazendo jogo psicológico um contra o outro para vencer.

Ela parecia recriminadora.

— Mas alguma coisa em você me incomoda. Bem, vou ficar de olho em você. Se precisar de ajuda, me procure.

Erec acenou com a cabeça pensando que ela seria a última pessoa que ele procuraria por ajuda. Ele tinha sorte por ela tê-lo deixado ficar. Ele gaguejou.

— Humm... ahn... Vossa Alteza?

— Sim? — Sua voz estava fria.

— A senhora conheceu Erec Rex?

Ela virou os olhos.

— Obviamente — ela apontou para ele com um sorriso furtivo. — O Erec Rex verdadeiro saberia disso, não? Não sei o que eu estava pensando... quantos anos você tem?

— Doze.

— Sim. O verdadeiro Erec Rex teria 13 — ela parecia satisfeita.

— Vossa Alteza... Gostaria de ser chamado de Rick Ross.

A rainha estava intrigada.

— Rick Ross. Que seja.

Ela apontou seu cetro para ele, e ele apareceu de volta no castelo onde ela o havia encontrado. A cadeira em que ele estava sentado desapareceu, então ele caiu no chão do corredor.

Erec encontrou Bethany na fonte. Ela correu sorrindo quando o viu.

— Pensei que você tivesse ido embora. Uau, estou feliz que você tenha voltado. O que aconteceu?

— Não entendo o que ela estava pensando. Ela queria saber quem mudou minha aparência e se eu achava que venceria o concurso se alterasse meu nome para Erec Rex. Ela deve pensar que eu sou um criminoso por causa da minha mãe. E ela disse que tem um outro menino andando por aí dizendo ser Erec Rex.

Bethany juntou as mãos com força.

— Agora faz sentido. Ouvi dizer que tinha um garoto dizendo ser Erec Rex e que perdeu o primeiro torneio. Pensei que era alguém falando sobre você. Eu não quis contar para você porque achavam que o menino era maluco.

Erec ainda estava inquieto.

— Foi por muito pouco. Ela perguntou de onde eu era. Tive que dizer Americaorth Sul, mas e se a rainha quisesse detalhes?

— Você mentiu? E se ela descobrir?

Sua mãe dissera a ele para mentir. Sua mãe, que sabia como arrombar o cofre do castelo e a despensa de Hecate Jekyll.

— Viu como é fácil virar um trapaceiro? Acho que é o que aconteceu com a minha mãe. E agora aqui estou eu, mentindo e roubando...

— Você roubou alguma coisa?

— Pense nisso: quem sabia de verdade a quem pertencia aquele dinheiro e os tênis ludibriadores?

O belo céu ensolarado e o cenário maravilhoso de repente pareciam sem vida. Erec um dia já havia se orgulhado muito de jogar pelas regras.

— É isso. Vou conversar com ela agora mesmo.

Ninguém estava no quarto de Erec exceto seu cachorro, que lambeu seu joelho e ficou pulando para brincar. Bethany montou guarda na porta, em parte porque não podia esperar para ouvir o que a mãe de Erec tinha a dizer.

Erec colocou os óculos sobre os olhos. Sua mãe estava tirando um cochilo.

— Mamãe — gritou ele. — Mamãe!

June levantou-se de uma vez, olhando desesperada em volta, com os cabelos voando em todas as direções.

— O que... quem... Erec?

Erec esperou sua mãe se ajeitar na cama.

— Preciso de algumas respostas. Primeiro de tudo, o que você fazia em Alypium? Exatamente?

— Erec, eu disse que devemos ir devagar. É muita...

— Não. Já chega, mãe. Me conte tudo.

June mexeu freneticamente em seu cabelo.

— Tudo bem, tudo bem. Eu era... a... eu tomava conta dos trigêmeos reais.

— Os trigêmeos que morreram?

June levantou as sobrancelhas.

— Você soube que eles morreram?

— Todo mundo aqui sabe disso.

— Ah. Tudo bem. — June observava as unhas com atenção. — Isso dá conta de tudo.

— Você fez alguma coisa errada? Como roubar coisas?

— Quem, eu? — os dedos de June encostaram em seu próprio peito. — Claro que não.

— De quem são esses tênis? — perguntou Erec.

— Ora, são meus.

— E antes de você?

— Ninguém mais — June ficou perturbada. — Você já conversou com Hecate Jekyll?

— Não. Estou trabalhando nisso, está bem? — disse Erec, irritado. — Foi um longo dia, e eu estou exausto. Vou tentar pegar os ingredientes depois do segundo torneio de amanhã.

Ela provavelmente havia sido a babá dos trigêmeos, mas é provável que existam detalhes omissos nessa história.

— A rainha Posey conversou comigo hoje. Ela disse que não tem jeito de eu ser o Erec Rex de Alypium. Devo apenas ter recebido o nome em homenagem a ele. E ela perguntou sobre alguém ter mudado minha aparência. Que história é essa?

— Humm? — June observou nervosamente suas unhas. — Você tem certeza que a ouviu direito?

— Sim! — a irritação de Erec cresceu ainda mais. — Vamos, mamãe, coloque tudo para fora. Está acontecendo alguma coisa estranha. Kilroy e a rainha Posey estavam olhando para as minhas fotos no Identidetector. Eles disseram que eu parecia diferente do que era para eu ser.

June olhou ao redor do quarto na esperança de encontrar uma maneira de mudar de assunto.

— Mamãe. Me conte *agora*.

— Tudo bem. Ótimo. Erec, tive de mudar o seu visual quando fugimos de Alypium. Foi para sua própria proteção.

— Eu não entendo. Quem estava atrás de mim?

June não queria continuar.

— Erec, queria que estivesse aqui. Esse é o tipo de coisa que eu devo contar pessoalmente, com uma xícara de chocolate quente, não quando você está sozinho num dormitório.

— Vá em frente. Por favor. De qualquer jeito, para mim, parece que você está aqui pessoalmente mesmo.

June suspirou.

— Thanatos Argus Baskania está atrás de nós. Ele confundiu o rei Pluto, e eu tenho certeza de que é por isso que as coisas estão todas bagunçadas agora. Ele está atrás de você desde quando você era um menininho. Eu tinha que escondê-lo de qualquer jeito. Mas deixei os seus olhos iguais ao que eram antes.

Ela tinha uma expressão suplicante, como quem pede desculpas.

Erec foi tomado pelo silêncio. Então, explodiu.

— Baskania? O Príncipe Real da Paz? Aquele que criou os Reinos dos Guardiões? Aquele que deve estar tentando dominar a Terra de Cima? Ele quer *me* pegar? Você não pode estar falando sério.

June fez que sim com a cabeça.

— Eu estou. Desculpe. Sei que isso deve ser preocupante.

Erec não podia acreditar naquilo. Era impossível. Ela devia estar mentindo para ele de novo.

— Tudo bem. Que seja, mamãe. Converso com você amanhã.

— Tem certeza que você está bem?

— Sim. Que pena que você não mudou meus olhos — reclamou ele. — Seria bom ter dois que funcionassem.

Erec tirou os óculos e apoiou a cabeça sobre as mãos. Ela esperava que ele acreditasse que o mundialmente famoso, inacreditavelmente rico Príncipe Real estivesse atrás dele: um ninguém que dormia no closet junto com a máquina de lavar?

Erec encheu os bolsos com o ouro da bolsa e deu alguns punhados para Bethany.

— Se vou ser um criminoso, tenho que pelo menos me divertir. Vamos andar com o meu cachorro e Docinho até a ágora. Ouvi dizer que há um sorvete de nuvem e uma loja de doces ótimos lá. Também vou comprar um traje de banho.

Bethany parecia empolgada.

— Eu vou comprar sapatos que não me machuquem. Obrigada, Erec.

— Você disputou aquela corrida Monstro inteira com sapatos apertando seus pés?

Bethany concordou com a cabeça.

— O tio Earl nunca acha que meus sapatos estão muito apertados. Se eu posso enfiar meus pés neles, então estão bons.

— E o dinheiro que você ganhava na banca?

— Era para o quarto e as refeições — Bethany parecia confusa. — Fico pensando no que sua mãe disse. Ela tomou conta dos trigêmeos antes de eles morrerem e agora ela está escondida, certo?

O rosto de Erec ficou sombrio.

— Você não está dizendo que ela os matou, espero. Ela pode ser um monte de coisas, mas não é assassina.

— Não, mas e se alguma coisa ruim aconteceu enquanto ela estava tomando conta deles?

Outra ideia ainda veio, e ela perguntou:

— Erec, ela mudou o seu visual. Será que você não é um dos trigêmeos?

Erec negou balançando a cabeça.

— Eu me lembro do meu péssimo pai pouco antes de ser entregue para adoção. Além disso, sempre tenho o mesmo pesadelo com ele. Ele não era o rei Piter. Fora isso, os trigêmeos teriam 13 anos hoje. Eu tenho 12.

Apenas então ele se lembrou:

— Mas os dois gêmeos têm 13...

— Gêmeos?

O coração de Erec saltou para a garganta. Sammy e Danny. Gêmeos de 13 anos. Eles devem ser de Alypium também. E se sua mãe tivesse alterado a aparência *deles*? E se eles fossem dois dos trigêmeos... que sua mãe havia raptado? Isso explicaria por que ela vivia fugindo. E por que ela ficaria inventando histórias obviamente falsas como a do Príncipe Real da Paz estar tentando pegar Erec e fazê-lo se calar.

— Meus irmãos Sammy e Danny são gêmeos e têm 13 anos.

Erec e Bethany olharam um para o outro por conta dessa coincidência inacreditável.

— Ah, que nada. — Erec balançou a cabeça. — Todo mundo sabe que os trigêmeos reais foram mortos, certo?

As crianças se reuniram atrás do labirinto na manhã do segundo torneio. Spartacus Kilroy soprou seu apito.

— Este é o torneio dos Prós e Contras. Será o único concurso em grupo. Vocês terão sucesso trabalhando como um time. Irá mostrar suas habilidades em diplomacia, debate, lógica e discernimento. Como vocês sabem, estamos tendo alguns tristes acidentes. Cinco dos seus amigos foram feridos por um rinoceronte. Outros seis foram atacados pelo, ahãm, minotauro, e não vão competir hoje.

Ele limpou a garganta.

— Dois saíram por que estavam... bravos com as circunstâncias. Há agora 187 de vocês. Serão formados vinte grupos; dez vão vencer. Cada grupo vai ouvir três debates com palestrantes apresentando prós e contras. Discutam cada um dos casos e então votem. Os grupos com dez participantes terão uma desvantagem. Eles podem ser divididos ao meio, então deverão se sentar e esperar até alguém aparecer e mudar de ideia. Peço desculpas por isso. Nosso plano original era ter vinte times com dez pessoas em cada um. Há uma resposta certa e uma errada para cada pergunta. Vencem os grupos que mais pontuarem. Se houver um empate, vamos verificar o tempo em que as cédulas foram inseridas. Stoney Rayson formou grupos aleatórios.

Kilroy soprou seu apito, e a tela de projeção mostrou vinte listas de nomes. Erec encontrou seu nome no grupo de número um.

— Olhe, Erec. Você está listado como Rick Ross. Oscar, Bethany, estamos todos juntos! — Jack vibrou e cumprimentou os outros batendo as mãos.

— Ah, que surpresa — Bethany parecia irritada. — Olhe quem mais está na nossa lista: Balor Stain, Damon Stain, Rock Rayson, Ward Gamin e Bette Noir. Nove pessoas, que sorte a nossa. Tenho certeza de que não foi coincidência o pai de Rock Rayson fazer os grupos.

Ela sorriu.

— Balor acha mesmo que você é alguma coisa com aqueles óculos.

— E que todos os meus amigos também são alguma coisa.

— Claro. Por que mais você andaria junto com a gente? — ela se virou para sair. — Quero mudar os times.

Oscar disse:

— Vocês são loucos? Estamos num time com Rock Rayson. Imagino se vou encontrar o pai dele. Talvez viremos amigos. Posso até sair para jantar e tudo — ele suspirou. — Stoney Rayson.

Jack riu, e Bethany deixou para lá.

O grupo deles se encontrou na entrada da ala norte. Balor, Damon, Rock, Ward e Bette, uma garota magra com cabelos pretos e compridos, estavam esperando por eles. Oscar acenou.

— Ei, Rock. Sou Oscar. Seu pai é meu jogador de Bola-Mola favorito. Adorei aquele último jogo com a Australiaorth. Sensacional!

Rock bocejou.

— Tudo bem, idiotas — disse Balor. — Nossa sala é por aqui.

Balor os conduziu até uma sala de conferência com uma longa mesa e nove cadeiras. Todos se sentaram.

— Não há muitos árbitros para ficarem em cada sala, então estou correndo para mostrar tudo aqui. Eu tomo conta do projetor, pego os votos, faço a contagem e cuido do placar. Qualquer pergunta sou eu quem responde.

— Seus tapados sortudos — Balor moveu o dedo em direção a Bethany, Jack e Oscar —, estão aqui porque quero *conhecê-los* melhor.

Ele apontou para Erec.

— Nunca vi ninguém vencer um fantasma prateado antes. Eu mesmo não poderia fazer isso. Então vamos ter uma conversinha. Quero dar uma olhada nesses óculos.

Balor continuou:

— Bom, vocês estão na sala da sorte hoje. Vamos vencer, portanto, ficarão me devendo. Tenho as respostas para todas as três perguntas, só que eles mudaram a última delas nesta manhã, então agora não sabemos uma.

— Por que eles mudaram? — perguntou Bette Noir.

— Um dos filmes desistiu ontem.

Erec imaginou o que aquilo significava. Balor se levantou, apertou o interruptor de luz e acionou o projetor. Um filme começou a passar na frente da sala.

— Vou mostrar os filmes, mesmo que a gente tenha as respostas, para que não haja discussão depois.

Ele apertou outro interruptor, e a sala ficou escura. Damon começou a cantarolar "Atirei o pau no gato" até Balor mandá-lo ficar quieto. O primeiro filme demorou dez minutos, mas parecia ter meia hora. Um homem de terno e gravata ficou em pé atrás de um pódio. Ele argumentava de maneira pouco enérgica que os "esquecidos" da Terra de Cima deveriam ser alertados sobre a magia.

— Eles têm todo o direito de conhecer os fatos e até tentar reaprender a magia caso escolham isso. Tudo em nome da igualdade e da justiça. Há suspeitas de que existam regiões pequenas e remotas na Terra de Cima onde a magia nunca foi realmente esquecida. Estas pessoas não estão se matando umas às outras mais do que vocês e eu.

— Uau! — disse Erec. — Imagino onde seriam esses lugares.

O homem no filme limpou a garganta.

— Por favor, não interrompa — falou, sem dúvida olhando para Erec. — Vocês poderão fazer perguntas no final do filme.

Erec olhou para Bethany, e ela olhou de volta, chocada. O homem continuou falando, e Erec olhava maravilhado para a tela.

Balor ligou um segundo projetor, que mostrou outro filme depois do primeiro. Uma mulher alta num terno azul argumentava que as pessoas na Terra de Cima foram forçadas a esquecer a magia por alguma razão. O homem no primeiro filme ainda estava na tela e a assistia com os braços cruzados.

A mulher franziu seu nariz arrebitado.

— Eles não têm a capacidade de entender muito mais sobre o tema. Eles usariam a magia para o mal e matariam uns aos outros, como já estavam começando a fazer antes.

O homem do primeiro filme revirou os olhos. A mulher o viu e fez uma careta, cruzando os braços. Bethany discutiu com a mulher, mas não conseguir fazê-la mudar de ideia. O homem no primeiro filme acenou com a cabeça e aplaudiu depois de tudo o que Bethany falou.

Balor acendeu a luz e apertou os olhos em direção a ela.

— Então, temos uma senhoritazinha de mente aberta em nosso grupo, hein? Esta pergunta foi de graça, mesmo se eu não tivesse as respostas.

Ele passou para a turma tiras de papel para votarem.

— Não há certo ou errado aqui — disse Jack. — Se isto está sendo debatido, é porque ninguém sabe a resposta correta.

— Claro que há uma resposta certa — Balor brincava com o apito de ouro em seu pescoço. — A resposta, se não está óbvio, é não. Os Perdedores idiotas não devem saber sobre a magia.

Ele riu junto com Damon, Rock e Ward, que colocaram seus votos no papel e os devolveram.

Bethany apertou sua caneta, vermelha de raiva, e jogou para trás seus cabelos escuros e encaracolados.

— Você está errado. As pessoas da Terra de Cima são tão inteligentes quanto qualquer um aqui. Elas têm o direito de saber. O que foi toda aquela baboseira sobre não serem capazes de entender magia? Ah! E sobre se matarem? Se as pessoas quiserem, podem fazer isso sem magia.

Bette explodiu em uma risada.

— Olhem só para ela! O que foi? Você tem parentes lá ou algo assim?

Ward piscou para Bette e esticou os braços sobre a cabeça.

— O povo da Terra de Cima é selvagem. Eles poderiam matar você só de olhar.

Jack olhou preocupado para Erec e Bethany.

— Minha família conhece ótimas pessoas na Terra de Cima. Você não sabe o que está falando.

Oscar marcou seu voto no papel e o deu para Balor. Erec olhou para Bethany.

— Nós sabemos a verdade. Quem se importa com qual vai ser a resposta certa? Vamos ser vencidos mesmo.

Balor falou de repente:

— Estou feliz por você estar entendendo as regras, Rick Ross. Mas fico desapontado ao perceber que você acredita que possamos ajudar os pobres Perdedores.

Ele mexeu sua cabeça com um olhar falso de tristeza.

Erec e Bethany votaram "sim" e entregaram suas cédulas.

Balor, preguiçosamente, abriu os votos.

— A votação foi unânime: não. Não devemos lembrar os Perdedores estúpidos sobre a magia.

Damon comemorou.

Bethany jogou sua caneta no chão.

Os filmes seguintes mostraram dois homens vestidos de generais debatendo se deveriam confiar nos vizinhos não humanos ou se seria melhor se armarem para o combate. Balor disse a todos que a resposta certa era ter exércitos prontos. De novo, ele disse que a votação foi unânime em sua resposta apesar dos votos negativos de Erec, Jack e Bethany.

O terceiro filme era uma foto grande com muitas pessoas. Ela tinha uma etiqueta onde se lia "Etiópia". Um juiz num manto vermelho segurava um bracelete de diamantes.

— Duas pessoas estavam brigando por isso. Nenhuma delas era daqui, e nenhuma tinha o comprovante de propriedade. Vocês decidem a quem pertence.

Um homem foi para o lado esquerdo do filme num traje africano.

— Meu nome é Koorc. Estou aqui para visitar amigos e a família. O que aconteceu é simples. Eu comprei o bracelete em meu país e o trouxe aqui para dar como presente de aniversário para minha mãe. Saí para encontrar uma caixa e papel para embrulhá-lo. Não estava prestando atenção para onde estava indo, já que estava admirando o bracelete, e escorreguei num pedaço de gelo e caí. Esta mulher viu o bracelete voar da minha mão e tentou tirá-lo de mim.

O juiz virou-se para a mulher.

— Diga seu nome e conte o caso.

A mulher estava furiosa.

— Sou Renwo Tneconni. Isto é ridículo. Todos sabem que mulheres não roubam. Não faz parte da nossa natureza. Somos honestas e verdadeiras. Isso é tudo o que tenho a dizer.

O juiz levantou as sobrancelhas.

— Você deve contar o que aconteceu.

— Bem — começou Tneconni. — O bracelete foi dado a mim por um antigo namorado... que morreu... em uma guerra.

O juiz disse:

— Faz anos que não há uma guerra aqui.

— Mas houve de onde eu vim — disse Tneconni. — Eu vim para a Etiópia porque minha irmã mora aqui. Não tenho dinheiro. É difícil encontrar trabalho de onde venho. Então eu estava segurando o bracelete, o único objeto de valor que possuo. E este homem tentou tirá-lo de mim.

Balor distribuiu as cédulas.

— A quem pertencia o bracelete? Koorc ou Tneconni?

Rock disse:

— O homem faz mais sentido.

— Concordo com o Rock — disse Oscar.

Ward balançou a cabeça.

— É, e ela tem uma motivação também. É muito pobre.

Erec franziu a sobrancelha.

— Nem todas as pessoas pobres são ladras.

Balor gritou.

— Praticamente todas.

Bethany disparou:

— Pertence à mulher.

— Ah, é — disse Rock. — A gente sabe. Mulheres não são *capazes* de roubar, certo?

— O namorado dela morreu? — gritou Balor. — Ela provavelmente o matou.

— O bracelete pertence à mulher. — O rosto de Bethany ficou vermelho.

— Você é uma garota — Balor sorriu. — É claro que você falaria isso.

— Garota, garota, garota, garota — cantou Damon, brincado com a borla em seu desajeitado chapéu cinza.

— O que você acha, Bette? — perguntou Ward.

Bette sorriu para Ward.

— A mulher é uma ladra.

— Então, estamos decididos? — perguntou Balor.

Bethany ficou de pé.

— Vocês querem *calar a boca* e escutar?

Todos pararam.

— O homem disse que escorregou no gelo. Não que todos vocês saibam, mas a Etiópia é na Terra de Cima na linha do Equador, onde é sempre quente. Aquele homem era de algum outro lugar e se enrolou quando contou sua história. É uma mentira óbvia.

Bethany sentou-se brava e cruzou os braços.

— Ela está certa — disse Erec.

— Estou com eles — disse Jack.

Balor mordeu o lábio.

— Ótimo. Mas se vocês estiverem errados, vão se arrepender. Não que a gente não vá vencer de qualquer maneira.

Eles anotaram o voto em suas cédulas, e Balor disse:

— Unânime. O bracelete pertence a Tneconni.

O grupo o seguiu para fora.

Erec perguntou a ele no corredor:

— Você conhece alguém que tenha intern... quer dizer, MágicaNet aqui?

Balor riu.

— Eu tenho, é claro.

— Eu posso usar?

— Claro. Apareça à noite. E vamos conversar sobre os óculos. Ah, espere um minuto, esta noite não — ele sorriu. — Espere alguns dias, depois venha usá-la.

Kirlroy pegou as respostas de Balor e deu um tapinha no topo de seu cabelo preto desajeitado.

— O primeiro grupo está de volta. E, vejamos... as três estão corretas! Vocês são vencedores — ele piscou. — Os prêmios serão entregues às quatro.

Balor, Damon, Rock e Ward se cumprimentaram e gritaram. Balor olhou com cara de esperto para Damon.

— Eu sabia que a Etiópia era da Terra de Cima. Fica na Europa.

Damon inclinou-se para a frente, parecendo empolgado.

— Na minha Europa?

Oscar tentou cercar Rock para perguntar sobre seu pai, mas Rock escapou. Erec e seus amigos foram até o refeitório para almoçar.

Erec perguntou:

— Qual é o grande problema em nos fazer lembrar da magia?

Jack olhou para Erec.

— Dez anos atrás, o rei Piter estava para retirar o feitiço para que todos vocês se lembrassem. Muita gente estava irritada por isso. Mas foi então que ele ficou muito doente e seus oponentes tomaram conta de tudo. Foi então que o presidente Inkle deixou o príncipe Baskania colocar as marcas nas suas testas. Eles fecharam de vez os portões entre nossos mundos. O príncipe Baskania está trabalhando num feitiço permanente para que vocês todos nunca mais se lembrem da magia.

— Príncipe Baskania, é assim que ele chama a si mesmo aqui? O multibilionário que é dono do time Super A e mais um monte de corporações?

Erec tremeu. Então, Thanatos Baskania realmente tinha uma conexão com este lugar. Erec pensou no que sua mãe havia lhe contado ontem sobre Thanatos Baskania querer pegá-lo, mas tudo parecia ser muito ridículo. Se Baskania estava ocupado tentando conquistar o mundo e manter a Terra de Cima longe da magia, por que ele se importaria com Erec?

— Seus verdadeiros seguidores o chamam de Príncipe Feiticeiro. Não sei sobre as corporações de que você está falando, mas ele é mesmo dono do time Super A. Ele é o feiticeiro mais poderoso e é um grande amigo do presidente Inkle. A maioria das pessoas aqui acha que ele salvou a todos ajudando a manter tudo funcionando desde que o rei Piter ficou doente.

— O feiticeiro mais poderoso?

A ideia caiu como uma pedra. Não é para menos que Baskania tem o toque de Midas no mundo dos negócios.

— Ele é um ancião e passou séculos aperfeiçoando sua magia. Meu pai diz que isso o corrompeu, deixando-o doente por mais poder. Esse nível de magia é muito difícil de atingir e permite fazer coisas como ler mentes, distorcer o tempo, enxergar a Substância ao nosso redor e entendê-la. Mas isso tudo não é o suficiente para ele. Dizem que ele quer fazer coisas que nem mesmo um cetro permite que você faça, e ele está trabalhando nisso constantemente. Cria pessoas do nada. Move planetas. Controla mentes.

Jack balançou a cabeça.

— Louco, né?

Às quatro da tarde Jack apontou para seu relógio.

— Hora do prêmio, pessoal.

Eles tinham passeado com o cachorro de Erec e Docinho pelo jardim de lírios-roxos. A área da premiação atrás do labirinto parecia quase a mesma daquela com as anibolas. Oscar viu Stoney Rayson saindo apressado do local e correu para alcançá-lo.

— Oi, Sr. Rayson. Sou Oscar Felix. Sou amigo do Rock. Eu estava no time dele hoje.

Oscar estendeu a mão, e Rayson acenou, ignorando-a.

— Ahn, ei! — gritou Oscar. — Rock e os outros estão pegando os prêmios?

Rayson balançou a cabeça negativamente.

— Penso que não — ele se afastou.

Oscar chamou Rayson de volta.

— Talvez nos vejamos mais tarde!

Spartacus Kilroy parou em frente a um grande cercado cheio de bolas brancas lustrosas.

— Ah, não — disse Erec.

— Mais anibolas. Vamos pegar uma logo antes que outro rinoceronte ataque.

Os olhos de Bethany se iluminaram.

— Talvez eu pegue uma gatinha para ser amiga da Docinho. Ou um hamster!

— Vai servir de almoço para Docinho — disse Erec.

Bethany olhou feio para ele. Kilroy assoprou seu apito, e todos pararam de falar.

— Parabéns. Houve 93 vencedores do torneio Prós e Contras. Vamos saudá-los!

Aplausos preencheram o ar. Docinho ergueu suas patinhas e vibrou com a barulheira das crianças. O cachorro de Erec uivou como se ele mesmo tivesse sido o vencedor. Erec achou ter visto Docinho encarando feio o cãozinho.

Kilroy soprou seu apito novamente.

— O próximo torneio será às dez horas, segunda de manhã, aqui mesmo, atrás do labirinto. O nome é Tribafleão. E, como um presente especial, haverá uma partida de Bola-Mola entre os times Super A e Alypium na ágora, no sábado.

A multidão explodiu em comemoração.

— Vou conferir os seus nomes quando vocês estiverem indo para a área de premiação — gritou Kilroy. — Todos vão pegar uma Esfera-Questão. Apenas uma. Ela vai dar uma resposta lógica para qualquer pergunta que fizerem. Mas depois da resposta ela estoura. Pensem antes de perguntar. Esta é uma ótima oportunidade. E não peguem mais de uma.

As crianças correram para verificar e pegar as Esferas-Questão. Algumas ficaram paradas como se estivessem com medo de falar. Um menino pegou uma e disse:

— Isto é uma Esfera-Questão?

Ela desapareceu numa fumacinha amarela e disse “sim”. Ele olhou ao redor, estupefato, chutou a terra e foi embora.

Erec deixou seu cachorro do lado de fora, junto com Docinho. Sua Esfera-Questão parecia frágil e fria. Fumaça branca rodopiava dentro da esfera. O que ele deveria perguntar? Se sua mãe era uma criminosa? Ele não tinha certeza se queria saber a resposta. Onde estavam Sammy e Danny? Ele desejava conseguir mais do que apenas um sim ou não. Hecate Jekyll teria todos os ingredientes de que ele precisaria para a fórmula? Mas isso ele descobriria em breve. Alguém estaria hipnotizando o rei Piter? Ele poderia vencer todos os torneios? Ele seria capaz de libertar sua mãe? Sim, era isso.

Mas então Erec parou. Ele não poderia fazer essa pergunta. E se a resposta fosse não? O que ele faria? Como contaria à mãe? Ele não poderia perguntar. Teria de continuar acreditando ser capaz de tirá-la de lá.

O que fazer, então? Surgiu uma ideia, algo que ele tinha quase esquecido com todas as outras perguntas o perturbando. Ele sempre achou que sua mãe biológica estivesse morta. June nunca a mencionou, embora sempre dissesse que seu pai estava "vivo e que o amava". Mas recentemente, quando ele perguntou, ela titubeou. Estaria sua mãe biológica viva também? Ele encontraria seu pai?

Erec olhou para dentro da névoa rodopiante de sua Esfera-Questão.

— Minha mãe biológica... que me deu vida... está viva?

A bola de vidro estilhaçou em sua mão, com cada pedaço se juntando numa fumaça amarela. "Sim."

Ela *estava* viva! E provavelmente estava ali em Alypium também. Erec não tinha nenhuma lembrança dela. Ela deve ter abandonado seu pai. E, pelo que Erec lembrava de seu pai, ele não a culpava por tê-lo deixado. Mas, por que ela não o levou junto? Ela estava doente? Não o amava o bastante?

Bethany colocou sua Esfera-Questão para baixo.

— Sua mãe biológica... a que teve você? Dá para ser mais específico?

— Me deixe quieto. Qual vai ser a sua pergunta?

— Estou com medo de perguntar... mas tenho que fazer isso — ela levantou sua Esfera-Questão. — O tio Earl vai me encontrar em Alypium?

Sua Esfera-Questão explodiu em fumaça amarela. "Sim."

Bethany pulou para trás, horrorizada. Seus dedos estavam gelados como se ela ainda segurasse a esfera.

— Ele não pode me fazer voltar. Vou fugir de novo, agora já sei como chegar aqui — ela sentou, e enfiou o rosto no pelo de Docinho. — Ele *não pode* levar Docinho embora.

Sua voz era abafada por causa dos pelos da gata. Docinho ronronava como se concordasse.

Erec sentou ao lado de Bethany.

— Ela só disse que ele vai encontrá-la, não pegar você e levá-la de volta. Talvez ele encontre você e você fuja, e aí ele nunca vai encontrá-la de novo. Talvez vocês se encontrem aqui só quando você estiver com 70 anos.

Bethany riu com tristeza, apertando o pelo de Docinho.

— Acho que seria demais esperar nunca mais vê-lo de novo. Sabia que ele me fazia cuidar das minhas festas de aniversário todos os anos? Eu tinha que fazer todo o trabalho enquanto as crianças se divertiam. Aí ele vendia todos os meus presentes. Ele achava que era um ótimo negócio.

Erec levantou os ombros.

— Não se preocupe. Vou tomar conta para que ele nunca mais pegue você.

Oscar passou por ali.

— Não vou ser um dos três vencedores finais. Pelo menos é o que diz essa Esfera-Questão idiota. Mas quem foi mesmo que disse que elas estão sempre certas?

Logo, todas as crianças perguntaram às suas Esfera-Questão se elas seriam vencedoras do concurso, surgiram fumaças pretas e a palavra "não" ressoou diversas vezes.

Jack passou com um sorriso nos lábios.

Oscar arregalou os olhos.

— O quê? Não me diga que *você* é um dos três vencedores.

Jack deu de ombros.

— Não sei não. Mas vou ter um novo cachorro em casa.

— Quando? — perguntou Bethany, empolgada.

— Não sei — Jack deu um sorrisinho. — Espero que seja antes de eu ter 18 anos.

Eles andaram até o refeitório para o jantar com seus amigos campeões, muitos reclamando porque não seriam os vencedores finais.

Docinho passou a pata em seu pelo.

— Olhem — disse Bethany. — Fico imaginando por que ela faz isso.

Jack coçou a cabeça, pensando.

— Vou comer peixe hoje — disse Erec. — Fora isso, só tem nuvens e vegetais.

— Mas eles são gostosos — replicou Bethany. Ela esfregou os braços.

Erec coçou o pescoço. Ele sentiu a coceira aumentar enquanto comia. Seus pés, braços, pernas, cabeça, o corpo todo queimava. Ele percebeu que todos se coçavam também.

— Acham que a gente encostou em urtiga? — perguntou Erec.

— O que é isso? — perguntou Oscar. — Uma planta dos Perdedores?

Bethany tentou ficar calma.

— Planta da *Terra de Cima*. Vou trazer um pouco para você, Oscar. Você vai poder conferir bem de perto e pessoalmente.

Oscar coçou o pescoço com uma mão e a cabeça com a outra.

— Isso está piorando. Vou ver a Dra. Mumbai — ele coçou as pernas. — Nem consigo comer.

— Eu também — disse Bethany.

Jack e Erec concordaram com a cabeça. Eles deixaram seus pratos e correram para o castelo.

— Onde é o hospital real? — perguntou Erec.

Alguns outros garotos foram para o corredor central.

— Aposto que sei para onde eles estão indo — disse Bethany. — Vamos segui-los.

Eles passaram correndo pelo corredor da ala oeste bem onde estava Ugry, com um olhar superior, apontando para o corredor.

— Segunda à esquerda, fim do corredor — disse, com um sorriso estranho no rosto.

Erec sentiu um cheiro esquisito enquanto passou correndo por Ugry e espirrou. Eles viraram à segunda esquerda. No fim do corredor, uma multidão se juntava ao redor da Dra. Mumbai, uma mulher alta com cabelos loiros enrolados num coque. Ela olhou as cabeças, braços e pescoços de todos com luvas de borracha.

— Ataque de pulgas — a Dra. Mumbai piscou com seus longos cílios. — Não tenho ideia como uma leva dessas se soltou. Elas normalmente não se desenvolvem em Alypium. Elas se espalharam durante o torneio? Pensei que vocês estivessem todos em quartos separados.

— A menos que tenha acontecido na área de premiação — disse Erec. — Como os rinocerontes.

— Seus prêmios estavam infestados? Acho que isso é possível.

Várias mãos confirmaram que todos ali haviam vencido o segundo torneio.

— Bem, todos peguem um copo de unguento gelatinoso e uma pílula para dormir. Cubram seus corpos e voltem amanhã para pegar mais. Por alguma razão, meu estoque total está desaparecido. Por sorte, tenho dez tubos sobressalentes embaixo da pia. Não quero nem pensar como vocês estariam pela manhã. — Ela colocou colheradas de unguento em copos de plástico e os distribuiu.

Eles se esfregaram com o remédio.

— Quanto tempo demora para fazer efeito?

— Vocês se sentirão melhores amanhã. Demorará alguns dias até as pulgas sumirem. Esta noite vai ser complicada, então não esqueçam as pílulas para dormir. Vocês vão precisar.

Eles voltaram se coçando para os dormitórios.

— Vou tomar minha pílula agora — disse Bethany.

A pele de Erec ardia, mas ele não conseguia parar de coçar. Ele foi para seu quarto e tomou sua pílula para dormir. Enquanto ele estava para cair no sono, pensou na resposta que recebeu. Sua mãe estava viva.

Erec estava pensando como poderia encontrá-la, mas apagou rapidamente com o sono.

CAPÍTULO 11

Bola-Mola

Erec dormiu até depois do café da manhã. Ele se vestiu vagarosamente, exausto por causa da pílula de dormir e da coceira, quando percebeu seu cachorro arfando e coçando seu pelo cinza escuro e branco. Parecia que ele tinha ficado acordado a noite toda. O coração de Erec apertou.

— Esqueci totalmente de você. Vou pegar alguma coisa para você com a Dra. Mumbai.

Erec correu para o hospital real, onde uma multidão se formou para receber a dose matutina do unguento. Erec pegou copos para si próprio, Bethany, Jack e Oscar e mais dois para seu cachorro, além de uma pílula para dormir numa cápsula de casca de amendoim. Erec passou o unguento em si mesmo e em seu cachorro, e ficou o dia todo na cama, se coçando e cochilando. Ele não conseguia nem pensar em sair para encontrar os ingredientes para a fórmula.

O dia seguinte foi mais suportável. Erec encontrou Bethany no refeitório para o almoço. Ela tinha arranhões profundos no rosto e braços.

— É culpa minha. Esqueci totalmente da Docinho. Por sorte ela... me lembrou antes de eu tomar minha pílula de dormir. Ela ainda está dormindo.

Finalmente, eles foram para a cozinha do castelo, com a lista de ingredientes no bolso de Erec. Hecate Jekyll os viu e sorriu.

— Do que vocês precisam? Mais romãs?

Erec puxou a lista do bolso.

— Brownies seria ótimo. Talvez alguns bolinhos de chocolate — ele tinha pensado em como perguntaria pelos ingredientes. — Eu gosto de experimentar coisas... diferentes, como uma experiência de química. É o meu hobby. Será que posso pegar uns ingredientes com você?

— Depende do que você vai pedir. Não há nada que eu não tenha... ou que não possa conseguir. Eu mesma sou tipo um prodígio em poções. É para isso que você está pedindo, certo?

Erec balançou a cabeça.

— Você já ouviu falar de nitrodesejo?

Jekyll riu, divertindo-se, com seu nariz pontudo todo para cima e seus olhos enrugados.

— Ah, agora eu vejo do que você está atrás, sua pequena ameaça. Bombinhas não são boas o suficiente para você, hein? Você quer mesmo é o grande cabum. O que seus pais diriam sobre isso?

— Eles gostam — Erec segurou o sorriso.

Jekyll disparou um sorriso largo.

— Eu até já gosto deles. O que mais você quer?

— Essência de javali africano.

Ela piscou.

— Agora você está *mesmo* atrás de uma explosão. Como é que eu vou ter certeza de que ninguém vai se machucar?

— Vou ser muito cuidadoso — disse Erec. — Você tem álcool feito de cereais? Mata-lobos?

As sobrancelhas de Jekyll se juntaram.

— Álcool de cereais... humm. — Ela repentinamente ficou enérgica. — Não posso dar álcool para crianças. Deixe-me ver essa lista.

Ela tirou o papel da mão de Erec. Os olhos dela se afinaram.

— O que é isso? — seu olhar parecia penetrar no olho de Erec. — Você tem um olho de vidro — disse ela em tom acusador.

— E você também — Erec a lembrou.

Ele estava confuso. Então ela era igual a ele? Alguma mulher em Alypium era sua mãe biológica. Poderia ser ela?

Ela sentiu a confusão de Erec, e um sorriso se espalhou por seu rosto.

— Me desculpe por puxar a lista assim.

Ela dobrou o papel, e ele o pegou de volta enquanto Jekyll tentava colocar a lista no bolso de Erec.

— Só mal entendidos, estou certa. Mas não posso lhe dar esses ingredientes. São muito perigosos para um rapaz bom como você. Mas vou preparar um grande prato de bolo de chocolate, brownies e bolachas. Vocês também venceram o segundo torneio? Voltaram com o ataque das pulgas como os outros?

Bethany balançou a cabeça e perguntou:

— Você não acha que é um pouco estranho que coisas ruins fiquem acontecendo nas entregas de prêmios?

Jekyll balançou a cabeça.

— Pensei a mesma coisa. Alguma ideia?

Erec deu de ombros.

— Balthazar Ugry me dá arrepios. Eu não confiaria nele.

— Bem pensado — disse Jekyll. — Eu apostaria que a culpa é dele. Alguma outra ideia?

— É um pouco estranho que Rock Rayson e seus amigos tenham tanta sorte — disse Bethany. — Eles saíram ilesos dos ataques do rinoceronte e das pulgas. Fico imaginando se Stoney Rayson está no meio disso tudo de alguma maneira.

Jekyll desapareceu dentro das cozinhas e voltou com uma bandeja de guloseimas.

— Crianças, fiquem com os olhos bem abertos. Estou aqui se precisarem conversar. Podem confiar em mim.

Bethany empurrou sua cadeira contra a porta da sala de estar e sentou, coçando a cabeça.

— Vou tentar não escutar.

— Vá em frente — Erec sentou em outra cadeira, pronto para colocar seus óculos. — Vou te contar tudo mesmo.

Sua mãe estava sentada na cama, observando as unhas.

— Mamãe? — disse Erec baixinho.

June deixou o livro cair.

— Erec? — ela parecia pálida e cansada.

— Alguma coisa errada?

— Estou cansada. Sinto falta de todos vocês. Os gêmeos voltaram e estão bem. Todos estão bem. Você parece bem — ela suspirou. — E eu estou como um rato numa armadilha. Quer dizer, estou feliz que ninguém precise de mim, é só que... ninguém precisa de mim.

Ela parecia triste, de um jeito que Erec não se lembrava de tê-la visto antes.

— Isso não é verdade. As coisas são terríveis sem você. Fico preocupado o tempo todo.

June sorriu tristemente.

— Não tenho certeza se isso é melhor, na verdade. Me desculpe. Você não me pegou de bom humor. Eu estou bem, só que estou presa.

— Por que eles não deixam você ir embora?

— Alguém acha que eu sei mais do que estou falando. Eu fui tola. Achei que tinha tudo sob controle, sempre nos mudando e apagando as lembranças que as pessoas tinham de nós.

— Você apagava as lembranças das pessoas? — perguntou Erec. — Ninguém se lembra de mim antes de nos mudarmos para Nova York... na semana passada? Meus amigos antigos? É por isso que você nunca me deixa fazer ligações de longa distância? Não era por causa do dinheiro, era?

A fúria tomou conta de Erec.

— E é por isso que ninguém *nunca* me escreveu de volta?

Parecia que June estava prestes a chorar.

— Me desculpe. Foi para a sua própria segurança, mesmo. Olhe para nós agora.

— Parece muito mais que foi para *sua* própria segurança — Erec já não ligava mais para o fato de ela estar nervosa. — Aliás, minha mãe biológica está viva.

June ficou pálida.

— Como você descobriu?

— Não se preocupe. Eu não a encontrei. Perguntei para uma Esfera-Questão. Foi um prêmio para os vencedores do segundo torneio.

— Parabéns — June mordeu os lábios.

— Você não tem nada a dizer sobre minha mãe biológica?

June balançou a cabeça.

— Bem, já é um começo.

Erec desejou bater a porta e ir embora, mas ele nem estava dentro do quarto dela, para começar.

— Tenho que ir.

— Não vá, Erec. Não desse jeito. Não poderia suportar isso agora. Conte-me sobre o torneio.

— Bem, a parte mais estranha é que todos os vencedores voltaram com um ataque de pulgas. Da última vez os vencedores foram atacados por um rinoceronte, e um minotauro. Está acontecendo tanta coisa que estou com medo de ganhar.

— Isso não parece ser uma coincidência.

Erec ouviu o grito de Bethany.

— Sai! — E algo se quebrou contra ele.

— Tenho que ir.

Ele tirou os óculos e viu que Bethany tinha jogado a cadeira nele. Algumas crianças estavam entrando no quarto.

— O que aconteceu? — perguntou um menino.

Bethany deu de ombros.

— Pensei ter visto um rato.

— E você jogou uma cadeira nele?

— Acho que perdi a cabeça.

O menino também ergueu os ombros, sem muito interesse.

Depois do jantar, Erec deitou na cama se coçando e ficou se lembrando dos amigos que haviam se esquecido dele. Sua aflição não era por causa da Substância que infligia nele aquela pesada sensação de tristeza quando entrou pela primeira vez na estação F. Não, ele sabia exatamente de quem era a culpa daquilo.

No dia seguinte, a coceira já tinha melhorado muito, mas Erec ainda estava esfregando as pernas quando Jack irrompeu no quarto.

— O Bola-Mola começa em uma hora e meia. Vou pegar o almoço e correr para arrumar bons lugares. Você vem?

Eles bateram na porta do quarto de Bethany e encontraram Oscar jogando bilhar na sala de espera. Havia sacolas nas mesas do refeitório, cheias de maçãs, frutas cristalizadas, sementes, nozes e sanduíches. O pão era fino e crocante.

— O que é isso? — perguntou Erec.

— Pão desidratado de grão de trigo — disse Oscar meio triste.

— Nada mal — disse Jack.

A caminho do jogo de Bola-Mola, Erec se sentiu vazio por dentro. Todos os seus amigos do passado tinham se esquecido dele. Seus únicos amigos no mundo estavam bem ali — até June fazê-los esquecer também.

— Como se joga Bola-Mola? — perguntou Bethany. — Eu vi manchetes sobre esse jogo em todos os jornais, mas nunca consegui entender.

Erec sorriu, feliz em poder pensar em alguma outra coisa.

— Cada time tem uma bola, e ele fica em jogo o tempo todo.

— Ele?

— É, a bola. Eles têm de ser bons ginastas, muito ágeis.

— Espere... as bolas são *pessoas*?

Erec acenou com a cabeça.

— Você não sabia disso? Cada bola tenta chegar até o alçapão do outro time, ou passar pelo aro sobre o alçapão para conseguir pontos extras. Além de ficar fora de seu próprio alçapão. Eles vestem um enchimento almofadado redondo e grosso que faz você saltar, então eles parecem bolas de verdade com braços e pernas. E eles têm duas grandes molas: uma sai de cima de suas cabeças, e a outra, dos seus traseiros. Eles podem pular sobre elas para escapar. Os jogadores do time Super A são tão bons que usam tapa-olhos só para mostrar que podem vencer com um olho só. Eles nunca perderam. É difícil de imaginar que esse time de amadores venceu todas as equipes profissionais por dez anos seguidos. Eles são magia pura.

Jack olhou para ele de lado.

— Você está brincando, certo? Eles perdem todas as vezes. Olhe para eles. Alguns são idosos. Eles são uns *trapaceiros*, isso sim.

— Você está dizendo que o time de Alypium pode vencer o Super A no Bola-Mola?

— Eles poderiam vencê-los em tudo praticamente, exceto em fazer pose para as câmeras. E a maioria dos outros times de Aorth também poderia.

— Uau — disse Erec. — Vocês devem ter atletas incríveis aqui. Fico feliz de que alguém possa vencê-los. A história toda sobre eles é demais.

— Que história?

— Thanatos Baskania, o Príncipe Real da Paz, é um gênio corporativo. Ele é dono de vinte conglomerados enormes que se espalham por todo o mundo. Televisão, filmes, petróleo, madeira, tudo o que você quiser. Mas ele ficou gagá. Acho que muito dinheiro faz isso. Muita magia também. Ele queria que todos na Terra de Cima o chamassem de "Príncipe Real" e começou uma blitz enorme na mídia sobre como ele ia criar o melhor time de Bola-Mola do mundo... Ele é um grande fã... e ia dar a cada jogador uma empresa gigantesca para dirigir. A televisão e os jornais caíram nessa. Todos os grandes times de Bola-Mola das ligas mundiais pensaram que seus melhores jogadores seriam levados. Os jogadores esperaram por convites, telefonemas, e nada. O príncipe disse que estava procurando por jogadores em todos os lugares, mas ninguém sabia como. As notícias se tornaram uma loucura: todos queriam saber quem seria escolhido. Finalmente o príncipe disse que tinha um time, mas que só um deles era um jogador profissional de Bola-Mola — escolhido do Miami Bounce. Várias dessas pessoas nem se pareciam com atletas. Alguns eram velhos demais, como Rayson. Não *havia maneira* de aquele sujeito ser capaz de competir.

Erec continuou:

— No começo todo mundo riu. Mas eles jogam como demônios e ninguém pode vencê-los. Baskania os chama de "Time de Heróis". E isso não mudou nunca. Baskania conseguiu fazer com que a Liga Americana os deixasse competir mesmo eles não sendo um time da cidade — pagaram para isso, tenho certeza. Então vieram todos os filmes, as lanchonetes, as histórias em quadrinhos, os cards, as roupas, os brinquedos. Três deles acabaram de se eleger governadores. Não sei como eles têm tempo para isso *e* para o Bola-Mola *e* para serem chefões de empresas.

Jack olhou estupefato. Ele cochichou:

— O príncipe Baskania está fazendo vocês pensarem que esses sujeitos são super-heróis. Eles são todos atletas comuns dos Reinos dos Guardiões.

Ele balançou a cabeça.

— As pessoas aqui costumavam ficar aterrorizadas com o Príncipe Feiticeiro, mas agora todos acham que ele nos salvou do desastre. Desde que o rei Piter ficou doente, ele nos "ajudou" a tomar decisões e a administrar as coisas. Todo mundo está desesperado por um líder agora.

A testa de Oscar se franziu.

— Eu não sabia que ele levou o Super A para competir com os Perdedores. Não parece muito justo.

Jack balançou a cabeça.

— Com o fim das comunicações com a Terra de Cima nesses últimos dez anos, duvido que alguém saiba.

A Arena Despenhadeiro dependurava-se sobre um brusco declive na montanha, bem no limite da ágora. A parte da arena suspensa sobre o despenhadeiro não tinha bancos, só uma parede maciça de vidro que dava uma vista espetacular da extensão da montanha e a sensação de que toda a arena repousava em pleno ar. Erec, Bethany, Oscar e Jack encontraram ótimos lugares próximos da linha do meio do campo.

— Isso não parece certo — disse Erec. — Normalmente, os espectadores olham para baixo na arena. É um abismo enorme com paredes maciças para a bola bater. Essa parte do solo está no nosso nível. As bolas voarão sobre a plateia.

— Há um campo de força ao redor do oval — disse Jack. — Assim a gente tem uma visão melhor.

O campo, por outro lado, parecia ser o mesmo: um oval de 75 metros por 45 metros com uma linha cortando o campo bem no centro e quatro círculos iniciais em cada um dos cantos. Rampas, buracos, redes e pequenas paredes se espalhavam aleatoriamente pelo campo. De cada lado havia um enorme alçapão, e sobre cada um havia uma enorme rede que ficava quase dois metros e meio acima do solo.

Erec não acreditava que poderia ver alguém realmente vencer o Super A. Era ainda mais impensável que ele estivesse mesmo ali, naquele lugar fantástico. Erec viu Olive Umpee sentada entre Spartacus Kilroy e Balthazar Ugry algumas fileiras à frente. Kilroy e Umpee se coçavam sem parar.

— Não parece estranho que Ugry não esteja se coçando? Ele deve ter feito alguma coisa para se proteger durante a premiação. O que vocês acham? — perguntou Erec.

Jack parecia surpreso.

— Por que ele faria isso? Você não está querendo dizer que ele planejou o ataque das pulgas, está? Ele está aqui para nos ajudar.

Bethany virou os olhos.

— Nos ajudar a ir mais cedo para o cemitério. Do mesmo jeito, imagino se Rayson teve alguma coisa a ver com isso. Onde você acha que Rock e seus amigos estão conseguindo todas as respostas para o torneio? E eles nunca aparecem quando os vencedores estão sendo atacados por uma coisa ou outra.

— Talvez Rayson esteja apenas ajudando seu filho, e Ugry esteja fazendo todas as coisas ruins — disse Erec. — Rayson tem um motivo: assustar outras crianças para que seu filho vença. Imagino o que vai acontecer aos vencedores do próximo torneio.

Oscar disse:

— Vocês não vão me assustar assim tão fácil. Tenho mais medo do que meu pai pensaria se eu perdesse — ele coçou as pernas. — Alguns idiotas estão desistindo só porque a Esfera-Questão disse que perderiam. Eu não acredito realmente naquelas coisas. Ninguém me *provou* que elas funcionam.

Bethany sorriu.

— Você está certo. A minha também estava errada, provavelmente. Ei, antes do jogo começar, me contem as outras regras.

— As bolas tentam entrar nos alçapões e aros do outro time e ficar longe dos seu próprios. Um batedor as segue com um bastão grande de borracha para soltá-las caso o outro time as pegue. Os defensores protegem o alçapão e o aro com seu corpo e uma grande raquete. São três pontos por colocar sua bola no alçapão do outro time, seis por colocá-la no aro adversário, cinco por colocar a *outra* bola do time no alçapão deles, e dez no aro deles.

— Por que a pontuação é maior por marcar com a bola do oponente?

— A bola deles fica brigando contra você. Há três guardiões na defesa e quatro saltadores no ataque.

— Esta vai ser uma vitória fácil para Alypium — disse Jack. — Eles acabaram de ganhar a Copa do Dragão, em abril.

Erec riu.

— Na Terra de Cima nós chamamos o campeonato de Grande Mola.

— Star Wellcandle é o jogador do momento agora — disse Jack. — Ele só jogou um ano, mas é o maior artilheiro. Seu dom de magia é perfeito: seus desejos se realizam. É difícil de tomar uma bola dele — você tem que tentar meio escondido. Claro, não é permitido que ele peça por um gol atrás do outro, mas ele pode desejar que as jogadas sejam do jeito dele. O cara é incrível.

— Não consigo imaginar ter tudo o que eu desejar — disse Bethany. — Que sonho.

— É, mas não para quem está por perto dele — disse Jack. — As pessoas têm dó da mulher dele. Ela parece feliz, mas é irreconhecível. A cada ano ela fica mais alta, mais legal, mais compreensiva e engraçada. Seu nariz fica cada vez menor, os olhos ficam maiores e a cor dos cabelos muda toda semana.

As luzes se apagaram, e faíscas coloridas tomaram o estádio. A voz de um narrador se fez ouvir.

— *Bem-vindos* ao desafio especial, fora de temporada, de Bola-Mola entre o Alypium Sky e o time Super A, partida trazida a você pelo Castelo de Alypium, Néctar Burro Voador e Micro Telefones Celulares... tenha um enquanto você ainda é jovem!

Uma banda que não podia ser vista tocava uma música agitada.

— Esse é Barnum Gong — cochichou Jack. — Ele anuncia os jogos aqui em Alypium.

Os holofotes viajavam pelo céu, deixando os fãs e sinais de luz na escuridão. A voz de Barnum Gong entrou em ação.

— E agora, sem mais delongas, o time Super A!

A multidão explodiu em vivas e algumas vaias enquanto os jogadores, que vestiam vermelho e preto e um tapa-olho, corriam para o campo dentro de fachos de luz.

— Robert Burr, bola; Mel Timan, guardião; Tom Fan, saltador; John Arrete, defensor; Conde Araignee, saltador; Gog Magnon, batedor; Franklin Stein, guardião; "Poderoso" Joe Liath, guardião; Rich "Stoney" Rayson, saltador; e Rock Yettas, saltador.

O aplauso foi fortíssimo.

— E agora — disse Barnum Gong —, o nosso time da casa, o Alypium Sky!

A multidão urrou como louca quando Star Wellcandle correu com seu uniforme azul e branco. Ele parecia diminuto e distraído, fugindo do padrão típico de atleta.

Quando Nardo disse "Pi Cleary, saltador", Jack acrescentou:

— Ele tem um dom matemático. Ele consegue vislumbrar arcos e trajetórias. Ele pode jogar uma bola no ângulo correto para colocá-la no aro ou rebater sua mola e fazer um passe perfeito.

As luzes se acenderam. Robert Burr, vestido num protetor grande e vermelho e a bola branca de Alypium abriram a partida. Erec riu. Por mais que ele tenha assistido a partidas de Bola-Mola, ainda era engraçado ver aquelas bolas gigantes com braços, pernas e uma cabeça de fora. As bolas corriam e saltavam de trampolins, voando umas contra a cabeça das outras. Quando as grandes molas em suas cabeças colidiam, elas voavam em direção ao time adversário.

— Eu adoro quando as molas deles ficam presas — disse Erec. — É o caos.

O jogo de Bola-Mola parecia mais rápido e violento que de costume. Se as bolas não fossem tão grandes, teria sido difícil de acompanhá-las. Bethany riu e apontou. Os pequenos braços e pernas que ficavam de fora da bola gigante do Alypium se moviam freneticamente enquanto dois jogadores do Super A corriam com ela pelo campo. Ele conseguiu se desvencilhar e pulou sobre sua mola em direção ao outro lado do campo. Mas ele não chegou muito longe antes de alguém chutá-lo para as plataformas, com braços e pernas balançando e a boca aberta. Algumas pessoas do público se abaixaram enquanto a bola gigante voava em direção a eles com a mola na frente, até atingir o campo de força.

Batedores correram ao redor com seus bastões de borracha, batendo nas bolas e tirando-as dos braços dos jogadores. "Poderoso" Joe Liath e "Stoney Rayson" marcavam Star Wellcandle bloqueando sua visão do jogo. Ele deve ter desejado se livrar dos dois e no minuto seguinte, eles estavam estirados pelo chão. Quando um jogador do Alypium chutou Burr, a bola do Super A com um nariz arrebitado e a cabeça raspada, para dentro do alçapão, um apito soou.

— E... ponto! — gritou Barnum Gong. — Três pontos para o Alypium, bola vermelha no alçapão vermelho.

— Bem, agora eu já vi tudo — disse Erec. — Pensei que o Super A nunca pudesse perder um ponto.

Ele franziu a testa.

— A bola do Alypium parece muito grande. Nem acredito que ele tenha passado pela pesagem antes do jogo.

— Pesagem? — perguntou Jack. — As bolas de vocês são pesadas?

— Claro. Elas têm que estar abaixo de 59 quilos, ou vão esmagar as pessoas.

Jack deu de ombros.

— Isso não funcionaria aqui. É muito fácil encontrar jogadores que poderiam levitar e enganar as balanças.

Rober Burr parecia zangado e deu uma cusparada. Os jogadores andaram para suas posições iniciais para recomeçar a partida. Os três guardiões de cada time se alinharam entre os círculos iniciais, e os quatro saltadores ao longo da linha do meio do campo. O apito foi assoprado, e as bolas saltaram de seus trampolins e entraram em jogo.

— Olhem! — gritou Erec. — Araignee está voando! Como nos filmes!

Com a empolgação do jogo, Erec esqueceu que o Super A tinha poderes mágicos.

Jack olhou engraçado para ele.

— Ele tem feito isso o jogo todo. É o seu dom, mas ninguém sabe como ele conseguiu isso. Ninguém voa na família dele.

— Não é *à toa* que eles sempre vencem na Terra de Cima.

Num instante, a opinião de Erec sobre o time Super A foi por água abaixo. Eles eram trapaceiros, não heróis.

— Então, Tom Fan pode passar de verdade através de paredes? Burr pode desafiar a gravidade? O Conde pode mesmo voar e se transformar num morcego? E Franklin Stein pode dar vida a objetos inanimados? Não tem nada inventado?

Jack balançou a cabeça.

— Eles só podem usar seus próprios dons de magia, nada que tenha sido comprado em lojas. O Super A já foi pego uma vez usando um alçapão que se movia para evitar que as bolas entrassem.

Erec não podia acreditar naquilo. Pelos últimos dez anos na Terra de Cima as pessoas diziam que os alçapões nos jogos do Super A pareciam até se mover para que as bolas entrassem. Eles pensavam que era por causa da velocidade de John Arrete, que deixava todo mundo tonto.

O Alypium Sky venceu facilmente o Super A. Eles ganharam de 36 a 20, com uma grande jogada final da equipe de Alypium chamada Ofensiva Tet. Cada membro do Alypium Sky deixa suas posições e corre à frente de sua bola até o lado dos oponentes, como permitido pelas regras, derrubando todos que encontrar pelo caminho.

Erec não conseguia tirar o sorriso do rosto. As crianças corriam para a ágora, comprando cones de néctar, indo à casa de doces Sky High em busca de algodão-doce e favos de mel, olhando a loja de animais e vendo as montanhas, águias e o céu azul.

Enquanto Jack e Oscar foram pegar sorvetes de nuvem, Erec disse para Bethany:

— Quero que você tente de verdade se lembrar de mim.

— Do que você está falando? — perguntou Bethany a Erec.

Uma nuvem passou na frente do sol.

— Eu descobri que minha querida mãe apagou as memórias que meus amigos antigos tinham de mim. Não apenas dos meus amigos, mas todo mundo que me conhecia antes de nos mudarmos para Nova York. Não é ótimo? Então, imagino que você seja a próxima. Vou tirá-la de lá e voltaremos para o nosso apartamentinho em Nova York, onde não conseguimos nos sustentar, e todos aqui vão esquecer que eu já existi. Você, provavelmente, guardará ótimas lembranças de andar com sua gata e explorar o castelo sozinha.

— Por que ela faria isso?

Erec falou desanimado.

— Ela disse que foi para me proteger. Estou começando a imaginar que foi para proteger a si própria, isso sim. Foi ela que eles capturaram, não eu. E ela não parecia feliz por eu ter descoberto que minha mãe biológica está viva. Talvez minha mãe biológica me leve de volta. Porque esta aqui arruinou minha vida.

Ele pensou em Hecate Jekyll e seu único olho. Quem sabe? Talvez ela fosse sua mãe de verdade.

— Você está louco.

— Estou louco. Eu ia pegar pólvora no depósito de armas hoje. Em vez disso, talvez eu leve meu cachorro para passear e curta o brilho do sol.

— Faremos o seguinte. Vamos passear com nossos bichos e conferir o depósito depois do jantar.

Erec levantou os ombros.

— Combinado, mas só se pegarmos sundaes de nuvem primeiro.

CAPÍTULO 12

A MágicaNet

O jantar teve pavão selvagem, bolos de quinoa, amoras silvestres, nozes, uma salada de vegetais, sopa fria de framboesa e pato assado. Erec estava surpreso com quanto ele gostava disso tudo. Ficou imaginando se o seu próprio gosto foi mudando desde que ele chegara ali.

Depois de comerem sonhos e pão de mel, Erec e Bethany subiram para o castelo. Erec calçou os tênis ludibriadores, e os bonés do desaparecimento estavam em seus bolsos.

— Acho que a gente não pode simplesmente sair e perguntar onde fica o depósito de armas — disse Erec.

Bethany parou uma empregada no corredor.

— Com licença, existe um mapa do castelo?

— Um mapa? — a empregada ficou estupefata. — Ninguém que está passeando *deveria* precisar de um mapa, não é mesmo?

— Que tipo de coisas existem nas diferentes alas? Eu sei que na ala oeste estão os aposentos do rei, a sala do trono e as salas de Estado. O que há na ala sul?

— Levaria a noite inteira para contar tudo o que tem lá — disse a empregada. — Agora chega de conversa, tenho trabalho a fazer.

— Existe uma biblioteca aqui? — perguntou Bethany.

— Claro, na ala leste.

— Um salão?

— Vários, claro...

— Há uma sala do trono?

— Você mesma disse que ficava na ala oeste. Agora deixem-me ir.

— E um depósito de armas? Tem um?

— Claro que há um depósito de armas.

— Onde fica?

— Na ala sul — grunhiu a empregada. — Agora chega.

— No final da ala sul, certo?

— Claro.

Ela foi embora, resmungando, e Bethany piscou para Erec.

— Bom trabalho.

Eles foram para a ala sul. No final havia portas altas de mogno incrustado, com mais ou menos quatro metros e meio de altura. Eles as abriram e foram para um pequeno corredor. Duas portas de carvalho entalhado tinham placas dizendo "Arsenal Convencional" e "Arsenal Mágico". Pedaços quebrados de uma armadura foram espalhados na frente das portas.

Uma voz severa falou:

— Quem vem aí?

Erec e Bethany olharam ao redor. Não parecia ter ninguém ali.

— Quem vem aí? — mais alta agora, a voz soava quase desesperada.

— Humm, Rick Ross e Bethany Evirly — disse Erec.

— Senha?

— Eu... não sei.

— Então vocês devem sair.

A voz não soou como se devesse ser menosprezada.

— Olhe — Bethany apontou para o capacete da armadura. — Está falando.

O capacete metálico vazio continuou imóvel como se não quisesse ser descoberto.

— Olá? — perguntou Erec.

Não houve resposta. Erec lentamente alcançou a porta para o arsenal convencional, e o capacete da armadura girou para encará-lo.

— Pare! Você não deve entrar.

Uma mão de metal empunhou uma espada.

— Nós só queríamos dar uma espiada.

Bethany alcançou a porta. Várias partes de metal se arrastaram pelo chão, mas a única peça que conseguia se mover bem era a mão que não estava segurando a espada. Ela se moveu impulsionada pelos próprios dedos em direção a Bethany, agarrou seu tornozelo e apertou.

Bethany gritou e chutou, mas a mão segurava firme. Erec tentou puxar.

— Isso machuca.

Bethany deu um pisão e puxou com a mão.

— Vou soltar quando vocês partirem.

O capacete parecia satisfeito. Alguns momentos depois, no entanto, como nem Erec nem Bethany haviam saído, a outra mão apontou a espada para Erec. A espada caiu fazendo um barulho alto alguns metros à frente da mão, que correu para agarrá-la e jogá-la novamente.

Erec pegou a espada e chutou a outra mão para o canto. Ele levantou a espada e deu um golpe na mão de metal para tirá-la da perna de Bethany.

— Não! — Ela chacoalhou sua perna. — Você está louco?

— Tudo bem. Tente isso.

Erec deslizou a espada entre o tornozelo dela e os dedos de metal e então deu um puxão. Alguns dedos voaram da mão.

— Bem melhor — suspirou Bethany. — Tente de novo.

Erec deslizou a espada novamente e cortou os dedos com uma outra puxada. A mão se soltou do tornozelo, que estava vermelho e com um longo corte.

— Desculpe.

Erec chutou a outra mão para longe, a qual havia sorrateiramente agarrado a espada e a estava apontando para eles.

— Estou bem. Vamos.

— Você arruinou minha mão — gritou o capacete.

Bethany e Erec abriram a porta para o arsenal convencional.

— Saiam daí! — berrou o capacete. — Não pensem que não irei atrás de vocês. Quando eu os pegar, irão lamentar.

Erec revirou os olhos.

O depósito de armas era um lugar extremamente grande e quase vazio, exceto por alguns mísseis e morteiros. Um enorme tanque e vários veículos blindados de transporte de pessoal estavam parados, no que parecia ser um pátio fechado. Marcas no chão davam a impressão de que vários outros veículos estiveram ali.

— Olhe para todas essas prateleiras e espaços vazios — disse Bethany. — Parece que houve uma guerra e que ainda não repuseram o estoque.

— Minha mãe disse que o arsenal está aqui apenas em caso de emergência.

— Bem, para mim parece que tem muita coisa faltando aqui.

Vários mísseis do tamanho de pequenos caminhões estavam alinhados à parede. A maioria dos espaços vazios próximos a eles tinha marcas de pneus.

— Ei, por aqui — Bethany acenou.

Grandes sacos de estopa com a palavra "pólvora" jaziam próximos a pilhas de coletes à prova de balas e alguns canhões.

— Ah, não. Esqueci de trazer uma bolsa — disse Erec.

— Bem, nós temos bolsos — contrapôs Bethany. — De quanto precisamos?

— Duas xícaras.

Eles tiraram os bonés do desaparecimento e encheram seus bolsos com pólvora. Suas mãos e roupas ficaram imundas.

— Tem uma pia aqui? — Bethany limpou suas mãos nos sacos de estopa.

A armadura destroçada gritou, e a porta se abriu com violência. Erec e Bethany mergulharam atrás de uma pilha de coletes à prova de balas, puxando alguns outros sobre suas cabeças. Erec colocou seu boné do desaparecimento e sumiu, com sujeira e tudo.

O som de passos ficou mais próximo. Duas pessoas estavam conversando. Alguém cochichava:

— Peguem o restante das pistolas. Não se esqueçam das prateleiras com as semiautomáticas. Estamos bem com os fuzis de assalto e com as armas antitanque. Ali estão as granadas e as minas terrestres, peguem todas também. Já peguei tudo o que precisamos do arsenal mágico. Assim que os nossos três vencerem os torneios e conseguirem aqueles cetros, teremos tudo de que precisamos. Vamos fechar o cerco a Alypium primeiro, depois Aorth e finalmente Ashona. Com aqueles cetros, nada poderá nos deter.

Uma voz conhecida choramingou:

— Você promete que Rock será um dos vencedores?

Bethany disparou um olhar para onde Erec deveria estar, em frente a uma mancha suja na parede. Rayson!

— Claro — disse a voz que cochichava.

— E se a pedra não gritar? — perguntou Rayson.

— Quem liga se a pedra grita ou não? — replicou a voz. — As pessoas vão estar felizes demais por terem novos reis... ninguém vai perceber. Apenas faça sua parte, e tudo sairá como planejado. Quando o Príncipe Feiticeiro pegar aqueles cetros, nós seremos invencíveis.

— E sobre o Ward Gamin? — ressoou a voz de Rayson, mesmo tentando fazer o mínimo de barulho.

— Vou me livrar dele antes do final do torneio. Não se preocupe.

— E se eles não vencerem o quarto torneio? Não temos como garantir o resultado dessa etapa.

— Eles vão vencer.

O sussurro pareceu impaciente. De repente, um uivo de arrepiar rasgou o lugar, numa mistura entre o lamento de uma fada agourenta e o urro de um lobisomem raivoso. Erec se apoiou contra a parede e prendeu a respiração.

O sussurro parecia agitado.

— Ao trabalho. Estão precisando de mim em outro lugar.

À medida que se distanciava, o som dos passos silenciava, aparentemente deixando Rayson balbuciando perto das prateleiras das pistolas. Erec espiou perto dos coletes à prova de bala e viu Rayson jogando revólveres e munição no que parecia ser uma bolsa invisível.

Bethany puxou Erec para trás.

— E se ele puder ver você com o boné, assim como Ugry? — cochichou ela.

Rayson continuava resmungando. As armas menores tiniam conforme iam sendo jogadas dentro da bolsa. O barulho foi ficando mais próximo.

— Vamos ver, preciso voltar depois para apanhar isso. O que temos aqui dentro? — pequenas pancadas ecoaram dentro da bolsa, que parecia cheia. — O que é isso? Pólvora? Mas que bagunça. Bem, um feitiço de levitação resolve tudo.

Rayson parecia estar a um passo de distância. Um cobertor grosso caiu sobre as pesadas sacolas de pólvora e então desapareceram junto com ele. Erec podia sentir a beira do cobertor sendo erguida.

— Humm — Rayson estava bem na frente deles. — Coletes à prova de balas.

Ele jogou alguns dentro da sacola. O coração de Erec disparou. Ele e Bethany se encolheram ainda mais atrás da pilha. Bethany parecia completamente sozinha... a menos que Rayson pudesse ver Erec mesmo usando o boné.

Erec deu um pisão forte no chão. Um estampido se fez ouvir no corredor.

— Droga.

Rayson ficou imóvel. Erec usou os dois pés dessa vez, e mais barulho surgiu do outro lado da porta. Rayson correu para fora, de mãos vazias.

— Rápido, coloque o seu boné. Vamos — disse Erec.

— Se formos vistos usando isso, estará tudo acabado.

— Se Rayson souber que o ouvimos aqui, vamos estar é *mortos*.

Bethany colocou o boné. Assim que eles correram para a porta, Erec segurou a manga de Bethany para saber onde ela estava. Ele deu um pisão bem forte, fazendo barulho pelo corredor e no arsenal mágico. Rayson não parecia estar em lugar algum.

— Cuidado — sussurrou Bethany. — Ele poderia estar em qualquer lugar. Ou até mesmo invisível.

Na entrada do corredor, a armadura desmontada gritou:

— Eu sei que estão aqui!

Alarmados, eles correram para a ala sul. Mais para a frente no corredor, ouviram um forte "Uuf". Rayson parou em frente a Balthazar Ugry, parecendo ter trombado nele.

Rayson estava conversando com Ugry, apontando para onde eles devem ter ouvido os estampidos dos tênis de Erec. Erec e Bethany correram por um corredor lateral e tiraram os bonés.

— Aqui — disse Erec, e eles se enfiaram na sala mais próxima. Os dois voaram em direção à parede à direita deles.

— Ai. O que é isso, algum tipo esquisito de parede magnética? — Bethany tentava se libertar da pressão.

Já tendo passado por aquilo antes, Erec sentou na parede.

— É uma das salas em que a gravidade não foi alterada.

Seu olho verdadeiro se ajustou à escuridão. Uma mesa de bilhar estava presa ao chão. Deve ter sido pregada lá. Tudo o mais, os tacos, bolas e jogos que enchiam as prateleiras da sala estavam em pilhas ao redor deles na parede.

— Como a gente sai daqui? — Bethany ficou de pé na parede e pulou para alcançar a porta, sem sucesso.

— Não precisamos ter pressa — disse Erec. — Vamos esperar Ugry e Rayson irem embora. Está surpresa de ver Ugry aqui? Acha que era ele cochichando no arsenal?

Bethany ergueu os ombros.

— Um cochicho é um cochicho. Mas aposto que era ele. Você o ouviu? Ele quer os cetros, o que quer que sejam, e então vai destruir e conquistar tudo!

— Os cetros são o que o rei Pluto e a rainha Posey carregam — disse Erec. — Aposto que o rei Piter tem um em algum lugar. Eles devem ser muito poderosos. Melhor a gente contar a alguém sobre isso... mas a *quem*?

— Devemos contar, provavelmente, à rainha Posey. Mas vamos começar pela sua mãe. Pelo menos podemos confiar nela.

— Podemos? — disse Erec amargamente. — Ela vai simplesmente me apagar da memória de todo mundo. Então Ugry vai dominar tudo com a ajuda de Rayson, certo?

— Sem essa. Ela estava apenas protegendo você.

— Até parece. De qualquer jeito, estamos presos aqui agora. Acho que vou contar a ela. Você se importa?

— Claro que não.

Erec colocou os óculos e encontrou sua mãe escrevendo.

— Mamãe?

Os olhos de June se voltaram para cima.

— Erec? Ah, que bom. Eu estava agora mesmo escrevendo uma carta para seus irmãos e irmãs.

— Consegui a pólvora.

— Como fez isso? Ainda não dei a senha para você.

— Eu não precisava de uma senha. A armadura estava toda desmontada. E ela ainda assim queria lutar comigo.

— Desmontada! — June se ajeitou na cadeira de balanço. — Impossível! Aquilo era feito pela própria Vulcan para proteger o depósito de armas. Ninguém poderia destruí-la.

Sua testa se franziu demonstrando preocupação.

— Alguém muito poderoso está por trás de tudo isso.

— Mamãe, eu até fui capaz de cortar alguns dedos da armadura.

— Uma vez que esteja separada, sua força se esvai. Mas... por que você faria isso?

— Esqueça. O depósito foi saqueado. Quase tudo sumido. E duas pessoas entraram. Uma era Stoney Rayson, se é que dá para acreditar. Não sei dizer quem era a outra, mas acho que era Ugry. Eles estão planejando dominar Alypium, Aorth e Ashona. Eles disseram que, quando certas crianças vencerem os torneios, entre elas Rock Rayson, eles teriam os cetros e então seriam invencíveis.

June colocou sua mão sobre a boca.

— Diga ao rei Piter. Ele tem que saber disso.

— Mamãe. O rei Piter não pode ajudar. Para quem mais posso contar?

June moveu os lábios e olhou para o teto. Ela socou a cama.

— Não sei. Erec, *você* precisa vencer os torneios. Eu sei que você pode. Isso iria arruinar os planos deles... de quem quer que sejam.

— Obrigado pelo apoio, mas...

— Não. Você pode fazer isso. E tente encontrar o cetro do rei Piter. É muito poderoso. Talvez você possa consegui-lo de algum jeito e com isso ajudar o rei.

— O rei Piter não carrega um cetro.

— O quê? Ele nunca deixaria o cetro fora de sua visão — ela ficou em pé e começou a andar pelo quarto. — Isso não é bom. Tente encontrar. Eu avisaria a rainha Posey sobre o depósito de armas... mas não sabemos a quem ela dá ouvidos.

June balançou a cabeça.

— Você conversou com Hecate Jekyll sobre os outros ingredientes?

— Não adianta. Ela parecia que ia me dar um pouco, mas quando mencionei o álcool de cereais ela mudou de ideia.

— Tudo bem, não é culpa dela. Vou dizer como você pode invadir a despensa do castelo. Não é difícil, apenas não seja visto. No fundo das cozinhas há uma chapa circular no chão, com um olho esculpido. Sussurre nela... humm, vamos ver. Ela usava uma frase boba. Ah, sim. "Um olho tudo vê". A chapa vai se mover, e abaixo dela haverá um buraco com uma escada para a despensa. Tudo está em ordem alfabética. Coloque os ingredientes numa jarra de vidro, mas não deixe cair. Você poderia explodir toda a ala oeste. Leve tudo diretamente para seu quarto e esconda em algum lugar seguro.

Ela colocou suas mãos na cabeça.

— Não acredito que estou pedindo a você para pegar explosivos. Devo estar louca.

— Não se preocupe, mamãe. Eu terei cuidado.

June suspirou.

— Você encontrou alguém com a MágicaNet para conseguir a pena de águia e os fios de juba de leão?

— Sim, alguns meninos têm isso aqui.

— Ótimo. E as ferraduras?

— Os meninos têm cavalos.

— Muito bom — ela parecia aliviada. — Quando é o terceiro torneio?

— Segunda. Vou pegar os ingredientes da despensa amanhã.

— Seja cuidadoso — disse June. — Haverá lua cheia amanhã à noite.

— E isso importa?

June mexeu os ombros.

— Provavelmente não. Mas acontecem coisas engraçadas às vezes.

— Mamãe, quantas pessoas podem me ver quando estou com meu boné do desaparecimento?

— Você tem um boné do desaparecimento? Perfeito. Ninguém pode vê-lo quando está com ele.

— Ninguém? Ugry pode.

— Balthazar? Ele não tem esse tipo de poder. De qualquer modo, seria um poder incomum.

— Mas ele consegue — suspirou Erec. — Melhor eu ir. Verifico depois.

Erec tirou seus óculos.

— Os poderes de Ugry devem ter crescido desde quando minha mãe vivia aqui.

— Ele está ficando mais maligno — disse Bethany. — Melhor avisarmos a rainha Posey sobre os planos dele.

— Você não a conhece. Ela é muito poderosa. Minha mãe não tem certeza sobre as intenções dela. Além disso, ela desconfia de mim por causa daquela droga de Identidetector.

— Bem, acho que não temos muita escolha — disse Bethany. — Alguém capaz de fazer alguma coisa *tem* que saber sobre isso.

Ela ficou em pé na parede, pulou por cima dos tacos e se balançou nas prateleiras de madeira.

— Verdade. Mas como você sugere que contemos a ela? Humm, rainha Posey, enquanto estávamos nos escondendo no depósito de armas e roubando pólvora, ouvimos Ugry e Rayson tramando alguma coisa.

Bethany andou nas prateleiras como se elas fossem traves de ginástica.

— Não. Apenas diga: "rainha Posey..."

Num instante, uma torrente de água jorrou do ar em cima de Bethany. Ela escorregou e caiu sobre a estante de livros. A queda d'água continuou, como se fosse uma onda gigantesca. Bethany tossia e cuspia embaixo da enxurrada, olhando desesperada ao redor.

A água atingiu Erec e começou a encher a sala, cobrindo seus sapatos. Por alguma razão, a água só jorrou sobre Bethany. Erec procurou por uma fonte e ficou surpreso ao ver que tudo estava saindo de dentro da mesa de bilhar acima. De fato, toda a superfície verde da mesa fora substituída por água — um aguaceiro sem fim — caindo diretamente sobre Bethany.

Erec se esticou para agarrá-la e tirá-la daquela avalanche, mas o pé dela estava preso. A mão de Bethany cobria o rosto, mas a água caía de todas as direções. Erec torcia para que ela pudesse respirar. Ele puxou até que o pé dela se soltasse. Num segundo a água parou. A superfície da mesa estava lisa e verde.

Bethany sentou, tossindo, no canto da estante de livros. A água na sala estava batendo em seus joelhos.

— *Ela*... fez isso comigo? — Seus olhos estavam vermelhos, e um pouco mais de água saiu de dentro deles.

— Um pedaço do oceano apareceu do nada.

— Não do nada — Erec apontou para a mesa de bilhar pendurada no que costumava ser o chão, mas que agora funcionava como uma parede, sobre Bethany. — Mas o que a fez começar e parar?

Bethany olhou para cima.

— Começou quando tropecei numa prateleira de livros e ela caiu. Meu sapato ficou preso. Então parou quando eu tirei. Talvez a prateleira tenha voltado também.

— Ahn?

— Foi exatamente quando tudo começou.

Bethany se arrastou sobre as prateleiras de madeira, puxando tábuas próximas de onde ela caiu. De repente, uma tromba d'água enorme desabou sobre ela e então parou imediatamente.

— Encontrei! Olhe, há linhas onduladas na madeira atrás desta prateleira. Parece um símbolo de água, marcando este lugar. Esta prateleira menor dobra e depois volta — ela sentou-se. — Só não sei por que alguém iria querer algo *assim* aqui? Veja, a sala está destruída.

— Talvez funcionasse diferente antes de o castelo ficar deitado de lado. A água provavelmente não caía.

Bethany olhou para a mesa de bilhar acima, tremendo. Os bolsos dela estavam pretos por causa da pólvora. Eles empilharam mesinhas sobre cadeiras e conseguiram subir para sair da sala.

— Espero que a bagunça não destrua as paredes — disse Bethany.

Erec deu de ombros.

— Alguém provavelmente vai consertar tudo com um feitiço.

Eles voltaram para os dormitórios deixando um rastro de água por onde passaram.

Na manhã seguinte, Bethany comia feliz uma ambrosia no refeitório com Jack quando Erec chegou para o café da manhã. Jack foi pegar mais comida, e Erec cochichou:

— Por sorte eu peguei o suficiente de pólvora. A sua estava...

— Destruída.

Balor e Damon Stain estavam sentados do outro lado da sala com Rock Rayson e Ward Gamin.

— Já volto — Erec andou até eles.

— Vejam quem está aqui — disse Balor rindo. — Nós estamos só matando o tempo hoje. Você come mesmo esse negócio? — ele apontou para um monte de ambrosia.

Erec ergueu os ombros.

— Posso usar sua MágicaNet hoje?

— Lógico, vamos lá agora. Quero dar o fora daqui — Balor empurrou sua bandeja para a frente, com ambrosia e néctar que nem chegaram a ser tocados. — Pedimos no serviço de quarto. Vamos.

Damon, Ward e Rock ficaram resmungando. Balor olhou para Erec.

— Você tem dinheiro? Porque ninguém vai pegar nada de mim.

— Droga, não — disse Erec. — Espere aqui. Eu já volto.

— Ouviram isso, rapazes? — Balor riu. — O velho caolho tem que ir pegar dinheiro no quartinho.

Ele sorriu para Erec.

— Vamos andar devagar. Se vocês nos alcançar, pode vir junto.

Erec engoliu a raiva e correu para seu quarto, onde encheu os bolsos com ouro, prata e bronze. Quando voltou, Balor e seus amigos estavam subindo para o castelo. Erec os seguiu para a ala sul. Ele desejou ter um cartão de crédito para poder comprar coisas no computador. Talvez ele pudesse usar o de Balor e pagá-lo com o ouro.

— Venha ver onde os meninos grandes vivem — disse Balor. — Convidados ficam nos quartos do segundo andar. Todo o Super A ficou aqui a noite passada. Jantamos com eles. Foi um grande banquete — disse ele, dando uma risadinha maliciosa.

Eles subiram para um corredor decorado com candelabros e carpete felpudo cor de ameixa.

— Vocês ouviram que a sala de jogos foi inundada ontem? — perguntou Ward. — Uma verdadeira bagunça. Tudo culpa do rei Piter, tenho certeza. Este lugar está apodrecendo.

Erec estremeceu.

— Eles limparam tudo?

— Por que não limpariam? — disse Ward com cara de desdém.

Erec teve vontade de avisá-lo para não ficar muito confiante. Tudo indicava que seus amigos ganhariam os cetros, e Ward seria "descartado".

Balor se virou para dizer:

— Tenho uma grande ideia. Troca justa. Você usa minha MágicaNet e eu experimento esses seus óculos.

A mão de Erec voou para os óculos pendurados em seu peito. Ele lembrou que sua mãe disse que ninguém poderia tirá-los dele. Ele esperou que ela estivesse certa.

— Bem, primeiro eu vou usar a MágicaNet, e então você pode tentar tirá-los de mim. Se você conseguir, pode usá-los.

— Excelente — Balor pareceu satisfeito. — Eu sempre gosto de um desafio.

Eles entraram num grande quarto luxuoso com uma tela de dois metros e meio instalada na parede. As camas pareciam duas vezes maiores e macias que as dos outros dormitórios. Cadeiras baixas revestidas com espuma e joysticks em seus braços ficavam ao redor da tela para jogar videogames. Uma empregada estava ajeitando o quarto.

— Fora, serviçal. *Fora*! — berrou Balor para a empregada. — Você não vê que estamos aqui?

Ela olhou confusa e se desculpou várias vezes enquanto corria para a porta. Balor riu.

— Elas são como cervos encarando a luz dos faróis.

Ward revirou os olhos. Damon ficou parado olhando a tela feito bobo, com o chapéu cinza ridículo ainda na cabeça.

— Eu quero jogar Jackknife — disse ele. — Vamos jogar Jackknife.

— Tudo tem sua hora, Damon. Primeiro, nosso novo amigo aqui quer usar a MágicaNet.

Balor estalou os dedos. O seu nome e o de Damon apareceram na tela grande, e o quarto se escureceu aos poucos.

Damom resmungava:

— ... Jackknife...

— Você conhece o site ou quer fazer uma busca? — perguntou Balor.

Parecia que todos os quatro iam ficar olhando. Erec esperava poder disfarçar que nunca tinha usado a MágicaNet antes.

— Vou fazer uma busca.

Erec colocou suas mãos nos bolsos, tentando dar uma disfarçada, mas seus bolsos estavam tão cheios de moedas que elas ficaram sem se mexer lá dentro.

— Busca — falou Balor, estalando os dedos.

Apareceu o rosto de uma jovem com cabelos pretos presos num coque apertado.

— Sim? — ela olhou para o lado de fora da tela.

Balor acenou com a cabeça para Erec, abrindo uma das mãos em sua direção. A mulher na tela parecia impaciente.

— Preciso de três fios de juba de leão — disse Erec.

— Fios de juba de leão.

A mulher acenou com um movimento brusco de cabeça, a tela se dividiu em oito janelas, e uma pessoa diferente apareceu em cada uma delas. Uma janela no fundo da tela disse:

— Próximos oito de 46.

Balor cruzou seus braços e balançou a cabeça, obviamente interessado.

— Oito em uma, tudo bem?

— Ah-hã — disse Erec.

Uma pessoa gritava de cada uma das janelas, exibindo seus produtos, exceto numa das janelas mais baixas, onde uma mulher com longos cabelos grisalhos e com um chapéu alto, de plumas, parecia estar dormindo.

O rosto de uma mulher com um chapéu preto pontudo e um nariz protuberante quase preenchia toda a tela. Ela acenou com alguns pelos marrons em direção a Erec.

— Isso vai servir para você. Direto das selvas do Quênia. Apenas oito shires, mas para você, sete shires e cinco gands — ela piscou para Erec.

Um homem magro com um bigode oleoso na caixa ao lado dela chacoalhou uma pequena sacola em frente à tela.

— Pelos da juba de um leão dominante. São os melhores que você pode comprar. Um anel de ouro. Você não vai conseguir nada melhor.

Todos falavam ao mesmo tempo. Erec olhou para Balor, que o observava com expectativa. Se ele ao menos soubesse como fazer isso. A mulher com o chapéu pontudo produziu um pequeno jarro e o chacoalhou.

— Unhas de tigre... garra de águia... tenho tudo aqui.

Erec ouviu um dos vendedores gritar a palavra "garantido". Ele desejou saber quem era confiável.

— Qual de vocês tem... garantia?

A maior parte dos vendedores da tela imediatamente puxou papéis e colocou em frente a seus rostos. Os outros pareciam estar procurando desesperadamente, mas finalmente desistiram e deram de ombros. Erec apontou para a tela de número cinco, uma que tinha uma garantia, qualquer que fosse ela.

— Número cinco, quanto?

O jovem homem de pele escura na tela cinco se ajeitou e mostrou um pequeno frasco.

— Por três fios de juba leão garantidos eu faço com você um acordo por nove shires de prata. Claro, isso normalmente custaria um anel e vários shires...

— Juba de leão?

— Claro — ele pareceu ofendido.

— Você tem uma pena de águia? — perguntou Erec. — Garantida?

O homem procurou ao redor de si próprio freneticamente e então tirou um envelope de algum lugar.

— Pena pura da cauda de avestruz.

— Preciso de uma pena de águia — disse Erec.

Várias mãos acenaram com muitas penas longas marrons e brancas.

— Bem aqui!

— Por aqui! Pena de águia genuína! Só as melhores.

Erec apontou para a mulher com o chapéu pontudo.

— Número um. Sua pena de águia é certificada?

— Claro — ela deu uma risadinha de satisfação.

— Quanto?

Seus olhos apontaram para o lado.

— Um anel de ouro e seis shires.

Imediatamente seus competidores começaram a gritar:

— Um anel e dois shires.

— Um anel e pronto!

— Ah, tudo bem — gritou a mulher com o chapéu pontudo. — Um anel, um shire e cinco gands.

Erec disse:

— Tudo bem, então.

— Você não vai nem perguntar de que loja eles estão vendendo? Eu só vejo o nome de duas empresas na tela — disse Balor.

Erec percebeu pela primeira vez que dois vendedores tinham uma pequena caixa no topo de suas telas, uma dizendo "Porção Porções" e a outra mostrando "O Bestiário". Por que se dar o trabalho de perguntar de onde eles eram? Erec nunca teria ouvido falar deles mesmo. Alguns vendedores gritaram palavrões em resposta a Balor, outros o ignoraram.

— Tem alguma recomendação? — perguntou Erec a Balor.

Balor ergueu os ombros.

— Você está certo. Eles são todos de pequenas lojas pobres e sem marca mesmo. Tudo bem. Sabemos onde eles moram.

Ele estreitou os olhos.

— Você não pode imaginar o que fizemos a um vendedor que uma vez nos enganou.

Alguns vendedores recuaram, e parecia que estavam mudando de ideia com relação à venda. Rapidamente, Erec disse:

— Pena de águia, número um. Fios de juba de leão, número cinco.

A mulher e o homem na janela um e na cinco sorriram brilhantemente, e o restante dos vendedores deixaram suas telas, resmungando. Erec esperou que eles perguntassem como eles deveriam cobrá-lo.

— Bem — disse Balor —, vá pagá-los, então. Você não está esperando que eu pague a conta.

Ele riu e olhou para seus amigos, erguendo as sobrancelhas.

Erec não tinha a menor ideia de como proceder. Todos o estavam observando, esperando. Vá pagá-los. O que aquilo significava?

— Está tudo bem, garoto — disse a mulher com o chapéu pontudo. — Ora, ele apenas teve uma experiência ruim, só isso. Isso acontece a qualquer um de nós. Alguém me agarrou pela garganta uma vez. Se eu não tivesse tido ajuda aqui, poderia ter perdido minha cabeça e tudo estaria acabado para mim.

Ela deu de ombros.

— Ah, isso vai acalmá-lo, vai sim — disse o homem no quadro cinco. — Venha aqui, menino. Está tudo bem.

Erec andou até a tela cinco enquanto Balor e seus amigos davam muitas risadas. A mão do homem com o frasco de pelos de leão passou através da tela em direção à sala. Erec olhou chocado para a cena. A mão parecia tão real quanto a dele.

Erec colocou a mão no bolso e contou nove moedas de prata.

— Está tudo certo?

O homem olhou gentilmente para Erec.

— Você é um pouco devagar, não? Sim, está tudo certo — ele pegou as moedas de prata e deu o frasco a Erec. — Você quer um recibo?

— Não, obrigado.

Erec encontrou uma moeda de ouro com um buraco, esperando que fosse um anel de ouro, e outra moeda de prata. Ele as mostrou para a mulher.

Ela olhou criticamente para ele.

— Não vou baixar mais o preço. Preciso dos cinco gands restantes.

Havia apenas mais um outro tipo de moeda no bolso de Erec, uma moeda cor de bronze. Erec contou cinco.

— Bom garoto.

A mulher apanhou as moedas e entregou a Erec uma longa e branca pena de águia com ponta escura numa sacola de plástico, acompanhada de um certificado de garantia.

Erec virou-se para contemplar o sorriso afetado de Balor.

— Com medo dos anciões vendedores malvados, não é?

Damon ria às gargalhadas.

— Bom garoto — riu Ward.

Rock sorriu, apontando para Erec.

— Para o que são os fios de juba leão e a pena de águia? — perguntou Balor. — Uma poção de coragem?

— Não, é só um hobby.

— Ahh. Ele tem um hobby, pessoal. Para o que você está usando essas coisas?

— Para fazer explosões.

— Ah. Muito interessante. Nós gostamos de fazer isso também, às vezes — disse Balor.

— É — falou Rock. — Nós podemos precisar da sua receita... *em breve*.

— Bem lembrado, Rock, meu velho — disse Balor. — Qual é a receita?

Erec percebeu que não iria arrancar pedaço deixar escapar alguns ingredientes.

— Pena de águia, pelos de juba de leão, nitrodesejo, um pouco de essência de javali africano... e cinco folhas esmagadas.

— *Folhas*? De que tipo? — perguntou Rock.

— De carvalho.

— E você acredita no efeito disso?

— Nem um pouco — disse Erec. — Só estou testando.

— Ward, escreva tudo isso — disse Balor. — O que você vai explodir?

Erec deu de ombros.

— Não sei ainda — ele andou até a porta.

— Espere um minuto — disse Balor. — Acho que você está esquecendo alguma coisa. Você me deve uma coisinha que está no seu pescoço.

Erec virou-se.

— Ah, é. Três tentativas para tirá-los de mim, daí eu vou embora.

Balor esfregou as mãos. Ele apontou um controle remoto para Erec e apertou um botão.

— Akamptos.

Erec, de repente, se sentiu frio e com o corpo todo duro. Era difícil respirar. Ele tentou falar, mas sua boca não se movia. Na verdade, ele todo não conseguia se mover. Estava congelado, com a pena e o frasco ainda em suas mãos. Se alguém tocasse seu ombro, ele cairia para trás como uma tábua.

Balor caminhou arrogantemente até Erec.

— Espero que você não tenha acreditado que poderia oferecer algum tipo de resistência a *mim*, o filho do grande feiticeiro Mauvis Stain.

Ele levantou os óculos do peito de Erec.

— Talvez, por todo esse esforço, eu terei que ficar com eles.

Balor tentou puxá-los da cabeça de Erec, mas eles paravam, imóveis, na altura do queixo. Ele forçou, puxou, mas eles não saíam do lugar.

— Belo truque, Rick Ross.

Balor não parecia nada feliz. Ele apertou o botão de seu controle remoto.

— Aeiro.

Os óculos se levantaram do peito de Erec, mas eles pararam de novo na barreira que havia no queixo. Os olhos de Balor viraram fogo. Ele forçou ainda mais e então parou.

Balor começou a andar pelo quarto, alisando o queixo.

— Ideias, pessoal? Humm... talvez a gravidade dê jeito nisso.

Ele apertou o botão de seu controle remoto mais uma vez.

— Aeiro, Anastrepho.

O chão saiu debaixo dos pés de Erec e a sala começou a rotacionar ao seu redor. O chão deslizou para um lado. O estômago de Erec se revirou. Ele imaginou se poderia vomitar, já que ainda estava todo congelado. Logo ele estava de cabeça para baixo em pleno ar, com os óculos pendurados na altura do queixo. Damon os socou, sem resultado.

Balor disse:

— Acho que poderíamos cortar a cabeça dele fora. Isso deve funcionar.

Damon deu uma risadinha.

— Vamos fazer isso. Vamos cortar.

Ward deu um tapa na própria testa e se jogou numa cadeira. Rock olhou ao redor da sala.

— Como a gente faz isso?

— Todos aqui podem guardar um segredo, certo? — perguntou Balor. — Estou começando a querer esses óculos ainda mais.

Ele apertou o controle remoto e disse:

— Apotemo.

Uma onda de calor passou pelo pescoço de Erec. Ela cresceu até sua pele queimar e, então, desapareceu. Balor chutou uma cadeira através da sala.

Damon tirou uma faca de uma gaveta.

— Eu vou cortar. Eu corto.

Ele passou a faca pelo tornozelo de Erec. A lâmina deslizava cortante sob sua pele, fazendo-o chorar de dor. Damon foi mais fundo ainda com a faca no tornozelo de Erec, cantando:

— Eu vou cortar a cabeça dele fora, vou cortar fora, vou cortar fora...

— Seu imbecil — disse Balor. — Esses são os pés dele.

Damon olhou cuidadosamente para Erec e virou sua cabeça para cima. Então ele atacou com toda sua força. A faca parou a alguns centímetros do pescoço de Erec. Damon tentou repetidas vezes, mas uma parede invisível o fazia sempre parar.

— Ele nos enganou — disse Balor asperamente. — Vamos deixá-lo pendurado.

Os quatro meninos saíram da sala.

Erec tinha certeza de que os óculos jamais o decepcionariam. Os garotos provavelmente continuariam a tentar tirá-los do seu pescoço até que ele morresse de fome ou do sangramento em seu tornozelo.

O sangue latejava em sua cabeça. Era difícil respirar. Pelo andar da carruagem, eles em breve teriam os óculos porque Erec tinha certeza de que não duraria muito mais. Quando não estava pensando em como seria morrer de cabeça para baixo, lembrou-se do explosivo que Balor estava planejando. Ele tinha um mau pressentimento sobre isso também.

Depois dos dez minutos mais longos da vida de Erec, Ward voltou ao quarto. Ele apontou o controle remoto para Erec.

— Anapalin.

Erec sentiu o quarto girar, a gravidade o foi colocando de lado e, então, finalmente, sentiu seus pés sobre o chão. Ele respirou fundo e percebeu que podia se mover.

— Saia daqui, idiota — disse Ward. — Não quero que você faça o quarto feder. Eu gosto de ficar aqui.

— Obrigado.

Erec foi até a porta e apoiou uma das mãos sobre a maçaneta. Ele olhou para trás e viu Ward o observando. Ele queria retribuir, de algum jeito.

— Tenha cuidado, Ward. Existe um plano para se livrarem de você, para que seus amigos vençam os torneios e você não.

Ward olhou para ele boquiaberto.

— Seu invejoso ingrato. Eu sei quem são meus amigos. Você só quer que a gente brigue e destrua um ao outro para *você* poder vencer.

Erec apenas balançou a cabeça. Ele tentou avisar.

Ele foi para o hospital real para tratar de seu tornozelo, dizendo que tinha tropeçado numa pedra afiada. Assim que chegou ao seu quarto, Erec colocou a pena de águia e os pelos de juba de leão numa gaveta junto com a pólvora seca. Agora era hora de ir para as despensas. Ele esperava apenas que sua mãe tivesse se lembrado da senha correta.

Bethany estava para sair quando Erec chegou ao refeitório para o almoço.

— Você está horrível. Conseguiu usar a MágicaNet do Balor?

— Ah-hã. — Erec contou a ela o que havia acontecido. — Eu vou ficar tranquilo esta tarde. Durante a noite é melhor para invadir a despensa, certo? Tem menos gente.

— Vai ter uma banda tocando na ágora esta noite. Muitos garotos vão ver. Talvez as cozinhas fiquem vazias também.

CAPÍTULO 13

O Tribafleão

A lua cheia brilhou sobre a banda chamada Medusa enquanto eles detonavam suas guitarras elétricas e arrebentavam no palco a céu aberto na ágora. Erec e Bethany ficaram para ouvir as primeiras músicas, "Nasci para ter estilo" e "Papai era um doidão". Eles comeram alguns chocolates importados feitos de chuva de um lugar conhecido como Cinnalim, mas tiveram que cuspir um ou outro inseto que encontravam misturados aos doces.

Quando escureceu, eles se dirigiram, sem chamar atenção, para as cozinhas do castelo. Elas estavam praticamente vazias, com algumas luzes apagadas. Algumas empregadas e cozinheiros andavam apressados, pegando suas bolsas. Bethany perguntou ao cozinheiro se Hecate Jekyll iria voltar.

— Em uma hora e pouco. Posso servir alguma coisa a vocês?

— Não, obrigada.

Bethany sorriu como um anjinho, e o cozinheiro se foi.

— Certo, mãos à obra.

Eles procuraram no fundo das cozinhas, embaixo das prateleiras e dos sacos de farinha.

— Veja! Está aqui.

Bethany apontou para uma chapa circular, mais ou menos com um metro de extensão, no chão. Um olho fechado estava esculpido nela.

— Isso deve ser pesado — ela fechou os olhos. — Uns 30 quilos, julgando pelo diâmetro e peso cúbico do ferro.

Erec arregalou os olhos.

— Como você sabe isso tudo?

Bethany ficou vermelha.

— É que eu gosto de matemática.

Ele sussurrou sobre a placa.

— Um olho tudo vê.

Num instante, o olho esculpido se abriu, e o metal grosso deslizou pelo chão. Abaixo, uma escada levava a um fosso iluminado. Erec tirou a lista de ingredientes de seu bolso e colocou o boné do desaparecimento. Ugry o expulsaria dali se o visse com o boné de novo, mas se ele fosse pego na despensa estaria tudo acabado de qualquer jeito.

— Vou esperar aqui em cima — disse Bethany. — Se alguém estiver vindo eu vou... jogar este saleiro no buraco.

Erec desceu pela longa escada e chegou num cômodo estreito. Ele torcia para que a placa não fechasse sobre sua cabeça. Tudo o que se podia imaginar estava empacotado em prateleiras com sacos, jarros e frascos, com rótulos como "pele de sapo seca", "orelha de rato", "bafo de grilo" e "olho de salamandra".

Foi fácil encontrar mata-lobos na seção M. Erec colocou nos sacos que trouxe seis punhados daquelas folhas recortadas e flores amarelas. Numa prateleira próxima ele viu uma jarra de vidro no formato de uma mulher, etiquetada como "espíritos". A curiosidade tomou conta dele. Erec desenroscou a tampa, que voou de sua mão. Quatro figuras brancas e vaporosas escaparam de dentro da jarra, cada uma agradecendo encarecidamente a Erec antes de sair voando e desaparecer. Erec colocou a jarra de volta com cuidado. Alguém poderia não ficar muito feliz com aquilo. Ainda assim, pareceu melhor que elas estivessem livres.

Ele encontrou o álcool etílico feito de cereais, mas percebeu que se esquecera de trazer um pote de vidro. Em vez disso, despejou tudo dentro de um saco, amarrou a boca e o deixou no chão. O nitrodesejo estava numa jarra de vidro escura e redonda. Um cheiro rançoso de gasolina exalava do bocal. Ele cuidadosamente colocou uma gota dentro do saco plástico.

O líquido chiou e atravessou o plástico, caindo no chão. O lugar chacoalhou com uma forte explosão. Erec foi atirado contra as prateleiras logo atrás. Suas costelas se machucaram mas, de alguma maneira, nenhuma jarra caiu e nem quebrou. Ele supôs que um feitiço o protegeu.

Erec gostaria de ter trazido três jarras de vidro. Subitamente, três jarras de vidro apareceram no chão. Como aquilo era possível?

Bethany enfiou a cabeça dentro do buraco.

— Você está bem? Ouvi um barulhinho, e o chão chacoalhou.

— Um barulhinho? Foi uma explosão — disse Erec. — A despensa deve ser à prova de som.

— O que aconteceu?

— O nitrodesejo corroeu o saco e explodiu. Então eu desejei ter trazido jarras de vidro, e elas apareceram. Acho que esse negócio me deu o que eu desejava!

— Jogue outra gota no chão quando tiver terminado e deseje que a gente volte em segurança para os dormitórios — disse Bethany.

— Boa ideia. Desejo que eu possa sair daqui logo.

Erec contou dez gotas de nitrodesejo dentro da jarra de vidro, cinco gotas de essência de javali africano em outra e despejou o álcool do saco, que vazava bastante agora, dentro da terceira jarra. Ele pegou as jarras e o saco de mata-lobos e pingou uma gotinha de nitrodesejo no chão.

A explosão o arremessou de volta às prateleiras, e o barulho ficou ressoando em seus ouvidos.

— Desejo que Bethany e eu estejamos de volta aos dormitórios com nossos ingredientes e que a placa volte ao seu lugar.

Num instante Erec estava na entrada do dormitório com Bethany, sua sacola e três jarras. Ele sorriu.

— Eu deveria ter pegado mais disso.

Ele agarrou a sacola e uma jarra, e Bethany pegou as outras duas.

Eles encontraram Oscar arfando muito do lado de fora do quarto deles, com as costas apoiadas na porta. Jack estava em pé ao lado dele, parecendo atônito.

— O que foi? — perguntou Erec.

O medo nos olhos de Oscar se transformou num olhar de raiva.

— Ah, nada. É só o seu cachorro, Erec. Acho que você precisa ter uma conversa com ele. Ele ficou meio fora de controle hoje.

Erec ouviu um murmúrio, um rosnado leve. Ele abriu a porta.

— Não! Não entre aí! — gritou Jack, mas Erec já estava dentro.

O cachorro tinha crescido duas vezes mais que seu tamanho normal. Ele estava de pé em suas patas traseiras e mais alto que Erec. Erec reconheceu sua coleira de ouro e olhos azuis, mas o restante estava completamente diferente — músculos saltados, um olhar louco nos olhos e a boca com espuma e presas grandes.

A fera se afastou de Erec, choramingando, e foi para o canto do quarto. Erec nunca tinha visto seu cachorro com medo, e isso era mais estranho agora que ele estava tão ameaçador. Quando Erec se aproximou, o agora horrendo cão se retraiu.

— Está tudo bem, garoto. Eu sei. Você está doente ou algo assim, certo?

— Erec, tome cuidado — disse Jack. — Ele é um cão-lobo. É a lua cheia.

A lua brilhava em frente à janela. Erec chegou mais perto e o cão-lobo deu um latidinho, colocando a pata no ar para manter Erec longe.

— Nós temos que tirar você daqui.

Erec olhou ao redor. Os lençóis estavam em fiapos. Marcas de arranhões cobriam as paredes e a porta. Erec se esticou para alcançar a coleira de ouro de seu cão, mas ele enfiou a cabeça num canto. Parecia que ele estava chorando.

Oscar e Jack olharam tudo em choque.

— Não entendo — disse Oscar. — Quando eu entrei aqui ele tentou me matar. Quase que eu não escapo.

Jack balançou a cabeça e falou:

— Ele está choramingando "vão embora". Pobrezinho. Ele deve estar com vergonha por você vê-lo desse jeito.

Os braços de Bethany estavam cruzados e ela exibia um sorriso esquisito no rosto.

— Erec, é melhor você vir aqui fora. E traga sua sacola.

— O que é? — ele fechou a porta.

— Vocês três pegam o nosso quarto hoje à noite. Melody e eu podemos dormir com nossas amigas no andar de baixo. O cachorro vai estar bem pela manhã.

— Aquele cachorro precisa ser destruído — disse Oscar. — Ele me atacou. Se eu não tivesse deixado a porta aberta para o Jack...

— Não — disse Bethany. — É o bichinho do Erec. Você não pode entregá-lo a ninguém. Vamos mantê-lo acorrentado em algum lugar durante a próxima lua cheia. Os torneios já deverão ter terminado até lá mesmo. Pense bem, não seria legal ter seu próprio cão-lobo? Ele poderia ser... útil.

Oscar deu de ombros e resmungou para si mesmo.

Enquanto eles andavam, Bethany cochichou:

— O motivo pelo qual ele não o atacou *não foi* porque você é o mestre dele. Pense no que você estava segurando.

Ela apontou para a sacola cheia de mata-lobos. "Cão-lobo", pensou Erec. "Mata-lobos". Esse lugar ficava cada vez mais maluco a cada dia que passava.

Na manhã seguinte o quarto de Erec estava uma bagunça. Seu cachorro agora parecia normal e dormia no chão, enrolado num lençol. Erec acariciou sua cabeça.

— Descanse, Lobinho.

Esse era um bom nome para ele agora. Ele limpou o quarto e se trocou para ir ao terceiro torneio.

A multidão atrás do labirinto tinha sido reduzida. Outros garotos se juntaram por ali para ficar assistindo.

O vento bagunçava os cabelos castanho-claros de Spartacus Kilroy e sua capa azul. Umpee conferiu o nome de Erec — "Rick Ross" — e colocou o número 75 em suas costas.

Kirloy soprou seu apito.

— Deveria haver 93 de vocês, mas temos apenas 80 hoje, então apenas 40 sairão vencedores daqui. Ouvi que alguns foram desencorajados porque suas Esferas-Questão disseram que não seriam os vencedores da final.

Ele parecia perturbado com esse tipo de pensamento.

— Essa não era a intenção do prêmio. Alguns outros estavam nervosos por coisas que aconteceram aos vencedores e acabaram saindo.

Ele balançou a cabeça.

— Eu quero assegurar a vocês que os juízes estão atentos a esta situação. Vocês estarão perfeitamente seguros daqui para a frente.

Erec estava feliz por Ugry não estar por perto. Pelo menos no momento ele se sentia seguro.

— O terceiro torneio — continuou Kilroy — é o Tribafleão. É composto de três partes, com placares separados. Vamos começar com o puxão na espada. Não espero que muitos de vocês completem esta missão. Talvez ninguém consiga. Mas quem conseguir ganhará cem pontos. Depois haverá uma corrida cronometrada. Vocês devem montar e conduzir uma criatura ao longo de uma pista. Para tornar tudo mais difícil, e mais seguro em alguns casos, as criaturas são filhotes. Como há 80 de vocês, o primeiro a cruzar a linha ganhará 80 pontos, depois 79 e assim por diante. A parte final é julgada individualmente.

Kilroy segurou uma urna ondulada, desigual e crivada por pequenas erupções em sua superfície. Parecia ter sido moldada a partir de barro escuro.

— Isto é uma urna com uma abertura, feita especialmente para o nosso concurso. Cada um de vocês vai puxar um papel de dentro dela. Ele dará a vocês um teste específico que irá utilizar seus dons mágicos de nascença. Não se preocupem. Se estiverem com medo de que não tenham herdado nada, a urna *irá* descobrir algo em vocês, mesmo que seja pequeno. Vocês serão observados e pontuados de zero a cem.

Erec imaginou o que aquela urna iria descobrir que ele pudesse fazer. Comer? Dormir? Amansar cachorros loucos?

A multidão seguiu Olive Umpee para formar filas atrás de quatro bigornas de pedra. Umpee e Rayson contaram vinte garotos por fila. Balor e seus amigos estavam no final da fila à direita, então Erec foi para a esquerda.

Stoney Rayson apoiou suas mãos nos ombros de Erec e Bethany e os direcionou para a direita, logo atrás de Rock.

— Belos óculos, garoto — ele piscou.

Uma garota ficou atrás de Bethany, e Rayson disse:

— Assim, temos vinte. As filas estão completas.

Balor virou-se. Um leve sorriso se espalhou por seu rosto.

— Este é o seu dia de sorte, Rick Ross. Você está na fila vencedora. Isso é bom. Quero manter você aqui um pouco mais.

Erec se lembrou de como ficou pendurado de cabeça para baixo no ar, com Balor e Damon tentando cortar sua cabeça fora. Ele rangeu os dentes, mas não respondeu.

Rayson disse:

— Estas pedras irão liberar espadas apenas para as mãos de alguém digno de ser rei ou rainha. Elas pertencem aos druidas da Irlanda, feitiço de qualidade máxima.

Erec ficou observando enquanto os garotos tentavam puxar as espadas até ficarem azuis. O torneio seguia devagar: todos achavam que mais um puxão forte deveria dar resultado. Ninguém conseguia retirar as espadas.

Quando chegou a vez de Balor, ele tirou o controle remoto do bolso e resmungou alguma coisa. Um furo se abriu no aparelho, e pequenos ferrões de metal saíram de sua lateral. Ele passou o objeto por trás da espada. Stoney Rayson colocou o braço ao redor de Olive Umpee e a virou para o outro lado, ele apontava para o horizonte.

O controle remoto de Balor chacoalhou, e pedaços da pedra voaram em todas as direções. Um deles atingiu a testa do menino que estava na pedra ao lado. Balor parou e acenou para ele.

— Desculpe. Acho que estou conseguindo aqui.

O menino virou-se para o outro lado e puxou com mais força para não ser superado por ninguém. Balor foi ainda mais fundo na pedra, partindo-a quase ao meio. Finalmente, ele puxou a espada da pedra quebrada. O controle remoto voltou ao normal, e Balor o colocou no bolso. Ele balançou a espada triunfalmente sobre a cabeça.

— Você viu isso? — cochichou Bethany. — Nós deveríamos dedurá-lo.

— Rayson é o juiz. Teríamos pouca chance — disse Erec.

Rayson comemorou.

— Um vencedor! Balor Stain! Um jovem rapaz que merece ser rei! Ótimo trabalho, garoto.

Ele registrou o placar na sua lista. Balor colocou a espada na pedra e afastou-se lentamente.

Damon foi o próximo e, num único puxão, retirou a espada frouxa. Ele a ergueu sobre sua cabeça com um sorrisinho bobo e vibrou com uns passos de dança.

— Outro vencedor — gritou Rayson. — Claro, outro dos trigêmeos de Stain. Igualmente merecedor.

Ward fingiu puxar a espada um pouco para depois deslizá-la facilmente para fora da pedra. Rayson parecia chocado.

— Outro vencedor? Bem, diga-me com quem andas...

Rock deu alguns puxões falsos e depois levantou a espada bem alto. Seu pai fez uma grande algazarra.

— E vejam isso. Acho que o sangue de heróis corre na família, hein? Meu Rock, um rei valoroso...

Erec era o próximo. Ele puxou gentilmente a espada e ela saiu da bigorna quebrada. Pareceu que a pedra abriu um pouco mais enquanto ele puxou. Ele a ergueu.

Rayson sorriu.

— Nome?

— Rick Ross.

Rayson mexeu a cabeça enquanto Erec colocava a espada de volta. Bethany e a menina depois dela retiraram a espada também, sob os olhares invejosos das outras crianças.

No gramado leste, havia uma área lotada com filhotes de animais de todos os tipos. Quase todos eram as criaturas mais estranhas que Erec já tinha visto. Rayson ajudou Kilroy a dar os bichinhos para cada uma das crianças.

Kilroy pegou um que parecia três cavalos de um olho só que estavam unidos através de uma barra.

— Triclope.

Ele deu a barra a Erec.

— Ah, oi. Boa sorte.

O revestimento de couro que cobria a barra se misturava à pele dos três cavalos. Eles ficavam um atrás do outro ao redor da barra: um relinchando com as patas traseiras no chão, o outro em pleno ar e o terceiro aterrissando com as pernas dianteiras no chão, como num carrossel.

Para Bethany foi dado um minaraptor, um grande pássaro que parecia um pato gigante com pernas grossas de avestruz e bico fino. Era do tamanho perfeito para que ela pudesse montar, com seus pés sobre suas costas largas. O pássaro falava sem parar.

— E quando nasci, um mês atrás, aconteceu uma chuva de granizo gigantesca. Minha mamãe disse que isso me tornou especial. Eu já sei muita coisa apesar de estar aqui há apenas um mês. Minha mamãe fala que eu sou muito esperto...

Bethany acariciou sua cabeça cheia de penugem, incapaz de conseguir interromper o falatório do animal.

Balor Stain e Rock Rayson sentaram em cima de cavalos alados brancos. Damon e Ward montaram em criaturas engraçadas que da cintura para cima pareciam formigas. Pinças se mexiam ao redor de suas cabeças de caranguejo. Dentes afiados preenchiam suas bocas arredondadas, e tinham um olho no centro de suas caras.

— Ginglehoffers! — Bethany riu. — Não acho que eles vão conseguir controlá-los.

Algumas outras crianças também receberam ginglehoffers filhotes e logo descobriram que eles tinham que ser controlados pelas cabeças, caso contrário poderiam morder.

Todos estavam alinhados com seus filhotes. O pássaro de Bethany ainda estava falando:

— ...e é por isso que eu gosto mais de tulipas do que de rosas. Minha tia avó se chamava Tulipa. Ela era famosa por suas receitas com peixe. Borick, o marido dela, era amigo de algumas das plantas do rei Piter...

Oscar sentou-se em seu coelho gigante, segurando as orelhas caídas. Ele riu de uma garota sentada com as pernas cruzadas numa tartaruga que caminhava lentamente.

A corrida era uma linha reta e tinha um percurso de meio quilômetro até a linha de chegada. Kilroy assoprou seu apito. Balor e Rock passaram cavalgando em seus cavalos brancos, que bateram asas e pousaram quase que imediatamente na linha de chegada. Damon e Ward estavam logo atrás. Eles seguravam marshmallows em varas de pesca em frente aos rostos dos ginglehoffers. Erec balançou a cabeça. Claro que todos eles estariam bem preparados. O ginglehoffer da corrida Monstro adorava marshmallows.

Erec sentou no cavalo do meio e gritou "Vai", batendo com os calcanhares nas laterais do animal. A criatura de três partes lentamente trotou pelo campo. Cada cavalo ficava no ar um tempo enorme entre um cômico galopar e outro. Erec se sentia como num carrossel, mas pelo menos conseguia se mover para a frente.

Por todos os lados, animais corriam em círculos ou nem mesmo se moviam. Alguns andavam de volta à linha de partida. Crianças eram arremessadas e acabavam sentadas na lama procurando por suas criaturas. Oscar, sobre o enorme bebê coelho, saltava como louco ao redor do campo, e parava aqui e ali sobre pequenos montes de mato. A menina com a tartaruga passava vagarosamente por ele.

Bethany estava empenhada numa grande conversa com seu pássaro. Eles não tinham nem saído da linha de partida.

— Vai! Mais rápido! — gritou Erec para o triclope dando pequenos tapas na sua lateral. Ele se mexeu um pouco mais rápido. Pelo menos estava indo na direção certa.

Depois de quase ter atravessado o campo, Erec olhou para trás e viu Bethany e seu minaraptor ainda parados na linha de partida, com o pássaro falando sem parar. Subitamente, ele abriu suas asas e voou sobre o campo. Na linha de chegada, ela deslizou pelas costas dele e o agarrou pela cabeça, puxando-o para fazê-lo aterrissar. Erec cruzou a linha depois dela.

Umpee marcou os nomes deles.

— Bethany Evirly, 22. Rick Ross, 23.

A garota na tartaruga chegou logo depois.

Jack, pálido e esverdeado, caiu de seu sapo daroês, que começou a girar sobre a linha de chegada. Ele parecia que ia vomitar. O sapo tinha rodado tão rapidamente pelo campo que ficou difícil enxergá-lo. Depois de Jack cair, o sapo continuou sua corrida maluca na pista, derrubando outras crianças de seus animais.

O coelho de Oscar sentou num montinho de mato no meio do campo. Ele tentava puxar o bicho pelas orelhas sem muita sorte.

— O que aconteceu com o seu minaraptor? — perguntou Erec.

— Ele não parava de falar. Eu implorei e gritei, mas continuava tagarelando.

— Como você conseguiu fazê-lo voar?

Bethany revirou os olhos.

— Ele continuou falando como sabia de tudo sobre o castelo, sobre o rei, Alypium... imagine, ele era apenas um bebê! Eu finalmente disse: "Aposto que você não sabe nada sobre aquela torre do relógio." Ele, de alguma maneira, me ouviu e continuou com histórias malucas sobre a torre do relógio, provavelmente inventou tudo. Então falei: "Aposto que não consegue voar até lá." E ele voou! Teria continuado se eu não tivesse pulado e puxado sua cabeça para baixo... Aquele pássaro disse que o Rei tem "plantas"... espiãs, eu acho... e que Balthazar Ugry tem tentado descobrir há anos como fazer com que essas tais plantas falem com *ele* agora que o rei Piter está doente. Mas então ele disse que Ugry era um homem decente e falou sobre batatas rosas e como ele poderia um dia crescer até seis metros de altura. Não acho que ele saiba a diferença entre alto e baixo.

Uma fila se formou em frente à urna com abertura. Apenas dois concorrentes poderiam ser testados de cada vez, segundo informaram a todos. Melody era a próxima da fila. Seus cabelos pretos encaracolados ficavam sobre a pele quente e morena de seu rosto. Ela tirou um cartão do vapor verde que a urna exalava.

"Toque uma canção", foi o que ela leu. Ela sentou na grama, um grande sorriso no rosto, e deslizou uma perna sobre a outra. Assim que ela fez isso, uma linda melodia preencheu o ar. O som era como o de um violino, só que mais profundo, com tristeza e felicidade se entrelaçando dentro da música. A multidão silenciou, encantada. Quando parecia que não poderia ficar mais perfeito, Melody esfregou seus antebraços juntos. Um som novo, estranho e doce, como o de um oboé, uniu-se ao outro para fazer o mais belo dueto harmônico que

Erec já tinha ouvido. Ela estalava os lábios, abrindo-os e fechando-os, adicionando estalos de percussão e, ocasionalmente, pendia sua cabeça para produzir um acorde floreado.

Bethany tinha lágrimas nos olhos quando a canção terminou.

— Ah, Melody... eu não sabia que você podia fazer isso.

Melody ergueu os ombros, timidamente. Spartacus Kilroy e a rainha Posey deram a ela um 98.

Um menino teve de saltar sobre uma fonte, mas acabou se molhando na volta e ficou com uma pontuação de 65. A outra garota foi pedido que lesse a mente da rainha Posey. A rainha invocou um livro do nada, e a menina recitou as palavras que Posey lia, mas a coisa foi se aprofundando e ela disse:

— Quanto tempo esse torneio vai levar para acabar? Não consigo dormir bem aqui... O quê? Essa garota está entrando nos meus pensamentos. Pare! Chega!

A última palavra, "Chega!", foi gritada pela garota e pela rainha ao mesmo tempo.

Erec imaginou qual seria o dom de Balor. Pendurar pessoas de cabeça para baixo e tentar matá-las?

Quando Bethany seguiu até a urna esfumaçada, saiu um rolo de papel em vez de um cartão. Era tão longo que ela parecia até uma mágica puxando uma carreira de lenços de dentro de um chapéu. A rainha Posey e Spartacus Kilroy se olharam, maravilhados. Bethany leu desde o início: "Quebre o código". Sequências de números preenchiam o rolo.

O coração de Erec disparou. Como é que ela poderia fazer aquilo? Bethany sentou na grama e colocou suavemente o papel no chão, olhando-o com muita atenção. Junto com um olhar de encanto, um sorriso leve surgiu enquanto ela estudava os números. Então ela riu e levantou o papel. Em um ótimo português, ela leu:

Em seu retiro, dentro do mato profundo,
Syrinx, a ninfa das árvores, ficou longe de todos no mundo,
Apenas vagando numa caverna tortuosa,
Para zelar por suas árvores, com força vitoriosa.
Sob a proteção das árvores ela se movia,
Para se esconder de Pan, que a queria.
Pois o amor dessa criatura ela não poderia suportar,
O jeito selvagem, chifres e cabelos grossos eram de assustar.
Mas, que tristeza, Pan a encontrou,
Junto com Hélios, o sol, ele a buscou.
Syrinx viu Pan, e logo fugiu.
Até a cabeceira do rio ele a perseguiu.
Cercada por um rio veloz e fundo,
Ela logo se transformou em junco.
Depois de chorar e dormir um tempão,
Pan ouviu Syrinx cantar uma canção.
Os juncos assobiavam seu amor por ele,
Quando ela mudou, viu o que havia dentro dele.
Sua aparência não mais importava,
Agora agradar era o que ela desejava.
Pan juntou e cortou os caules com amor,
Fez sua primeira flauta, que cantava com ardor.

Bethany sorriu. Kilroy aplaudiu.

— Fantástico! Sensacional! Excelente dom.

A rainha Posey olhou cética.

— Como saberemos que ela não inventou isso? Ou recitou de memória?

Bethany levantou-se, segurando o papel.

— É fácil. Cada linha está separada por uma sequência de dez números. Viu? Depois da primeira linha estão 1, 4, 9, 16, 25, 36... os quadrados de um a dez. Depois da segunda linha, *estes* números elevados ao quadrado, viu? Um, 16, 81, 256. Abaixo da terceira linha, estes dez números são elevados ao quadrado: 1, 256, 6.500 e 61. Aí, no primeiro verso da poesia, todas as letras estão relacionadas à letra A, exceto as que estão ao quadrado. A é zero, B é um, C é quatro, D é nove, C é 16. Na segunda linha, está tudo relacionado ao B, exceto as que estão ao cubo. A é um negativo, B é zero, C é um, D é oito, E é 27. É sensacional. Eu amo isso. Então...

A rainha Posey limpou a garganta.

— Acredito que seja o suficiente. — Ela segurou um sorriso. — Você é muito boa em matemática. Já fez treinamento para vidente?

— Treinamento para vidente? — disse Bethany, intrigada.

— Claro, minha querida. Com suas habilidades, você será uma boa vidente algum dia. De fato, a única pessoa que encontrei assim tão empolgada a respeito de códigos e números foi Ruth Cleary, a Consevidente do rei Piter. Talvez você venha trabalhar na minha corte algum dia. Com suas habilidades, você irá longe.

Ela olhou para Kilroy, que ficou vermelho.

— Consevidente Kilroy, você pode ler códigos? — perguntou Bethany. — Você é um vidente?

Kilroy ficou de pé.

— Não, nunca tive sucesso, na verdade. O rei Piter foi muito generoso por me contratar mesmo assim.

Bethany marcou cem pontos. Melody correu e lhe deu um abraço.

— Como você pode fazer isso tão rápido?

— É difícil de explicar. Cada número parece para mim uma cor que fica girando. Todas são diferentes...

Bethany e Melody andaram para a ladeira junto com os outros.

Infelizmente, a garota julgada por Ugry e o rei Pluto tinha acabado de fazer uma flor crescer. Erec queria ser julgado por Kilroy e pela rainha, mas o rei Pluto acenou para ele.

Ugry sorriu abertamente enquanto Erec se aproximava da urna. Ele estava surpreso com a frieza que emanava com aquela fumaça verde. Ele sacudiu os dedos, e uma folha de papel apareceu. Erec leu alto:

— Você saberá o que fazer.

O rei Pluto apoiou-se sobre seu cetro com um sorriso paciente no rosto. O olhar frio e fixo de Ugry era tão intenso que Erec sentiu que ele estava olhando através dele. Um cheiro amargo invadiu o nariz de Erec. O rei limpou a garganta.

— Bem, vá em frente, menino.

O que ele deveria fazer? Anunciar os planos de dominação de Ugry e expor sua traição com o rinoceronte, o minotauro e o ataque das pulgas? Mas, ainda assim, o rei Pluto poderia estar envolvido nisso tudo também, sua mãe afinal estava presa em seu calabouço. Então, para quem ele ia anunciar tudo isso? Isto é, a menos que a mãe fosse uma criminosa.

De repente, entre pensamentos, uma sensação irreal, sombria, atingiu Erec. Sua cabeça girou, e o estômago parecia dançar tango. Não agora! Ele tinha que manter o controle e não ser forçado a fazer alguma coisa. Especialmente agora. A tontura o fez tropeçar.

Um instante depois, o pensamento sombrio chegou como sempre: fatos, um comando. "*Olhe para cima. Uma pedra enorme está pendurada sobre suas cabeças. Você tem de destruí-la com o cetro do rei Pluto ou vocês serão mortos em segundos.*"

Erec tremeu de raiva e medo. Não haveria resistência desta vez. Ele apontou sobre o ombro do rei Pluto.

— Veja!

O terror e surpresa em sua voz eram reais. Pluto olhou para trás. Erec mergulhou em direção ao cetro de ouro e cheio de joias, derrubando o rei. Ele caiu de costas, com o cetro para cima, bem embaixo da sombra crescente da pedra.

O cetro estava quente e vibrava:

— Quem é *você*?

A voz que soava dentro da cabeça de Erec parecia vir do cetro.

— Bem, espero que saiba o que está fazendo.

Erec gritou:

— Exploda!

O cetro vibrou. Ondas de eletricidade passaram pelo seu corpo vindas do cetro. Era como se ele estivesse segurando uma nuvem carregada com eletricidade. Ele imaginou se conseguiria aguentar, mas sabia que precisava fazê-lo. Seu peito, braços e o cetro se tornaram uma coisa só. Parecia que ele ia estourar.

Um jato de luz cegante partiu da haste do cetro. Ele atingiu a pedra, partindo-a em mil pedaços. Enquanto pedrinhas voavam ao redor deles, Erec caiu na grama.

O rei Pluto estava boquiaberto e em choque.

— Obrigado. — Ele olhou para cima, como se esperasse que outra pedra caísse. — Sabe, você poderia apenas ter *me* pedido para tomar cuidado com a pedra.

Ele limpou-se da poeira e piscou.

— Mas acho que então não seria um teste, certo? Você deve ser um menino incrivelmente poderoso.

Pluto pegou seu cetro e o examinou.

— Eu sou a única pessoa que deveria ser capaz de usar isto. — Ele conferiu as folhas de pontuação. — Seu nome é Rick Ross?

Ugry parecia estar muito desconfiado. Um arrepio frio passou por Erec quando seus olhos se encontraram.

— Não estou certo qual o dom que ele mostrou. Roubar?

O rei Pluto disse:

— Bem, ele sabia antes de todos que uma pedra estava vindo e soube o que fazer. E ele também usou meu cetro. São dois dons, acredito. Marque cem, certo, Balthazar?

Ugry acenou amargamente. Erec se afastou com o estômago revirado. O que ele tinha acabado de fazer? Ele tinha agarrado o cetro de um rei e disparado um incrível raio de energia com ele. Talvez ele estivesse mesmo pronto para governar aquela terra estranha.

CAPÍTULO 14

Gás do pântano

Os nomes de quarenta vencedores foram postados atrás do labirinto: Erec, Bethany, Melody e Jack estavam entre eles, assim como, é claro, Balor, Damon, Rock e Ward. Ao descobrir que tinha perdido, Oscar jogou contra o painel uma garrafa vazia de Néctar do Burro Voador.

— Torneio estúpido — resmungou ele e saiu andando. — E quem quer perder tempo sendo rei?

Jack chegou junto a ele.

— Está tudo bem, cara. Nenhum de nós aqui vai vencer no final. É só pela diversão, sério.

Os olhos de Oscar estavam vermelhos, e ele os enxugava com as costas das mãos.

— Fale isso para o meu pai. Não posso ir para casa agora. Ele vai ficar com ódio. Ele vem falando há meses sobre a minha vitória... quer dizer, nas poucas vezes em que estive de volta do internato. Ele já está bem bravo por eu não ter conseguido as notas básicas como aprendiz de feiticeiro.

Jack o confortou enquanto andavam.

— Fique mais um pouco. Vamos contar a ele que você perdeu bem no final.

Depois de comer, Erec sentiu-se melhor. Quanto mais ele pensava sobre o cetro, o medo, a dolorosa onda de energia, tudo começou a parecer insignificante. Só a lembrança do fantástico poder do cetro permaneceu. Ele queria sentir aquilo de novo. Talvez se vencesse os torneios poderia ter um para si.

Kilroy distribuiu nervosamente os prêmios enquanto Ugry e o rei Pluto estavam ali por perto.

— O próximo torneio é a Busca Marítima, quinta-feira às dez horas, atrás do labirinto. A rainha Posey disse que vocês podem trazer um item mágico.

— E vale a pena ganhar o prêmio? — Bethany ficou na ponta dos pés para ver o que eram. — Depois das pulgas, o que vem agora?

Outros vencedores pareciam pensar da mesma maneira. Alguns não se importaram com os prêmios e se afastaram.

Kilroy segurou alguma coisa que se parecia com uma lanterna e a acendeu.

— Eu conferi tudo desta vez. Sem pulgas. Estas são as Lanternas Mágicas. É difícil notá-las à luz do dia, mas estas belezas disparam um raio de luz que permanece. Quando você a liga em algum outro lugar, a luz fica lá também. Você pode iluminar um quarto inteiro com luz, e ela fica acesa até você desligá-la. Elas são ótimas para escrever palavras no escuro; você pode deixar mensagens para os amigos.

Ele a movimentou num arco, e um feixe de luz ficou no ar.

Erec pegou uma e estava curioso a respeito.

— Elas precisam de pilhas?

Kilroy riu.

— Essa é boa. Não é uma daquelas coisas que os Perdedores usam? Um bulbo alimentando a energia da luz, não é isso?

A Lanterna Mágica parecia boa. Sem pulgas ou animais perigosos por perto. Erec tinha uma sensação engraçada de que iria precisar dela.

Quando Erec voltou, Lobinho pulou sobre ele. Depois de brincar com ele, Erec ligou a Lanterna Mágica e escreveu seu nome no ar. Ficou lá, brilhando. Erec desenhou um círculo em volta do nome e apertou o botão desligar. A luz desapareceu de uma vez. Ele a colocou embaixo da cama, junto com os tênis-ludibriadores e o dinheiro.

No jantar, Bethany disse:

— Quando vamos falar para a rainha Posey sobre o plano de Ugry?

Por algum motivo, Erec havia mudado de idéia sobre contar para a rainha Posey, mas ele não sabia por quê. Parecia ser um erro.

— Ela não acreditaria em nós. Tenho certeza de que ela não confia em mim.

— Então eu vou contar a ela — disse Bethany. — Alguém tem que contar.

— E o que ela vai fazer? Confrontar Ugry? Ele irá negar tudo e seremos expulsos, ou pior. Ou talvez ela conte para o rei Pluto, e aí vamos estar muito encrencados.

— Vou arriscar — insistiu Bethany. — Como você pode deixar esse mundo inteiro ser destruído por Ugry só para proteger a si mesmo? Pensei que você concordasse comigo.

— Eu não sei — Erec tentou pensar numa boa razão, mas não conseguiu. — Tudo que sei é que minha mãe disse que eu poderia parar Ugry se vencesse. Isso iria arruinar os planos dele. E eu teria um dos cetros.

Pensamentos magníficos tomaram a mente de Erec: o poder, a perfeição, a magia na ponta de seus dedos. A rocha explodindo em pedrinhas ao seu comando. Sim, ter seu próprio cetro era a resposta.

Era isso. O cetro. Alguma coisa ligada a tê-lo usado hoje o tinha feito mudar de ideia. Ele queria resolver o problema sozinho. Quem precisava da ajuda de um rei corrupto ou de uma rainha em quem não se podia confiar? O poder que ele tinha comandado mais cedo tinha sido *dele*, isso era certo, com alguma ajuda, é claro. O rei Pluto não tinha dito que ele era poderoso? Ele poderia conseguir sozinho.

— Bem — disse Bethany —, *se* você pudesse vencer todos os torneios, e se conseguisse mesmo um cetro, isso ainda os deixaria com dois, o que provavelmente é suficiente para causar danos horríveis. Isso, digamos, considerando que você vença Balor, Damon, Ward e Rock apesar de toda a trapaça que eles fazem.

Bethany cruzou os braços, nada satisfeita por ele ter mudado de ideia.

Ela estava certa. Mas Erec ainda queria o cetro.

— Podemos contar à rainha Posey mais tarde, assim que perdermos — disse ele. — Talvez até lá nós já saibamos em quem confiar. Ugry não vai fazer nada até os torneios acabarem.

— A não ser esvaziar todo o depósito de armas junto com Rich Rayson.

— Isso já foi feito — disse Erec.

— Bem, quem sabe o que mais eles estarão fazendo? A rainha pode precisar de tempo para ficar pronta para lutar.

— Aposto que ela irá direto ao rei Pluto. Por que ela não iria? E ele também pode estar junto de tudo isso.

Bethany considerou essa possibilidade.

— Kilroy parece ser um sujeito bom. Poderíamos contar a ele.

— É. Ou talvez para Hecate Jekyll.

— Ela é boa, mas é apenas a cozinheira chefe. Ela provavelmente não poderia fazer muita coisa.

Erec ergueu os ombros.

— Tenho que pegar a ferradura esta noite. É a última coisa que preciso para a fórmula. Vou pegar uma da anibola-cavalo de Balor. Quer vir junto?

— Vou, mas Melody me prometeu um concerto depois do jantar. Você pode esperar?

— Claro. Bata na porta quando estiver pronta.

Já era noite quando Erec e Bethany foram para os estábulos. Ele esperava que as anibolas-cavalos estivessem lá, ou qualquer outro cavalo. A porta estava entreaberta, e as luzes acesas. Palha cobria o chão, e animais incomuns andavam por ali, alguns amarrados às paredes.

Erec ouviu vozes e risadas. Ele se abaixou e rastejou para trás da porta aberta. Balor e Damon Stain estavam lá dentro com Rock Rayson e Ward Gamin.

Balor ria.

— Estas belezas são feitas para reis. Imagine voar com nossos cavalos-dragões, disparar chamas de suas narinas, queimar todos que são contra nós e sempre com os cetros nas mãos...

A voz de Rock era solene.

— Sim, só que um de nós não vai ser rei. Só pode haver três. Imagino quem são os três.

— Aqueles que forem os melhores — a voz de Ward soava confiante.

— Vista aquele seu casaco tosco e vá passear — disse Balor. — Pessoalmente, não me importo porque eu sei que serei rei. Em todo caso, o quarto colocado pode ser meu Consevidente.

Rock disse:

— Meu pai acha que os reis não podem manter os cetros. O chefão fica com todos, e mandará em todos nós.

— Isso é o que *ele* pensa — disse Balor. — Como ele vai tirar os cetros da gente?

— Com magia — disse Rock. — Porque ele pode. Além disso, ele tem todo o arsenal de armas e amigos poderosos.

Balor parecia irritado.

— Eu queria testá-lo no mano a mano. E aí é que vamos ver. Mas tudo a seu tempo. Certo, rapazes? De qualquer maneira, apenas reis e rainhas podem usar seus próprios cetros. Então ele não será capaz de usá-los depois que os pegarmos.

Ward disse:

— Bem, *algumas* pessoas podem usá-los mesmo se não forem reis. Se forem fortes o suficiente. Você viu que aquele menino, o Rick Ross, usou o cetro do rei Pluto hoje?

— Ele pensa que é o tal só porque usou o cetro, escapou da minha armadilha e evitou que eu pegasse aqueles óculos. Já é hora de darmos o troco. Espero que ele tenha uma boa noite de sono hoje, certo?

Balor riu, e seus amigos se juntaram a ele.

— Vamos.

Erec e Bethany pularam atrás de um arbusto enquanto os quatro meninos saíam do estábulo e apagavam as luzes. Quando o barulho de seus passos já tinha desaparecido, os dois entraram.

— Deixe as luzes apagadas. Alguém pode nos ver.

Erec acendeu sua Lanterna Mágica e a balançou, criando largos feixes de luz que ficaram no ar.

— Uau. Isso é lindo.

Bethany pegou a lanterna e desenhou formas no escuro. Quando os animais andavam entre os anéis e as faixas, era como se holofotes engraçados estivessem sobre eles.

Bethany encheu de luz o ar ao redor de quatro cavalos pretos. Saía fumaça de suas narinas. Um deles ficou levemente em pé sobre as patas traseiras, e duas asas escamosas de um azul-escuro e brilhante se abriram, como se prontas para levantar voo.

— Essas coisas usam mesmo ferraduras? — perguntou Bethany.

Ela clareou suas patas. Escamas de um púrpura luminoso cobriam a parte inferior de suas patas, e um prateado forte brilhava debaixo dos cascos.

— Eu não gostaria de ter que mexer numa dessas. Poderíamos acabar fritos.

Ela espalhou um feixe de luz pelo estábulo. Cavalos com asas brancas preenchiam o lugar, mas nenhum deles usava ferraduras. Uma ferramenta que parecia um martelo comprido estava próxima a um monte de ferraduras que brilhava num prata parecido com o dos cascos.

— Deve ser com isso que eles colocam as ferraduras nos cavalos — disse Erec. — Eu poderia puxar os pregos com isso.

— Por que você não leva uma dessas? — Bethany pegou uma ferradura do meio da pilha.

— Tem que ser uma usada.

Erec andou até um dos grandes cavalos negros. Ele chacoalhou a crina, olhos vermelhos brilhantes. Pequenas labaredas de fogo disparavam de suas narinas. Erec falou suavemente.

— Está tudo bem. Só vou tirar um dos seus sapatos. Não vai doer. Vamos ver esta pata.

Chamas saíram das narinas do cavalo. As asas se abriram, e ele chutou levemente o peito de Erec. Erec voou para trás, caindo sobre a palha. Ele respirou fundo e tentou outro cavalo.

— Está tudo bem, garoto. Só preciso de uma ferradura. Me dê sua pata. Bem devagar...

O cavalo disparou fogo, chamuscando os dedos de Erec. Ele tinha a sensação de que o animal poderia tê-lo transformado facilmente numa torrada. Os cavalos pareciam estar decidindo o que fazer com ele.

— Você não consegue usar um daqueles "pensamentos sombrios"? — perguntou Bethany.

— Eu não os faço acontecer — disse Erec. — Esse é o problema. Eles me controlam, e não o contrário. Geralmente surgem quando alguém está em perigo.

Agora os quatro cavalos observavam Erec com olhos vermelhos brilhantes. Duas das cabeças estavam no escuro, e Erec só podia ver seus olhos queimando na escuridão. Ele prendeu a respiração e, de novo, teve a sensação de que eles poderiam destruí-lo a qualquer instante.

— Balor me mandou até aqui — disse Erec. — Ele acabou de sair, mas esqueceu de pegar uma ferradura para algo que está fazendo.

O cavalo que estava à frente olhou para os outros. Ele tocou uma pata dianteira numa traseira e jogou uma ferradura prateada perto de Erec.

Erec a pegou e se afastou.

— Bom garoto. Balor vai ficar feliz.

Bethany desligou a Lanterna Mágica, e o lugar caiu na escuridão exceto por oito olhos vermelhos brilhantes. Erec e Bethany se apressaram com dificuldade para fora do estábulo.

— Estes animais de anibolas são fora do sério — disse Bethany. — Espero que cavalos-dragões não saibam falar.

Erec tentou não rir.

— Tudo bem. Balor não pode me odiar mais do que já me odeia.

Quando Erec voltou, já era quase meia-noite. Jack e Oscar estavam dormindo. Ele colocou a ferradura embaixo da cama. Pela manhã descobriria como misturar a fórmula.

Enquanto ele escovava seus dentes, o espelho ficou embaçado. Havia sido um longo dia. Ele se sentiu tonto, e o quarto começou a girar. Erec imaginou se estava doente, mas então teve aquela sensação de que teria um outro pensamento sombrio.

Não dois no mesmo dia... Uma dança de guerra em seu estômago se transformou numa fúria, colocando suas entranhas em alerta.

Então, ele foi atingido. Algo terrível estava acontecendo. "*No ar. Não veneno, mas um gás que poderia fazer todos fica-*

rem muito doentes." Ele derrubou sua escova de dentes e olhou pela janela. Uma grossa camada de mato se espalhava ao redor do prédio.

Erec se apressou pelo corredor e bateu na porta de Franz Bugga. Eles ficaram sabendo hoje que o dom mágico de Franz faz com que ele mude a forma de objetos. O pensamento sombrio disse que Franz tinha de transformar o mato do lado de fora em borracha, para que, quando Erec empurrasse as pessoas pela janela...

Espere! Erec parou de bater na porta. Empurrar pessoas para fora da janela? Isso era loucura. Ele ficou parado, as mãos tremiam com a urgência de acordar Franz. Como ele poderia se permitir fazer aquilo? E, novamente, o que aconteceria se ele não fizesse?

Franz abriu a porta. Seu cabelo estava todo bagunçado.

— O que está acontecendo?

Erec não se conteve.

— Você tem que fazer o mato virar borracha.

Franz pareceu irritado.

— Do que você está falando?

— Transforme. Mude tudo para borracha espessa e macia. Nós temos que pular. Um gás venenoso está vindo.

— Ah, tá. Você teve um pesadelo.

Sem aviso, Erec pegou um grilo de cristal que estava numa prateleira.

— Eu vou arrebentar isso — ameaçou.

— Não! Esse é o amuleto da sorte do meu avô. Coloque de volta.

— *Faça o que eu digo.*

Franz balançou a cabeça, mas concordou.

— Se eu for expulso por causa disso...

Ele abriu sua janela e transformou o mato junto aos dormitórios numa grande almofada de borracha cheia de ar.

Erec empurrou Franz pela janela, gritando "não mude isso de volta", enquanto ele caía.

Erec desceu correndo para o segundo andar, batendo nas portas e empurrando as pessoas através de suas janelas. Ele empurrou Oscar mesmo dormindo, porque, se ele fosse acordado, eles acabariam brigando. Os olhos de Oscar ficaram confusos quando se abriram em pleno ar. Lobinho voou logo atrás dele.

Erec acordou Jack, que o seguiu para ajudar.

— É melhor você estar certo, amigo, ou vamos nos dar mal.

Eles voaram de porta em porta do segundo andar, batendo e gritando "saiam!". Os meninos enfiavam as cabeças nas frestas das portas, confusos, e Jack e Erec os jogavam por suas janelas. Erec se sentiu como um jogador de Bola-Mola, enfiando as bolas nos alçapões. Eles limparam o segundo andar e depois o terceiro. O elemento surpresa funcionou bem para eles. As pessoas voavam pelo ar antes de saberem o que as atingiu.

No quarto andar, Erec finalmente empurrou Jack pela janela, dizendo:

— Obrigado!

Estava ficando muito perigoso. Bethany o viu jogar Melody, e ficou em choque.

— Um gás venenoso está vindo. Desculpe.

Ele explicou a Bethany enquanto a empurrava também.

Um vapor negro surgiu no ar próximo aos pés de Erec. Logo estava na altura dos joelhos. A fumaça se elevava: os três primeiros andares já deviam estar tomados a esta hora. O vapor preto subiu pela escadaria.

Quando ele chegou ao quinto e último andar — o das garotas —, a névoa negra estava na cintura de Erec. O lado bom é que com isso ficava fácil convencer as meninas a pular.

O gás atingiu seus olhos. Erec se movia mais devagar e se sentia enjoado. O gás chegou ao seu rosto enquanto ele batia nas últimas portas. Sua cabeça girava. Será que ele ia conseguir?

Ele caiu em direção a uma porta aberta. O quarto estava girando. Duas garotas o viram e gritaram. Ou talvez elas tenham visto o gás. Ele as empurrou pela janela e tropeçou, rodando dentro da escuridão.

Uma luz fina brilhava por uma fresta no meio da escuridão. O olho bom de Erec se abriu, e a fresta aumentou até a luz ficar cegante. Ele fechou os olhos, gemendo.

— Olhe — murmurou uma mulher. — Nosso herói está acordando.

Erec abriu os olhos e viu a Dra. Mumbai, desfocada, curvada em sua direção. Atrás dela estavam Bethany, Oscar, Hecate Jekyll e algumas crianças. Todos sorriam.

Bethany, com o rosto preocupado, correu para Erec.

— Você está bem?

Ele fez que sim com a cabeça, embora não estivesse certo disso.

— Você salvou quase todo mundo. Como soube?

Erec, dolorosamente, ergueu os ombros. Pelo menos ele não estava respirando mais aquele ar venenoso.

Hecate Jekyll disse:

— Obrigada, Rick Ross. Você é cheio de surpresas.

Ela virou-se para a médica:

— Desculpe, mas acho que está ficando muito perigoso aqui. Todos deveriam ir para casa. Para o inferno com esses torneios estúpidos.

Com grande esforço, Erec conseguiu falar.

— Quanto tempo eu fiquei desmaiado? — Ele tirou a máscara de oxigênio do rosto.

A doutora Mumbai sorriu.

— A maior parte do dia. São quatro horas da tarde.

Erec lembrou imediatamente dos ingredientes para a fórmula explosiva guardados embaixo da cama. Ele tinha que conversar com sua mãe. Em pânico, ele tocou o peito. Os óculos ainda estavam lá.

— Está todo mundo bem? — perguntou Erec.

— Praticamente todos. Graças a você, apenas 16 crianças inalaram o gás do pântano. Ah, e um menino torceu o tornozelo ao cair da janela.

Ela acrescentou, com aspereza na voz:

— Qual é o seu dom, prever o futuro? De onde você é?

Todos chegaram mais perto.

— Americaorth — sussurrou ele.

Ele se sentiu incrivelmente cansado. Além disso, não queria contar a eles o seu dom, embora soubesse que seus pensamentos sombrios fossem exatamente isso. Eles eram muito pessoais para ficar falando.

— Alguém... morreu?

— Céus, não — disse a doutora Mumbai. — O gás do pântano só é fatal se você dormir por tempo suficiente para morrer de fome. Pode deixá-lo desacordado durante dias. Se todos o tivessem inalado, ninguém teria conseguido fazer nada a respeito. Quando alguém tivesse notado, já seria tarde demais para descer as escadas. Não dá para saber quanto tempo cada um ficaria lá dentro respirando o gás. Mas todos vocês teriam perdido o próximo torneio. Talvez o pessoal da cozinha percebesse que alguma coisa estava errada apenas na hora do café da manhã.

— Quem fez isso? — perguntou Erec com a garganta arranhando.

— Achamos que foi uma brincadeira. Provavelmente alguns dos garotos que perderam o último torneio — disse a Dra. Mumbai.

Bethany revirou os olhos.

— Ou a mesma pessoa que nos sabotou depois do outro torneio.

A Dra. Mumbai parecia preocupada.

— Você não acha que isso é um pouco... paranoico?

— Eu acreditaria nisso — disse Hecate Jekyll. — Há alguma coisa estranha. Estou preocupada... algo pior pode acontecer se não tomarmos cuidado. Quem sabe que pessoa cruel está por trás disso? Todos os que ficarem aqui são tolos. É melhor estar vivo do que tentar ser rei ou rainha.

Ela marchou para a porta.

— Melhor eu fazer o jantar do rei Piter.

A Dra. Mumbai sorriu pacientemente enquanto a cozinheira saiu.

— Ela não deveria deixá-los preocupados. Vamos achar os culpados em breve. De qualquer maneira, esse menino precisa dormir. É hora de sair.

Erec levantou sua cabeça.

— Estou bem. Quero ir para o meu quarto.

A dra. Mumbai colocou suas mãos sobre os lábios.

— Os dormitórios vão ficar tomando ar por mais três horas, senhor. E você vai dormir *aqui* esta noite, onde eu posso ficar de olho em você.

Erec suspirou, exausto. Se o lugar ia ficar tomando ar, significava que ninguém iria encontrar seus ingredientes. Mas ele sabia que teria de misturá-los o mais rápido possível. Quem quer que estivesse tentando envenenar os concorrentes tinha que ser detido.

CAPÍTULO 15

Uma fervura borbulhante

Erec acordou pela manhã e abriu as cortinas.

— Posso ir agora?

A Dra. Mumbai conferiu sua temperatura e o pulso e auscultou seu peito.

— Tudo bem, herói. Mas, primeiro, coma um pouco. Você deve estar faminto.

Erec ficou em pé, as pernas estavam fracas.

— Hoje é quarta?

A Dra. Mumbai assentiu com a cabeça.

— Minha força terá voltado até o quarto torneio amanhã?

— Suspeito que você estará bem depois de um pouco de néctar e ambrosia.

Erec sentiu-se melhor depois de comer três vezes mais que o normal. Quando voltou para o quarto, alimentou e brincou com Lobinho até que Oscar e Jack saíssem. Então, Erec olhou em baixo de sua cama, e os ingredientes da fórmula pareciam estar bem.

Silenciosamente ele empurrou uma cadeira contra a porta e colocou seus óculos. A mãe estava sentada na cadeira de balanço.

— Mamãe? — cochichou ele.

Como sempre, June pulou.

— Erec? Tenho estado tão preocupada com você.

Ele percebeu círculos pretos inchados embaixo dos olhos dela.

— Você está bem?

— Estou bem. Apenas cansada de ficar aqui, só isso. Você conseguiu mais ingredientes?

— Consegui todos. A ferradura usada é de um cavalo-dragão. Vai servir?

June pareceu surpresa.

— Muito melhor. Mas como você conseguiu isso?

— Menti para o cavalo. — Nem se preocupou em contar a ela sobre Balor. — Então, o que eu faço agora?

Ela estava contente com ele, ele podia ver isso.

— Pegue uma jarra de vidro grande — disse ela. — Isso vai funcionar tão bem quanto cavar um túnel. Coloque todos os ingredientes juntos à meia-noite, cuidadosamente, numa encruzilhada na ágora ou na cidade. Certifique-se de que ninguém o veja.

"Coloque o nitrodesejo por último, e deseje com todas as forças que eu fique livre. Agite tudo, então feche os olhos, passe suas mãos sobre a jarra e cante "Bubwa, bubwa toiwet twubwa. Codewon boon ad codewon bubwa". Leve a jarra de volta *com cuidado*. Será algo muito poderoso.

Erec escreveu o canto com a ajuda dela.

— Como eu meço três xícaras do álcool de cereais?

— Não precisa ser exato. Junte as mãos, e isso dará uma medida aproximada. A mão cheia é mais ou menos uma xícara de pólvora ou mata-lobos.

Erec contou à sua mãe sobre o gás do pântano, e ela balançou a cabeça.

— Mal posso esperar para sair daqui. A fórmula precisa fermentar por três dias, então, se você preparar tudo à meia-noite, poderá me tirar daqui sábado, depois da meia-noite.

— Mais três dias e você estará livre, mamãe!

Ela parecia preocupada.

— Desculpe por apagar a memória de todos sobre você. Foi errado. Eu apenas não sabia o que fazer — ela deu uma fungada. — Estava com medo de que você não voltasse.

Erec se sentiu mal por ter ficado bravo com ela.

— Está tudo bem, mamãe. Não estou mais bravo. Apenas não faça isso com meus amigos de Alypium, tudo bem?

June suavizou sua expressão.

— Prometo. Como estão indo os torneios?

— Bem. O quarto começa amanhã. É a Busca Marítima da rainha Posey.

— Você vai se sair bem. Depois me conte como foi.

Erec e Bethany andaram com Lobinho e Docinho pelos jardins. Docinho corria atrás de lagartos saltadores, rosnando e miando enquanto eles fugiam.

Bethany franziu o cenho.

— Não podemos esperar muito mais. Vou contar tudo para a rainha Posey com ou sem você.

Erec não queria falar sobre isso, mesmo que a rainha Posey pudesse ajudar. E se ela cancelasse os torneios? Ele nunca iria ganhar um cetro. O poder do objeto deixara suas marcas nele. Mas, quando percebeu o que estava pensando, ficou envergonhado.

Ainda assim, a rainha Posey poderia contar a alguém sobre o arsenal, muito provavelmente para o rei Pluto. Ugry poderia descobrir e Erec e Bethany seriam expulsos.

— Bethany, pense bem. O rei Pluto saberia que nós sabíamos.

— Talvez ele seja um dos mocinhos. Não temos nenhuma prova de que ele esteja ajudando Ugry.

— Exceto pelo pequeno detalhe de que minha mãe está presa na masmorra dele.

Erec chutou uma moita de margaridas e suas folhas giraram no ar.

Bethany acariciou a cabeça do Lobinho.

— Humm... você não pensou outro dia que talvez ela estivesse lá por ter feito alguma coisa errada? Você não acha que talvez ela tenha roubado dinheiro? Ou tentado sequestrar os trigêmeos?

Claro. Erec pensou consigo mesmo. Ele obviamente não queria aceitar esse fato mas fazia sentido. Ele não sabia qual era o envolvimento da mãe nas coisas. Claro que ela *disse* ser inocente e Erec queria acreditar nela. E por que o rei Pluto iria querer destruir seu próprio reino? Talvez ele não estivesse mesmo ajudando Ugry.

— Está bem — disse ele. — Vamos contar tudo para a rainha Posey amanhã depois do torneio. Acho que é nossa única opção.

Pelo menos eles conseguiriam participar de mais um torneio antes de serem jogados para fora de Alypium... ou pior.

Dos seiscentos garotos originais sobraram apenas quarenta. Vencer começava a parecer uma realidade. E talvez, mesmo se a rainha Posey descobrisse sobre o depósito de armas, os concursos poderiam continuar e Erec poderia ganhar um cetro. Se ele apenas pudesse sentir aquele poder de novo! Para usá-lo à vontade e dominar toda aquela magia. Ser rei para arrumar tudo o que é errado e parar os Ugrys e Raysons da vida. E talvez até pendurar Balor de cabeça para baixo no ar. Sim, isso também.

— Minha mãe disse que alguém pode estar escondendo o cetro do rei Piter. Se o encontrarmos, talvez eu possa usá-lo para nos ajudar.

— Ninguém pode usar o cetro dele a não ser ele mesmo, lembra?

— Mas eu pude. Eu usei o do rei Pluto.

— Isso não quer dizer que você possa usar o do rei Piter.

— Ugry deve ser capaz, já que ele quer ficar com todos eles.

— Talvez só consiga usá-los depois que forem entregues aos próximos reis — disse Bethany. — Acho que podem estar enfeitiçados agora. Quem sabe?

— Eu ainda acho que deveríamos procurar pelo cetro. Talvez nos ajude a descobrir quem está hipnotizando o rei.

Docinho pulou sobre o ombro de Bethany e cochichou em seu ouvido com uma pata sobre a boca. Bethany deu uma risadinha.

— Ela está falando de novo.

Docinho cochichou mais.

— Ela viu alguns meninos fazendo bombas atrás dos arbustos. Vamos dar uma olhada.

Eles espiaram pelo meio do mato. Balor, Damon, Rock e Ward estavam misturando ingredientes e preparando pequenos explosivos.

— Isso não será suficiente — reclamou Rock.

— Mas será quando for multiplicado por mil — disse Balor.

Erec e Bethany olharam um para o outro. O que eles estavam planejando? Docinho aproximou-se silenciosamente das fontes, com o rabo para cima.

Depois do almoço, Erec e Bethany foram para a ala oeste. Erec estava com seus tênis ludibriadores e também levavam os bonés do desaparecimento em seus bolsos.

— Você deveria ficar aqui — disse Erec. — Não precisamos arriscar que os dois sejam pegos. Pode até mesmo distrair o Ugry se ele aparecer.

— Você sabe — disse Bethany —, se o Ugry vir você, Kilroy não vai poder ajudar desta vez.

Erec balançou a cabeça porque sabia que ela estava certa.

— Espero que encontre o cetro.

— Eu também.

Erec colocou seu boné do desaparecimento e avançou para passar pelo guarda. Ele já tinha decidido o que dizer. Se ele visse Ugry, tiraria o boné e fingiria que estava procurando por ele para contar sobre a bomba de Balor.

Sua corrida era suave e inaudível por causa dos tênis. Eles só fariam barulho em outro lugar se Erec pisasse com força no chão. Ele ficou contente ao ver Kirloy andando pelo corredor com café e bolachas numa bandeja. Ele poderia revelar o caminho até o rei Piter.

Quando ele se aproximou, Kilroy tropeçou e o café espirrou da xícara para a bandeja. O líquido derramado chiava, e subiu uma fumaça que tinha cheiro de ovo podre. O que era aquilo que estavam servindo para o rei? Kilroy entrou num quarto, e Erec foi logo atrás dele. O rei Piter estava sentado numa cadeira almofadada e ornada, em frente ao fogo. Os cabelos grisalhos longos e a barba branca desciam sem vida em volta de seu rosto. Ele olhou para cima, confuso.

— Está tudo bem, rei Piter — disse Kilroy. — Beba seu café. Você se sentirá melhor, eu prometo.

O rei fez uma careta.

— Agora, Vossa Majestade — disse Kilroy. — Seja bonzinho e beba tudo.

O rei balançou a cabeça. Kilroy tentou, mas, antes que pudesse pegar a xícara, o rei a derrubou. O café se espalhou pelo chão num chiado agudo, e uma fumaça preta subiu pelo ar. O cheiro era tão horrível que Erec prendeu a respiração. Ele segurou a tosse para que Kilroy não pudesse ouvi-lo.

O rosto de Kilroy ficou vermelho. Ele jogou a xícara na lareira.

— Não se mova. Eu voltarei com mais café. Você vai tomá-lo mesmo que eu tenha de usar o funil.

Ele saiu rápido do quarto e bateu a porta.

Um sorriso fraco apareceu no rosto do rei. Quando Erec percebeu que ninguém mais estava lá, ele tossiu até poder respirar de novo. Parecia que o rei Piter estava prestes a dormir a qualquer minuto.

Erec tirou seu boné.

— Rei Piter?

O rei não parecia surpreso por Erec se materializar na frente de seus olhos. E, de novo, ele não parecia estar desperto o suficiente para ficar surpreso. Ele sorriu preguiçosamente.

— Rei Piter, onde está o seu cetro?

O rei levantou sua sobrancelha e olhou ao redor como se não tivesse certeza de onde o havia deixado.

— Alguém o pegou?

O rei olhou ao redor um pouco mais e relaxou em sua cadeira. Seus olhos estavam parcialmente fechados.

— Rei Piter? — o rei abriu um dos olhos. — Eu não beberia aquele café se fosse o senhor.

O rei concordou com a cabeça e caiu no sono.

Erec procurou pelo quarto. Nada do cetro. Ele olhou no armário e no banheiro. Nada. O menino colocou o boné e saiu do quarto, fechando a porta atrás de si.

Corredores após corredores surgiam pela ala oeste. Como Erec poderia encontrar alguma coisa escondida ali? Ele não tinha certeza de por onde começar.

Grandes portas duplas surgiram no fim de um corredor mais amplo que os outros. Parecia um lugar promissor para procurar. Erec entrou pelas portas.

A sala era imponente. No final havia um trono de ouro que se estendia até a metade do teto de dez metros. Havia pedras preciosas cravadas nos braços e nas costas do trono. Ao centro de seu encosto estava um diamante enorme e redondo do tamanho de uma pizza extragrande. Belos entalhes e pérolas incrustadas se entrelaçavam numa tessitura que Erec nunca tinha visto.

Um sulco longo e vazio corria por todo o braço direito. Erec tinha a sensação de que o cetro se encaixava perfeitamente ali. Na base do trono havia uma pedra grande, áspera e cheia de pontas. Ela parecia estranhamente fora do lugar no meio de toda aquela beleza.

A sala estava completamente vazia exceto por alguns candelabros enormes, cortinas e tapeçaria trabalhados e quadros de reis e rainhas nas paredes. O cetro não estava ali. Erec saiu da sala do trono de mansinho, desapontado. Ele passou em frente à Teletrans-Porta do armário onde tinha encontrado os tênis ludibriadores. Ele desistiu depois de procurar em algumas outras salas.

De volta à ala oeste, Erec contou a Bethany sobre o estranho café. Ela ficou irritada.

— Kilroy está envenenando o rei. Talvez fosse *ele* cochichando para Rayson no depósito de armas.

— Você está brincando? — perguntou Erec. — Ugry odeia crianças. Acho que ele está tentando nos afugentar, agora com gás do pântano, para que apenas Damon e seus amigos sobrem para vencer e para que ele fique com os cetros. Kilroy parece ser um bom sujeito.

— Não temos nenhuma prova de que ele seja uma pessoa boa.

— Ele nos ajudou quando Ugry tentou nos mandar de volta para casa ao nos pegar na ala oeste.

Bethany não parecia impressionada.

— Lembra quando vimos os homens colocarem o minotauro no labirinto?

— Sim.

— Bem, eles disseram que o Consevidente do rei pediu que o colocassem lá. Kilroy é o Consevidente do rei Piter, assim como Ugry. Talvez tenha sido ele.

Erec balançou a cabeça negativamente.

— Acho que não. Kilroy é tão... legal. — ele ergueu os ombros. — Acho que nunca vou encontrar o cetro aqui. Ele provavelmente está trancado no cofre de Ugry.

Erec bateu seu pé com força no chão, fazendo um grande barulho pelo corredor da ala oeste. O guarda pulou e olhou para trás, já com o controle remoto na mão. Bethany revirou os olhos.

— Não importa — disse Erec. — Ainda tenho os ingredientes da minha mãe.

Erec encontrou Bethany às onze e meia naquela noite na entrada dos dormitórios. Eles andaram até a ágora, carregando os ingredientes da fórmula e uma jarra de vidro extra. A noite estava silenciosa. Algumas pessoas passaram voando montadas em cavalos com asas brancas, e outras voavam sozinhas.

Eles percorreram ruas pequenas e escuras cheias de casas e bosques de pinheiros, ficando o mais longe possível de outras pessoas. As casas pareciam pequenas no escuro, se assemelhando a choupanas.

— Eu queria ter um relógio — disse Erec. — Como vamos saber quando é meia-noite?

A resposta veio quando uma torre com relógio deu 12 badaladas. Eles estavam no cruzamento de duas pequenas ruas, completamente rodeados por árvores, exceto por uma casinha ao longe na estrada.

— Nós colocamos tudo junto no meio da estrada? — perguntou Bethany.

— Não vai machucar ninguém — disse Erec.

Ele nunca viu carros em Alypium, apenas alguns poucos ônibus, cavalos alados e portas que surgiam do nada. Eles colocaram a jarra de vidro grande no meio do cruzamento. Erec pegou sua lista.

— Quatro punhados de mata-lobos.

Ele pegou quatro chumaços da raiz fibrosa, cortou-as um pouco e as enfiou na jarra.

— Duas xícaras de pólvora.

Ele jogou duas mãos cheias sobre o mata-lobos.

— Três xícaras de álcool de cereais.

Bethany despejou três vezes para encher as mãos de Erec.

Erec encontrou um graveto, misturou a pólvora e as folhas ao líquido claro até que estivesse grosso e preto.

— Cinco gotas de essência de javali africano.

Erec despejou cuidadosamente as cinco gotas que tinha medido na despensa. Quando a essência atingiu o líquido, houve um estrondo alto e então uma fervura. O líquido começou a girar dentro da jarra.

— Uma pena de águia.

Erec jogou a pena lá dentro, e ela desapareceu dentro da mistura que se movia.

— Três fios de juba de leão.

Ele cuidadosamente abriu o frasco e deixou cair os três fios espetados. Um rugido alto irrompeu enquanto os ingredientes se mexiam.

— Uma ferradura de cavalo usada.

A ferradura mal passava pela abertura da jarra e entrou espalhando líquido. Espuma e bolhas saíam de dentro da fórmula. A abertura deixava escapar vapor quente.

Erec cuidadosamente pegou o nitrodesejo.

— Depois que colocarmos isso, tenho que desejar que a explosão liberte minha mãe. Talvez você devesse desejar também.

Cada gota que caía soava como uma explosão distante enquanto atingia o líquido que girava e borbulhava. Erec fechou os olhos e disse:

— Eu desejo que esta fórmula liberte minha mãe de seu campo de força.

Bethany repetiu suas palavras dizendo "a mãe dele".

Erec mexeu a fervura borbulhante e leu seu papel.

— Bubwa, bubwa toiwet twubwa. Codewon boon ad codewon bubwa.

Uma explosão alta e quente empurrou Erec e Bethany para trás. A jarra voou pelo ar, aterrissando sobre sua base e sem espirrar nada para fora.

Luzes se acenderam na casinha da colina. Erec colocou uma tampa na jarra, pegou-a com cuidado e andou rápido com Bethany de volta aos dormitórios.

Erec empurrou a jarra para baixo de sua cama. Se ela sofresse uma pancada, todo o dormitório poderia explodir. Ele acordou Lobinho.

— Olhe, garoto. Ninguém pode tocar nisso, certo? Tome conta. Isso pode explodir tudo.

Lobinho arfou com a língua para fora. Ele andou em círculos, deitou no chão junto à cama de Erec e caiu no sono.

Erec não queria correr o risco de conversar com sua mãe uma vez que Oscar e Jack estavam no quarto, mesmo que dormindo. Ele foi ao banheiro sabendo que estaria vazio àquela hora da noite. Ele ficou encostado na porta, pronto para tirar os óculos se a sentisse se mexer.

— Mamãe, acorde — cochichou Erec.

June resmungou dormindo e virou para o lado.

— Acorde!

Ela ergueu a cabeça.

— Erec?

— Desculpe. Eu só queria dizer que fiz a fórmula explosiva.

June sorriu.

— Ótimo! Ah, mal posso esperar para sair daqui. Acho que o jeito mais fácil é pela Teletrans-Porta. Eu só queria que o rei Piter pudesse tomar conta das coisas e me tirasse daqui. Você tem ao menos uma ideia de onde o cetro dele está?

— Não — disse Erec. — Pode estar em qualquer lugar.

— Você procurou na sala do trono? — perguntou June.

— Procurei. O que é aquela pedra enorme no trono?

June sorriu.

— Aquilo é a Lia Fail. A lenda diz que a pedra vai soltar um grito na coroação de um rei legítimo. Claro, eu era muito jovem para lembrar da cerimônia de Piter, Posey e Pluto, mas meus pais dizem que a pedra gritou três vezes naquele dia. Melhor você ir dormir. Boa sorte no concurso amanhã.

Erec tirou os óculos e pegou no sono assim que sua cabeça encostou no travesseiro.

CAPÍTULO 16

A Busca Marítima

Um pequeno grupo se juntou atrás do labirinto para o quarto torneio. Kilroy parecia desapontado com a ausência dos demais.

— Apenas 34 hoje? Onde estão os outros seis?

Eles tinham decidido ir para casa após o incidente com o gás do pântano. Um monte de espectadores também tinha ido embora.

Ugry estava de pé, ao lado. Aparentava estar mais pálido que de costume, a ruga em sua testa parecia mais profunda, e a expressão amargurada. Bethany cochichou:

— Lembre, Rayson disse que eles não poderiam trapacear desta vez.

Kilroy limpou a garganta.

— Estes últimos três torneios são especiais. Um rei ou uma rainha planejou cada um. Este é o da rainha Posey, a Busca Marítima. O próximo foi planejado pelo rei Pluto e o final é do rei Piter.

Erec tinha a sensação que o rei Piter não estava apto a planejar o torneio final. Ele imaginou se Kilroy não teria criado tudo ele mesmo. As crianças trouxeram itens mágicos, permitidos pela rainha, como controles remotos. Tênis e Lanternas Mágicas não pareciam ter muita utilidade embaixo d'água, mas Erec e Bethnay estavam com os bonés do desaparecimento em seus bolsos. Com sorte, Ugry não perceberia nada se eles os usassem.

A rainha Posey desenhou um círculo de água ao redor dos competidores, dela mesma e de Kilroy. Num instante, todos estavam numa praia deserta. Despenhadeiros sobressaíam das águas. Ugry chegou um segundo mais tarde.

O bom humor de Kilroy parecia estar de volta.

— Isso vai ser ótimo. Vocês poderão ver a vida oceânica muito de perto! Sem máscaras ou nadadeiras. A rainha Posey vai deixar que todos vocês respirem embaixo d'água. A missão de vocês é encontrar um baú de tesouro escondido. Os peixes e as fadas da água sabem onde está, bem como alguns tritões, caso vejam um. Vocês *não* devem usar magia para machucar criatura marítima alguma. Os primeiros vinte que voltarem com o tesouro do baú serão os vencedores.

A rainha Posey disse:

— Deem as mãos e formem um círculo.

Depois de alguns resmungos e encontrões, um círculo foi formado.

Erec procurou a mão mais próxima e se lamentou por estar ao lado de Balor Stain. Um sorrisinho apareceu no rosto de Balor.

— Boa sorte, caolho.

A mão fria de Balor apertou a de Erec até seus dedos começarem a doer.

A rainha falou:

— Respirem fundo e mergulhem. Vou colocar um encantamento sobre vocês. Isso permitirá que respirem embaixo d'água e algumas outras surpresas também. Não subam até terem terminado. Uma vez que saírem da água, o feitiço se quebrará.

Erec mergulhou na água tremendo de frio. As crianças olhavam umas para as outras embaixo d'água com as bochechas cheias de ar, imaginando se poderiam soltar as mãos. Erec não sabia se o encanto já estava funcionando. Ele ainda sentia frio e estava mais e mais desesperado por ar. Todos estavam olhando muito ao redor. Erec tentava avaliar o que era pior — respirar na água ou subir para a superfície e perder todas as suas chances.

Balor sorriu, ainda apertando a mão de Erec. Ele parecia estar respirando confortavelmente na água. Os pulmões de Erec queimavam. Alguns garotos tossiram dentro da água. Outros subiram para a superfície, mais preocupados em não se afogar do que perder.

Erec tinha que respirar. Ele sugou a água já preparado para se afogar. O líquido pareceu ar frio, então ele automaticamente respirou fundo. Seu peito ardia, mas ele continuou respirando rápido e profundamente até retomar o fôlego. Depois tossiu enquanto seu corpo se ajustava.

O anel de crianças se dispersou. Erec soltou a mão de Bethany. Ele tentou balançar a mão para se livrar de Balor, mas Balor apertou ainda mais forte e o empurrou em direção à superfície.

Erec chutou a água, lutando para voltar para baixo. Sua perna esquerda atingiu o ar. Ele imaginou se o feitiço da rainha

Posey poderia ser desfeito, mas, logo percebeu que ainda podia respirar água. Ele tinha certeza de que perderia se sua cabeça emergisse. Balor agarrou os óculos de Erec, como se ele pudesse tirá-los embaixo d'água. Mesmo assim ele não pôde puxá-los acima do queixo de Erec.

Erec se livrou do aperto, mas Balor segurou seu tornozelo e o empurrou de volta para a superfície. Seus olhos azuis brilharam de ódio. Os olhos de Erec encontraram os dele, e o menino foi tomado pela raiva. E daí que Balor era poderoso o suficiente para pendurá-lo de cabeça para baixo no ar? Erec não ia ficar com medo de um brigão odioso. Ele se lembrou de Balor destratando a empregada em seu quarto, fazendo piada com Bethany e até maltratando seus próprios amigos.

Erec rangeu os dentes e mergulhou em direção a Balor, agarrando seu pescoço. Suas pernas empurravam a água enquanto afundava com Balor. Balor puxou um controle remoto do bolso, mas Erec o tomou de suas mãos e o partiu ao meio contra uma rocha. Os pedaços foram parar num recife de corais logo abaixo.

Os olhos azuis pálidos de Balor se arregalaram em choque.

— Eu vou pegar você, Rick Ross. Pode esperar.

Suas palavras eram surpreendentemente claras embaixo d'água. Balor nadou em direção a seus amigos, que esperavam ali perto.

Erec esperou que a luta contra Balor não o tivesse atrasado no torneio. Alguns garotos, ele viu, tinham ido para a superfície e ainda estavam boiando lá em cima. Ele encontrou Bethany procurando entre as pontas do coral que se destacavam do recife. Ela deu risada com som de bolhas.

— Você deu uma boa lição nele. Talvez ele perca agora.

— Provavelmente vai roubar o controle remoto de um amigo.

Ela virou uma cambalhota na água.

— Me sinto como se tivesse nadado a minha vida toda. Talvez isso seja parte do feitiço da rainha Posey.

As cores do coral eram espetaculares. Ele brilhava em tons de amarelos, rosa e verde-claros. Um peixe amarelo brilhante com faixas pretas entrava e saía do meio das algas marinhas. Um peixe branco e magro, quase transparente, nadava junto a grandes cardumes ao redor das camas de corais. Uma enguia entrou rápido embaixo de uma anêmona.

Os garotos viraram corais soltos, remexendo a areia ao redor do recife e fazendo folhas de plantas se moverem. Ninguém demonstrava ter achado nada. Havia muito barulho, o que parecia estranho. De fato, o recife soava como um shopping na época do Natal.

Uma multidão juntou-se ao redor de Jack, que tinha o dom de falar com animais. Um peixe grande cochichou em seu ouvido sobre as condições para o nado, mas não falou uma palavra sobre o tesouro.

A água era agradável e quente por causa do sol. Embora nadar fosse gostoso, ninguém estava tendo sorte. Erec imaginou por que os garotos com controles remotos não conseguiam fazer o tesouro aparecer. Talvez eles tivessem que saber com o que ele se parecia primeiro ou onde se escondia.

— Estou com fome — disse Bethany.

— Você gosta de sushi? — Erec gargalhou.

Só então é que gritos bravos e maldições preencheram a água. O peixe próximo a Erec saiu em disparada.

Erec percebeu o que tinha acontecido. A conversa viera dos próprios peixes. Entender os peixes devia ter sido uma das surpresas da rainha Posey.

Outros também estavam percebendo isso. Um grupo se juntou ao lado de um peixe azul com barbatanas amarelas. Bethany encontrou um cardume de peixes com faixas laranja e amarelas mergulhando por buracos no recife.

— Humm, com licença, peixes — disse ela.

Sete saliências pontudas apontaram em direção a ela.

— Ela pode falar! — gritou um deles. — Incrível! — O peixe nadou desconfortavelmente perto do rosto de Erec e Bethany.

— Você viu algum baú do tesouro por aqui? — perguntou Erec.

Sete vozes balbuciaram de uma vez:

— Você tem comida?

— Ele pode falar!

— Comida? Comida?

— Comida!

Eles nadaram ainda mais perto, quase tocando o rosto de Erec, gritando “Comida? Comida?”, até um deles dar uma mordiscada no nariz de Erec. Erec nadou para longe usando os pés, chutando peixes para todas as direções.

Melody nadou para longe de um peixe prateado, e suas pernas morenas a levaram para perto de Erec e Bethany. Ela balançou a cabeça.

— Eles só falam sobre o que gostam de comer, peixes menores, minhocas. Talvez nos contem mais se os alimentarmos.

Os garotos procuraram no chão dos recifes por comida de peixe, mesmo que peixes menores fossem impossíveis de pegar e que não houvesse minhocas à vista. Erec virava seu rosto de um para o outro a fim de não perder nada com seu olho bom.

Cardumes de peixes nadavam ao redor de Balor, Damon, Ward e Rock, as mãos dos três cheias de comida de peixe no outro canto do recife. Quando acabou a comida, Balor apontou um controle remoto para suas mãos e elas se encheram de novo. Era difícil enxergar os quatro em meio à massa que se aglomerava. Peixes diferentes nadavam perto de seus ouvidos, como se dissessem algo a eles.

Logo, Balor e seus amigos mergulharam para baixo do recife, que se estendia para as profundezas do oceano. Alguns garotos os seguiram. Outros meninos com controles remotos fizeram aparecer comida de peixe e os alimentaram loucamente. Logo os peixes cochicharam em seus ouvidos também.

Erec chegou bem perto de um banquete de peixes de modo que alguns deles acabaram pensando que o menino os tinha alimentado também. Um peixe amarelo, que parecia grande de lado mas que era muito fino visto de frente, nadou até seu ouvido.

— Mergulhe fundo abaixo do recife. As fadas da água devem ajudar você.

Àquela altura a maioria dos garotos já tinha seguido Balor e seus amigos para baixo do coral. Balor parecia estar vencendo mesmo sem a costumeira ajuda de fora.

A água se tornava escura embaixo do coral. Alguns raios de sol passavam por seus buracos e pareciam holofotes. A água estava mais fria, mas Erec ainda se sentia confortável. Ele ficou surpreso com quão fundo estava. Longas cavernas surgiram abaixo do coral. Uma mão delgada e fria tocou seu braço e ele pulou... mas era apenas alga marinha saída do coral. Nas sombras, Erec podia ver outros garotos vasculhando, mas não encontrou nada que parecesse com um uma fada da água, o que quer que isso fosse.

Ouro reluziu ali perto. Esperando que fosse o tesouro, Erec mergulhou para ver. Um círculo de ouro brilhante ou uma moeda piscava na água logo adiante, mas estava fora de alcance. Se ele conseguisse chegar mais perto, poderia agarrá-lo. Erec seguiu o objeto dentro de uma caverna profunda submersa.

Ele olhou para trás, imaginando se estava indo muito fundo, mas o brilho do ouro reluziu no canto de seu olho. Era irresistível. Erec foi ainda mais fundo, esquecendo suas preocupações. Algo dizia a ele que o ouro significava o mesmo que o tesouro. Talvez este tesouro fosse o maior não apenas destes torneios, e sim o maior de seus sonhos mais incríveis.

Antes de entrar numa curva, algo pegou seu pé, fazendo-o ficar de costas. Confuso, ele virou para ver que era Bethany que o puxava.

— O que você está fazendo? — disse Bethany, irritada.

Erec imaginou o que havia de errado com ela. Ele ficou um pouco confuso. O ouro brilhava no canto de seu olho, e ele voltou a segui-lo. Claro: ela estava com ciúme porque ele havia encontrado o tesouro.

Ela agarrou seu pé com mais força.

— Você está louco? Vamos sair daqui!

Erec tentou empurrá-la com os pés, mas Bethany parecia possuída. Claro que ela queria o tesouro para si; ele procurou se desvencilhar, mas Bethany segurou-se em algum coral e o puxou para longe do ouro brilhante. Ele virou e chutou um pouco mais até Bethany lhe dar um beliscão na perna.

— Aii. Por que você fez isso?

— Porque você está *enfeitiçado*! Você está seguindo um monstro marinho horrível para dentro de sua caverna!

Erec ficou horrorizado ao ver uma forma enorme, preta e com tentáculos ondulando bem onde o ouro estava brilhando, refugiando-se por entre as pedras. Ele cerrou os dentes.

— Ugh. Obrigado.

Ele torceu para que estivesse bem escuro e Bethany não pudesse ver seu rosto todo vermelho de vergonha.

Cavernas profundas partiam do coral negro do recife. Uma dúzia de fadas da água, em vestidos de algas, disparou pela água. Elas eram menores do que Erec, mas podiam ter qualquer idade. Cabelos longos de cores azuis e verdes lembrando algas marinhas flutuavam sobre suas pálidas peles azuis, mas seus olhos brilhavam e seus rostos se iluminavam com as risadas, especialmente quando estavam provocando as crianças. Elas nadavam por perto e agiam como se tivessem alguma coisa para dizer, mas acabavam mergulhando para longe dando risadas. Elas se escondiam entre pedras e corais, e deles saltavam para surpreender os que passassem por perto. Parecia que elas nunca paravam com suas risadinhas. Pegar uma fada da água era quase impossível. Quanto mais Erec tentava, mais rápido elas escapavam, zombando e rindo. Bethany e Melody cercaram uma contra alguns corais. Elas avançaram, e a fada foi diretamente para baixo, fazendo com que as meninas batessem as cabeças uma contra a outra. Os serezinhos giravam como lontras, agarrando as mãos dos concorrentes antes de um novo mergulho, sempre rindo. As crianças negociavam e imploravam às fadas para lhes dizer onde estava o tesouro, mas elas pareciam achar que a coisa toda era uma piada.

Uma fada passou um braço azul e fino ao redor dos ombros de Erec e Bethany.

— Divertiu-se com o monstro marinho? — perguntou ela. — Você achou que ia ficar rico?

Sua voz tilintava como sinos. Erec a fitou com um olhar frio.

— Aposto que *você* sabe onde está o tesouro.

A fada riu.

— Claro. Mas você nunca saberá.

Ela deu uma olhada para ver de quem mais ela poderia zombar.

Bethany disse:

— Conte para nós. Queremos vencer isso... antes que alguns garotos maus consigam.

A fada disparou um olhar fulminante.

— Por que eu *deveria*? — ela nadou para longe.

Erec balançou a cabeça. Aquilo tudo parecia inútil. Bethany olhou para o oceano, as sobrancelhas franzidas. Um sorriso começou a surgir em seus lábios. Erec olhou para onde ela estava olhando, mas não havia nada lá. Ele imaginou se o monstro marinho a estava colocando sob um feitiço.

Ela abriu um grande sorriso.

— Consegui! Ela nos deu uma pista...

Antes que ela pudesse terminar de falar, gritos agudíssimos invadiram seus ouvidos. Não muito longe, uma fada da água estava presa a uma alga marinha como a uma corda. Balor apontou um controle remoto para ela, e a alga marinha se apertou como um torniquete. A fada gritou de dor. As amigas, zangadas, tentavam livrá-la da alga sem muito sucesso.

Balor gargalhou.

— Quem está rindo agora?

A fada fez uma careta e tentou escapar das amarras.

— Está tudo bem, lírio do mar, apenas conte ao velho Balor aqui onde está o tesouro e você ficará livre como um peixe.

A fada da água parecia estar furiosa. Ela moveu a cabeça sinalizando para ele se aproximar e cochichou em seu ouvido.

Balor riu com vontade e nadou para um túnel escondido por algas marinhas, deixando-a amarrada em sua prisão de alga. Damon deu um puxão no cabelo azul dela quando passou nadando.

— Suas idiotas.

Ward acionou seu controle e libertou a fada. Ele apontou para o serzinho:

— Da próxima vez não façam joguinhos estúpidos comigo e meus amigos.

Ele desapareceu dentro do túnel logo atrás de Balor, Damon e Rock.

A fada da água ajeitou-se com uma expressão de alívio no rosto. Ela tinha marcas vermelhas nos braços e pernas.

Oito ou nove garotos seguiram os amigos de Balor para dentro do túnel. Erec perguntou a Bethany:

— O que você acha? Devemos ir atrás deles?

— Nada disso. Aquelas fadas não são burras. A que falou comigo nos deu uma pista.

— Que pista? Eu perdi essa?

— Quando pedimos a ela para nos contar onde o tesouro estava, ela disse "por que eu deveria?". Foi uma ótima pista!

Erec olhou para ela com uma sobrancelha levantada.

— Você acha mesmo?

Bethany cruzou os braços.

— O que faz os peixes nos ajudar?

— Comida.

Bethany fez um sinal com as mãos para ele continuar falando.

— Estamos brincando de fazer charadas agora?

Bethany revirou os olhos.

— Tudo bem. Os peixes nos ajudaram quando nós os ajudamos. Acho que é a mesma coisa com as fadas da água. Nós precisamos dar a *elas* algo para que *nos* ajudem.

Erec fez gestos com as mãos para todos os lados.

— E o que podemos dar a elas? Algas marinhas? Água? Não temos comida de fadas em nossos bolsos.

Bethany deu risada.

— É isso! Ótima ideia!

Ela tirou o boné do desaparecimento de seu bolso.

— Elas vão gostar disso, aposto. Talvez seja por isso que tenham permitido que trouxéssemos itens mágicos para cá.

Erec ficou pasmo.

— Você daria a elas seu boné do desaparecimento? Elas vão adorar isso, claro. Elas vão rir e levá-lo embora e nossa situação não vai melhorar.

— É nossa única chance. Acho que aquela fada quer que a gente vença.

Alguns garotos com controles remotos imitaram Balor e tentavam empurrar e bater nas fadas, ou mesmo capturá-las. Nenhum deles teve o êxito de Balor, mas as fadas, relutantes, apontaram a eles o mesmo túnel. Outros meninos continuaram a implorar e bajular sem sucesso.

Erec tinha a engraçada sensação de que Bethany estava certa. As fadas pareciam estar prontas para apontar àqueles garotos irritantes o mesmo túnel de Balor. E os outros garotos não estavam indo a lugar algum. Erec tirou seu boné do desaparecimento do bolso.

As fadas não estavam mais brincalhonas e risonhas depois que Balor machucou sua amiga. Elas pareciam menos dispostas a ajudar do que antes, como se isso fosse possível. Ainda assim, Bethany e Erec acenaram para duas fadas. Elas colocaram as mãos sobre a cintura e olharam para eles com expectativa.

Bethany balançou seu boné.

— Observem.

Ela o vestiu e desapareceu e então reapareceu com ele na mão. As fadas riram encantadas.

— Vocês querem?

Uma fada tomou o boné das mãos da garota. Bethany sinalizou para Erec.

— Elas o merecem depois de tudo pelo que passaram hoje.

Erec ergueu seu boné, e a outra fada logo o pegou. Elas colocaram os bonés e sumiram.

— Ah, bem — Erec ergueu os ombros. — Você tem razão. Elas os merecem. Já ficamos com eles tempo demais.

Num segundo as fadas reapareceram com os bonés nas mãos. Pelos próximos minutos elas desapareceram e apareceram continuamente. Então, as alegres fadas acenaram e eles as seguirem enquanto mergulhavam abaixo dos corais.

As fadas se lançaram dentro de um desfiladeiro e apontaram para um buraco logo acima, onde vinte chaves estavam fixadas dentro de um coral rosa. Havia palavras esculpidas sobre as chaves. As fadas acenaram e foram embora nadando, colocaram seus bonés e desapareceram num instante.

— Imagino onde vai dar o túnel do Balor. Você não acha que leva para o monstro marinho, acha?

Bethany parecia preocupada.

— Tenho certeza de que a rainha Posey não gostaria que ninguém se ferisse. Os concorrentes têm de ser eliminados, não mortos.

— Aquelas fadas da água foram bem malucas. Talvez elas tenham seus próprios planos.

As palavras habilmente gravadas no coral diziam:

"*Responda esta charada: Por que você sempre pode contar com a rainha?*"

Abaixo, estavam gravadas estas palavras:

Os corais sempre cantam bem,
Então a onda se forma,
Porque nada acontece num mundo zen,
E, se tudo não se foca, a coisa se toma.

Está frio e não há isca para pescar alimento
Mas, aposte, haverá uma enguia no ar
Mar adentro navegue
É uma estrela-do-mar

Uma lula no céu há de brilhar
Corra para sumir com sua anêmona
Uma éfira há de abrolhar
A sereia canta até ficar trêmula

Águas-vivas são um problema
O homem come e vira uma baleia
Os iates possuem um esquema
Algas imperam sobre tudo — você venceu!

Erec olhou em silêncio. Como ele poderia resolver um quebra-cabeça a partir de um poema maluco?

As sobrancelhas de Bethany franziram.

— Cinco mil duzentos e cinquenta e seis... não, isso não pode funcionar. Ugh. — ela cruzou os braços. — Tentei todas as funções. Nada parece funcionar. Talvez se a letra A for um derivativo de PI apenas quando não houver outras vogais na palavra, então B poderia estar relacionada à raiz linear de sua integral...

— Bethany, isso não pode ser tão complicado assim. Quer dizer, todo mundo deveria poder resolver isso, certo?

Ela ergueu os ombros, parecendo desapontada.

Erec riu.

— É bem engraçado, na verdade: "uma lula no céu há de brilhar, corra para sumir com sua anêmona". Cada linha tem uma palavra ligada ao mar. Olhe: corais, onda, nada, foca, isca, estrela-do-mar, mar...

Bethany sorriu abertamente.

— Navegue, estrela-do-mar, lula, anêmona, éfira, sereia, águas-vivas, baleias, iates e algas. É fácil. A primeira letra dessas palavras ligadas ao mar significam "confiem nela é sábia". É por isso que podemos contar com a rainha Posey. Confiem nela porque é sábia.

Com um estalido, o coral se abriu. Duas chaves escorregaram para a borda. Eles pegaram as chaves e nadaram através do buraco para dentro do que parecia ser uma sala com paredes, chão e teto feitos de coral. A luz do sol brilhava através de muitas passagens acima, lembrando uma discoteca.

No meio da sala estava um baú negro com fivelas douradas. Uma serpente marinha delgada e amarela com olhos enormes e dentes afiados estava enrolada sobre a tampa. Suas mandíbulas eram grandes o suficiente para arrancar a mão de alguém.

— Tomara que a presença da serpente aqui seja parte do plano — cochichou Bethany.

Erec e ela se aproximaram lentamente da serpente.

— Nós temos as chaves — disse Bethany.

A serpente sibilou:

— Coloquem-nas em minha boca se querem o tesouro.

A mão de Bethany tremia enquanto ela deixava uma das chaves cair em suas mandíbulas. Ela engoliu e abriu a boca para a chave de Erec.

— O tio Earl não parece mais tão assustador — Bethany riu.

Erec ficou o mais longe possível para deixar a chave na boca da serpente. Ela engoliu e deslizou para fora do baú. Embaixo da pesada tampa estavam vinte sacos pretos. Erec e Bethany pegaram um para cada e fecharam o baú. A serpente voltou para cima e sibilou.

Nos sacos estavam seis pacotes de plástico e uma nota.

"GUELRAS INSTANTÂNEAS. Instruções: Escolha um local no seu corpo, três guelras de cada lado. Coloque a extremidade indicada no pacote contra sua pele e aperte. A guelra vai entrar permanentemente em sua pele. É aconselhável que o local não seja coberto com roupa para assegurar uma fácil respiração. Deve ser aplicado debaixo d'água imediatamente. As guelras instantâneas se fecham sozinhas ao sair da água, dando lugar à respiração pulmonar. Abra toda vez que estiver na água. Tem garantia para toda a vida."

Erec olhou para Bethany.

— Isso é ótimo. Onde a gente deveria aplicá-las? No rosto, como a rainha Posey?

Bethany pareceu preocupada.

— Espero que elas não marquem muito. Vou colocar as minhas nas costas.

— Assim elas serão encobertas. E se você estiver na água algum dia com uma camiseta? Como agora? Vou colocar as minhas nos meus pulsos.

Erec segurou um pacote junto ao seu pulso e apertou. Por um momento ele sentiu uma picada e então uma guelra em seu pulso abriu e fechou.

— Olhe para isso!

Erec colocou três guelras em cada pulso e olhou para elas se mexendo na água.

Bethany segurou um pacote com um olhar de nojo.

— Eu não preciso tanto dessas coisas.

— Vamos lá. Elas vão fechar fora d'água. Pense só: você será capaz de explorar lugares submarinos como este para sempre. Você tem que colocá-las.

Bethany se contorceu de nojo e apertou a guelra em sua palma.

— Eca! — Ela chacoalhou o pulso e colocou as restantes, três em cada mão. — Você acha que sempre seremos capazes de entender as criaturas do mar?

Aparentemente, a serpente marinha estava ouvindo tudo.

— Todos sabem que humanos não podem falar. Vocês voltarão à sua imbecilidade depois que o feitiço da rainha for retirado.

— Essa foi legal — disse Bethany para Erec.

— Vamos.

Ele nadou para fora do buraco com ela logo atrás. Eles levaram seus pacotes vazios para a superfície.

Todos os olhos se voltaram para Erec e Bethany quando eles surgiram na superfície. Os seis garotos que subiram bem antes tinham desistido e estavam sentados na praia. Erec olhou para seus pulsos. As guelras tinham fechado e deixado finas linhas pretas.

Imediatamente, ele estava faminto e congelando. Bethany estava com os dentes tiritando. Enquanto eles se encaminhavam para a praia, a rainha Posey se levantou.

— Vocês encontraram o tesouro?

Ela examinou as marcas das guelras em seus pulsos e mãos. Com uma piscadela da rainha Posey, os dois ficaram instantaneamente secos. Depois de ficar tanto tempo molhado, a parte da frente do cabelo de Erec estava lisa, e a de trás, enrolada.

Kilroy aplaudiu os dois.

— Os dois primeiros vencedores! Vocês empataram depois de quatro horas e quinze minutos.

Quatro horas? Não era à toa que eles estavam famintos. Bethany viu uma mesa com lanches na praia e correu para ela. Erec a seguiu e percebeu que eles haviam perdido o almoço. Eles devoraram sanduíches, frutas, bolinhos e néctar até se sentirem melhor.

Ele e Bethany andaram pela água e descansaram na areia junto com os outros enquanto esperavam. Treinaram colocar suas mãos e pulsos debaixo d'água e respirar através de suas guelras instantâneas. Funcionou, e foi fácil.

Depois de algumas horas, parecia que ninguém mais iria voltar.

— Talvez devêssemos contar à rainha Posey sobre o monstro marinho. E se eles foram devorados? — disse Bethany. — E também há mais uma coisa que precisamos contar a ela — ela olhou firme para Erec.

— O quê?

Erec estava prestes a dormir na areia. O sol estava quente, e tinha sido um longo dia.

— Você sabe.

Erec retrucou.

— Ugry está aqui. Não podemos contar a ela agora.

— Então, assim que pudermos.

Bethany conversou com a rainha Posey por um momento e voltou para onde Erec estava sentado.

— Eu disse a ela que as fadas da água podem ter enviado algumas crianças em direção a um monstro marinho, mas ela disse que elas não machucariam ninguém. Ela falou que o tempo acaba daqui a uma hora, com ou sem mais vencedores.

Erec levantou a cabeça da areia.

— Então nós seríamos os únicos vencedores?

— Ah-hãn! — Bethany sorriu.

— Seremos rei e rainha! — cochichou Erec. — Imagino como eles vão escolher o terceiro. Aposto que vão pegar o Balor porque Ugry quer que ele consiga — disse ele, olhando para Ugry. O sol ainda não havia enfraquecido.

— E vamos ter dois cetros, assim Ugry não vai conseguir tomar conta de tudo — disse Bethany. — Eu falei para a rainha que tínhamos uma coisa importante para contar a ela, em segredo. Ela disse que conversaríamos após o torneio.

Erec deixou a água fria correr por seus pés enquanto Bethany comia bolinhos e desenhava fórmulas matemáticas na areia. Ela correu para ver quantos cálculos podia fazer antes de as ondas apagarem suas contas.

O nariz de Erec ardeu por causa de uma queimadura do sol. Ele desejou ter um relógio. Parecia que já era hora de jantar.

A rainha Posey jogou para o alto o livro que estava lendo, e ele sumiu.

— Já chega.

Ela mergulhou na água e retornou puxando uma enorme vara de bambu cheia de concorrentes. Melody e Jack acenaram e tinham os rostos abatidos. Balor e seus amigos não estavam entre os resgatados.

A rainha Posey mergulhou novamente e, desta vez, voltou com Balor e os garotos que o tinham seguido pelo túnel. Eles bocejaram, espreguiçaram e esfregaram os olhos como se estivessem acordando de um sono profundo.

O sonho de Balor deve ter se tornado um pesadelo, já que ele estava de péssimo humor.

— Não vou me dar por vencido. Isso não é justo. Exijo uma revanche.

A Rainha Posey disse a Kilroy:

— Esses garotos encontraram as sirenas.

Kilroy contou 15 em seus grupos, cuja maioria caiu na areia e acordou lentamente.

— Que sirenes? Eu não ouvi nada — disse Erec.

Melody riu.

— São *sirenas*, ou sereias. Elas são criaturas do mar que fazem as pessoas dormir com suas canções. Acho que aqueles sujeitos teriam dormido para sempre se a rainha Posey não os resgatasse.

Kilroy, Ugry e a rainha Posey discutiram os resultados longe das crianças.

— Então é isso — cochichou Erec. — Somos você e eu, rei e rainha. Eu quero Alypium.

— Pode esquecer — disse ela, rindo. — Fique com Ashona. Tenho certeza que você gostou de lá.

Ugry e Kilroy discutiram ferozmente, e a rainha Posey não parecia feliz. Erec se aproximou sorrateiramente e ouviu Kilroy dizer:

— Eu liguei para o rei Piter no meu celular — ele ergueu o dedo. — Você sabe que eu sou o único com quem ele fala.

A rainha Posey viu Erec e Bethany próximos e os tocou de lá. Ugry estava raivoso.

Finalmente, Kilroy anunciou:

— Decidimos quem irá avançar para o quinto concurso — ele olhou para a rainha. — Foi uma decisão muito difícil. Temos dois vencedores definitivos.

Ele gesticulou em direção a Erec e Bethany.

— Temos um grupo que encontrou as sirenas — ele segurou um papel em uma mão — e um grupo que não encontrou nada. Ele ergueu uma folha em sua outra mão. — Foi uma escolha... muito... dura, mas o grupo que encontrou as sirenas será admitido no próximo concurso porque, pelo menos, encontraram *alguma coisa*.

Houve resmungos e xingamentos, bem como gritos de comemoração. Jack caiu na areia, e Melody enterrou seu rosto entre as mãos. Não estava claro qual dos juízes havia arranjado esta solução. Todos os três pareciam irritados.

Erec foi rapidamente até Kilroy.

— Você não pode deixar aquele grupo vencer. Eles foram enviados às sirenas porque estavam atacando as fadas da água. Eles teriam perdido com certeza se tivessem tempo suficiente.

Kilroy ergueu uma mão.

— Desculpe. Não haverá mais discussão. Não pude mudar isto, acredite.

Com a testa franzida ele olhou para a rainha e Ugry e então encarou o grupo.

— Dezessete de vocês participarão do quinto torneio, que foi planejado pelo rei Pluto. Se chama Sob a Mina. Irá acontecer em quatro dias. Segunda de manhã, às dez horas, atrás do labirinto.

A rainha Posey desenhou uma linha de água na areia ao redor de todos e, de repente, foram transportados de volta para o labirinto. Estava ficando escuro, e Erec tinha fome. Ele quase se arrastou até o refeitório, junto com Melody, Jack e Bethany.

Jack ergueu os ombros.

— Tinha que acontecer alguma hora. Quais eram as chances de eu vencer? Já estou feliz por chegar tão longe.

— Eu também — disse Melody.

— Não é justo! — exclamou Bethany. — Vocês dois deveriam ter vencido. Balor e sua gangue foram enviados às sirenas para que perdessem.

Jack continuou satisfeito.

— Vocês dois vão ter que tentar fazer o melhor que puderem e vencer por nós.

Mas Bethany não enxergava a coisa desta maneira.

— Agora vamos ter que competir contra todos os malvados sem moral que saem agredindo fadas da água.

Ela parou quando sentiu alguém tocando seu ombro. A rainha Posey estava atrás deles.

— Vocês queriam me dizer alguma coisa?

A rainha parecia cansada, mas Erec não tinha certeza se era por causa das linhas sob seus olhos. Melody e Jack acenaram e foram para os dormitórios.

Bethany fez que sim com a cabeça.

— Erec e eu estávamos explorando o castelo e fomos parar no depósito de armas. Estava quase vazio. Então ouvimos vozes e nos escondemos. Duas pessoas entraram, e uma definitivamente era Stoney Rayson. A outra voz é difícil de dizer, mas achamos que era Balthazar Ugry. Eles estavam roubando armas do depósito. Diziam que quando "eles três" vencessem os torneios, pegariam os cetros e... como era... "iriam tomar Alypium, Aorth e Ashona."

A rainha Posey balançou a cabeça.

— Isso é loucura. Não acredito neste tipo de conversa.

— Vá olhar o depósito — disse Bethany. — Está vazio. Estamos falando a verdade.

A rainha não respondeu. No silêncio, Erec ouviu um pequeno som fraco vindo do cetro dela. Ele apontou para o objeto.

— Ele se comunica com você? — perguntou o menino.

A rainha Posey olhou para ele, surpresa.

— Sim, algumas vezes. Apenas quando tem algo a dizer.

Erec lembrou de ter conversado com o cetro do rei Pluto, embora ele tenha sido um pouco rude.

— O que está dizendo agora?

Ela riu com um sorriso repentino.

— Que vocês podem estar falando a verdade — ela olhou firmemente para Erec, estudando-o. — Não tenho certeza sobre você. É estranho. Há algo em seus olhos. De qualquer maneira, obrigada por terem vindo a mim. Vou cuidar disso imediatamente.

— Humm, rainha Posey? — disse Erec.

— Sim? O que é?

— Os cetros conversam com outras pessoas também?

— Não — disse ela. — Apenas com rei e rainha. Exceto na cerimônia de coroação. Eles falam alto, se me lembro corretamente.

A rainha balançou um dedo e desapareceu. Erec e Bethany foram deixados com a dúvida de que ela faria ou poderia fazer alguma coisa.

Erec disse:

— Espero que ela não esteja nisso com Ugry.

CAPÍTULO 17

Um braço de madeira exótica

Era sexta-feira de manhã. A fórmula para explodir o campo de força ficaria pronta no dia seguinte, à meia-noite. Então, o quinto torneio, Sob a Mina do rei Pluto, viria logo depois. Jack e Oscar iriam ficar para os torneios finais. Depois de partirem para o café da manhã, Erec colocou os óculos.

Ele encontrou June sentada na cama, chorando.

— Mamãe? Você está bem?

Ela rapidamente secou o rosto com um lenço.

— Estou bem. Claro.

Mais lágrimas rolaram por suas bochechas, e ela as limpou. Está tudo certo, mesmo.

— O que aconteceu?

— Nada. Eu só... mudei de ideia, só isso. Você não pode vir me resgatar, é muito perigoso. Eu vou sair daqui mais cedo ou mais tarde... Tenho certeza. Você tem um trabalho importante *aí*. Como foi o quarto torneio?

— Eu venci — disse ele. — Mamãe, eu não entendo. Vou tirar você daí sábado, à meia-noite.

— Você não pode.

— Claro que posso. A fórmula explosiva está fervendo embaixo da minha cama. Há uma Teletrans-Porta na ala oeste. Você vai sair logo.

June riu com os olhos vermelhos.

— Eu fui tão estúpida... Estava tão concentrada em sair daqui que coloquei você em perigo. A solução explosiva embaixo da sua cama. E se a chutarem? Livre-se dela, Erec. Esqueça de me salvar. Isso não pode ser feito.

June apertou seus olhos fechados.

— Mas e Zoey, Trevor e Nell e os gêmeos?

June despejou um aguaceiro dos olhos e não conseguia parar.

— Mamãe, vou tirar você daí. Você não pode me impedir.

June olhou ao redor, com medo.

— Por favor, Erec. Não. Eu sabia que seria difícil você passar pelas masmorras, mas só percebi agora quão difícil vai ser. Eu deveria saber que o rei Pluto teria mais do que guardas, fantasmas de bronze e fantasmas de prata patrulhando aqui, mas isso foi tudo o que vi. Acabei de descobrir que é muito pior.

— Muito pior quanto?

June respirou fundo.

— Ele tem destruidores — ela passou a cochichar. — E demônios das sombras.

Ela parecia muito sozinha. Erec desejou estar com ela.

— O que são os destruidores?

— Terríveis monstros de pedra que matam pessoas.

— E os demônios das sombras?

June olhou ao redor de seu quarto.

— Eu sei muita coisa sobre os demônios das sombras por acaso. Eles podem se parecer com qualquer coisa, mas gostam de assumir a forma da pessoa com a qual eles estão. É semelhante a olhar num espelho. Eles podem ler seus piores medos como se sua alma fosse um caderno. Suas dúvidas e desejos tortuosos os levam para dentro da sua mente. Eles conversam com você, racionalizam, fazem sentido, mas ficam em contato com seu lado sombrio. Eles fazem suas convicções se perderem, desviam você para o caminho errado. E, quando vencem, eles o devoram e você morre. Mais alguma pergunta?

June se jogou de novo na cama e colocou o braço sobre o rosto.

— Bem — disse Erec —, não vou deixar que me peguem. Sou muito obstinado, você sabe.

June riu embaixo de seu braço.

— Eu também sou. Esqueça.

— Não, sério. Tenho certeza de que, se estiver preparado, posso vencer os demônios das sombras. Não vou deixar você apodrecer aí.

— Não se esqueça dos destruidores, Erec. Você seria muito sortudo de chegar longe o suficiente para conseguir ver um demônio das sombras.

— Deve haver um jeito de passar por eles — imaginou Erec. — O que pode destruir pedra? Uma britadeira? Um pressurizador?

— Existe um truque, mas não é seguro.

— O que é?

— Eu não sei. Não quero que você tenha ideias tolas e tente vir aqui. Você pode me ajudar mais aí de fora. Vença os dois próximos torneios. Torne-se rei e então me tire daqui.

Ela acenou mandando-o embora.

— E se eu não vencer? Não há nenhuma garantia.

— Você tem uma boa chance. Eu já o vi em situações difíceis, geralmente você sabe como agir.

— Que bom. Então eu deveria ser capaz de tirar você daí. Tudo o que preciso é de um pouco de determinação.

June virou para o lado e sentou.

— Determinado você é. Acha mesmo que eu deixaria você vir aqui e arriscar sua vida?

— Não é uma escolha sua, é? A fórmula fica pronta amanhã à noite. Estou pensando em como fazer isso. Eu preciso de uma mãe, e meus irmãos e irmãs também.

— Erec, você pode morrer.

— Vou ficar bem, mamãe. Aprendi muito aqui. Resgatei crianças do gás do pântano, enfrentei um minotauro. Até usei o cetro do rei Pluto para salvar todo mundo de uma pedra gigantesca. Eu posso fazer isso.

June cobriu seu rosto com as mãos.

— Sua vida é mais importante do que você imagina.

— Já tenho tudo pronto, mamãe.

Bethany sentou-se com Melody, Jack e Oscar para almoçar. Jack e Melody estavam num bom humor surpreendente para quem tinha acabado de perder na Busca Marítima.

— Melody disse que ficaria para o quinto torneio, ou que continuaria aqui enquanto você e eu também ficarmos — disse Bethany.

— Vocês foram os dois únicos que realmente venceram o quarto torneio — disse Jack. — Vocês são a *minha* aposta.

— Agora somos apenas 17 — disse Bethany. — Nossas chances são de 17,647 por cento. Até que está bom.

Oscar balançou a cabeça.

— Apertem os cintos. Vocês vão ter uma competição acirrada.

— É o que vamos ver — disse Erec sorrindo.

As coisas estavam indo bem. Por que ele não poderia vencer o concurso *e* libertar sua mãe da masmorra? Ele venceu Balor embaixo d'água e quebrou o controle remoto dele. Nada poderia detê-lo. Nem mesmo destruidores e demônios das sombras. O que o fez lembrar de que precisaria descobrir mais sobre o que eles podiam fazer.

Depois do almoço, Erec e Bethany foram até a biblioteca.

— Você tem certeza de que quer ir até as masmorras do rei Pluto? — disse Bethany. — Elas parecem perigosas.

— Não posso deixar minha mãe apodrecer naquele lugar. Só preciso aprender sobre destruidores e demônios das sombras. Deve haver um jeito de passar por eles.

Uma escadaria ampla e em espiral percorria os vários níveis da torre da biblioteca. Uma bibliotecária com óculos grandes de vovó ficou feliz ao apontar a eles o terceiro andar, onde os livros sobre feras eram mantidos.

— Mas os livros têm de ficar aqui.

Eles passaram os olhos por subtítulos como "Monstros mal-interpretados" e "Os estranhos animais da Terra de Cima" até encontrarem a seção chamada de "Criaturas da masmorra". Eles lotaram seus braços com livros e os levaram até uma mesa. Bethany pegou o *Guia completo para os perdedores fugirem da masmorra*.

— Há seções sobre diferentes masmorras famosas. Ouça: "As masmorras externas do castelo do rei Pluto são famosas por suas paredes de pedras ácidas. Elas derretem o que quer que as toque, incluindo carne."

Erec respirou fundo.

— As paredes se fecham nas pessoas?

— Não. Mas aqui diz que os destruidores vivem dentro das pedras e que eles saem das paredes. — Ela virou as páginas. — Teletrans-Portas vão apenas até as masmorras externas. A maioria dos prisioneiros está nas masmorras internas. As portas podem se abrir no meio de uma parede de pedra ácida, ou até mesmo num dos retiros dos destruidores e também na cela de um prisioneiro, e qualquer coisa ali poderia sair pela porta. Você deve tentar pelo menos três locais antes de escolher uma para atravessar. E, uma vez estando dentro, encontrar as masmorras internas pode ser difícil. As masmorras externas são ligadas às internas.

Erec olhou um exemplar de *Cara a cara com os demônios das sombras: a história de um sobrevivente*. Era um livro de texto seco e lento sobre um homem que se preparou a vida toda para enfrentar um demônio das sombras que bloqueou o caminho para a fortuna roubada de sua família. Os primeiros capítulos eram sobre sua dieta restrita e treinamento de yoga.

Bethany leu *Destruindo os destruidores: o papel da caça*. Seu rosto ficou pálido.

— Estas coisas são nojentas. Você não vai querer fazer isso, acredite.

— Eu tenho que fazer, Bethany. É a minha mãe que está lá. O que diz aí?

— Os destruidores são feitos de pedra, e ácido pinga de suas bocas. Eles não têm olhos ou orelhas, mas têm uma grande capacidade olfativa e isso torna difícil se esconder deles. Eles vivem nas paredes, mas saem delas quando cheiram alguém. Quando eles pegam você, o ácido passa por você e o digere, deixando apenas seus ossos.

Ela sentiu calafrios.

— Minha mãe disse que havia um truque para passar por eles.

Bethany virou as páginas.

— Papel. Parece bem perigoso para mim. Você precisa ter muitos papéis, cortá-los em quadrados de sete centímetros e meio. Um destruidor tem um buraco de sucção acima de sua boca. Eles ficam sugando o ar continuamente para cheirar o que está por perto. O papel pode cobrir o buraco. Isso os confunde. Sem o olfato, eles não conseguem mais perceber o que está por perto.

— Os papéis não caem?

— Não. A sucção os mantém presos lá.

— Alguma outra coisa poderia funcionar, como madeira ou plástico?

Bethany leu um pouco mais.

— Isso poderia ser muito pesado e cair, ou quebrar e ser sugado para dentro.

— Como eu coloco papel nos buracos de sucção deles sem que me peguem?

Bethany conferiu no livro novamente.

— O melhor jeito é com um braço de madeira. Assim você pode alcançar os buracos de longe.

— Um o quê?

— Aqui diz "braço de madeira, disponível em sua loja de magia" — ela mordeu o lábio. — É melhor você conseguir um braço logo para ter tempo de treinar. Você não vai poder cometer um erro sequer.

Erec passou rapidamente por vários capítulos sobre técnicas de expansão da consciência e seções de meditação e, finalmente, parou em *De frente para os demônios das sombras*. Ele deu uma olhada em *Masmorras e Demônios*, um outro livro maçante sobre autoconsciência e motivação interna, e imaginou o que ele teria a ver com os monstros da masmorra. Ele teria de descobrir o que sua mãe sabia sobre os demônios das sombras, até porque ela disse ser uma expert no assunto.

Depois de horas estudando atentamente os livros, aprendendo muito sobre os destruidores e quase nada sobre os demônios das sombras, eles passearam com Lobinho e Docinho na ágora. Docinho tinha estado quieta ultimamente. Erec achou que ela não teria ninguém para um bate-papo. Eles compraram guloseimas para os animais no pet shop, pegaram sundaes de néctar, e Erec comprou montes de papel liso e branco.

Erec deitou na grama próxima às fontes e ficou vendo Lobinho caçar borboletas. Bethany estava perguntando aos garotos onde eles poderiam encontrar uma loja de magia para comprar um braço de madeira. Uma sombra apareceu sobre Erec. Atrás dele, o rei Pluto estava parado vestido num longo manto de pele de arminho. Ele deveria estar fervendo de calor, mas esfregava seus braços, tremendo.

Erec levantou-se. O rei bateu seu cetro duas vezes na terra e duas cadeiras surgiram. Ele sentou-se em uma e acenou para que Erec se juntasse a ele.

O coração de Erec disparou. A rainha Posey deve ter contado a ele sobre o depósito de armas. Ele imaginou se tinha ido cedo demais até as masmorras do rei Pluto.

— Olhando para o meu cetro? Você foi bem impressionante com a pedra no outro dia.

Erec mexeu os ombros.

— Não, sério. Não há muitas pessoas que consigam usar o cetro de um rei. Ninguém, na verdade, exceto o rei. Você é um jovem excepcional, não é, Erec Rex?

Erec respirou bruscamente antes que pudesse se conter. Como o rei sabia seu nome? Isso não era bom.

— Não fique tão surpreso — disse o rei com sua voz cheia de insinuações. — Isso só me tomou um pequeno tempo de pesquisa. Você assinou o livro de Spartacus Kilroy como Erec Rex, não foi? Você não poderia ser realmente Erec Rex, não? Ainda assim, a rainha Posey me contou sobre o interessante acontecimento com o Identidetector.

O rei Pluto inclinou-se para a frente.

— Deixe-me ver seus olhos... ah, sim. Agora me diga, onde está sua família?

— Humm... — Erec quase esqueceu seu álibi. — Americaorth Sul.

— Ah, que interessante. Onde na Americaorth Sul? Eu sempre vou lá. Adoraria encontrar seus parentes.

Ótimo. Erec estava falando com o rei de Aorth, tentando fingir que era de seu reino. Sua mãe nunca mencionou lugares da Americaorth Sul. Erec pensou que estaria seguro se dissesse um nome de rua, mas não encontrou um bom nome.

— Rua Silva.

— Ah. A família Ross da rua Silva. Quais são os nomes deles?

Erec queria ter pensado nos detalhes antes.

— Humm, Sylvie e Scott. — Esses eram amigos de sua mãe e foram os únicos nomes que lhe vieram à mente.

— Sylvie e Scott Ross... ou Rex?... na rua Silva. Vou telefonar para eles hoje à noite. Eu realmente devo parabenizá-los por seu incrível filho.

Erec olhou entre seus joelhos para a grama. Ele não acreditava como ele tinha sido idiota.

— Ah, aliás — disse o rei Pluto, tremendo —, Posey me contou tudo sobre o que você e sua amiga ouviram no depósito de armas. Acho isso tudo *muito* interessante. Eu disse a ela que tomaria conta da situação imediatamente. Adivinhe o que eu descobri? Que o depósito estava sendo esvaziado para a limpeza anual!

O rei Pluto sorriu com esta justificativa.

— Rayson é um burro. Ele inventa histórias e começa a acreditar nelas. Ignore o que ele disse. Tudo está sob controle. Você entendeu?

Erec, rapidamente, assentiu com a cabeça.

— Bom. A propósito, o que você estava fazendo no depósito?

Erec limpou a garganta.

— Humm... eu estava explorando, senhor.

— Ah, sim. Explorando. Bem, se eu fosse você, não gostaria de ser pego explorando nenhum outro lugar próximo do depósito. Alguém poderia pensar que você foi a causa de algum... problema.

Erec assentiu com a cabeça novamente.

— Fico feliz que tenhamos nos entendido.

O rei deu uma piscadela.

— É realmente bom saber que você está aqui, Erec.

O rei ficou em pé e moveu o cetro. As cadeiras sumiram, e Erec caiu sentado na grama.

— Hora de um banho e de uma lareira aconchegante. Este lugar está congelando.

O sol brilhava quente atrás de Erec, mas ele não disse uma palavra.

— Boa sorte no próximo torneio.

Parecia que o rei Pluto não o iria enviar para as masmorras. Pelo menos não ainda. Com sorte, talvez ele não mude de ideia quando não encontrar uma Sylvie ou um Scott Ross na rua Silva. Mas Erec tinha uma sensação engraçada de que ele não esperava encontrar alguém.

O dia passou, e o rei Pluto não voltou a aparecer, e isso foi fazendo Erec se sentir cada vez mais no topo do mundo. Achava que nada poderia dar errado. Agora que o peso saíra de cima de seus ombros, ele percebeu como tinha ficado preocupado sobre a rainha Posey contar ao rei Pluto o que eles ouviram no arsenal. Parecia bobo até mesmo pensar que o rei poderia enviá-lo para as masmorras apenas por escutar uma conversa.

Bethany, por sua vez, não estava nada feliz.

— Isso é meio duvidoso. Eu esperava que a rainha Posey fosse cuidar disso ela mesma. Devemos conversar com ela de novo?

— Não! Fizemos o que pudemos. Não vamos abusar da sorte.

Erec tinha certeza que uma segunda visita do rei Pluto não iria ser tão boa quanto a primeira. Eles andaram pelos jardins do castelo. Logo Melody iria fazer compras na ágora, então Erec usaria o quarto para conversar com sua mãe.

Erec sentiu um formigamento no lado direito de seu rosto. Mal dava para perceber, era apenas um leve calorzinho, quando muito. Ele olhou para sua direita. Um olhar fixo queimava dentro de seus olhos. Parecia penetrar em sua mente, quase deixando-o cego. O olhar fixo era tão opressor que ele não tinha certeza de quem seria.

Erec finalmente concentrou-se em Spartacus Kilroy, que estava carregando uma bandeja de café e conversando casualmente com Hecate Jekyll. Nenhum deles parecia tê-lo notado. Ele balançou a cabeça. Talvez tivesse imaginado tudo aquilo. Muita coisa estava passando pela sua mente hoje.

Bethany deixou Erec usar seu quarto. Melody havia saído. Ele colocou os óculos.

— Oi, mamãe.

June deitou-se na cama, olhando para o teto.

— Eu comprei um monte de papel na ágora.

— Você fez o quê?

— Comprei papel. Preciso disso para passar pelos destruidores.

Ela colocou as mãos sobre a cabeça.

— Você não entende, Erec. Não posso perder você.

— E eu não posso perder você.

— Como posso impedi-lo de vir aqui?

— Não pode. Estou bem. Pesquisei sobre os destruidores, vou praticar e me preparar antes de ir para aí. Vou comprar um braço de madeira. Mas preciso que você me conte sobre os demônios das sombras. Vou encontrar com algum deles?

— Tenho certeza que, se você vier para cá, encontrará um. Eles podem sentir o que acontece ao redor.

— Há muitos deles?

— Eles trabalham sozinhos. Só um se aproximaria de você. Se ele vencer, você morre. Se derrotá-lo, outros manteriam distância porque sabem que você não irá ceder.

— Então, como eu derroto um?

June balançou a cabeça.

— Preciso pensar sobre isso, Erec. Você ainda não entende no que está se envolvendo.

Bethany foi com Erec para a cidade. Lobinho e Docinho foram junto. Medea, uma loja de magia pequena e decadente com pintura vermelha descascando, ficava no extremo da cidade. Antes de eles entrarem, a porta se abriu sozinha. Balor, Damon, Rock e Ward saíram. Balor exibiu um controle remoto todo prateado.

— Bem, vejam só quem está aqui — Balor riu. — Rick Ross e sua namorada. Rick *é* seu nome, não é?

Os meninos riram.

— Acho que você me deve um anel de ouro e três shires por esse controle remoto novo, já que você quebrou o meu no último torneio.

Erec não estava mais com medo dele.

— Esqueça isso, Balor. Esse é o preço que você paga por tentar me fazer perder.

— Acha que não pode perder, Rick Erec Rex Ross? — Ele apontou o dedo bem no rosto de Erec. — Apenas espere até o próximo torneio. Você já era.

Erec empurrou o dedo dele para o lado.

— Quer que esse controle remoto tenha o mesmo destino do outro, Balor?

Balor olhou fixamente nos olhos de Erec e enfiou o controle remoto no bolso.

— Pode esperar.

Ele seguiu pela rua com os amigos até pararem na esquina. Os quatro ficaram olhando para Erec e Bethany. Balor estendeu o braço, como se fosse conferir as horas no relógio.

— O que eles estão tramando? — perguntou Erec.

— Não faço ideia — disse Bethany. — Docinho pode ir até lá, daí ela volta e me conta tudo.

Ela acariciou a cabeça de Docinho.

— É ótimo ter uma gatinha que conta todos os segredos.

Docinho pulou de seus braços e andou de mansinho pela rua em direção aos meninos.

— Vamos entrar — disse Erec.

Bethany olhou para ter certeza de que Docinho estava bem e então gritou.

— *Solte-a* já!

Ela correu pela rua. Balor estava enfiando Docinho dentro de uma bolsa, rindo.

— Vale a pena manter um gato que pode contar segredos — gritou ele e desapareceu por uma rua lateral.

Quando Bethany chegou até a esquina, Balor e Docinho já tinham sumido. Damon, Ward e Rock ficaram rindo dela.

— Tentando nos espionar com um gato contador de segredos? — Ward riu.

Damon fez uma careta e disse “Bléééh”, com a língua de fora.

Bethany correu de volta para Medea com lágrimas nos olhos.

— E se ele a machucar? — mas as lágrimas não escorriam. Em vez disso, seu rosto exibiu uma expressão de determinação. — Eu vou pegá-la de volta nem que tenha de invadir o quarto dele.

Ela sentou na esquina, com os braços cruzados enquanto Lobinho cheirava seus pés.

A loja era pequena, mas cheia de estojos de controles remotos, caixas de pólvora, frascos de poções e cabides com roupas mágicas. Tapeçaria vermelha e amarela cobria as paredes e se movia como se estivesse estendida ao vento. Roupas multicoloridas estavam penduradas no teto. As luzes que brilhavam através delas tinham as cores do arco-íris. Numa caixa aberta atrás de um estojo de vidro, um olho vermelho e seco observava Erec para onde quer que fosse.

Erec pulou quando uma mão agarrou seu ombro. Era uma mulher velha com longos cabelos grisalhos. Seus olhos azuis brilhavam através das rugas de seu rosto. Ele não tinha certeza se ela estava sorrindo ou se era apenas o formato de suas rugas.

A mulher agarrou a mão de Erec e estudou sua palma.

— Aaah, é você! Já era hora — disse ela dando uma risadinha. — Você é forte. Espirituoso. Nada vai deixá-lo para baixo. Apenas não fique convencido. Esteja atento aos que estão ao seu redor. Você deve aprender a confiar nos outros, mas também deve procurar saber em que outros pode confiar. As respostas de que precisa estão fora e também dentro.

— Obrigado — disse Erec, desconfortável.

A mulher continuou olhando para ele. Ele imaginou se ela queria dinheiro pelos conselhos que ele não pediu, mas então ela foi para trás do balcão.

— Posso ajudá-lo?

— Preciso de um braço de madeira que possa pegar coisas.

A mulher abaixou a cabeça.

— Claro. Você vai precisar de um braço com uma boa mente que possa ajudá-lo.

Ela passou um dedo sobre fileiras de braços de madeira dentro de uma caixa e puxou três deles. Pareciam feixes de varas com pinças no final. Um braço de madeira de cor clara se curvava facilmente nas mãos dela.

— Madeira de salgueiro. Madeira velha e sábia. Este vai ter bom alcance. Flexibilidade é essencial para suas necessidades.

Ela levantou um braço mais escuro.

— Este é usado, era de um mago astuto, então poderia ajudá-lo mais. Mas ele pode tê-lo treinado para fazer coisas estranhas.

Ela empurrou a ferramenta para o lado.

— Claro, este é bem mais caro.

Ela pegou um terceiro braço. Era preto, com entalhes detalhados na lateral que pareciam hieróglifos.

— Madeira exótica egípcia. Esta é especialmente encantada para proteger seu dono. Claro que é valiosa, mas é feita para situações de vida ou morte — ela olhou para Erec. — É um braço rápido este, e vale o preço se você precisar.

Vida ou morte parecia ser o que ele precisava.

— Vou ficar com este.

A velha mulher murmurou um encantamento com uma cantilena e o braço tremeu.

— Você é treinado nas artes da magia, menino?

Erec balançou a cabeça, negando.

— Bem, então vamos colocar um botão no final que fará o braço agarrar. — Ela tocou o braço. — Você move o braço com a gravidade ou ao desejar.

Erec agradeceu a ela e pagou com quatro moedas de ouro e cinco shires de prata.

A mulher olhou para Bethany, parada sobre a banqueta como se estivesse prestes a matar alguém.

— E você, querida? Há alguma coisa que eu possa fazer por você?

— Não, obrigada.

— Tem *certeza*, querida?

Os olhos de Bethany se arregalaram.

— Ah. Sim. — Ela correu para a mulher. — Minha gata foi roubada. Preciso dela de volta. Por favor.

Um sorriso pareceu brilhar por entre as rugas.

— Assim está melhor — a mulher estudou a mão de Bethany. — Ah... *minha nossa*. Sabia que você é muito especial?

Bethany tentou sorrir de volta. A mulher deu um tapinha na palma dela.

— Há grandes poderes dentro de você, minha criança. Você não faz ideia. Aprenda a usá-los. Esses medos que você tem são infantis. Deixe-os ir. Você é muito mais forte do que aqueles que teme.

A mulher apertou a mão dela e soltou. Bethany ficou olhando, paralisada.

— Está tudo bem, querida — a mão enrugada tocou o ombro de Bethany. — Vamos conversar sobre aquela gata.

Bethany estava abalada com todo aquele devaneio.

— O nome dela é Docinho. Ela acabou de ser levada pelo menino que comprou o controle remoto, pouco antes de eu vir aqui.

— Entendo. — A mulher abaixou a cabeça. — O que você gostaria que eu fizesse?

— Trazer Docinho de volta agora.

— Aah.

A mulher falava com uma voz baixa e áspera.

— Se isso pelo menos fosse possível. Não posso vender meus serviços, só minhas mercadorias. Mas há uma coisa que eu posso fazer. Você gostaria de ver sua gata?

— Sim, por favor — disse Bethany, empolgada.

A mulher abriu uma gaveta e puxou um grande objeto coberto com tecido preto. Ela o colocou no balcão e tirou o tecido de cima, revelando uma bola de cristal. Com um movimento de mão, vapores começaram a se mover dentro do objeto.

— Coloque sua mão esquerda sobre a bola.

A velha mulher colocou sua mão no outro lado.

— Estimado cristal de quando a Terra era jovem, mostre-nos a gata desta menina... diga o nome, criança.

— Docinho.

A névoa rodopiou formando a imagem de uma bolsa pendurada na parede por um gancho. Uma mão foi sacudida em frente à bolsa, e sangue pingava de um dos dedos. Xingamentos preenchiam o ar.

— Mostre-nos dentro da bolsa — sussurrou a mulher.

A imagem mudou, e lá estava Docinho enrolada dentro de um saco de pano. Alguém jogou ração de gato para ela, que estava comendo.

A voz de Balor Stain ecoou.

— Gata estúpida. Você vai aprender quem é seu novo mestre ou vai continuar aí. Para sempre. *Eu* quero uma gata que conte os segredos das pessoas, e você é *minha* agora.

Docinho não parecia preocupada e lambia os farelos da ração de sua pata. Bethany olhou em pânico.

— O que podemos fazer? Ela pode nos ouvir?

— Não, criança. Ela não pode nos ouvir, e você não pode fazer nada. Mas você poderia... sugerir algo a ela.

— O quê? Morder a mão de Balor? — perguntou Bethany.

A mulher deu uma risada aguda.

— Parece que ela já tentou isso. Talvez algo mais prático. Diga, por exemplo, alguma ideia de como ela pode fugir. Talvez usar aquelas garras afiadas na bolsa, humm?

— Ah, sim! — Um sorriso iluminou o rosto de Bethany.

— Vá em frente. Diga a ela.

Bethany disse a Docinho para usar suas garras para fugir. A gata ergueu uma pata e a virou, examinando suas garras, e então forçou-as contra a bolsa. O pano era grosso, mas uma unha conseguiu passar. Ela sacudiu-se até aparecer um pequeno buraco.

A mulher desistiu e a imagem desapareceu.

— Podemos ver mais um pouco?

A mulher balançou a cabeça.

— Já espiamos demais. Tenha paciência. Ela vai voltar.

— E se ela não conseguir sair? O tecido parece forte.

— Aposto que ela consegue. Se você não a vir em uma semana, volte aqui.

— Posso vir vê-la amanhã?

A mulher gargalhou.

— Paciência, garota. Você me deve um shire.

Bethany olhou encabulada para Erec.

— Eu não trouxe dinheiro.

Ele deu um punhado de prata e ouro para Bethany.

— Guarde. É tão seu quanto meu.

Bethany parecia calma enquanto eles andavam pela luz do entardecer.

— Você ouviu o que ela disse quando olhou para a minha mão? É como se ela estivesse lendo minha mente.

— Que você é tão poderosa? — provocou ele.

— Não! Ela disse que meus medos são infantis e que sou mais forte do que aqueles que temo.

— De quem você tem medo? Do Balor?

Bethany revirou os olhos.

— Do meu tio Earl. Sempre tive medo de enfrentá-lo. Foi um grande alívio fugir dele.

— Engraçado — disse Erec —, ela não pareceu acertar nada com a leitura da minha mão. Aquela coisa toda sobre acreditar nos outros. Não faço ideia sobre o que ela estava falando.

Usar o braço de madeira exótica era algo bem atrapalhado. Mas logo Erec foi capaz de fechar as garras com o botão. Virar era mais difícil. A junta era flexível e movia-se em quatro direções. Para onde ela se movia, a gravidade puxava a parte mais distante para baixo. Se ele rotacionasse, poderia ter movimentos mais precisos, mas não era fácil. Ele deixou Jack e Oscar testarem um pouco, dizendo a eles que era um jogo. Eles não se saíram muito melhor que Erec. Ele pegou pedaços de papel sobre sua cama e treinou colocá-los em seu travesseiro até quando não pôde mais manter os olhos abertos.

Sábado pela manhã, Erec acordou com um supetão e pegou o braço de madeira de baixo de seu travesseiro. A fórmula estava bem. Lobinho a vigiou ao lado da cama. Erec tinha de treinar com o braço. Jack e Oscar já tinham saído, então ele pôs uma cadeira contra a porta e colocou os óculos. Sua mãe estava sentada na cadeira de balanço, perdida em pensamentos.

— Mamãe?

— Você conseguiu um braço de madeira?

— Sim. Por quatro moedas de ouro e cinco shires de prata.

June estremeceu.

— Menino, poderíamos ter usado esse dinheiro na Terra de Cima.

— Bem, agora nós temos mais, muito mais. Podemos ter uma casa de novo, com nossos próprios quartos.

Ela acenou com a cabeça.

— Pensei sobre isso. Não quero que você venha nessas masmorras agora que sei o que há aqui. Mas é importante que eu saia daqui. Se houvesse alguém mais para quem eu pudesse pedir... Mas você é especial, Erec. Pode fazer isso. Mesmo tendo apenas um olho bom, você tem uma visão interna melhor do que a de muita gente. Você terá de estar pronto à noite.

Erec sorriu.

— Então, como eu venço um demônio das sombras?

— Com determinação. Você tem de conhecer e confiar em si mesmo. O demônio vai desviar você de seu caminho, o fará ter dúvida, apelará para seus piores sentimentos e emoções. Ele tem grande poder sobre o lado sombrio das pessoas. É o nosso outro lado, a benevolência e a confiança em nossa natureza, que pode vencê-lo. Então, para derrotá-lo, você tem de se fortalecer com crença em nossos objetivos, em você mesmo e na sua bondade. Passe direto por ele. Se o fizer, ele irá desaparecer. Caso contrário, você morre.

— É isso? Eu apenas passo direto por ele? Você está brincando.

— Sim, é isso, mas você precisa estar fortalecido com esperança, amor e a crença de que pode fazer isso.

— E se eu não tiver tudo isso? E se eu correr e passar por ele com a mente em branco?

— Você não será capaz disso. Para se preparar, é necessário meditar. Sente-se sozinho. Concentre-se na crença que tem em você mesmo, em seu objetivo, em quem você é. Está me entendendo?

— Sim.

Erec achou interessante que sua mãe tenha dito que ele precisava acreditar em si mesmo e que a mulher da Medea tenha dito que ele precisava crer mais nos outros... pelo menos em alguns dos outros, seja lá o que isso queira dizer.

— Os demônios das sombras estão entre as piores coisas que você pode enfrentar. Não os subestime. Se não tiver respeito pelo poder deles, é melhor não vir.

— Eu tenho. Ficarei bem.

— Confira tudo comigo mais tarde. E não se esqueça de meditar, está bem?

Erec cortou papel em quadrados e treinou colocá-los na parede. Estava melhorando devagar. Por fim, ele levou o braço de madeira e Lobinho para fora. No caminho, pegou uma garrafa de Néctar do Burro Voador no refeitório.

Erec tentou puxar folhas de grama, o que era muito mais difícil do que colocar papel na parede. Por 15 minutos ele tentou alcançar uma folha pendurada num galho baixo. Todas as vezes que as pinças se aproximavam, a gravidade puxava a mão para baixo.

— Posso tentar? — Bethany apareceu atrás de Erec.

— É difícil.

Erec lhe deu o braço. Ela deu uma olhada, o virou em várias direções e brincou com o botão. Então, em sua primeira tentativa, ela arrancou a folha que Erec não conseguiu alcançar.

— Como você fez isso? — Erec tentou não parecer irritado.

— Eu quis que isso acontecesse. Como a velha senhora disse.

Ela entregou o braço de volta para Erec.

— Como?

— Eu meio que pedi para ele fazer. — Ela ergueu os ombros.

Erec tentou alcançar uma folha diferente, mas a mão caiu.

— Concentre-se. Mova o braço em sua mente.

Erec concentrou-se o mais que pôde, e a mão se contraiu um pouco antes de cair.

— Aargh.

— Você vai descobrir como fazer — disse Bethany. — Vou comprar guloseimas para a Docinho, para quando ela voltar. Quer alguma coisa?

— Você não vai, só para saber, até a Medea tentar ver a Docinho de novo, vai? — Erec sorriu.

Bethany segurou uma risada.

— Bom, aquela mulher disse que eu não poderia. Mas nunca se sabe, talvez alguma outra pessoa esteja trabalhando lá hoje!

Ela saiu, quase correndo, em direção à ágora.

Erec concentrou-se mais ainda no braço, e desejou que fosse tão fácil quanto usar o cetro. Ele o segurou até que a extremidade se inclinou, desejando que se estendesse o máximo que pudesse. Ele se moveu um pouco. Tentou com mais força, mas todas as vezes parecia que quase não se mexia.

Erec sentiu como se sua cabeça fosse explodir. Ele segurou o fôlego e apertou com toda a sua força, tentando forçar magia através do braço. Ele mirou novamente na folha. Desta vez o braço não se moveu nem um pouco.

De repente, um lagarto saltador voou no rosto de Erec. Sem pensar, o menino deu um tapa para tirá-lo. Mas em vez de ser sua mão, foi o braço de madeira que se esticou pelo ar e bateu na criatura voadora.

Erec olhou para o braço. Quando o objeto atingiu o lagarto, Erec nem mesmo tinha tentado movê-lo. Bem, não exatamente. Ele apenas o usou como se fosse sua mão. Erec alcançou a árvore do mesmo jeito que tirou o lagarto e então agarrou a folha. Foi fácil. Ele tinha forçado demais.

Ele passou o resto da manhã pegando folhas, arrancando grama, pegando pequenas sujeiras das fontes, coçando as orelhas do Lobinho e mudando papel de lugar. Em algum momento ele pensou em meditar. Parecia algo meio bobo. Ele sabia quem ele era. Meditar não ajudaria tanto quanto um tempo extra de treinamento com o braço.

À tarde, o braço de madeira era como uma terceira mão. Melhor, na verdade. Quando ele buscava algo com o braço, não importa com que velocidade, nunca errava. Como a velha mulher disse, parecia que o objeto tinha uma mente própria.

CAPÍTULO 18

A lógica do demônio das sombras

Hoje era a grande noite. Ele tinha a fórmula, o papel e fez o braço funcionar perfeitamente. Ele estava pronto. Erec colocou seus óculos para assegurar novamente à sua mãe de que tudo corria bem.

— Mamãe?

Ela estava deitada na cama folheando a revista *Melhores Castelos e Masmorras* e desviou o olhar com um sorriso.

— Espero vê-lo esta noite.

— O braço funcionou muito *bem*, mamãe. É muito fácil.

— Bom. Você meditou?

— Ah... sim.

Erec prometeu a si mesmo que meditaria mais tarde.

June hesitou.

— Há uma senha para entrar nas masmorras externas com a Teletrans-Porta, para que apenas o pessoal do Pluto possa entrar e sair. Meu amigo disfarçado daqui me contou a senha desta semana. — Ela hesitou por um momento. — É "bolha de calor". Erec, eu confio em você. Você pode fazer quase tudo o que tentar. Apenas não se exponha muito. Se alguma coisa der errado, volte.

Ele não respondeu, e por fim ela continuou.

— O rei Pluto tem castelos em cada continente: eu estou em Americaorth Norte. Um código será impresso na Teletrans-Porta. Memorize ou escreva para que possa abrir do lado de dentro. E certifique-se de lembrar *exatamente* o caminho de volta para a Teletrans-Porta. Isso é crucial.

— Ou vou ficar preso nas masmorras para sempre.

June ergueu os ombros.

— Não há "para sempre" aqui, Erec. Você não duraria esse tempo todo. O objetivo é ser rápido e eficiente. Entre e saia, está bem?

— Está bem, mamãe.

— A masmorra interna tem corredores de concreto que dão em frente às celas da prisão. Você irá me ver. As celas são campos de força pendurados no ar. Vou me livrar desse meu cenário aqui antes da meia-noite para que eu possa ver você também. Não esqueça, você vai entrar numa prisão protegida por um fantasma de bronze ou de prata. Os fantasmas não podem tocá-lo, mas um carcereiro pode entrar no meio do caminho. Use seus tênis ludibriadores para distrair todos eles. Com sorte, eles vão estar dormindo.

Ela suspirou ao lembrar de todos os obstáculos que ele iria enfrentar.

— Obrigada por me resgatar. Eu amo você, Erec.

— Amo você também. Como vou usar a fórmula para tirar você daí?

— É fácil. Coloque-a embaixo da minha cela e diga "Suntribo", depois corra. Você terá 30 segundos antes que ela exploda. Se você a deixar cair ou jogá-la, ela explodirá e você pode se machucar.

— Espere.

Ele escreveu "Suntribo" num pedaço de papel e o colou na jarra.

— Não esqueça de trazer seus pedaços de papel e o braço de madeira hoje à noite junto com a fórmula.

Erec treinou com o braço o resto do dia. Quando se concentrou, sentiu pontadas de dor e discórdia ao seu redor: era a Substância. Ao se concentrar, parecia que ele tinha mais consciência dela.

Antes do jantar ele tentou meditar embaixo de uma árvore. Ele pensou sobre acreditar em si mesmo, mas sua mente ficou focada em comida. Talvez ele devesse tentar após comer, mas aquilo parecia meio bobo. Ele sabia quem era. Pelo menos o suficiente para andar através de um demônio das sombras.

Ele bateu na porta de Bethany no caminho para o jantar.

— Você viu Docinho na bola de cristal?

— Não. A velha mulher estava lá de novo. Eu descobri que ela *é* Medea. Depois de me tocar de lá, ela piscou e disse que Docinho estava bem e que eu precisava dar mais tempo a ela. Você conseguiu fazer funcionar o braço de madeira?

— Finalmente. Ficou fácil agora.

— Que pena que demos os bonés do desaparecimento. Claro, não iria adiantar nada tê-los, já que os destruidores encontram você pelo cheiro.

— E os demônios das sombras sentem sua presença de alguma maneira.

— Acho que guelras não vão ajudar muito nas masmorras.

Bethany suspirou.

— Mal posso esperar para encontrar sua mãe. Aposto que ela vai descobrir o que há de errado com o rei Piter e talvez consiga descobrir o que realmente aconteceu no depósito de armas.

— Isso poderia mandá-la de volta para as masmorras na mesma hora — disse Erec. — Ela tem que ir para casa e cuidar dos meus irmãos e irmãs.

Ele acrescentou, sombriamente:

— Vamos ter que nos mudar de novo, para nos esconder de quem quer que a tenha capturado.

Bethany percebeu que ele estava nervoso.

— Você quer que eu distraia o guarda no portão hoje à noite para que você possa entrar sem ser visto?

— Claro — disse ele, feliz por ela querer ir junto. — Eu vou por volta da meia-noite.

Eles andaram pelos jardins bem depois do jantar. Erec fez seu braço de madeira funcionar o tempo todo, pegando rochas, pedras e flores, tudo para ajudar a diminuir um pouco o nervosismo que estava sentindo. Ele ficou colocando folhas no nariz de Bethany.

— Pare com isso!

— Desculpe. É que é bom praticar.

Eles brincaram de pega-pega. Bethany corria, e Erec tentava colocar papel no nariz dela com o braço de madeira. Isso o acalmou bastante. Então eles conversaram sobre como esconder a mãe dele assim que estivesse livre.

Faltavam 15 minutos para a meia-noite quando eles entraram. Erec colocou seus tênis ludibriadores e pegou uma grande pilha de papel cortado dentro de uma sacola plástica. Vestiu calças compridas e uma jaqueta, para se proteger das rochas que pingam ácido, colocando o braço de madeira em seu bolso junto com uma caneta. Ele puxou de baixo da cama a jarra de água com a fórmula explosiva e acariciou a cabeça do Lobinho.

Erec segurou a jarra com cuidado. Se ele a deixasse cair, poderia não ver sua mãe... ou mais ninguém. Ele queria ter praticado usar o braço de madeira enquanto segurava uma jarra, mas agora era tarde demais para isso.

Na ala oeste, o guarda próximo à corda parecia estar cochilando. Ele segurava um controle remoto firmemente ao seu lado. Não havia mais ninguém por perto.

— Boa sorte. Vejo você pela manhã.

Bethany andou até o guarda enquanto Erec deslizava até uma sombra no canto. O guarda parecia confuso enquanto ela fazia a ele uma série de perguntas sem sentido como "quando o castelo vai virar para o outro lado?".

Erec deslizou para baixo da corda enquanto o guarda estava de costas e seguiu pelo corredor sem fazer barulho. Se uma empregada o visse, ele poderia dizer que procurava por Spartacus Kilroy porque não estava se sentindo bem. Ele sabia que isso não fazia sentido, mas assim ele esperava que ela se comovesse e o deixasse ir.

Os tênis o faziam correr veloz e silenciosamente, de uma forma tão suave que a fórmula nem balançava dentro da jarra. Ele diminuía o ritmo nas curvas para que não precisasse ter de parar repentinamente e causar algum tipo de agitação. Os corredores pareciam vazios.

Erec virou em outra curva e encontrou Balthazar Ugry parado no final do corredor. Seus olhos se estreitaram. Um calafrio percorreu Erec quando seu olhar cruzou com o de Ugry.

Ugry voou em direção a Erec.

Correndo loucamente, Erec disparou para um corredor lateral e depois para outro. Pelo menos Ugry não seria capaz de ouvir seus passos.

Por alguma razão, Erec também não podia ouvir os passos de Ugry. Talvez ele estivesse muito longe para ser ouvido. Mas ele sabia que Ugry o estava seguindo. Ele espiou num canto, e não havia ninguém. Cautelosamente ele andou pelo corredor batendo os pés para levar o som para outro lugar.

Pareceu funcionar. Por um tempo não se viu sinal de Ugry. Então ele escutou um resmungo.

— Ele não irá longe. Espere até eu colocar minhas mãos nele.

Erec se enfiou numa passagem escura, tremendo. Ele pensou que Ugry poderia estar invisível.

Erec não ouviu nada mais durante um bom tempo. Ele voltou sorrateiramente para o corredor. Logo antes de virar para o último caminho, ele viu as costas de Ugry do outro lado do corredor. Erec deu um pisão e disparou em direção à Teletrans-Porta, torcendo para que Ugry não o tivesse visto.

A maçaneta virou facilmente, e Erec adentrou a escuridão. Quando ele fechou a porta atrás de si, o pequeno vestíbulo se iluminou. No topo da tela, abaixo do nome "Teletrans-Porta", estava escrito "Senha: 125709". Erec rabiscou rapidamente os números num pedaço de papel e o enfiou no bolso.

A tela se dividiu em quatro partes, com os nomes "Alypium" na branca, "Ashona" na azul, "Aorth" na vermelha e "Estranheza" em amarelo. Erec pegou o apontador e tocou em "Aorth". A tela dividiu-se em sete partes: "Americaorth Norte," "Americaorth Sul," "Europaorth," "Asiaorth," "Australiaorth," "Africaorth," e "Antarticaorth". Erec tocou em "Americaorth Norte", e a tela mostrou um mapa irregular.

Erec tinha a sensação de que Ugry estava por perto. Ele tocou um ponto no meio do mapa onde se lia "Castelo do rei Pluto". Surgiu um contorno do castelo, com linhas se dividindo em andares. A maioria dizia "Acesso Restrito", exceto por uma pequena parte do andar térreo e das masmorras. Ele tocou na camada mais baixa, "Masmorras".

Um desenho suspenso das masmorras apareceu na tela. As áreas não tinham nomes. Erec tocou no centro exato da masmorra com o indicador. Na tela estava escrito "Acesso Restrito". Ele tentou alguns lugares próximos a este, novamente sem nenhuma sorte.

A voz de Ugry estava próxima à porta.

— Se ele pensa que pode escapar...

Erec perdeu o fôlego. Comparados a Ugry, os monstros da masmorra pareciam nada. Ele moveu o apontador levemente a partir do centro, avançando o mais rápido que podia. Ele tinha a sensação de que Ugry poderia aparecer a qualquer momento. Finalmente a tela disse "Fechado", e ele ouviu o clique da maçaneta.

Erec abriu a porta, e uma onda de calor entrou. O corredor reluziu com as paredes vermelhas do corredor revestidas com lodo úmido. Um cheiro amargo preencheu o ar. Bethany disse para tentar várias áreas antes de entrar, mas Ugry estava perto demais. Este lugar parecia tão bom quanto qualquer outro.

Erec passou pela porta e a fechou atrás de si. Apesar do cheiro horrível e do calor, ele estava aliviado de estar bem longe de Ugry. Agora Erec estava do outro lado do mundo... e bem perto de sua mãe. Ele estava com seu braço de madeira na mão direita, muitos papéis cortados à esquerda, e seu braço esquerdo segurava a jarra de vidro com a fórmula explosiva. Erec estava equipado e pronto.

Ele andou pelo corredor com cuidado para lembrar o caminho que estava seguindo. As paredes vermelhas gotejavam ácido. Ele entrou por um corredor e quase bateu num esqueleto segurando um par de tesouras. Seu coração quase saiu pela boca. Por um momento ele achou que fosse um destruidor.

Erec passou cuidadosamente pelo esqueleto, segurando papel em sua mão de madeira. Seu sangue pulsava com a excitação e o medo. O borbulhar e o gotejamento das paredes estavam revirando seu estômago. Uma gota grande e vermelha caiu lentamente ali perto e atingiu o chão com um estalido. Pequenas gotas começaram a pingar em todos os lugares. Vapor sibilou quando uma delas atravessou a jaqueta de Jack. A gota deixou um buraco perfeitamente redondo em sua manga.

Erec imaginou por que sua mãe não o avisou que as masmorras eram tão insuportavelmente quentes. Ela não sabia? Logo ele largou a jaqueta no chão, deixando os braços desprotegidos. Ele segurou firme a jarra e torceu para que não estivesse muito suado, ou ela escorregaria de seus braços.

Sua respiração ofegante quebrava o silêncio. Ele virou novamente no fim do corredor. Então ouviu um sibilo e olhou para trás.

Algo começou a brotar da parede. A pedra vermelha e grudenta parecia estar ganhando vida própria, formando uma espécie de cabeça e, então, mais claramente, uma mão. Ombros e braços começaram a se estender da pedra com um som de estalo molhado.

Uma cabeça de pedra vazia voou em direção a Erec. Havia um buraco negro onde o meio do rosto deveria estar. Abaixo dele, fluido vermelho gotejava de uma abertura maior. O fluido correu até o peito de pedra da coisa. Parecia uma rocha viva que se movia.

Erec ficou olhando para o destruidor. Lembrou-se de suas bocas ácidas, digerindo as pessoas antes de devorá-las.

Ele gelou com aquela visão horrível. Seu coração batia tão forte que parecia querer sair de seu peito. A ideia de correr em direção à criatura indestrutível com um braço longo e papel parecia bem ridícula.

A criatura emergiu com um estrondo e marchou em direção a Erec, balançando o chão. Erec retrocedeu e disparou na direção contrária. Ele correu para o fim do corredor.

A criatura o alcançou rapidamente. A respiração de Erec estava curta, mas ele mal notava. Ele voou até uma curva e então parou.

Era atacar primeiro ou ser devorado. Com um movimento rápido ele esticou seu braço de madeira pela curva o mais longe possível. Assim que o destruidor estava ao seu alcance, ele colocou papel sobre o buraco de sucção da coisa.

E ali o papel ficou. A pequena fração da folha que tocava a boca da coisa chiava.

Erec disparou para o outro lado da curva. O destruidor continuou em frente, com os braços erguidos, mas bem lentamente. Ele parecia bobo e grotesco ao mesmo tempo, com um papel preso ao nariz como se o estivesse assoando sem parar. A coisa andou em direção à parede e foi sugada de volta.

Antes que Erec pudesse tomar fôlego, outros dois destruidores emergiram da parede em frente a ele, cabeças sem rosto se movendo em sua direção.

O coração e os pulmões de Erec estavam funcionando em hipervelocidade, batendo e respirando disparados. Ele tentou se concentrar. Seu corpo dizia a ele para correr, mas eles podiam alcançá-lo facilmente. Ele pegou papel com sua mão de madeira e deu um passo, tremendo, em direção ao destruidor que estava mais próximo. Assim que ele estava ao alcance, Erec colocou papel no buraco de seu nariz, evitando seus braços largos ao traçar uma curva com o braço de madeira por baixo deles. Erec se afastou depressa.

O destruidor virou a cabeça desvairadamente, balançando e trombando nas paredes. Finalmente ele caiu no chão. A criatura cega precisava cheirar para saber onde as paredes estavam. Sem cheiro, ela estava completamente anulada.

O outro destruidor saiu pelo corredor em direção a Erec. Tirou de forma impiedosa o destruidor confuso de seu caminho. Erec estava preparado com o papel. O braço de madeira funcionou como por encanto. Num instante a criatura perplexa estava atacando o outro destruidor. Logo eles voltaram para dentro das paredes.

Em seguida outro destruidor apareceu atrás dele. Erec se esticou na ponta dos pés para colocar o papel na criatura e disparou pelo corredor. Ele estava impressionado por ainda não ter tido um "pensamento sombrio". Eles pareciam vir a ele em situações bem menos perigosas do que esta. Talvez fosse porque ele já sabia o que tinha de fazer. Mas seria bom saber por qual corredor seguir. Erec estava surpreso de que pela primeira vez em sua vida ele realmente queria ter um pensamento sombrio.

Um destruidor virou pelo corredor bem em frente a ele. Erec pulou e o atingiu com o papel bem na hora. Atrás dele, outras duas criaturas apareceram. Erec correu e pôs papel no mais próximo, mas ele continuou a andar em sua direção. Ele correu para o meio do corredor, mas ficou preso entre os dois golias que andavam um na direção do outro.

Erec se jogou no chão cuidadosamente para não derramar a fórmula e olhou com muita atenção ao redor. Os dois destruidores continuaram em direção a ele, mesmo não podendo cheirá-lo. Ele estava a ponto de virar parte de um sanduíche terrível.

Com muito medo, ele rastejou para o lado ao qual estava se dirigindo originalmente. O destruidor se apressou para chegar até Erec, mas não conseguiu alcançá-lo. Ele se mexeu por entre as pernas da criatura, fazendo-a tropeçar.

A coisa girou e atingiu o chão. A outra tropeçou também e caiu por cima. Ambos brigaram no chão de pedra, confusos. Enquanto isso, Erec foi embora.

No final do corredor, outros quatro destruidores saíram das paredes, um pela frente e outros três atrás de Erec. Estes estavam mais próximos do que antes. Erec agiu rápido com os papéis nos dois que estavam mais próximos e então esperou, preso entre eles. Ele apertou a jarra de vidro em seu peito.

Os dois destruidores que ainda tinham a capacidade de cheirar empurraram o outro em direção a Erec. Ele teve o impulso de jogar a fórmula neles, mas provavelmente acabaria explodindo a si mesmo em pedaços. Ele imaginou, com uma péssima sensação, se iria encontrar as masmorras internas ou se ficaria preso com os monstros para sempre.

Os destruidores chegaram perigosamente perto. Erec agachou-se, pronto para rastejar por entre as pernas de um deles, que cambaleou e desapareceu dentro de uma parede. Erec disparou pelo corredor, agradecido por seus tênis ludibriadores fazerem seus passos trêmulos ficarem firmes. Os dois destruidores atrás dele avançaram rapidamente.

Antes de Erec alcançar o final do corredor, mais um bando de criaturas saiu da parede atrás dele. Eram pelo menos cinco. Ele tinha certeza de que, suando e arfando, era uma placa de neón piscando para o olfato deles. Ele não parou, dobrou o corredor e teve uma visão fantástica.

O corredor à sua frente estava cheio de destruidores, andando ruidosamente em direção a ele com os braços esticados e bocas salivantes. E, atrás deles, no final do corredor, uma luz clara brilhava. Eram as masmorras internas.

Erec se sentiu tão perto, mas os odiosos zumbis de pedra o estavam cercando. Ele nunca conseguiria chegar lá. Ele esticou o braço de madeira, sem saber para qual direção apontar primeiro. Foi quando sua cabeça começou a girar. Era o calor e o cheiro. Ele estava desmaiando. Ou a jarra iria cair, ou ele seria devorado pelo ácido. De um jeito ou de outro ele morreria. Ele agarrou a jarra ainda mais apertada enquanto as criaturas se aproximavam.

Então, a névoa na cabeça de Erec se dissipou. Ele estava tendo um pensamento sombrio, diferente de qualquer outro. Seu estômago estava bem. A sensação de tontura foi muito mais curta, provavelmente porque ele morreria se ela durasse muito tempo, e sua determinação era mais forte do que ele jamais imaginou que seria. Ele sentia como se sua força tivesse dobrado.

Em vez de enfrentar o pensamento sombrio, Erec se uniu a ele. Desta vez, parecia sua própria vontade em ação, não algo externo a ele. Talvez porque ele soubesse que iria morrer sem essa força ou porque tinha aprendido a acreditar, um pouco, em magia e em si mesmo.

Quando o pensamento sombrio assumiu o controle, Erec colocou papel no buraco de sucção de três destruidores próximos. Ele dobrou os joelhos, protegendo a jarra, e desviou por baixo das pernas de um destruidor confuso. A criatura tropeçou na multidão que estava logo atrás. Erec veio com mais papel, cobriu outro buraco de nariz e rastejou, usando o monstro confuso para bater em vários outros.

A luz no fim do túnel se aproximou. Mais quatro destruidores estavam no caminho, todos juntos e pingando baba vermelha. Erec colocou papel no mais próximo e se afastou. Outro avançou e também foi atingido com papel. Os dois destruidores confusos foram empurrados um contra o outro pelos outros dois logo atrás. Eles caíram no chão.

Erec pisou nas costas de um destruidor. Ele colocou papel no terceiro e pulou nele, chutando seu peito e o empurrando contra o quarto. Ele correu sobre eles, mas o quarto se esticou e agarrou o braço de madeira, partindo-o em dois.

Erec caiu de costas. O destruidor levantou-se e foi em sua direção. O braço de madeira era sua única proteção e agora não existia mais. Ele correu para a luz, mas o destruidor era mais rápido.

A entrada para as masmorras internas estava bem à sua frente e ele se jogou para ela. Erec fechou os olhos bem apertados, esperando ser atingido e digerido por ácido a qualquer momento.

Nada aconteceu.

Erec abriu os olhos. O destruidor babava e esticava os braços no ar na entrada das masmorras internas. Aparentemente ele não podia entrar nos bem iluminados corredores de concreto.

Erec testou cuidadosamente uma parede branca para ter certeza de que não havia ácido. Parecia tudo bem. Ele dobrou por um corredor para sair da visão do destruidor e encostou-se na parede, exausto. Ele colocou a jarra no chão, deslizou-a para baixo de suas pernas e descansou com a cabeça encostada sobre os joelhos. Tudo que conseguia pensar era "estou aqui".

O suor o cobria e, mesmo no calor, ele começou a tremer. Erec sentou-se por um bom tempo até sua respiração diminuir e sentiu-se melhor. Pela primeira vez ele não tinha ficado enjoado depois de um pensamento sombrio, e tentou imaginar o motivo.

O braço de madeira já era, mas ele estava perto de sua mãe e tinha a fórmula explosiva. Ele torceu para que ela conhecesse algum outro caminho para sair, porque seria impossível voltar pela Teletrans-Porta.

Os corredores eram bem iluminados, mas estavam vazios, provavelmente porque era o meio da noite. A perspectiva de enfrentar um guarda armado parecia quase nada depois do que Erec tinha passado. E um demônio das sombras... bem, era só passar por ele.

De vez em quando uma parte da parede sumia e um quarto flutuante surgia suspenso em seu lugar. Erec podia olhar bem dentro de cada cela. Suas paredes brilhantes e cheias de raios foram feitas a partir do material do campo de força. Ele imaginou se a maioria dos habitantes colocava ali dentro o que parecia ser um quarto, como sua mãe fazia, para que eles não precisassem ver as masmorras. Uma criatura com tentáculos ergueu um olho e o observou passar.

Quase todas as pessoas e criaturas estavam dormindo. Sua mãe tinha dito que estaria esperando no canto de sua cela. Ele andou de corredor em corredor sem sorte. Finalmente, numa abertura na parede, lá estava ela.

June pulou para cima e para baixo, acenando com vontade e vibrando. Erec não conseguia ouvir o que ela dizia. Ele andou até o canto de sua cela.

De repente, alguém atrás dele limpou a garganta. Erec olhou para o corredor e viu a si mesmo num espelho de corpo inteiro. Mas sua imagem se movia mesmo com ele parado. Erec congelou. O menino que se parecia exatamente com ele andou em sua direção.

— Agora — disse o menino com a voz igual à de Erec —, você não achou que eu o deixaria entrar e sair daqui, achou?

Erec ficou parado, com a boca aberta. Era mais estranho do que ele podia acreditar, observar a si mesmo andando e dizendo coisas esquisitas. Isso era obviamente um...

— É isso mesmo — disse o menino que se parecia com Erec. — Sou um demônio das sombras. E você é Erec Rex, um garoto confuso e mal orientado que acha que está aqui para salvar sua mãe. Quando, na verdade, sou *eu* que estou aqui para salvar *você*.

Erec se sentiu muito confuso ao ouvir essa coisa que se parecia com ele.

— Você acha que pode pegar aquela incrível fórmula, explodi-la e libertar sua mãe. Você sabe o que poderia acontecer a ela se fizesse mesmo isso?

Erec olhou desconfiado para si mesmo.

— Ela iria sair.

O demônio das sombras que se parecia com Erec suspirou.

— Ela morreria na explosão. E aí eu teria que matar você por tirar uma prisioneira daqui. Eu realmente não quero ter de matá-lo. Que futuro você tem pela frente! Pare e pense, Erec. Você sabe o quanto essa fórmula é poderosa?

Erec lembrou-se da forte explosão que aconteceu nas despensas de Hecate Jekyll quando apenas uma gota de nitrodesejo caiu.

— É isso mesmo — disse o demônio das sombras. — Você quer matar sua mãe, Erec? É isso que essa coisa faria — ele apontou para a jarra.

Erec lembrou-se do que sua mãe havia dito sobre o demônio das sombras tentar tirá-lo do rumo. Tudo o que ele tinha de fazer era andar através dele. Fácil assim.

Mas, quando Erec deu alguns passos em direção ao demônio das sombras, ele tomou a forma de um destruidor com a boca pingando ácido. Erec voltou para trás engasgando. A criatura logo transformou-se novamente para ficar igual a Erec.

— Eu realmente não recomendaria chegar mais perto — disse ele. — Você não sabe como é fácil matá-lo.

Ele deu uma risada igual à de um menino inocente.

— Sua mãe é terrivelmente mal informada. Ela conseguiu alguns dados sobre os demônios das sombras em revistas de fofoca. Somos muito incompreendidos. Mas o velho mito de andar através de nós é o pior. Esse é o jeito que você *morre*. Tente se quiser.

O demônio da sombra mudou de forma e voltou a ser um destruidor, mas dessa vez com a cabeça de uma cobra saindo de dentro do estômago. Erec afastou-se sem pensar. Novamente o demônio das sombras voltou à aparência de Erec.

— Não estou dizendo que há alguma coisa errada com sua mãe. Ela é muito doce, na verdade. Mas ela não tem utilidade aqui. Ela não falará. Vamos deixá-la ir em dois dias. Então, você só tem de voltar e esperar. Assim vocês dois ficarão juntos logo, certo?

Erec olhou para sua mãe. Ela obviamente não conseguia ouvir a conversa deles. Ela gesticulava muito para que ele corresse através do demônio das sombras.

— Viu? Ela começou de novo — disse calmamente a imagem de Erec. — Ela faz isso para o bem. Mas não é a primeira vez que está errada, é? Quero dizer, ela nem sabia como as masmorras eram quentes, sabia? A pequena cela dela é fria o suficiente. Ela não sabe como é estar aqui fora. Ou... ela avisou você sobre o calor?

Erec desejou que ela tivesse falado.

— Tudo bem. — O demônio das sombras suspirou. — Ela ama você. Mas nunca o entenderá. Ela conseguiu colocá-lo nessa missão insana de resgate, mas você tem coisas mais importantes para pensar. Como o cetro. O cetro do rei Pluto. Você o usou, Erec. Isso exige um poder incrível. E você o sentiu, não foi?

Erec assentiu com a cabeça. Ele sentiu o poder... e quase podia senti-lo agora.

— Você está pronto para isso, Erec. E está *muito* perto. Apenas mais dois torneios. E então, um dos cetros será seu. E por que só um? Talvez dois? Todos os três? Quem mais pode usá-los como você?

Erec visualizou a imagem do cetro em suas mãos de forma tão vívida que quase podia senti-lo. Sua boca se encheu d'água. Então ele lembrou de onde estava e por que estava lá. O demônio das sombras parecia ser capaz de desvirtuar com facilidade seus pensamentos. Bem, Erec não o deixaria mais fazê-lo. Sua mãe o tinha avisado...

O menino que se parecia com Erec balançou a cabeça e riu.

— Eu pareço um assassino cruel para você? Eu já não o teria matado a essa altura?

Erec olhou para a mãe, que estava agora parada e sem forças em sua cela. Ela disse para apenas correr através dele. Talvez ela estivesse certa.

O demônio das sombras disse:

— Você acha que o rei Pluto é tão mau que tem assassinos insensíveis patrulhando aqui embaixo? Estou aqui para manter a ordem. Eu realmente não quero matá-lo ou ter que limpar o que sobrar da sua mãe depois do que aquela fórmula poderia fazer. Então, aconselho que você vá embora agora. Vá e consiga o cetro, fique com seus novos amigos, mostre àqueles meninos do Stain quem é que manda.

A cabeça de Erec girava. Se ele corresse para o demônio das sombras, poderia ser morto e também poderia explodir sua mãe com a fórmula. Mas a mãe tinha falado que, se você não andar através do demônio, e ele destruir sua determinação, aí você se transformará num espectro.

A imagem de Erec no espelho ficou ainda mais séria.

— Eu realmente não queria ter de trazer isso à tona... sentimentos ruins e tal... mas parece que eu tenho de fazê-lo. Você sabe *por que* sua mãe é prisioneira?

Erec balançou a cabeça negativamente. Acima de tudo, ele realmente queria uma resposta.

— É bem estranho que ela mesma não tenha dito para você, não? Mas por que ela o faria? Ela é uma criminosa, Erec. Você estava certo quando suspeitou que ela roubou aquele dinheiro e os tênis ludibriadores. Mas havia mais. Muito mais. Não se pode confiar na sua mãe. Ela tentou matar os trigêmeos reais dez anos atrás. Perdeu as estribeiras. Ficou louca. Ela acabou sequestrando dois deles, seu irmão e sua irmã Danny e Sammy. Mas não fique zangado com ela, Erec. Ela realmente não é má. Apenas confusa, louca talvez.

A cabeça de Erec estava flutuando. Todas as suas dúvidas estavam vindo à tona.

— Você sempre soube que ela era um pouco fora do eixo, não? Você cresceu ouvindo toda aquela conversa sobre "magia isso, magia aquilo". Ridículo.

Seu velho sentimento de vergonha ressurgiu. Ele tentara dizer a ela que estava muito velho para aquelas histórias bobas, mas ela nem ouvia.

— E então houve aquele pequeno incidente de apagar a memória de todo mundo. Como você se sentiu? Sabia que ninguém da sua sala do ano passado na escola se lembra de você? É isso mesmo. Ela disse mesmo que nunca mais faria isso?

Ele balançou a cabeça e estalou a língua.

— Ela não pode evitar isso. Não a culpe. Ela acha que sabe o que está fazendo... sério. Apenas não faça nada *estúpido* agora só porque ela contou a coisa de forma errada.

Erec olhou para a jarra de vidro em suas mãos. Ele se sentiu ridículo. O que pensou ao vir até aqui?

— Posso colocar meus óculos e conversar com ela antes de ir embora?

A imagem de Erec sorriu.

— Fique à vontade. Mas, lembre-se, ela é um pouco instável. Você terá de deixar claro para ela que está partindo. Diga a ela que vamos deixá-la sair em dois dias. Mas seja gentil, ela está *muito* confusa.

Erec colocou os óculos e voltou ao quarto de sua mãe. Em vez de olhar para ele, ela olhava para a parede vazada na qual apareciam duas versões de Erec: uma andando lentamente em direção à outra, que usava óculos. Ele olhou para as duas imagens de si mesmo, paralisado.

— Tire os óculos — gritou ela. — Saia daí! Ele vai matar você!

— Mamãe, ele não vai me matar — disse Erec. — Você vai sair daí em dois dias. Não preciso explodir nada para soltá-la.

— Erec, ele está mentindo — gritou June. — Tire os óculos *agora*! Passe através *dele*!

— Mamãe, está tudo bem. Mesmo!

— Erec! *Me* ouça. Não acredite no demônio das sombras!

Erec olhou através do campo de força da cela de sua mãe. Uma versão de si mesmo estava agora se aproximando rapidamente da outra. Era estranho, hipnotizante estar em um lugar e observar dois de você através de uma grande janela.

June gritou para fazer com que Erec ficasse alerta. O demônio das sombras cresceu, transformando-se numa fera hedionda com longas presas. A fera abriu totalmente suas mandíbulas sobre Erec.

Erec arrancou os óculos bem na hora. A boca da fera estava se fechando sobre ele. Ele tentou correr, mas ficou congelado no mesmo lugar. Algo estranho entrou nele. Não era bem o dente da criatura. Ele se sentiu mais leve, como se fosse desaparecer.

Erec estava levitando do chão. O desespero tomou conta do restante de sua consciência. Ele perdera. Ele acreditara no demônio das sombras. Numa explosão de raiva e esperança, ele jogou a jarra de vidro com a fórmula explosiva na cela de sua mãe.

Uma explosão clara, quente e ardente o fez voar pelo ar. Ele não podia ver as mandíbulas do demônio das sombras, mas elas ainda estavam lá enquanto seu corpo trombava contra uma parede da masmorra.

Tudo começou a sumir. Numa névoa cinza ele passou a escutar uma mulher chorar. Um barulho de tecido se fazia ouvir ao redor de seu corpo e rosto. Ele caiu na escuridão.

CAPÍTULO 19

Você, você mesmo

Depois da escuridão, começaram os sonhos. Erec era perseguido por si mesmo, e a parte que o perseguia se dividiu em dois, depois em quatro. Logo, havia centenas de Erecs em todos os lugares, todos tentando matá-lo. Sua mãe flutuava sobre ele, gritando alguns conselhos. Ele tentou jogar a jarra para ela, mas explodiu no ar. Ele agarrou o cetro para salvá-los, mas não funcionava. Tudo estava perdido.

Ele acordou tonto e suado. Nada parecia familiar. Ele ouviu vozes, mas não sabia de quem eram. Tudo era branco ali. Quando ele tentou se mover, sua mão doeu e ele viu um tubo nela. Um lençol o cobria e, por baixo, ele usava um avental hospitalar.

Uma voz conhecida disse:

— Não, eu acabei de almoçar. Obrigada.

Então, num instante, Bethany olhava para ele. Como ela podia estar ali? Que lugar era aquele? Ele imaginou se estava morto ou tendo uma visão agonizante.

— Você está acordado! — gritou Bethany. — Ele acordou!

A Dra. Mumbai chegou lá num segundo.

— Erec? — ela verificou seu pulso e o ouviu com o estetoscópio. — O que aconteceu com você na noite passada? Alguém sequestrou você?

Ela parecia nervosa.

Erec balançou a cabeça. Todos os músculos doíam quando ele se movia. Parecia incrível, mas ali estava ele, no hospital real, dentro do castelo. Será que sua mãe ajeitou aquilo tudo para ele?

— Você poderia ter *morrido* na noite passada. Ainda bem que alguém o trouxe para cá. Tive de usar o cardioinicializador para reativar seu coração. O que aconteceu?

A Dra. Mumbai cruzou seus finos braços.

Erec ergueu os ombros.

— Não sei.

— Bethany disse que você deve ter sofrido de sonambulismo. Foi o que aconteceu?

— Acho que sim — Erec olhou para Bethany, agradecendo mentalmente a ela por aparecer com uma desculpa tão boa, como sempre. — Quem me trouxe para cá?

— Boa pergunta. Alguém colocou você aqui no meio da noite e me acordou com isto.

Ela ergueu um papel rabiscado onde se lia: "Você tem um novo paciente. Rick Ross precisa de você imediatamente." Não estava assinado.

— Você viu quem deixou esta nota? — Erec estava ofegante.

— Não. Eu senti um pequeno golpe e isso foi colocado na minha mão. Quando eu me virei, quem quer que fosse já tinha ido.

A Dra. Mumbai estava totalmente desnorteada.

— E ali estava você, pálido e frio, mal conseguindo respirar. Seu coração batia lentamente, e sua pressão estava caindo rápido. Você entrou em choque, e eu não tinha ideia do motivo. Não havia nenhuma evidência de ferimento. Você tomou seis litros de soro e dei o Normotensão para sua pressão sanguínea, que se estabilizou. Mas você continuava inconsciente. De vez em quando seu rosto ficava com uma expressão horrível.

Ela tocou em sua bochecha.

— Pensei que fosse tarde demais.

Erec ergueu-se lentamente, o que o fez ficar tonto.

— Posso ir embora?

— De jeito algum. Você vai descansar aqui por alguns dias pelo menos, para que eu possa cuidar de você. E esses óculos! Não consegui tirá-los ontem à noite. Eles poderiam ter atrapalhado muito caso você precisasse de uma cirurgia.

— Mas o quinto torneio é amanhã de manhã — disse Bethany.

— Que pena. — A Dra. Mumbai conferiu seu relógio. — Volto mais tarde com mais Normotensão. Você teve muita sorte, garoto.

Erec deitou de novo em sua cama. Quando a médica estava longe para conseguir ouvir, Bethany cochichou:

— O que aconteceu?

Erec fechou seus olhos bem apertados.

— Eu falhei — disse ele de forma áspera.

Bethany parecia preocupada.

— Me conte tudo.

Erec a encarou.

— Foi isso. Eu falhei. Sou um derrotado de marca maior. Minha mãe me disse exatamente o que fazer, e eu não consegui realizar a coisa mais simples de todas. Decidi acreditar num demônio das sombras em vez de na minha própria mãe. E então, aquela coisa estava me matando. Eu deveria ter morrido.

Bethany olhou para ele.

— Quem trouxe você para cá?

— Não faço ideia. — Erec colocou um braço sobre o rosto, querendo apagar toda sua memória.

— Não se preocupe. Descanse. Vou tirar você daqui amanhã de manhã. Coma muita ambrosia. Essa coisa é como canja de galinha...

— Não precisa se intrometer, Bethany — interrompeu Erec. — Acho que você já me ajudou demais.

O queixo de Bethany ficou franzido. Ela disse baixinho:

— Eu achei que...

— Esse é o problema — disse Erec. — Você acha coisas demais sobre mim. Eu nunca vou superar suas expectativas, ou as da minha mãe, ou as de ninguém. Eu nem teria vencido o quarto torneio se não fosse pela sua ajuda. Nunca vou ganhar o quinto. Vá você. Você obviamente está pronta para ser uma rainha. Me deixe em paz.

— Erec...

Os olhos de Bethany se arregalaram.

Erec franziu o cenho.

— Vá embora.

Bethany saiu com um suspiro de choro, e Erec imediatamente sentiu-se horrível. Ele estava bravo era, na verdade, consigo mesmo. Ele teve medo de pôr os óculos e encarar sua mãe, mas ela devia estar muitíssimo preocupada. Ela devia até achar que ele estava morto.

Então, Erec entrou em pânico. E se algo ruim tivesse acontecido com sua mãe durante a explosão? O demônio das sombras disse que ela morreria. E se...

Erec mordeu seu lábio. Ele tinha de encarar as consequências do que tinha feito. Precisava saber se ela estava bem. Ergueu os óculos até o rosto e os largou. Não agora. Ele estava muito fraco, cansado e abatido para sequer imaginar a mãe ferida, ou encarar o desapontamento dela.

Ele fechou os olhos. Logo ele teria coragem para verificar. Precisava conseguir.

Erec fechou a cortina ao redor de sua cama e cobriu a cabeça com o lençol para ter mais privacidade. Suas mãos tremeram enquanto ele levava os óculos até o rosto. A escuridão mudou para uma luz turva. Erec olhou ao redor, sem ter certeza de onde estava.

Ele ouviu sua mãe soluçando. Parecia como se ela estivesse numa cozinha estranha e escura. Uma geladeira refletia a luz tremulante de uma lâmpada de rua. Incrivelmente, o lugar não era mais as masmorras do rei Pluto. Sua mãe sentou-se, sua cabeça estava debruçada sobre uma mesa. Ela se lastimava.

— Mamãe?

A princípio June não o ouviu, então ele a chamou mais alto. Ela deu um salto, olhando com suspeitas para o ar.

— Erec?

Ela tinha os olhos vermelhos e inchados.

— Mamãe, eu estou *bem*. Estou bem, mamãe. Tudo certo.

June disparou em lágrimas.

— Eu estou imaginando isso?

— Não. Sou eu mesmo. Não sei o que aconteceu na noite passada. Me desculpe por estragar tudo, mamãe. Eu fui muito estúpido. É só que... o demônio das sombras sabia mesmo as coisas certas para dizer.

June apertou um travesseiro contra o peito.

— Onde você está?

— Estou no hospital real, no castelo. A Dra. Mumbai disse que alguém me colocou numa cama ontem à noite. Meu estado era bem preocupante. Mas estou melhor agora.

June parecia não confiar muito na voz de Erec.

— Você tem certeza de que está vivo?

Erec controlou-se para não rir.

— Do jeito que tudo dói, tenho certeza de que estou.

— Eu devo estar imaginando isso — disse June. — Isso não pode ser real.

— Talvez eu esteja imaginando também. Achei que fosse o meu fim. Mas a Dra. Mumbai fez um trabalho muito bom, eu acho. Não temos ideia de quem me salvou.

June começou a rir muito e lágrimas rolavam pelo seu rosto.

— Ah, graças a Deus. Parecia que tudo tinha... mas era esperar demais.

— O quê?

— Foi muito difícil de ver. Você estava levitando, sendo puxado pelo demônio das sombras. Uma luz fraca estava saindo de você. Então houve uma grande explosão, e foi difícil de enxergar, mas o demônio das sombras ainda estava lá. E então, algo estranho aconteceu. Uma visão rápida de um tecido preto. Você foi erguido para muito alto. Era como se essa coisa tivesse perseguido você com um rugido. Eu tive um momento de esperança... mas pareceu ridículo. Como você poderia ter sobrevivido? Então pensei que aquela era a maneira que o demônio das sombras agia. Era difícil dizer.

Um sorriso apareceu no rosto dela.

— Você conseguiu, Erec. Você me soltou. Você jogou a fórmula na minha cela, e ela funcionou. Então eu fiz o que tinha de fazer. Fugi para dentro do castelo do rei Pluto. Uma vez fora do campo de força, pude fazer um pouco de magia, então vim para casa, peguei as crianças de suas camas e corri para o apartamento de uma amiga. Elas estão todas bem, Erec. Estão dormindo.

June enxugou os olhos.

— Você não está morto? Não consigo imaginar alguém salvando você. A menos que fosse alguém muito poderoso... o rei Piter? — suspeitou ela. — Talvez ele o tenha salvado. Eu estou falando com você agora, não estou?

— Sim.

June sorriu abertamente.

— Sim. Aqui estou eu, falando com você... Na verdade eu o vi sendo puxado para longe do demônio das sombras... você está *vivo*!

June agora andava pelo quarto, torcendo um pano de prato e pulando para cima e para baixo.

— Você está vivo! Você está vivo! Eu amo você! Você está *vivo*! — Ela jogou o pano para cima.

Erec não conseguiu evitar e sorriu.

— É bom você dar algum jeito de vencer os próximos dois torneios. Você vai ganhar aquele cetro e salvar Alypium!

Todas as dores que ele sentia voltaram de uma vez.

— Eu poderia apenas ir para casa.

Ela balançou a cabeça.

— Volte agora, e vamos continuar nos escondendo para sempre. Se você usar um cetro para ajudar o rei Piter a voltar ao normal, nós seremos protegidos. Eu sei que você pode.

— Você confia em mim depois do que fiz?

— Demônios das sombras são incrivelmente bons para encontrar nossos pontos fracos. Eu devia saber que você não estava pronto, mas, no final, deu tudo certo.

Um calor tomou conta dos braços e dedos de Erec. A mãe dele apertou um copo de chá contra o coração, cantando:

— É você mesmo, você mesmo, mesmo, mesmo. — Então ela abaixou o copo. — Os gêmeos estão agindo de forma estranha, mas acho que voltam ao normal quando as coisas se acalmarem. De qualquer forma, não use muito os óculos enquanto eu estiver aqui. Não sei se alguém pode rastreá-los de alguma maneira e nos encontrar. Eles enviam ondas para a Substância. Vamos nos mudar logo. Quando você estiver pronto para voltar para casa, coloque os óculos e eu direi para onde você deve ir.

— Você não vem para tentar ajudar a acordar o rei Piter?

June riu.

— Com o rei Pluto e sabe-se lá quem mais por aí, pronto para me pegar? Quem eu poderia ajudar se acabasse voltando para as masmorras? Não, eu conto com você.

Ela olhou para o ar, com as mãos apoiadas sobre o coração.

— Me desculpe por não ter contado, anos atrás, mais detalhes sobre de onde você veio. Teria sido muito perigoso, mas eu deveria ter pensado num jeito. O que estou tentando dizer é... é minha culpa se você não tem segurança para confiar em mim.

— Ótimo. Porque eu tenho mais um monte de perguntas

June pareceu constrangida.

— Bem, vamos ver. Quando é o próximo torneio?

— Amanhã de manhã.

— Descanse — June sorriu.

Erec tirou os óculos e o lençol de cima e sentou-se. Ele acendeu a luz ao lado da cama e falou alto:

— Tem alguma ambrosia por aqui?

Erec começou a se sentir bem melhor. O gato cinza com visão de raios X da Dra. Mumbai, chamado Investigador, andou sobre Erec para cima e para baixo, procurando novamente por danos internos. Não havia nada.

— Por favor, posso ir? Me sinto bem.

Ele ignorou seus músculos doloridos.

— Não. Preciso ficar de olho em você por mais alguns dias.

— Mas o quinto torneio é amanhã. Eu *tenho* que participar.

A Dra. Mumbai levantou uma sobrancelha para ele.

— Não posso deixar que arrisque sua vida. Não temos ideia do motivo de seu corpo ter entrado em choque. E se acontecer de novo durante o torneio? Você iria forçar seu sistema muito mais do que quando teve o sonambulismo.

Bethany teria pensado num jeito de tirá-lo de lá. Ela provavelmente ainda estava triste com ele, ou já teria voltado. Erec se sentiu um idiota. Ele cobriu a cabeça com os cobertores.

Ele dormiu apenas por um minuto quando ouviu alguém entrar no quarto. Quando ele espiou, Bethany estava lá com dois sundaes de néctar efervescentes.

— Desculpe — disse Bethany. — Não posso imaginar pelo que você está passando. Eu não teria sido tão...

— Pare! — gritou Erec. — Não se desculpe. Eu sou um grande idiota. Me perdoe. Você estava certa. Eu me odeio por ter estragado as coisas daquele jeito.

Tudo saiu de uma vez só. Erec sentou-se, e um sorriso preencheu seu rosto.

— Mas está tudo bem agora. Funcionou! Minha mãe conseguiu se livrar. Ela está com meus irmãos e irmãs, e parecem todos bem. Eles ainda estão fugindo, então precisamos ganhar aqueles cetros e ajudar o rei Piter a sair dessa. Aí sim poderemos ir para casa com estilo.

Bethany saltitava alegremente. Um dos sundaes de néctar efervescentes espirrou em seu braço.

— Você conseguiu!

Ela deu a ele um sundae e puxou uma cadeira.

Erec contou a ela todos os detalhes sobre as masmorras. Bethany gritou quando ouviu sobre os destruidores vindo por todos os lados. A horrível aventura se tornou divertida de descrever, especialmente pelo fato de ele estar seguro na cama do hospital. Eles fizeram um brinde com seus copos de vidro com sundae quando Erec contou como jogou a fórmula explosiva na cela de sua mãe.

— Eu virei aqui amanhã por volta das oito da manhã. Vamos tirar você daqui para o torneio — disse Bethany. — Ele começa às dez.

— Vou tentar ficar pronto.

Erec acordou com a luz turva da enfermaria do hospital. As janelas estavam fechadas. Ele não fazia ideia de que horas eram. Bethany não tinha aparecido, então talvez ainda fosse cedo. Se ele ao menos tivesse comprado um relógio.

O quarto estava quieto. Alguns garotos dormiam, e uma garota ali do lado lia uma revista. Erec tirou o cateter do soro de sua mão. Algumas gotas de sangue brotaram de sua pele. Ele colocou a roupa por baixo do avental. Suas calças e camisa ainda tinham o odor de suor e o cheiro amargo das masmorras. Aquilo fez seu estômago revirar.

A máquina que controlava o soro começou a apitar. Ele correu para fora da enfermaria e foi para o escritório. Só uma porta levava ao castelo, mas estava trancada. Erec se debruçou sobre uma mesa à procura de chaves, jogando freneticamente papéis e arquivos das gavetas.

Ele ouviu alguns risos. Virou-se, e lá estava a garota que lia a revista.

— Tem um botão na parede — disse ela. — Com ele você consegue abrir a porta.

— Obrigado!

Erec correu e apertou o botão. A porta se abriu com um zunido.

— Não... obrigada *você*. Eu sou Darla Will. Você me salvou do gás do pântano. — Ela sorriu.

— Você sabe que horas são?

Darla apontou para um relógio pendurado entre duas estantes. Ele mostrava nove horas da manhã.

— Obrigado — disse Erec. — Você realmente sabe onde estão as coisas aqui.

Ele imaginou se Bethany tinha perdido a hora.

— Estou aqui há bastante tempo — Darla mordeu a unha de seu polegar.

— Você tem estado muito doente?

Ela balançou a cabeça positivamente.

— Esse é o meu dom, uma maldição, na verdade. Se alguém fica doente ou se machuca perto de mim, o mesmo acontece comigo, só que 24 horas antes. Eu cheguei aqui sexta à noite muito mal, provavelmente foi pelo que quer que tenha acontecido a você no sábado à noite. Mas minha colega de quarto me trouxe para cá antes que eu piorasse.

— Você teve choque hipo-sei-lá-o-quê?

— Acho que sim. Eu me senti mal e horrível, e meu coração estava batendo lentamente.

— Você viu quem me trouxe para cá no sábado à noite?

— Não, eu estava dormindo. Me dê seu avental. Vou fazer parecer que você não saiu da cama. E vou desligar o aparelho de soro.

— Uau. Obrigado, Darla.

— Boa sorte no concurso, Rick Ross!

Erec correu para o castelo. Seus músculos doíam, mas ele não ligava. Ele achava que tinha tempo para tomar banho, trocar de roupa e ainda chegar ao labirinto antes das dez.

Depois de trocar de roupa ele bateu no quarto de Bethany.

— Abra! É hora de conquistar Alypium!

Melody abriu a porta com um olhar triste.

— O que foi? — perguntou Erec.

— Bethany se foi.

— Como assim?

— O tio a encontrou. Eles acabaram de partir.

— Sem essa — o desespero tomou conta de Erec. — Por que Bethany *iria* com ele?

— Ela parecia estar com muito medo. O tio não estava nada contente.

— Ele sabia que o quinto torneio era esta manhã?

— Não se importou. E colocou algum tipo de corrente mágica para que ela não possa se distanciar mais do que três metros da banca dele de novo.

— Ele disse por qual caminho iriam seguir?

— Mencionou uma Teletrans-Porta na estação Alypium.

Erec correu. Com seus tênis ludibriadores e sua preocupação por Bethany, ele nunca havia corrido tão rápido antes. O menino não tinha certeza se os dois pegariam um ônibus para a estação, mas correu até a parada mais próxima só por garantia.

Lá estava Bethany. Ela parecia derrotada e perdida próxima ao homem que ele reconheceu da banca. Isso parecia ter acontecido eras atrás. Como da primeira vez, seu tio Earl parecia familiar de uma maneira bem terrível. Erec lembrou-se de tudo o que Bethany havia dito sobre ele, e foi tomado pela raiva e ódio. Bethany não iria subir naquele ônibus.

— Bethany — Erec correu até ela enquanto o ônibus parava. — *Vamos.*

Ele agarrou a mão dela e tentou correr.

Ela parecia paralisada de medo. O tio dela pegou seu controle remoto.

— Não, de novo não! — gritou ela.

— *Vamos*, Bethany — disse Erec, puxando-a.

Seu tio apontou o controle para ela, e a levantou do chão, uivando de dor. Erec agarrou o controle remoto da mão dele e o espatifou numa pedra. Molas e fios voaram. Bethany caiu.

— Corra!

Eles correram para uma área de madeira próxima ao castelo com o tio dela logo atrás.

— Não pare — disse Erec. — Encontro você atrás do labirinto. Ainda temos tempo.

Erec virou-se para encarar Earl Evirly. Earl era maior e mais alto, mas comparado a um destruidor era como um rato. O menino lembrou-se de como fez os gigantes de pedra trombarem uns nos outros, então atacou, mergulhando nos joelhos de Earl, derrubando-o como um pino de boliche.

Earl gritou e xingou, esfregando as pernas. Ele procurou algo no bolso, mas então pareceu lembrar que Erec tinha quebrado seu controle remoto.

— Seu mau-caráter... você vai pagar caro por isso.

— É, vamos ver.

Um emaranhado de trepadeiras estava pendurado numa árvore que Erec chacoalhou para que algumas se soltassem.

Earl caiu e rolou no chão.

— Acho que você quebrou minha perna, seu vagabundo! — gritou ele.

— Você mereceu. Coloque as mãos para trás ou vou quebrar sua outra perna.

Erec o amarrou apertado a uma árvore e correu.

CAPÍTULO 20

Sob a Mina

Bethany estava atrás do labirinto com as 15 crianças que foram colocadas para dormir pelas sereias no quarto torneio. Kilroy, Umpee, rei Pluto e Ugry estavam parados ao lado. Ugry parecia mais apreensivo do que nunca. Uma pequena plateia sentou-se próxima ao labirinto, incluindo Jack, Melody e Oscar.

Erec percebeu que Ugry poderia colocá-lo para fora do concurso. A última vez que eles se viram, Ugry o caçou para valer na ala oeste. Ele se escondeu atrás de alguns garotos para ficar fora de visão de Ugry.

— Onde está o tio Earl? — Bethany parecia estar em pânico. — Eu não sabia que ele tinha um controle remoto. Ele deve ter escondido de mim durante todo esse tempo.

— Deixei ele amarrado na mata.

Ela olhou chocada para Erec.

— Estamos encrencados.

— Fico feliz ao ver que todos os 17 de vocês conseguiram chegar ao quinto torneio — disse Kilroy.

Balor chegou perto de Erec.

— Aqui está nosso amigo, o herói, aquele que gosta de causar explosões. Você gosta de explosões, Rick Ross?

Erec o ignorou enquanto Balor voltou para junto de seus amigos.

Kilroy continuou:

— Este torneio é chamado de Sob a Mina. Como vocês sabem, foi projetado pelo rei Pluto.

O rei sorriu e acenou com a cabeça para o grupo, dando um aceno a mais ao cruzar o olhar de Erec.

— É bom e simples — continuou Kilroy. — Vocês entram numa caverna, encontram o caminho pelas passagens e ao redor dos obstáculos na escuridão, e saem pelo outro lado. Os nove primeiros que saírem serão os vencedores.

Bethany disse:

— Nossas chances são fantásticas. Mais de metade de nós irá para o próximo torneio, e um terço desses irá vencer!

— Qual terço, eu imagino?

Erec olhou para Balor, Damon, Rock e Ward. Então ele percebeu o que eles estavam segurando.

— Deveríamos ter trazido nossas Lanternas Mágicas — cochichou ele. — Os outros estão com as deles.

Kilroy levou o grupo até uma abertura grande no campo. Balor e seus amigos ficaram no lado mais distante. Outros os seguiram, imaginando que eles poderiam saber de alguma coisa. Kilroy assoprou seu apito.

— Vão!

Dezessete garotos moveram-se para dentro da escuridão. Lanternas Mágicas se acenderam. Balor, Damon, Rock e Ward, com luzes em seus chapéus, passaram rapidamente pela lama e desapareceram através de um buraco pequeno. Só alguns conseguiram acompanhá-los pela passagem. Todos os demais apenas se aglomeraram naquela direção.

As luzes das Lanternas Mágicas apareciam e sumiam, iluminando dúzias de túneis que levavam para diferentes caminhos. Rampas subiam e desciam, pedras grandes bloqueavam passagens. Este torneio fez o labirinto do castelo parecer um baile. Erec e Bethany seguiram a luz deixada pelos concorrentes e procuraram por outras que apareciam ao longe. Ele não podia imaginar como tudo seria mais difícil se ninguém usasse as lanternas.

Do outro lado do buraco que Balor atravessou, havia muitas passagens tortuosas e obstáculos. O grupo de Balor já tinha sumido na frente, então as crianças se espalharam para procurar um caminho, e tudo ficou ainda mais escuro. Erec sentiu perto de si uma parede. A escuridão flutuava ao seu redor. Ele tentou não pensar que poderia estar preso nessas cavernas tortuosas sem qualquer sinal de luz. Tudo parecia estar se fechando. Ajudou um bocado respirar fundo e concentrar-se em ganhar um cetro.

Bethany agarrava firme a parte de trás da camiseta de Erec.

— Não vou ficar presa aqui sozinha. Vamos segui-los — ela empurrou Erec em direção a três garotos com Lanternas Mágicas. — Eles têm tantas chances de encontrar a saída quanto nós. Mais, eu acho.

As luzes que ficaram no ar começaram a desaparecer quando os garotos perceberam que outros estavam se beneficiando delas. As cavernas ficaram ainda mais escuras. Um menino à frente deles subiu numa pedra grande e passou por um buraco num pequeno espaço no teto da caverna. Erec imaginou se ele não quebrou algo pesado lá em cima, porque um estrondo se fez ouvir.

As paredes e o chão começaram a tremer. Um estranho coro de pios e gritos surgiu. Lençóis de luz cor de bronze entraram flutuando e iluminaram um dos túneis. Eles gargalhavam e gritavam, com os olhos brilhando como carvão em brasa. Quebraram as Lanternas Mágicas batendo-as contra as pedras, fizeram garotos rodopiar em pleno ar. Erec percebeu que eram fantasmas de bronze.

Os fantasmas de bronze pareciam adorar o caos e a destruição, já que riam e gritavam enquanto voavam bem alto. Algumas crianças jogadas pelos fantasmas bateram suas cabeças e pareciam machucadas. Erec ficou parado em frente a Bethany, protegendo-a. Num certo momento, um fantasma mergulhou em direção a ele, mas a mão do fantasma congelou em pleno ar antes que tocasse em Erec. O fantasma grunhiu e voou para jogar uma rocha nas outras crianças.

Os fantasmas brilhantes voaram e sumiram para outro túnel tão rápido quanto tinham chegado, deixando o local em plena escuridão. Erec procurou a mão de Bethany e eles juntos tatearam as paredes para achar alguma abertura deixada pelos fantasmas.

— Está tudo bem — disse Bethany com a voz trêmula. — Kilroy vai perceber que estamos presos. Ele vai nos tirar daqui.

Erec tentou não pensar no que Ugry faria — provavelmente iria plantar uma flor na lama da saída da caverna e limpar as mãos.

As paredes começaram a tremer, só que mais fortes desta vez. Então houve uma enorme explosão. Uma parede da caverna explodiu. Os destroços do teto caíram em grande quantidade. Rochas se espalhavam por toda a escuridão. Com um estrondo altíssimo, a caverna encheu-se com lama vinda de cima.

Gritos abafados vinham de todos os lados. A mão de Bethany foi separada da de Erec. Ele rastejou no escuro.

— Bethany? Você está bem?

Ele podia ouvi-la gritar.

— Estou presa. Vou *morrer*. Ahhh, me ajude.

Erec foi na direção de sua voz. Uma pedra enorme estava sobre Bethany. Ela estava ofegante, já que mal podia respirar. Então, Erec a ouviu sufocar e sua respiração parou. Ele tateou e encontrou o rosto dela, que estava numa poça d'água.

— Ah, não. Você não.

Erec colocou a mão de Bethany na água, esperando que as Guelras Instantâneas pudessem funcionar.

Então, sua cabeça começou a girar e ele sentiu-se como se estivesse flutuando. Era outro pensamento sombrio, e ele nunca ficou tão feliz por ter um. Ele concentrou-se profundamente para colocar toda a sua energia nele.

O pensamento mostrou a ele a saída. E mais do que isso, contou a ele aonde ir para salvar aqueles que ainda podiam ser salvos. Primeiro ele deslizou por trás da enorme pedra sobre Bethany, chutou uma rocha que a calçava por trás e a puxou de cima de Bethany.

Ela estava em silêncio, mas ele sabia que estava viva. Ele a tirou da água, abriu caminho pelos escombros e chegou até um menino com sangue na cabeça deitado na lama.

— Vamos levantar.

Erec procurou na escuridão e agarrou o garoto sob seu braço e foi andando ao seu lado. Mais duas meninas puderam andar assim que foram soltas, e um menino foi carregado por outros garotos. Como um grupo, eles passaram devagar pelo entulho, através de túneis até a saída da caverna.

Erec empurrou Bethany para fora primeiro, depois subiu logo atrás dela, puxando os outros que ficaram para trás. Ela merecia vencer depois de tudo o que tinha passado.

Kilroy se aproximou da saída.

— O que está havendo?

Ele olhou para Bethany e para o menino que estava muito machucado.

— O que aconteceu? Eles precisam ir para o hospital real, rápido. Ouvi muito barulho, mas não podia me comunicar com *ninguém*.

Erec viu Balor Stain rindo e lembrou-se que ele tinha feito explosivos. Erec apontou.

— Foi ele. Eles colocaram os explosivos nas cavernas antes de saírem. E os fantasmas de bronze estavam lá embaixo. Há mais crianças presas.

Kilroy parecia chocado.

— Balthazar e eu achamos que alguma coisa estava errada. Apenas sete de vocês saíram antes dos estrondos começarem. Deve haver... quatro ainda lá. Balthazar foi averiguar para descobrir o que estava acontecendo.

Erec estremeceu, mas Ugry apareceu momentos depois com uma menina, embaixo de sua capa, que estava tentando respirar. Seus olhos estavam semicerrados, e ele parecia um ser monstruoso. Erec estremeceu quando o viu.

— Estes *concorrentes* vão para o hospital real — disse Ugry.

Ugry moveu sua bengala, e Erec, Bethany e os outros estavam, repentinamente, deitados em camas em frente a uma chocada Dra. Mumbai.

— A caverna caiu sobre nós — disse Erec. — Bethany e esses dois estão muito machucados.

As mãos da Dra. Mumbai apertaram os quadris de Bethany.

— E o que você estava fazendo lá? Arriscar sua vida para estar no torneio ajudou em alguma coisa?

— Nos ajudou a sair. Ele nos resgatou — disse uma menina.

— É, e ele venceu também — falou um menino.

Erec, pela primeira vez, percebeu que ele e Bethany tinham vencido. Kilroy tinha dito que sete garotos estavam fora e que Bethany e Erec tinham sido os próximos a sair. Bethany estava deitada e quase desfalecida na cama. Erec sentou próximo a ela.

— Você ouviu isso, Bethany? Você venceu. Você está a caminho de ser a rainha Bethany de Alypium.

A Dra. Mumbai afastou todos dali e conferiu o pulso de Bethany, sentindo sua respiração com a mão.

— Para trás. — Ela olhou uma menina cuja perna estava ensopada de sangue. — Todos para fora, eu preciso trabalhar.

Ela empurrou a cama de Bethany para perto do menino que estava dobrado, resmungando, e fechou as cortinas ao redor deles

Durante a hora seguinte, as outras três crianças presas na mina apareceram com vários problemas nas camas do hospital. A cada uma o quarto se enchia de expectativa. Nenhum deles estava tão mal quanto Bethany ou o garoto. Finalmente, a Dra. Mumbai surgiu. Todos queriam saber sobre os acidentados.

— Eles vão ficar bem. Parece que as Guelras Instantâneas de Bethany a salvaram. Graças a você, Erec.

O corpo de Erec se relaxou. As dores que ele sentia pela manhã voltaram com força total. Aliviado por saber que Bethany iria viver, ele caiu sobre a cama com um sorriso.

Erec acordou de um pesadelo de cavernas desmoronando e destruidores. Por um momento ele esqueceu onde estava e não tinha ideia de que horas eram. Ele ouviu uma discussão. O tio de Bethany estava falando para a Dra. Mumbai que a menina precisava ir para casa agora.

— Nem sonhando — disse a Dra. Mumbai. — *Eu* estou no comando aqui, embora pareça haver um pouco de confusão sobre isso ultimamente. Ela não tem condições de sair agora, deixe-a em paz.

Earl desistiu.

— Então, quando eu posso levá-la? — ele se lamentou.

— Quando eu disser que pode. Vai demorar pelo menos uns três ou quatro dias.

Earl ficou em frente a Bethany, com os braços cruzados, como alguém que observa uma pepita de ouro. Erec notou um brilho nos olhos de Bethany. Em vez de demonstrar medo, ela parecia feliz, de alguma maneira, como se as coisas estivessem perfeitamente sob controle. Erec imaginou o motivo disso, mesmo porque ele ainda não tinha encontrado um jeito de impedir que ela fosse levada embora novamente.

Earl disse:

— Não pense que você vai mantê-la aqui por mais três dias. Minha banca está perdendo dinheiro nesse exato momento.

E saiu.

Os olhos de Bethany se estreitaram.

— Ah, espere só. Ele vai se lamentar — ela tossiu. — Uau. Dói quando eu respiro.

— Você não está com medo dele? — perguntou Erec. — Ele provavelmente comprou um novo controle remoto.

— Quem se importa? — sua voz estava ficando mais forte. — Depois de quase morrer esmagada por uma pedra enorme no breu total, os truques do Earl não são nada.

Erec pensou sobre como *ele* se sentia sobre Earl depois de ter enfrentado destruidores que babam ácido, e riu.

— Eu tinha medo dele desde pequena. Bem, não sou mais escrava dele.

A Dra. Mumbai apareceu com uma colher grande, cheia de gororoba verde para Bethany. Ela engoliu corajosamente. Erec torcia para que a médica estivesse certa.

Spartacus Kilroy chegou ao hospital real com um olhar pasmo e um arranhão fundo em sua bochecha.

— Isso foi da explosão? — perguntou Erec.

A mão de Kilroy voou até seu rosto.

— Ah, isto? Não, não é nada.

Ele balançou a cabeça como que para limpar seus pensamentos.

— Quero agradecer a você pela sua bravura na mina. Você realmente ajudou esses garotos.

Ele fez gestos pelo quarto e sorriu.

— Você venceu, sabe disso, não? E, mesmo que todos estejamos um pouco abalados, estou empolgado em dizer a você que o próximo torneio será amanhã de manhã.

— O quê? — disse Bethany. — Não haverá investigações antes? Para encontrar quem foi o responsável pela explosão e depois expulsá-lo?

Kilroy balançou a cabeça.

— Não é uma escolha minha, de qualquer maneira, mas precisamos de novos governantes agora mais do que nunca. O rei Piter não nos está fazendo muito bem. É hora de sangue novo. De toda forma, o sexto torneio foi mudado recentemente. Vocês vão, humm, ter que conseguir algo de valor de dentro do covil do dragão. Amanhã de manhã falamos com vocês.

— Bem a tempo! — sorriu Erec. — Bethany deve estar melhor até lá.

— Bethany? — Kilroy parecia confuso. — Você quer vir?

Ela balançou a cabeça.

— Bem, sim.

— Ela venceu também. Ela saiu na minha frente.

— Sim, mas você a *tirou* de lá. E o tio dela está ansioso para levá-la de volta para casa. Ela passou por coisa demais.

— Não! Ela vem junto. Ou eu desisto.

Bethany balançou a cabeça para Erec enquanto Kilroy olhava para ele estranhamente.

— Você está brincando, certo? Você vai continuar sem ela. Você não desistiria agora.

— Então pague para ver.

Kilroy colocou suas mãos para cima.

— Tudo bem, tudo bem. Ela pode vir. Eu pego vocês dois amanhã de manhã... onde... aqui?

— Ótimo — disse Erec, confuso. — E os outros vencedores? Eles não vêm?

— Ah, sim. Eles irão para diferentes covis de dragão, claro.

A porta abriu-se violentamente, e Balthazar Ugry invadiu a sala.

— Você não vai levar esse menino para aquele covil de dragão. Está me ouvindo, Kilroy?

Erec prendeu a respiração. Ugry cheirava pior que de costume, quase amargo, como as masmorras do rei Pluto. Ele parecia apavorante.

Kilroy olhou fixamente.

— Só se for sobre o seu cadáver?

A voz de Ugry soou poderosa.

— Não brinque comigo. O menino fica.

— Não há motivo para isso.

— Mesmo? Eu o peguei roubando nas câmaras do rei outra noite. Ele está desclassificado.

— Balthazar, não que eu duvide de sua palavra, mas onde está a prova?

Os olhos de Ugry queimaram enquanto ele olhava para Kilroy e depois para Erec. Ele virou-se e saiu sem dizer outra palavra.

— Bem — disse Kilroy —, parece que ele não quer que você encontre alguma coisa.

— Ei — disse Bethany, lembrando-se de algo —, não ganhamos prêmios por vencer o quinto torneio?

Kilroy riu.

— Desculpem-me. Com toda a comoção, esqueci completamente. Aqui — ele apalpou seu bolso. — Por que vocês não pegam esses?

Ele deu a Erec e Bethany um pequeno frasco de pó de ouro.

— Pó de voo. Espalhem um pouco e vocês poderão voar por uma hora — ele piscou. — Normalmente as crianças não costumam voar, então divirtam-sc. Vcjo vocês aqui amanhã às dez. E não se preocupem com Balthazar.

Depois que ele partiu, Bethany perguntou:

— Não é engraçado que ele tenha me deixado ir amanhã só porque você disse que não iria sem mim? Eu achei que ele simplesmente diria que nós dois estávamos fora.

— Ele é um bom sujeito. Viu que isso era o justo.

Erec e Bethany saudaram-se com seus frascos de pó de voo.

— Ao futuro rei e rainha! — disse Erec.

— Uma chance em três de que pelo menos um de nós vai vencer — disse Bethany.

Erec tinha um mau pressentimento de que as chances deles eram piores do que de uma em três com Balor Stain na disputa.

— Pense só, se eu virar rainha posso prender meu tio Earl numa masmorra.

CAPÍTULO 21

Aoquesth

Na manhã seguinte, Erec e Bethany estavam prontos, Lanternas Mágicas e frascos de Pó de Voo enfiados em seus bolsos. Erec calçava seus tênis ludibriadores.

Kilroy surgiu no hospital real alguns minutos antes das dez, parecendo pálido e preocupado. Erec percebeu que ele não estava usando sua tradicional capa azul. O rei Pluto estava com ele, usando um casaco longo e grosso e com um grande sorriso.

— Quem vai levar as outras sete crianças? — perguntou Bethany.

— Outros juízes — Kilroy parecia infeliz. — Vamos.

O rei Pluto levantou seu cetro, e os quatro apareceram na boca de uma caverna grande de pedra. Stoney Rayson estava esperando lá.

O rei Pluto sorriu.

— Erec é o primeiro. Aqui estão as regras. Um dragão aí dentro está guardando algo que você precisa pegar. É um olho... o olho do dragão. Use todos os meios possíveis. Você aprendeu alguma magia? Eu posso lhe dar um controle remoto.

— Eu não conheço esse tipo de magia — disse Erec, nervoso. — Eu tenho que arrancar um olho do dragão?

— Ah, céus, não — o rei Pluto riu. — O olho não está *no* dragão. Ele o está guardando. Conseguir pegá-lo pode ser... desafiador. Esperteza é sua melhor arma. Demore o tempo que precisar. Se um dia inteiro se passar, vamos enviar... Bethany, para ter certeza de que você está bem. Quando você pegar o olho, traga-o para fora, cuidadosamente, e o entregue diretamente a mim. Isso fará de você um vencedor. Se você estragar tudo, tentar algo tolo, não apenas perde, mas também vai direto para minha masmorra... e acredito que você saiba como isso é mau. Entendido?

Erec acenou com a cabeça. Ele estava surpreso com o fato de o rei Pluto saber que ele tinha libertado a mãe da masmorra e mesmo assim ainda o estava deixando competir.

— E então é a minha vez? — perguntou Bethany.

O rei lançou para ela um olhar seco.

— Você é a próxima.

Erec ouviu um barulho afiado como uma risada e olhou para trás. Algo se moveu atrás de uns arbustos.

— Posso usar seu cetro?

O rei Pluto levantou uma sobrancelha.

— Meu cetro sozinho não dará conta. O dragão é muito poderoso — ele pensou por um momento. — Se você precisar mesmo dele, volte e nós veremos.

— Qual o nome desse torneio? — perguntou Bethany.

O rei Pluto franziu a testa.

— Eu não sei. Consevidente Kilroy, qual seria o nome deste torneio?

A voz de Kilroy tremeu.

— Boa pergunta. Como é uma mudança recente, ainda não pensamos num nome. Eu chamaria de O Olho do Dragão.

Erec andou até as rochas íngremes na entrada da caverna. A passagem se estreitava e ficava mais escura logo à frente. Erec deu uma espiada lá dentro, lembrando-se da mina. Ele imaginou se o dragão cuspia fogo. Ele poderia queimá-lo como a uma torrada? Ele deveria estar usando uma armadura à prova de fogo? Como é que ele poderia fazer para enganar um dragão?

Sua imaginação ficou a mil enquanto ele pensava em todos os dragões que já tinha visto nos livros e filmes. Com o que ele se pareceria? Talvez fosse pequeno como um cachorro. Sim, deve ser inofensivo. Ele não seria enviado para algum lugar em que pudesse morrer, seria? Ele acendeu sua Lanterna Mágica, preenchendo a passagem com luz.

De uma curva ele ouviu um barulho alto. Assim que se aproximou, percebeu que era uma risada. Selvagem e rouca era a risada vinda do dragão. A gargalhada cheia de escárnio era tão estridente que Erec percebeu que este dragão era maior que um cachorro. Ele diminuiu o ritmo da caminhada, mas forçou o passo mais adiante.

O dragão começou a tagarelar:

— Ah, isso é comovente. Mesmo. Eles mandaram mais um. Vocês, tolos, nunca vão desistir de tentar pegar o olho? Como você prefere, levemente tostado ou bem frito?

Erec gelou na entrada e olhou para uma enorme caverna circular. A luz surgia de uma fonte que não podia ser vista. A caverna reluzia. Pedras preciosas de todos os tamanhos e cores estavam fixadas nas paredes em padrões diversos. Havia muitos tampos de mesa com rubi incrustado, barras de ouro e pedras de diamante. Num canto, peitorais de couro preto figuravam como tesouros.

Cetros e controles remotos foram cuidadosamente empilhados junto com outros itens mágicos. Armaduras, espadas, malhas em ferro e escudos polidos e brilhantes foram ajeitados meticulosamente. Algumas das armaduras tinham poses de luta, e outras foram colocadas em fila.

Erec tinha a sensação de que as espadas e armaduras foram de homens estúpidos o suficiente para pensar que poderiam lutar com o dragão e vencer. E lá estava ele, um menino, sem armadura ou controle remoto. Se apenas Kilroy e o rei Pluto soubessem! Eles nunca o teriam mandado aqui.

A risada foi diminuindo até parar.

— Ah, suponho que você vai querer que eu lhe dê algum tipo de teste, humm? Uma charada? Um jogo? Bem, vamos logo com isso. Estou um pouco faminto. Vocês nunca vão entender isso direito... não conseguem. Mas dragões gostam mesmo de jogos, sabe?

O olho de Erec captou alguma coisa. Lá, pendurada numa adaga cheia de joias na parede estava uma capa azul brilhante com uma grande estrela branca e um rasgo na lateral. Kilroy esteve aqui! Erec estava perplexo. Eles sabiam para o que o estavam enviando. E isso poderia ser sua morte.

Algo se movia no canto mais distante da caverna. Um ninho com restos de ferro e galhos de árvore se fundiam com ouro derretido, prata e pérolas que brilhavam de uma imensa alcova. Asas pretas, brilhantes e articuladas se abriam e se fechavam sobre costas grandes. Escamas pretas púrpura e vermelhas brilhantes cobriam seu corpo e pontas afiadas surgiam em suas costas e no rabo. Os imensos músculos da fera se moviam.

Erec ficou hipnotizado e com a certeza de que estava prestes a morrer, mas fascinado com a criatura que iria matá-lo. Estava além de sua compreensão o motivo que leva alguém a tentar ferir uma criatura bela e poderosa como esta. O dragão tinha por volta de três metros e meio de altura e era duas vezes mais comprido, mas se movia suave e graciosamente. A cada risada, vapor saía de suas narinas.

Seu olhar cruzou o de Erec e o riso parou de forma súbita. O dragão olhou para ele por um longo tempo. Um de seus olhos brilhava verde, e o outro era turvo. Estranhamente, o medo de Erec desapareceu. O dragão parecia sábio e belo, de uma imensa e poderosa maneira.

— Que surpresa — disse o dragão. — Mas, por outro lado, este *é* o momento que seu pai disse que você iria chegar. Nossa, você parece diferente.

— Meu pai? Você me conhece? Já nos vimos antes? — disse Erec.

— Não, não pessoalmente. Mas vi sua foto. Você está totalmente diferente. Ah, perdoe meus modos. Permita-me me apresentar. Sou Aoquesth, ao seu dispor. Por favor, não se preocupe. Não vou machucá-lo. Sente-se.

Erec respirou fundo e andou rigidamente para dentro da caverna. Por algum motivo maluco, ele se sentia seguro. E talvez, apenas talvez, poderia conseguir aquele olho.

Ele sentou-se próximo ao dragão numa mesa ornada com ônix cravejado.

— É tão bom ter companhia — o dragão suspirou, apoiando-se sobre as coxas. — Ah. — Uma garra longa apontou para o pulso de Erec. — Guelras Instantâneas. Tenho algumas também. O tipo verdadeiro. Tão úteis, não?

Erec concordou meio estupidamente com a cabeça. Ele não conseguia parar de olhar para a magnífica criatura cujas asas pretas e articuladas abriam-se de uma maneira incrível.

— Tenho certeza de que consegue falar — continuou o dragão. — Não se preocupe, entendo todas as línguas, assim como a língua do dragão é compreendida por todos.

O silêncio se manteve enquanto Erec olhava maravilhado ao redor da caverna.

O dragão suspirou.

— Suponho que tenha de propor uma charada a você. É uma das minhas regras. Mas não se preocupe, vou ajudá-lo com ela. Vamos ver... Por que o mundo é como um quebra-cabeça com defeito?

Nada surgiu na mente de Erec, mas ele estava muito nervoso e era difícil pensar ali.

— Leve o tempo que precisar — disse o dragão. — Vamos voltar a isso mais tarde. Chá? Biscoito?

Ele pegou uma caneca de uma prateleira. Erec balançou a cabeça.

— Vamos jogar um pouco. Dragões amam jogos. Do que você gosta? Baralho? Xadrez? Pôquer? Mancala? Senet?

— Não sou bom em xadrez, mas não conheço os outros.

Erec imaginou se conseguir o olho dependeria de uma partida de xadrez a qual ele perderia com certeza.

— Há algum tipo de prêmio?

— Boa ideia! O mais precioso dos prêmios. A única coisa que podemos dar igualmente ao outro. A verdade. O vencedor pode fazer uma pergunta, qualquer coisa, e receber uma resposta verdadeira. Pelo menos, tudo o que você souber.

O dragão preparou uma mesa de xadrez de ametista com mármore incrustado. As peças eram cravejadas de diamantes e rubis brutos.

— Você gostaria de uma bebida? Scotch? Whisky? Aguardente?

— Não, obrigado.

— Você joga primeiro — disse o dragão. — As peças são encantadas. Você pode dar poder a elas com suas próprias esperanças e desejos, e enchê-las de energia. Então, elas irão se mover sozinhas. Se suas aspirações forem fortes e valorosas, elas farão escolhas sábias. Quanto mais você desejar vencer, melhor elas vão jogar.

Erec pensou que isso melhoraria suas chances. Ele não era um mestre do xadrez, mas suas esperanças e desejos eram enormes. Ele estava muito próximo de ganhar o olho e se tornar rei.

Ele olhou para uma peça e desejou que ela se movesse como se fosse um braço de madeira articulado. Nada aconteceu.

Aoquesth limpou a garganta, e o som parecia um cruzamento de um trovão com unhas raspando uma lousa. A espinha de Erec se enrijeceu.

— Isso não vai funcionar. Se você quer mover o peão adiante duas casas, use a mão. Ou feche os olhos e *queira* isso. Queira vencer. Queira ter êxito. Então olhe para as peças e implore que se movam por você. É sua escolha, mesmo.

Erec ficou olhando. Como é que Aoquesth sabia o seu movimento?

— Ah, não se preocupe. Não posso ler sua mente. Quer dizer, a menos que você se concentre de verdade, como está fazendo agora.

Erec, sentindo-se bobo, empurrou um peão duas casas à frente. O dragão bufou. Um de seus peões avançou por vontade própria.

— Há quanto tempo você vive aqui? — perguntou Erec.

— Por volta de uns quinhentos anos. Minha querida Nylyra morreu um século atrás, então tenho estado muito sozinho.

Ele suspirou e soltou um pouco de vapor quente.

— É muito bom jogar um bom jogo de xadrez com alguém. Recentemente tenho me aborrecido com saqueadores, todos atrás daquele maldito olho. Bem — ele sorriu sorrateiramente —, pelo menos eles renderam bons lanches.

Erec percebeu que aquela visita poderia terminar de um jeito ruim quando Aoquesth descobrisse o que ele realmente queria. Ele olhou para suas peças e pensou em ganhar. Ganhar o concurso. Ganhar a coroa. Pegar o cetro. Libertar sua família de viver se escondendo. Libertar Bethany de seu tio. Sua mente girou com o desejo, e ele suplicou às suas peças para vencer. Seu cavalo de diamante branco pulou à frente.

O dragão riu, e um de seus cavalos vermelhos se moveu. A partida continuou silenciosamente. Peões e bispos passavam sobre a mesa. O dragão pegou uma torre branca, depois a outra.

Erec concentrou-se. A próxima peça, um peão, zuniu na mente de Erec. A peça desejou que ele a movesse com sua própria mão. Ele esticou-se para pegá-la. Ela estremeceu com energia enquanto ele a empurrava diagonalmente para tomar uma torre vermelha. Ao longo do jogo, o peão continuou a precisar da ajuda de Erec, enquanto as outras peças moviam-se sozinhas.

— É a Defesa Dragão Siciliana — Aoquesth piscou. — Observe sua rainha. Ela está jogando timidamente, se você me permite.

Erec respirou fundo. Sua rainha estava correndo risco. Ele concentrou-se mais em seus sonhos e protegeu sua rainha, e logo ela estava a salvo. Ele acidentalmente derrubou um peão vermelho da mesa para junto das peças descartadas. Aoquesth colocou um outro, branco, no lugar.

— Mas... foi o seu peão que caiu — disse Erec.

— Não, tenho certeza que era seu.

Erec ficou encantado quando o peão que ele tinha que mover com sua mão foi para o sétimo quadrado. Um outro o seguiu, mas este foi cercado por um bispo vermelho. Ele não podia perder a peça. Ele tinha muita esperança que este ou o outro peão pudesse chegar até o oitavo quadrado.

Foco. Toda sua raiva e dor, seus desejos e amor, fluíram numa torrente. E, do nada, sua rainha surgiu para capturar o bispo vermelho. Aoquesth pegou um peão diferente, e Erec empurrou seu peão para o oitavo quadrado para se tornar rainha. Ele olhou por um minuto.

— Xeque-mate.

— Nunca vi *este* peão ser promovido e conseguir um xeque-mate.

Aoquesth tamborilou suas garras em seu estômago e inclinou-se para trás. Erec torceu para que ele não ficasse bravo e o fizesse virar torrada.

— Você venceu. Pergunte-me o que quiser.

Erec queria perguntar a Aoquesth sobre o olho, mas estava muito curioso sobre outra coisa.

— Por que eu pareço diferente? Como eu costumava parecer? Um Identidetector também disse que eu mudei.

— Na verdade você fez duas perguntas. Dragões gostam de regras, veja bem. Vou responder a primeira. Se você decifrar a charada, com minha ajuda, responderei a segunda pergunta. Sua mãe mudou sua aparência, com magia. Ela fez isso para protegê-lo. Thanatos Argus Baskania ia pegá-lo. Você estava atrapalhando seu plano supremo. Quando vocês eram três, mudaram-se para se esconder. June mudou seu visual para disfarçá-lo, mas manteve seus olhos como eram... seu olho, quero dizer.

Erec engasgou. Ela lhe contou aquilo tudo, mas ele não acreditou.

— Mas Baskania é o feiticeiro mais poderoso do mundo. Ele está tentando dominar a Terra de Cima. Ele é o dono do time Super A. O que ele iria querer *comigo*?

— Essa é uma outra pergunta — o suspiro de Aoquesth aqueceu a sala. — Você não sabe muito sobre si mesmo, não é?

Erec balançou rapidamente sua cabeça.

— O que aconteceu com minha mãe biológica?

— Bem, esta é uma quarta pergunta — disse a ele o dragão. — Não vamos ser gananciosos. Você já pensou numa resposta para a charada?

Ele tinha esquecido disso completamente

— Como é mesmo?

— Por que o mundo é como um quebra-cabeça com defeito? — Aoquesth esticou-se no chão.

A mente de Erec girou. Se ele pudesse responder aquela charada, não seria dentro de uma caverna com um dragão. Aoquesth buscou algo embaixo de uma mesa cheia de ouro e prata, puxou um quebra-cabeça e o colocou em frente a Erec. Era um quebra-cabeça bobo: a imagem de dragões voando com fadas. Ele espetou uma das peças do quebra-cabeça com sua garra, levantou-a e a colocou no espaço certo.

Um pedaço faltando no mundo? Uma peça perdida? Uma ligação perdida? Erec hesitou.

— Uma peça está faltando?

Aoquesth riu.

— Bem perto. Peça faltando. Vou contar essa como correta.

— Então, eu ganho alguma coisa? — Erec pensou no olho.

— Claro. Eu não disse que iria responder sua próxima pergunta?

Erec ficou desapontado, mas tentou não demonstrar.

— Como é que você era antes... vamos ver. Você era bem novo. Seu cabelo era muito encaracolado, um loiro quase branco. Sua mãe tentou deixar seus cabelos lisos quando mudou sua aparência, mas parte deles se recusou. Seu rosto era mais largo. Você era muito alto e grande para sua idade. Agora você é... mais comum, mas sua força é a mesma de antes.

Erec não tinha fotos suas de quando tinha menos de 4 anos. Ele pensou sobre o rico e poderoso maluco, o "Príncipe Real", que o queria morto. Isso parecia impossível. Como é que ele poderia ter ouvido falar sobre Erec? Ele jamais teria acreditado nisso antes, embora jogar xadrez com um dragão parecesse tornar tudo possível.

— Gostaria que você pudesse ficar mais um pouco — suspirou o dragão. — Aqui é incrivelmente tedioso. Embora eu ache que vá melhorar quando eu não tiver mais que guardar aquele olho.

Erec ergueu a cabeça rapidamente.

— Você vai dá-lo para alguém?

— Sim, claro. Para você.

Erec estava totalmente confuso.

— Você vai me dar o olho? Aquele que você está guardando e que várias pessoas morreram tentando pegar? — disse Erec enquanto apontava para as armaduras vazias na caverna e para os controles remotos.

Aoquesth riu.

— Essas armaduras não são *todas* de idiotas que tentaram pegar o olho. Algumas são bem antigas. Mas, sim, vou dar o olho a você.

— Por quê? — Erec imaginou se deveria manter sua boca fechada, pegar o olho e ir embora, mas não pôde deixar de perguntar: — É por que eu venci no xadrez e acertei a charada?

A voz de Aoquesth ficou suave.

— Você não sabe? Vou dar a você o olho porque é seu. É para você que eu o venho guardando pelos últimos dez anos, Erec Rex. É o *seu* olho.

A mão de Erec se ergueu até seu olho de vidro. Ele sentiu-se tonto. Nada fazia sentido.

Aoquesth disparou chamas num forno de ferro, e um bule em cima imediatamente começou a assobiar. Com uma garra ele colocou chá numa xícara limpa.

— Tome um gole. Você não sabe de nada, não é mesmo?

Erec balançou a cabeça negativamente. O chá ardia e queimou um pouco enquanto descia pela sua garganta, mas o ajudou a relaxar.

Aoquesth soltou anéis de fumaça.

— Temo que será necessário quebrar mais uma de minhas regras hoje. Minha nossa. Dragões e suas regras. Eu tive de ajudá-lo com a charada porque teria de matá-lo se você a errasse. É uma velha regra minha. Nunca é um bom sinal quando eu tenho de quebrá-las.

"Vou contar a história do seu olho. Um tempo atrás, seu pai... não pareça tão chocado, beba mais chá. Seu pai estava numa expedição. Ele gostava de se manter a par do que acontecia em outras terras. Ele me pegou numa situação muito infeliz. Eu tinha voado estupidamente para o meio de um emaranhado de árvores com um elefante gordo me forçando para baixo, e minhas asas ficaram presas. Elas se prenderam aos galhos e se quebraram, me deixando preso ao chão. Sozinho, eu teria escapado rapidamente. Mas eu ainda estava machucado quando um grupo de homens me encontrou indefeso. Tinha certeza de que minha vida tinha acabado. Um dragão, veja bem, não tem preço. Cada uma de nossas escamas vale uma fortuna para os humanos fazerem medicamentos e poções. Nossos ossos e garras são preciosos, até nosso sangue é capaz de trazer riqueza. E, acima de tudo, há a caverna cheia de..."

Ele indicou com a cabeça a enorme pilha de tesouro.

— Alguns dos homens apontaram flechas e espadas; sua magia não pode nos matar, você sabe. Eu tentei cuspir fogo neles, mas estava tão enrolado que não pude me virar o suficiente. Mas seu pai é um homem fora do comum. Ele impediu que os outros me matassem e até ajudou a me libertar. Além disso, e o que é ainda mais constrangedor, é que acredito que ele tenha me resgatado uma outra vez antes dessa.

Aoquesth limpou a garganta com força.

— Eu tenho uma dívida de gratidão com ele. Ele não queria o tesouro, então lhe ofereci o melhor que tinha: meu olho. Em vez de manter o poder para si mesmo, ele escolheu dá-lo a você. Você era novo demais na época para usá-lo, claro. Mas seu olho foi retirado, assim como o meu. Eles foram unidos pelo melhor feiticeiro cirurgião, Eustacious Cocher, e você o receberia no seu décimo quarto aniversário. Suponho que as coisas nunca tenham saído como o planejado. Você teve que se esconder e seu pai sabia que o olho não estava seguro, então eu concordei em guardá-lo. Comecei a imaginar se um de vocês viria buscá-lo. O número de idiotas que vieram aqui achando que poderiam sair com ele é absurdo. E a pouca quantidade de carne em seus ossos mal fazia valer o esforço de transformá-los em lanches.

Ele voltou para a alcova onde seu ninho estava e retornou com um pequeno pote preto, colocando-o sobre a mesa em frente a Erec.

— O que eu devo fazer com isso?

— Depende de você. Minha parte do acordo está feita. Pode jogar fora se quiser. Mas você provavelmente vai querer guardá-lo.

— Mas... eu devo dá-lo ao rei Pluto e... a Spartacus Kilroy.

A capa de Kilroy estava lá pendurada na adaga cheia de joias. Ele já tinha estado ali... para tentar pegar o olho? Erec começou a imaginar o que poderia acontecer se ele entregasse o olho a eles. Eles iriam pegar e matá-lo em seguida?

Erec apontou.

— O homem que vestia aquela capa... ele tentou roubar o olho?

— Acho que era o que ele queria, mas quando me viu saiu voando. Eu o perdi, mas não valia a pena caçá-lo. Era muito ossudo.

— Eu devo entregar meu olho a ele, e ele me fará rei.

Aoquesth riu.

— Que inocente! Você não pode ser tão estúpido assim! — Ele bocejou com sua enorme e longa boca. — Diga a eles para se afastarem. O olho é seu. Agora *você* é que tem de protegê-lo.

Erec nunca passaria pelo cetro do rei Pluto. A menos que...

— Posso por favor deixar o olho aqui por mais alguns minutos?

O dragão parecia surpreso.

— Seja rápido. Meu tempo como guardião dessa coisa passou, e já era hora.

Erec saiu da caverna e viu Balor, Damon e Rock arrastando-se atrás de um mato. Bethany estava numa cadeira. Ela parecia presa, esforçando-se para levantar. Ela balançou a cabeça com força e moveu a boca formando a palavra "Não!", mas sem usar a voz.

Kilroy e o rei Pluto correram até Erec.

— Você conseguiu? — perguntou o rei Pluto. — Onde está?

— Quase — disse Erec. — Acho que enganei o dragão. Resolvi uma charada e ele ficou muito surpreso. Agora ele não pode me matar. Preciso do cetro e tenho certeza que vou conseguir o olho.

O rei Pluto apertou forte seu cetro.

— Isto não é brinquedo — protestou ele. — Ninguém deve usá-lo além de mim. — Suas sobrancelhas se juntaram.

— Mas se eu vencer o torneio vou ter um, certo?

Um olhar malicioso tomou os olhos do rei.

— Claro. Como sou bobo — o rei não enfraqueceu o modo como se agarrava ao cetro. — Você sabe que isto não o protegerá. Dragões têm magia muito poderosa. Um cetro não pode controlá-los.

— Certo. Ou você mesmo teria pego o olho sozinho.

— Claro que não — disse o rei.

Então, seu rosto se tornou sombrio e ele cruzou os braços.

— Este é o concurso de *vocês*, não meu. O que aquele dragão contou a você?

— Ele mal fala — Erec ergueu os ombros. — Bem, mas depende do senhor. Quer que eu pegue o olho ou não?

O rosto do rei Pluto mudou para um meio sorriso raivoso. Ele empurrou o cetro na direção de Erec.

— É melhor você trazer isto, *com* o olho de volta, ou você e sua família vão desejar estar mortos.

Uma leve e agradável sensação veio do cetro. Palavras soavam na cabeça de Erec.

"Bem, agora o que é que você vai fazer?" Parecia algo meio zombeteiro. "Não posso destruir o dragão, você sabe."

Erec virou-se para Bethany, que se esforçava para sair da cadeira. Ele inclinou levemente o cetro.

"Solte Bethany", ele pensou.

Ondas de eletricidade percorreram seu corpo e seu braço, e então Bethany saiu da cadeira. Erec colocou um dedo nos lábios dela e a fez sentar.

— O que é isso? — o rei Pluto olhou para Bethany, sentada inocentemente.

— Ela precisa se acalmar — disse Erec.

Ele tirou o frasco de Pó do Voo de seu bolso e ergueu para Bethany ver. Ele o chacoalhou e disse apenas com os lábios, sem som, "Agora".

O rei Pluto aproximou-se.

— O que você tem aí?

— Apenas o meu prêmio do último concurso! — gritou Erec enquanto corria para a caverna.

Aoquesth estava ocupado ajeitando extraordinárias joias numa mesa. O pote preto com o olho de Erec dentro estava onde ele o tinha deixado.

— Obrigado por esperar.

— Não por isso, Erec.

Erec pegou o pote e percebeu que estava quente.

— Aoquesth? Se eu tivesse perdido a partida de xadrez, o que você teria me perguntado?

O dragão resfolegou.

— Se você usaria o olho para o bem ou para o mal. Só diz respeito a você. Mas acho que você o usará para o bem, como seu pai o faria.

Erec imaginou como ficaria surpreso se Aoquesth perguntasse isso antes de ele saber que o olho era seu.

— Você pode me dizer como eu volto para Alypium? Tenho um frasco de Pó do Voo que me permite voar por uma hora. É suficiente?

— Você precisará voar por três horas, o mais alto que puder, em direção ao leste, diretamente a partir da boca da minha caverna. Você atravessará dois mares. Nas grandes montanhas, verá de longe a imensa abóbada ao redor de Alypium desde que esteja... familiarizado com magia, claro.

— Nunca vou conseguir chegar tão longe — Erec ergueu o pequeno frasco.

Aoquesth suspirou.

— Acho que deveria deixar você ser pego por aquelas pestes que tentaram tomar o olho nestes dez anos. De fato, eu poderia, caso eles não tivessem tornado minha vida tão difícil, me obrigando a montar guarda dia e noite.

Ele encheu o peito. Puxou uma escama de sua perna, a pôs no chão e cuspiu fogo nela. A caverna ficou tão quente que a pele de Erec até chiou. Aoquesth pisou na escama, triturando-a no chão até que fosse um punhado de pó preto.

— Esfregue pelo corpo — disse Aoquesth. — Com isso, você será capaz de voar, pelo menos, por um dia inteiro.

— Minha amiga lá fora precisa vir também.

— Divida um pouco com ela. Há o suficiente para dois, tenho certeza.

Aoquesth colocou uma jarra ao lado do pó. Erec juntou a poeira quente e escura dentro da jarra. Esfregou suas mãos sobre o rosto, cabelo e roupas. Ele riu. Quando saísse da caverna coberto de fuligem preta, pareceria um personagem de desenho animado que tinha sido queimado por um dragão.

— Você *pode* deixar o cetro aqui — disse Aoquesth.

"Nem sonhando!" O cetro se fez ouvir dentro da cabeça de Erec.

"Viu em que problema você me meteu agora?"

— Melhor não — Erec agarrou-se a ele. — O novo rei vai precisar dele.

— Que seja — Aoquesth voltou para seu ninho. — Acredito que vamos nos encontrar novamente um dia, Erec Rex. Adeus.

— Adeus. E obrigado!

Erec saiu da caverna com o cetro, o olho e a jarra com o pó de escama de dragão. Todos os olhos se voltaram para ele. Por um momento, todos ficaram congelados. Ele sabia que estava parecendo que tinha sido terrivelmente queimado.

O rei se aproximou, e Erec pulou do chão. O ar parecia mais espesso enquanto ele subia, até ficar como se fosse água. Era difícil de respirar no começo. Ele puxava o ar para baixo de seus braços e o chutava. Ao subir cada vez mais alto, o rei Pluto pulou, esticando os braços como se pudesse alcançá-lo.

— Volte aqui! Me dê este cetro... e o olho!

Kilroy e Rayson observaram tudo, em choque.

— Não sei se posso — disse Erec. — Tenho algo a fazer antes.

CAPÍTULO 22

O olho

Bethany lançou-se no ar ao lado de Erec. Ela estava se acabando de rir. Eles estavam livres e enquanto partiam juntos, o rei Pluto e Kilroy desapareceram embaixo.

Eles voaram para o leste, remando com os braços e chutando o ar, já longe da boca da caverna. Depois que alcançaram o vento, passaram a movimentar-se mais facilmente.

— Ainda bem que você não devolveu o cetro. Eles iam pegar o olho, trancar você e contar para todo mundo que Balor, Damon e Rock venceram os torneios. Acho que alguém levou Ward embora ontem, porque ele não apareceu.

Ela franziu a testa para Erec.

— Por que você está tão sujo?

— Pó de escama de dragão. Ele permite que a gente voe por um dia inteiro. Você vai precisar de um pouco.

Eles voaram sobre florestas e lagos.

— Será que devemos pousar para você passar o pó?

— Não estou muito certa sobre como pousar. Vou tentar fazer isso aqui em cima mesmo.

Ele deu a jarra a Bethany e segurou com cuidado o olho e o cetro. Ela esfregou o pó e jogou a jarra num lago. Eles voaram o mais reto que podiam. O sol se punha devagar, ajudando-os a se direcionar e aquecendo as costas de Erec enquanto ele cortava o vento. O ar batia em seu rosto.

Uma música entrou em seu pensamento de todas as coisas, a canção de ninar que sua mãe cantava desde que ele era pequeno, aquela que passou a irritá-lo mais tarde. Perplexo, ele se lembrou da parte do dragão.

Ele tem um presente só para você
Dado por seu pai, não vá se esquecer
E este presente especial, digo de coração
É seu olho de dragão
Foi feito para você, encaixa perfeitamente
Para que sua nova vida seja decente

Erec prendeu a respiração. Ele apertou o pote com o olho.

— Por que você não pode usar o cetro para nos levar de volta? — perguntou Bethany.

Erec olhou para o cetro, surpreso.

— Não tinha pensado nisso — disse ele.

O cetro fez um som dentro da cabeça de Erec como se fosse um bocejo.

"Isso não me surpreende", disse o objeto.

Erec estava contente que o cetro tenha se mantido quieto por tanto tempo. Ele o moveu em direção a Bethany e para si mesmo, emocionado por usá-lo novamente.

— Nos envie para o castelo do rei Piter.

Ondas cortantes de eletricidade percorreram seu corpo, indo se concentrar no cetro. A força era tremenda. Por um momento sentiu-se como o Imperador do Universo. Ele levou uma sacudida e quase deixou cair o olho. Achou mesmo que uma bomba tivesse explodido, exceto pelo fato de estar em frente à entrada do castelo junto com Bethany.

— Essa foi fácil — disse Bethany.

— Só se for para você.

Erec olhou ao redor da sala cheia de ornamentos, com os enormes candelabros dourados e uma notável tapeçaria. Se pelo menos tivesse alguém em quem ele pudesse confiar. Ele não tinha certeza sobre o que fazer a seguir. Manter o olho, claro. Protegê-lo. E ficar com o cetro também. Talvez ele pudesse assumir agora no lugar do rei Pluto. Ele poderia usar o cetro para tornar-se rei. Ele havia vencido os torneios.

Uma empregada veio, os viu e afastou-se rapidamente.

— Acho que devemos encontrar o rei Piter. Se ele estiver sob um feitiço, talvez eu possa revertê-lo com isso.

Eles andaram em direção à ala oeste.

Hecate Jekyll passou por ali. Ela olhou para eles com surpresa.

— Minha nossa. O que aconteceu com os dois? Estavam limpando as chaminés ou alguma coisa assim? — ela sorriu e espiou seus rostos mais de perto. — Vocês estão esgotados. Vamos fazer uma sopa de galinha e talvez um prato de brownies.

Erec estava faminto, mas tinha que encontrar o rei Piter.

— Obrigado... talvez mais tarde. Tenho que fazer uma coisa.

Hecate Jekyll observou o cetro desconfiada.

— Isso não é seu, sabia?

Erec queria contar a Hecate. Talvez ela pudesse ajudar. Ela era uma das poucas pessoas dignas de confiança. Ela tinha ficado ao lado dele contra Ugry, e sempre esteve lá com pratos de guloseimas. E sabia sobre coisas mágicas.

— Eu encontrei um olho de dragão. É meu, mas o rei Pluto está tentando roubá-lo. Ugry também está atrás de mim e, provavelmente, Rayson e Kilroy. Tenho que encontrar o rei Piter.

Hecate colocou as mãos sobre os quadris.

— Agora, me escutem. Um olho de dragão é um negócio sério. Vocês estão certos de não dá-lo a ninguém. Vocês não sabem em quem confiar. Não o esconda no seu quarto, é o primeiro lugar em que irão procurar.

Ela deu uma olhada no corredor.

— Eu vi o rei Pluto um minuto atrás. Ele está na ala oeste com o rei Piter. Receio que planeja fazer uma busca pelo castelo, e agora sei o motivo. Conheço um lugar seguro onde ninguém irá encontrá-los. É melhor correrem para lá, depressa. Deixem-no procurar. Quando ele desistir, vocês saem e encontram o rei Piter. Se Pluto vir vocês, vai pegar o olho com certeza.

Ela acenou para eles irem embora.

— Fica nas cozinhas — cochichou ela. — Há uma despensa sob uma placa de metal redonda com um olho entalhado. Apenas digam "Um olho tudo vê" e vocês poderão descer e se esconder.

Erec não disse que já tinha estado lá antes.

— Peguem um lanche no meio do caminho — disse ela. — Mas corram. Vou despistá-los para vocês.

Ninguém os seguiu enquanto corriam para as cozinhas. Erec segurou com força o cetro e o pote.

Quando ele dobrou o corredor seu braço sacolejou. Com um puxão, o cetro se desvencilhou de sua mão. Dois homens grandes com tapa-olhos agarraram Erec e Bethany tão facilmente como se eles fossem filhotinhos. Um dos brutamontes com uma cicatriz na testa andou em direção aos dormitórios com Bethany chutando e gritando embaixo de seu braço.

Erec tentou se soltar do abraço do enorme homem sombrio que o carregava pelo corredor. O pote com o olho do dragão estava sob sua camiseta. Ele esperou que o homem não percebesse.

Se ele tivesse pelo menos tempo de esconder seu olho. Como ele poderia desistir depois de tudo pelo que tinha passado... depois de tudo por que seu pai passou, incrivelmente... e depois do que Aoquesth também tinha enfrentado. Se o rei Pluto vencesse, Erec iria diretamente para a masmorra, ou pior.

Alguma coisa da canção de ninar de sua mãe ficava martelando em sua mente. "Foi feito para você, encaixa perfeitamente."

Claro. Se ele tivesse pensado nisso antes... Ele precisava tirar seu olho de vidro e colocar seu próprio olho no lugar. Ele abriu o pote e pegou o globo gelatinoso e liso com as duas mãos, para que não escorregasse. O vidro caiu no chão.

O homem que carregava Erec pegou o vidro vazio e jogou o menino num quarto escuro, batendo a porta atrás de si. Erec engasgou. Incontáveis olhos brilhavam juntos com uma luz esverdeada. Parecia como se um monstro com cem olhos estivesse olhando para ele na escuridão, com cada olhar o perfurando.

Erec afastou-se, tremendo. Ele tateou a maçaneta, mas estava trancada. Seus dedos trêmulos apertaram um interruptor de luz.

O homem que estava ali não se parecia com ninguém que Erec já tivesse visto. Inúmeros olhos cobriam a pele de seu rosto, braços, peito e pescoço. Seu manto preto de feiticeiro caía sobre os braços enquanto seus muitos olhos entravam em sua pele, fazendo-o parecer um queijo suíço. Então, eles desapareceram todos de uma vez. Sua carne parecia tê-los engolido.

Por um momento o rosto assumiu um formato oval vazio com a pele pálida e então um nariz arqueado surgiu, como um vulcão, em seu centro. Um olho azul, afundado, bravo, com bolsas escuras embaixo, surgiu junto com uma boca de lábios finos. No lugar em que deveria estar seu outro olho havia uma cavidade escura, terrível que ele logo cobriu com um tapa-olho.

Tufos de cabelos grisalhos corriam pelo meio de sua testa. Ele era alto, com uma mandíbula forte e um sorriso sarcástico que corria por seus lábios finos. Seu olho azul cor de gelo olhou para Erec com um jeito frio e duro como aço.

Erec agora o reconhecia. Ele era o homem que ele havia visto na televisão: o "Príncipe Real". O homem que tinha tentado matá-lo quando ele era mais novo.

Erec se apoiou contra a porta. O olho de Baskania parecia penetrar em sua alma. Ele se sentiu enfraquecido enquanto olhava para ele. Erec balançou a cabeça e segurou firme o olho do dragão sob sua camiseta.

Baskania gargalhou.

— Vejo que não há necessidade de me apresentar, Erec Rex. Mas só para constar, sou Thanatos Argus Baskania. Você pode me chamar de príncipe Baskania, por ora. Logo, será imperador Baskania, quando os novos reis me derem seus cetros. É um *enorme* prazer encontrar você.

Erec tremeu. Ele procurou por janelas no pequeno quarto ou alguma outra maneira de fugir. Não havia nenhuma.

— Agora, por favor — Baskania ergueu sua mão. — O olho. Eu tenho me preparado para isso — ele removeu seu tapa-olho. — Isso mesmo. Eu tirei um de meus preciosos olhos para recebê-lo. Não se preocupe, eu o guardei em algum lugar... acessível. Mas quero o meu olho de dragão no lugar para a cerimônia de coroação, que vai acontecer em... — ele olhou para seu relógio — três minutos.

— Que olho? — talvez ele pudesse ganhar algum tempo.

— O que você está segurando embaixo de sua camiseta. Eu não teria de enxergar através das coisas para saber que está bem na sua frente. Agora me dê cuidadosamente. Não o estrague.

— Mas o rei Pluto o quer. Ele está procurando por isso agora.

Baskania soltou uma gargalhada horripilante.

— Ele queria o olho para entregar a mim. *Eu* o enviei para a caverna do dragão com você para pegá-lo — ele sorriu maliciosamente. — Quando Pluto descobriu quem você era, ele quase o deixou morrer naquele torneio embaixo da terra. Não pensou direito. Nós precisávamos de você. Com seu olho, a ajuda de Pluto e meu assistente no castelo, o mundo logo deve ser *meu*.

Claro. Seu assistente Balthazar Ugry. Ou seria Kilroy?

— Entregue-o para mim agora. Não quero perder as cerimônias.

Erec sentiu o olho pegajoso sendo puxado de sua mão. Estava escorregando. Ele segurou mais forte, e o olho parou de escorregar.

— Não o esmague — disse Baskania num sussurro áspero. — Ele vai se partir. Então nem eu, nem você ficaremos felizes.

Seu olho azul penetrou em Erec, e sua voz saiu em tons mais graves.

— Do que você está com medo? Não acredite no dragão. Eles são animais estúpidos. Me entregue o olho e você irá governar comigo, Erec. Você quer poder para mudar as coisas. O cetro pode ser seu. Vamos fazer uma troca: o olho pelo cetro, para usar e governar como quiser. Você poderia fazer grandes coisas, Erec. Eu poderia usar alguém poderoso como você para me ajudar.

O olho azul duro como aço de Baskania se dirigiu a ele.

— Sua mãe disse que eu queria feri-lo. Não poderia estar mais longe da verdade. Eu queria ajudá-lo, Erec. Deixar você atingir seu potencial máximo. Para governar ao meu lado. Eu posso fazer coisas que ninguém mais pode. Eu vou ensiná-las a você. Vamos comandar até mesmo a Substância juntos, fazê-la seguir nossas ordens.

A cabeça de Erec girava. Ele começou a pensar sobre o cetro. Ele o queria de volta.

— Esqueça sua mãe. O que *ela* fez por você? Um "perdedor", como eles chamam esses patetas da Terra de Cima. Você estava certo ao não confiar nela. Ela mentiu o tempo todo. Esta é sua chance, Erec. Me dê o olho e terá todo o poder que sempre quis, para arrumar tudo o que achar errado no mundo, para salvar sua família. Você não sabe como usar o olho, mesmo. É inútil para você. Passe-o para mim, devagar. Eu não quero arrancá-lo pois ele é muito frágil.

Erec olhou para ele, confuso.

— Posso ver em sua mente, Erec. Eu sei pelo que passou tentando salvar sua mãe. Você fez o que era certo ao ouvir o demônio das sombras. Ele estava certo sobre ela. Ela merecia aquilo.

Ao mencionar o demônio das sombras, a mente de Erec se clareou. Ele lembrou-se de como tinha falhado e como acreditou em suas palavras traiçoeiras.

Erec tirou o olho que estava embaixo de sua camiseta. De um lado de seu globo escorregadio havia uma íris azul que combinava com a de seu olho. Do outro lado havia um círculo grande, brilhante com uma borda amarela e uma fenda preta longa que parecia com o olho de Aoquesth.

Ele puxou sua pálpebra inferior para baixo e enfiou o dedo ao redor de seu olho de vidro. Ele saltou para fora com um barulho de sucção e caiu no chão. Erec empurrou o olho do dragão na cavidade.

A canção de ninar estava certa, servia perfeitamente nele. Ficava melhor que o olho de vidro... mas então começou a fazer pressão e a pinicar, como se estivesse crescendo e fazendo ligações. Depois de uma picada, ele podia enxergar através dele.

A princípio tudo parecia brilhar esverdeado, e então Erec podia sentir o olho se mover, se virar. Ele tinha enxergado através do olho verde do dragão, ele tinha certeza, e agora estava se virando para o outro lado, seu olho normal. Depois de anos tendo apenas um olho, tudo surgiu em três dimensões. Ele pensou em seu pai e o agradeceu.

Baskania encarou Erec com seu olho azul cor de gelo e com a cavidade horrível e escura que tinha feito para o olho do dragão.

— Idiota. Agora vou ter que matá-lo para pegar o olho. Você teve sua chance. Mas a cerimônia está começando. Quero participar dela primeiro. Você não vai a lugar algum.

Uma corda saiu da palma da mão de Baskania. Ela instantaneamente prendeu Erec dos ombros até os joelhos.

Baskania colocou seu tapa-olho e moveu um dedo em direção à parede atrás de si. Ela se derreteu. O barulho da multidão entrou no quarto. Eles estavam numa alcova distante da sala do trono. Baskania levantou o rosto e uivou como um lobo. O som se perdeu no meio da massa de pessoas.

O rei Piter sentou em seu trono, acima do nível de onde estavam os convidados. Aparentemente houve muitos avisos junto à população sobre o evento, que reuniu centenas de pessoas de Alypium, talvez de outros lugares, para ver a cerimônia.

Os três cetros ficavam num espaço à frente do trono do rei Piter, com suas bases unidas, formando um sinal de paz. Nos polos de cada cetro estavam três coroas. Alguns passos adiante estavam Balor Stain, Damon Stain e Rock Rayson, todos parecendo presunçosos em seus mantos pretos.

Erec lutava contra as cordas e quase caiu. Ele gritou por ajuda. Baskania não parecia ouvi-lo com todo o barulho. O rei Pluto apareceu numa alcova próxima a Baskania. O rei apoiou-se sobre um joelho, abaixou a cabeça e disse: "Meu soberano."

Baskania acenou para o rei Pluto se levantar. Baskania colocou sua mão sobre a do rei.

— As coisas estão indo como o planejado. Você será recompensado por isso além dos seus mais incríveis sonhos. Sem os cetros, seu irmão e irmã ficarão mais fracos do que vermes.

Será sua vez de mostrar a eles o que é poder. Quanto ao menino, eu consertei seus erros. Após a cerimônia, o olho será meu.

Os olhos do rei Pluto se voltaram para Erec.

— Ele o está usando.

— Não importa. Quando eu matá-lo após a cerimônia, irá sair.

Spartacus Kilroy estava em pé em frente ao trono. Sua voz ecoava.

— Tenho orgulho em anunciar... chegou o momento da segunda coroação de reis para as grandes terras de Alypium, Aorth e Ashona!

A multidão vibrou. Erec não conseguia ver Bethany em nenhum lugar.

— Aqui estão três jovens cavalheiros que mostraram sua força, nobreza e valor através de seis difíceis testes, com graça, velocidade e coragem. Permitam-me anunciar o futuro rei de Alypium... Balor Stain!

Muitos aplausos ecoaram na sala.

— E seu irmão, o próximo rei de Ashona... Damon Stain!

Erec lutava contra as cordas apertadas. Elas não se moviam.

— E, finalmente, filho do famoso saltador do time Super A, Stoney Rayson, o futuro rei dos subcontinentes da Aorth... Rock Rayson!

A multidão foi à loucura.

Se as pessoas pelo menos soubessem que foi ele quem realmente venceu e que Balor, Damon e Rock entregariam seus cetros a Baskania, que iria destruir a todos... Os gritos de Erec se perdiam no furor da multidão.

Kilroy continuou:

— Como todos vocês sabem, para nossa infelicidade, quase dez anos atrás, os trigêmeos reais de apenas três anos e nossa amada rainha Hesti foram mortos. Deveriam ser aqueles três, dois meninos e uma menina, a receber as coroas hoje.

Um burburinho se espalhou pelo lugar.

— Mas eles não estão aqui. Não podem estar. E a vida continua. Então, após o aniversário de quinhentos anos de Alypium, Aorth e Ashona, escolhemos os próximos reis que seguirão os passos de nossos atuais líderes. Nossa realeza tem sido abençoada com vida longa. Este ano, o rei Piter, o rei Pluto e a rainha Posey completaram 500 anos juntamente com seus países.

Erec olhou pasmo para o rei Pluto. Ele parecia ter apenas uns 50 anos. Com seu poder, história e idade, como pôde se curvar a Baskania?

— Nossa realeza passou excepcionalmente bem pelos anos. Mas eles concordam que é hora de dar lugar a outros. Poucos de nós estiveram na última coroação, 485 anos atrás. Faz tanto tempo que até eles próprios já esqueceram os detalhes.

Kilroy olhou para o rei Piter, que olhava impassível para a multidão.

— É dito que, durante a cerimônia, os três cetros se levantarão e voarão para aqueles que serão reis e rainhas. Não sabemos se isso irá acontecer hoje. É dito que Lia Fail, a pedra na base do trono do rei Piter, irá gritar quando um governante legítimo for coroado. Isto provavelmente é um mito. Costumava ser dito que os futuros reis e rainhas deveriam fazer 12 jornadas, ou trabalhos, como se costumava chamar, antes que pudessem receber seus cetros e governar. Não acreditamos que isso seja verdade hoje em dia. Estes três jovens cavalheiros serão reis hoje mesmo, receberão seus cetros e partirão para soprar nova vida em seus reinos! Agora, que comecem as cerimônias.

Kilroy afastou-se. As luzes diminuíram. Apareceram nove figuras encapuzadas vestidas com mantos pretos. Elas carregaram tochas acesas e formaram um círculo ao redor dos cetros, fazendo um zunido intermitente. Erec começou a gritar "Socorro!" com toda a força de seus pulmões, agora que a sala estava em silêncio. Baskania movimentou o olho em direção a Erec e um pano apareceu em sua boca, fazendo-o calar, antes que pudessem ouvi-lo. Quando ele tentou novamente, não conseguiu emitir som algum.

Erec sentou-se encostado na porta. Pelo menos ele pôde enxergar através de dois olhos... antes de morrer. As figuras negras ao redor dos cetros, escondidas sob capuzes, entoaram uma canção repetitiva. Erec não conseguia entender suas palavras, mas elas eram hipnotizantes.

Suas tochas brilhavam na sala escura. Velas foram acesas em arandelas nas paredes, em grandes pedestais e em vasos. A sala se aqueceu, e havia um brilho turvo. O canto passou a ficar cada vez mais alto. Começou a parecer um grito de guerra. A sala do trono, cheia de pessoas, permanecia imóvel. Todos pareciam encantados, até mesmo Baskania.

A canção terminou com um grito. As figuras com seus mantos ficaram de joelhos.

O silêncio tomou conta da sala. Todos olharam para os cetros e coroas. Balor, Damon e Rock inclinaram-se para frente. Baskania também se curvou, o braço levantado como se quisesse alcançar os cetros.

Erec mordeu seu lábio. Não era para terminar assim. Um cetro se levantou. Todos os olhos na sala do trono o observaram flutuar lentamente.

CAPÍTULO 23

Fazendo alguns ajustes

Um grito ensurdecedor se fez ouvir, como se fosse o agouro de uma ninfa. O som ecoou na cabeça de Erec. Então cessou tão repentinamente quanto tinha começado, e o silêncio prevaleceu. Várias pessoas sussurraram.

— A Lia Fail.

— A pedra gritou.

— Eles são os governantes de direito.

O cetro flutuou por mais um momento e movimentou-se pelo ar entre Balor e Damon Stain. Pessoas da multidão olharam enquanto o objeto voava sobre suas cabeças. Ele elevou-se e passou sobre as cabeças do rei Pluto e Thanatos Baskania... e aterrissou aos pés de Erec.

"Prazer em conhecer você, camarada!"

O cetro tremia. Toda a sala do trono estava agora olhando para Erec, todo amarrado e com um pano na boca.

Baskania parecia surpreso. Erec olhou chocado para o cetro. Este não era o que ele havia usado antes, aquele que pertencia ao rei Pluto.

“Vamos lá, camarada. É melhor você me pegar. Quer dizer, olhe só para você.”

As palavras colocaram Baskania em ação. Ele partiu em direção a Erec.

Erec queria o cetro desesperadamente. Ele precisava dele. Erec pisou com um pé sobre seu outro calcanhar e tirou o sapato. As partes de cima de suas pernas estavam amarradas juntas, mas ele se esticou o máximo que podia.

Baskania estava alguns passos distante.

“Vamos, camarada. Alcance.”

Os dedos de Erec tocaram o cetro brilhante. O poder percorreu seu pé e subiu pelo corpo.

“Me liberte”, pensou Erec.

Num segundo, as cordas e o pano sobre sua boca tinham sumido. A multidão engasgou.

“Você pode querer capturá-los. É só uma ideia que eu tive.”

O cetro falava dentro da cabeça de Erec.

Baskania e o rei Pluto estavam congelados, com os olhos arregalados. Erec levantou o cetro e mirou neles.

Olhos surgiram por todo o rosto, pescoço e mãos de Baskania. Erec estremeceu com aquela visão nojenta. Então, antes que Erec pudesse perceber, Baskania e o rei Pluto sumiram.

Tudo aconteceu muito rápido. Se ele tivesse agido mais depressa... Mas ele não cometeria esse mesmo erro duas vezes. Algumas outras pessoas também precisavam ser detidas.

Erec ergueu o cetro para o alto.

— Todos parados. Ninguém deve sair de seus lugares — gritou ele.

O poder percorreu seu corpo e o cetro. Foram criadas tantas ondas de choque que era difícil segurá-las. Ele sentiu como se tivesse sido atingido por um raio. Ele precisou usar toda a sua força para suportar. Então, tudo parou.

Houve um grande alvoroço. As pessoas gritavam e urravam, mas ninguém conseguiu levantar um pé do lugar onde estava. Balor Stain olhou para Erec com ódio profundo, tentando se mover.

Erec ergueu o cetro.

— Balthazar Ugry, levante-se e responda minhas perguntas.

Outra onda de poder disparou do cetro. Ugry levitou com um olhar ameaçador. Ele parecia perfeitamente confortável fora do chão. A multidão, totalmente confusa, olhava de Erec para Ugry.

— Conte a verdade! — gritou Erec.

Ugry o encarou.

— Meu nome é Balthazar Ulric Theodore Ugry. Tenho um irmão mais novo chamado Buttleby Ugry. Eu moro no castelo do rei Piter, em Alypium. Sou o Consevidente do rei. Nasci em Alypium e estudei em Oxvard para meu aprendizado.

Ugry cruzou os braços e olhou desafiadoramente.

— Continue.

— É o entardecer. O sol se pôs. Alypium tem um escudo de clima para controlar sua temperatura.

Sua voz soava desumana e sarcástica.

— Conte-me a verdade sobre seu plano de dominar Alypium.

Erec apontou o cetro para Ugry. O poder que emanava o encheu de prazer.

— Não tenho plano nenhum.

— Então o que foi que você disse para Stoney Rayson no depósito de armas?

— Nunca estive *com* Stoney Rayson no depósito.

— Você vem hipnotizando o rei Piter?

— Absolutamente.

— Você ordenou que o minotauro fosse enviado para o meio do labirinto?

— Não.

— Bem, então por que estava por perto sempre que coisas ruins aconteciam?

— Porque — Ugry fez uma pausa — eu estava tentando ficar de olho nas coisas. Algo estava acontecendo. Eu tinha que descobrir o que era.

Erec ficou olhando.

— Por que ficou me perseguindo na ala oeste?

— Porque você estava correndo próximo dos aposentos do rei, o que é proibido e já tinha sido avisado. Você merecia ter sido expulso do castelo. Quem sabia o que você estava tramando? E então você usou ilegalmente uma Teletrans-Porta para entrar na masmorra do rei Pluto, e o que é pior, para ajudar uma prisioneira a escapar.

A multidão ficou boba. Ugry parecia gostar de fazer Erec parecer mau.

— Como sabe que eu fui até as masmorras do rei Pluto? — perguntou Erec.

— Eu descobri há muito tempo que você usou a Teletrans-Porta. Eu o segui. Como eu disse, é o meu trabalho ficar de olho no que acontece no castelo do meu rei, especialmente quando ele não é capaz de fazer isso sozinho.

Erec olhou para Ugry.

— Você me seguiu. Viu o que aconteceu comigo e com o demônio das sombras. E então...

Ugry olhou com a cara fechada.

— Eu salvei você.

— E você não queria que me levassem para o torneio final. Ouvi sua conversa com Kilroy. É porque você sabia que...

— Sim. Depois do que aconteceu nas masmorras olhei no livro de Spartacus e descobri quem você era. Eu sabia por que o estavam levando para o covil do dragão. Mas não podia impedir que acontecesse.

— Tudo bem — disse Erec. — Eu tenho meu olho agora.

A sala estava em silêncio. Balthazar Ugry desceu de volta para o meio das pessoas.

— Spartacus Kilroy, levante-se e responda minhas perguntas! — gritou Erec.

O cetro zunia. Kilroy levitou em frente ao trono. O rei Piter observava tudo com suave deleite. Kilroy parecia com medo de cair e ficava esticando-se em direção aos pés como se pudesse descer.

— Spartacus Kilroy, conte-me a verdade sobre seu plano de dominar Alypium.

Kilroy parecia surpreso.

— Não tenho plano nenhum para dominar qualquer coisa. Por que você pensa isso? — Kilroy olhou para a multidão logo abaixo. — Esse garoto tem um parafuso solto.

— Conte a verdade. Você estava no depósito de armas junto com Stoney Rayson?

— Nunca! O que aconteceu nesse depósito, afinal de contas?

— Você vem enfeitiçando o rei Piter?

— Não! Ou... pelo menos não que eu saiba — ele franziu a testa. — Algum dia eu disse isso?

— Você não estava empurrando café garganta abaixo do rei? Aquele café estava misturado com alguma substância?

— É medicação — disse Kilroy, exasperado. — O rei precisa de seus remédios a cada duas horas ou pode morrer, segundo o que nos foi dito. Eu faço como me mandaram. Ele toma os remédios a cada duas horas de acordo com o relógio, e então sua dose noturna com chocolate quente às oito. Faz maravilhas a ele. Posso vê-lo relaxar.

— Você pediu o minotauro?

Kirloy suspirou e olhou para baixo.

— Sim. Foi-me dito que ele faria parte do primeiro torneio. Que desastre.

Ele segurou sua cabeça.

— Por que você estava ajudando o rei Pluto a pegar o olho do dragão?

— Ele disse que o olho iria ajudar nossas grandiosas nações a crescerem — Kilroy suspirou. — Eu fiquei preocupado em enviar você para lá. Parecia muito perigoso. Mas ele me assegurou que você ficaria bem. E estava certo. Ele disse que você invadiu as masmorras e soltou um prisioneiro perigoso. Você deveria ser trancafiado. E então roubou o olho!

A multidão engasgou novamente. Erec tinha certeza de que seria atacado se as pessoas não estivessem presas em seus lugares.

Kilroy foi para o chão. Erec parecia irritado. Ele bateu o cetro no chão.

— Mostre-me quem estava enfeitiçando o rei Piter! Quem eu ouvi falando com Stoney Rayson no depósito de armas!

Mostre-me quem era o assistente de Baskania em Alypium! Erga-o para que todos possam ver.

No outro lado da sala, Hecate Jekyll flutuou no ar.

Erec mordeu seu lábio. Ela, que o havia ajudado a se esconder... deve tê-lo entregue diretamente a Baskania. A expert em poções mágicas e preparos. A chefe das cozinhas do rei. Ela estava lá desde sempre.

O cetro queimou nas mãos de Erec.

— Conte-me a verdade. Há quanto tempo você enfeitiça o rei?

O rosto de Hecate se contorceu, mas ela não podia conter as palavras.

— Por quase dez anos.

Houve um engasgamento coletivo.

— E Spartacus Kilroy fez o seu trabalho sujo dando a ele "remédios" a cada duas horas?

— Sim, e eu o enfeitiçava todos os dias — falou ela rispidamente.

O rosto de Kilroy ficou branco.

— Por quê Kilroy?

— Ele é muito crédulo e não muito esperto — disse ela, rindo. — Eu o escolhi quando Ruth Cleary, a antiga Consevidente do rei Piter, foi morta. Kirloy não tinha qualificação e não era um vidente, então precisava confiar em mim. Ele recebia ordens e guardava segredos.

— Então era você cochichando no depósito de armas com Rayson, roubando armas para tomar o Reino dos Guardiões.

— Sim, era eu — sibilou ela.

Houve um tumulto. Erec apontou o cetro para Hecate Jekyll e, de repente, ela estava amarrada por cordas como ele havia estado.

A cabeça do rei Piter tombou para o lado. Ele poderia ser ele mesmo novamente quando a poção acabasse. Mas isso não seria tão em breve. Erec apontou o cetro para o rei Piter.

— Deixe o rei Piter levantar-se e ser ele mesmo.

"Boa ideia", disse o cetro. Uma chama de poder passou através de Erec. Ele já estava se acostumando àquela sensação.

Um dos olhos do rei Piter se arregalou. E se fechou. Seu outro olho fez a mesma coisa. Então ele sentou-se direito em seu trono e tremeu como se estivesse sendo eletrocutado. Quando parou, ele olhou ao redor da sala com a sobrancelha levantada. Um sorriso se espalhou pelo seu rosto. A sala estava em silêncio absoluto.

O rei Piter começou a rir. Iniciou com um sorrisinho e espalhou-se por todo o rosto, até que lágrimas saíssem de seus olhos. Ele se dobrou, batendo nos joelhos. Parecia que tinha ficado louco.

Quando ele se sentou de volta, o rei pareceu se abrir diante dos olhos de Erec. Suas costas se endireitaram. Os músculos agora se faziam notar sob suas roupas reais. Ele parecia incrivelmente grande enquanto voltava à sua forma física. O rei riu e fungou. Ele encontrou um lenço em seu bolso e assoou o nariz, então segurou no alto, com nojo.

— Isso é antigo — ele jogou no chão. — Que coisa mais estranha.

A voz do rei ecoou profundamente.

— Quando cometi um erro, foi para valer. E bastou um simples menino para consertar as coisas. Venha aqui, meu rapaz.

Erec abriu caminho. As pessoas se inclinavam para ele passar, mas não podiam tirar os pés de onde estavam. Por isso ele acabou pisando em alguns dedões no trajeto.

Os olhos do rei cintilavam, quase completamente cheios de vida. Ele sorriu calorosamente, o puxou e deu um abraço.

— Obrigado, Erec — cochichou ele. — Me desculpe por não ter lhe dado ouvidos.

O rei olhou ao redor da sala e sorriu de leve.

— Bem, acho que não se pode mudar a história. Que interessante cadeia de eventos. As coisas aconteceram muito rapidamente. Eu estava desprotegido. Minha mulher havia partido. Meus trigêmeos se foram. Ruth também se foi. Hermit se foi. Eu não tinha ninguém. Algo iria acontecer, mas eu não sabia como... poderia evitar. Eu tinha voltado de um encontro com um amigo que estava ajudando a... tomar conta de algumas coisas, e um serviçal me deu um copo de chá... E veja só. Quase dez anos se passaram.

Ele esfregou sua fronte, então tocou o topo de sua cabeça e sentiu seu rosto.

— Que embaraçoso. Eu realmente me deixei parecer com isso? E o castelo. Lembro-me que a última coisa que fiz foi colocá-lo de lado, enquanto eu me afundava. Que bagunça.

Ele piscou para Erec.

— Lembro-me de você me encorajar a não tomar outro gole de café. Bom conselho. Posso ter meu cetro de volta?

— Bem... acho que agora é meu — disse Erec, sem saber o que fazer.

O rei Piter sorriu.

— É sim, de uma certa maneira. Mas ainda não. Você foi encontrado pelo cetro e por Lia Fail. Mas há algumas coisas que você deve fazer antes de a coroa e o cetro serem seus. Doze coisas, na verdade.

Erec lentamente passou o cetro ao rei Piter. Ele odiou ter de fazer isso. O rei o moveu com prática.

De repente, a sala deu uma virada brusca de lado, em direção oposta ao trono. Se as pessoas não estivessem presas ao chão, teriam caído aos montes. Em vez disso, elas ficaram penduradas pelos pés, com suas cabeças viradas para a parede, movendo-se e trombando umas nas outras.

Erec, que não estava preso ao chão, voou em várias pessoas. Enquanto elas se nivelavam ao chão, ele caía sobre elas em direção à parede. Ele foi agarrado por uma mão e segurou-se. Ficou dependurado.

— Humm. — O rei Piter segurou-se na parte de trás de seu trono.

— Alguém "consertou" a gravidade aqui, claro.

Ele moveu o cetro novamente. A gravidade se reajustou. As pessoas se colocaram de pé sobre seus pés presos. A sala parecia um gigantesco jogo de Twister. Erec foi novamente para perto do rei, pisando em mais dedões.

As pálpebras do rei se moveram, e um espelho surgiu em suas mãos. Ele olhou com desgosto. Num piscar de olhos seus cabelos grisalhos e fracos se tornaram grossos e brancos, sua barba se encheu e ele ficou mais alto e limpo. Ele ainda parecia velho, mas também impetuoso e sábio.

— Engraçado. Embora eu estivesse completamente enfeitiçado, posso me lembrar de tudo, particularmente do que aconteceu aqui esta noite.

Com um movimento rápido de dedo, a amarrada Hecate Jekyll estava à sua frente.

O rei suspirou.

— Hecate. Você sempre foi uma pessoa muito estimada: esperta, organizada, educada. Merecia mais do que isso. Você escolheu o caminho errado, minha querida.

— Seu tempo acabou — ela respondeu com escárnio.

O coque de Hecate Jekyll se desmanchou, e longos cabelos grisalhos caíram por sobre seus ombros. O rei Piter suspirou e a tocou com um dedo. Ela desapareceu.

— Onde ela está? — perguntou Erec.

— Em minha masmorra — disse o rei a ele tristemente.

— Stoney Rayson estava trabalhando com ela, para Baskania — disse Erec.

Houve engasgos.

— Impossível. Não o príncipe Baskania. Ele é um bom homem. Rayson? Ele é um atleta, não um criminoso.

— Baskania estava aqui — disse Erec. — Foi ele que me amarrou.

As pessoas balançaram a cabeça, descrentes.

— Deve ter sido outra pessoa. O Príncipe Feiticeiro não teria feito isso.

O rei passou o dedo por sobre a multidão, como se estivesse buscando alguém.

— Temo que o senhor Rayson já tenha nos deixado. Alguns podem achar difícil de acreditar que Baskania estava por trás disso. Ele parece ter se tornado muito popular nestes últimos dez anos.

Ele limpou sua garganta e olhou estranhamente para o peito de Erec.

— Estes óculos parecem familiar. Você se importa se eu der uma olhada?

Erec hesitou.

— Eu preciso deles.

— Claro que eu os devolveria imediatamente, mas se você não quiser...

Erec os entregou ao rei Piter. Ele os colocou no rosto. Sua expressão se alegrou. Seus lábios se apertaram, e lágrimas rolaram pelo rosto.

— Minha querida... Estou de volta... Sim, eu sei... — sua voz era doce. — Está tudo bem agora, está sim. Conversaremos à noite.

Ele devolveu os óculos a Erec.

— Você fez um bom trabalho. Odeio pensar no que teria acontecido se não fosse por você.

Erec tossiu desconfortavelmente.

— Preciso da sua ajuda. Eu tenho uma amiga, Bethany Evirly. O tio dela a mantém prisioneira. Os pais dela morreram, e o tio a faz trabalhar em sua banca o dia todo e não liga para ela. Ela quer muito ficar em Alypium.

Erec tinha certeza de que não tinha explicado tudo direito. Que adulto ajudaria uma criança a fugir de casa?

— Humm... O nome dela é Bethany, você disse?

— Sim.

— E o nome do tio dela?

— Earl Evirly.

— Ahh. Earl Evirly. Lembro-me dele. Engraçado o quanto consigo recordar as coisas enquanto estive ausente. Ele era comandado por Hecate. Me lembro de algumas de suas conversas. Bem, vamos conversar com Bethany e seu tio Earl.

O rei Piter tocou dois dedos em seu trono, e Bethany e Earl surgiram na sua frente. Earl olhou chocado ao redor e então seus olhos se arregalaram sobre Bethany.

— Aí está você, menina desprezível. Achou que poderia levar a melhor sobre mim, hein? Fugindo sozinha por aí? Bem, tenho alguns amigos poderosos, vê? Quem você acha que a trouxe aqui? Você nunca vai escapar de mim. E você irá *pagar* por isso.

Seus olhos brilhavam.

Bethany estava horrorizada, acreditando em seu tio. Então ela viu o sorriso largo de Erec e o rei Piter desperto e rindo. Ela deu um passo para trás, chocada.

Earl Evirly notou na mesma hora que o rei estava ali. Ficou boquiaberto. Ele olhou desesperadamente ao seu redor.

— Você não encontrará a Srta. Jekyll aqui, se está mesmo procurando por ela — disse o rei Piter. — Ela vai passar um tempo relaxando nas minhas masmorras.

Earl ficou branco e começou a tossir.

— Então, você é o *tio* de Bethany, não é?

— S... sim — Earl endireitou-se. — Eu sou. Ela é uma foragida e uma ladra, e precisa voltar para casa imediatamente.

— Entendo — o rei Piter alisou sua barba. — E os pais dela estão mortos?

— Sim — Earl parecia desconfortável.

— Ela é a filha de sua irmã? Ou do seu irmão? Quais eram os nomes dos pais dela?

Earl olhou para Bethany pedindo ajuda, mas ela cruzou os braços. O rei inclinou o cetro na direção de Earl e disse:

— Vou seguir o exemplo de Erec hoje. Quero que você... como disse, Erec? Diga a verdade sobre seu relacionamento com Bethany. Ela é sua sobrinha?

Ao comando do cetro, Earl segurou firmemente seus cotovelos e espremeu um joelho contra o outro.

— Não.

Bethany ficou de boca aberta.

— Por que você tem a posse de Bethany nestes, o quê... dez anos?

Earl fechou seus olhos bem apertados como se fosse desaparecer. Palavras saíram de sua boca por iniciativa própria.

— Os pais dela foram mortos aqui há quase dez anos. Acreditavam que ela seria valiosa. Eu fui designado para tomar conta dela até que se tornasse útil.

— Quem matou os pais dela?

— Ladrõezinhos seguindo ordens. Não lembro seus nomes.

— Claro. Bem, você vez seu trabalho, Earl. Agora chegou a hora, como você mesmo disse, e eu vou passar a tomar conta de Bethany... Evirly, é isso? Talvez você seja apenas Bethany por enquanto.

Ele piscou para ela.

— Você parece familiar, Bethany. Não se importaria de morar no meu castelo como parte da minha família? Não tenho mais nenhuma criança por aqui, então me perdoe se eu mimá-la um pouco. Teremos muitas festas para você, e manteremos vários de seus amigos por perto.

Bethany começou a chorar e abraçou o rei. O rosto de Earl ficou inteiramente vermelho.

— Quanto a você, Earl, o que você fez se chama sequestro. Acredito que ficará bem com um ajuste corretivo de memória.

Earl Evirly desapareceu.

— Para onde ele foi? — perguntou Bethany.

— Para o hospital real. Vai levar alguns dias se recuperando de seu ajuste de memória. Ele ficará um pouco remexido, eu acho.

— O que é um ajuste corretivo de memória? — perguntou Erec.

— Em Alypium, não precisamos de prisões. Um ajuste de memória dá a terrível lembrança de ter passado os últimos vinte anos ou mais numa prisão horrível e desumana. Maus-tratos, celas geladas, fome, comida horrorosa... Earl saberá que tudo isso não aconteceu de verdade, mas não fará diferença. Tudo parecerá totalmente real porque ele vai se lembrar bem. Há poucos crimes aqui. Claro, existem as masmorras e algumas prisões afastadas para aqueles que não têm jeito mesmo.

"Agora, há mais alguma coisa antes que eu liberte nosso público cativo?

Erec esqueceu que todas as pessoas da sala estavam grudadas em seus lugares. Com suas expressões extasiadas, parece que todos os outros se esqueceram disso também.

— Sim. Minha família tem passado os dias em fuga. Minha mãe, June O'Hara, escapou das masmorras do rei Pluto. Acho que ele está do lado de Baskania — disse Erec.

O rei Piter acenou com a cabeça.

— Temo que sim. Claro, vou ajudar sua mãe e você. Se quiser, pode convidá-la para morar em Alypium com toda a sua família. Não vou trazê-los aqui. Poderia ser um choque desagradável. Por que você não conversa com eles sobre isso? Poderia ser um bom lugar para você morar, especialmente se você tem mesmo interesse em se tornar o próximo rei de Alypium.

O rosto de Erec ficou vermelho. O próximo rei!

— Hum, com licença, rei Piter? — disse Bethany. — Aquele garoto, Balor Stain, roubou minha gata, a Docinho. Eu poderia tê-la de volta?

O rei sorriu.

— Não seria aquela gata na janela, seria?

— Docinho!

A gata fofa espreguiçou-se e correu para os braços de Bethany.

— Quando você escapou? Estava procurando por mim?

Lágrimas ensoparam o pelo de Docinho enquanto Bethany a apertava contra o rosto.

Damon apontou.

— A gata está fora do saco. Vejam, a gata está fora do saco.

Balor segurou a cabeça com as mãos.

— Ela nos *escutou*. Aquela gata estúpida conta segredos.

Docinho foi para o ombro do rei Piter e cochichou em seu ouvido. O rei acenou e suspirou, mexendo a cabeça. Depois do que pareceu uma eternidade, a gata pulou de volta para Bethany.

— Parece que estes quatro garotos estiveram fazendo alguns planos perversos. Ainda assim, não posso punir pessoas por planos, especialmente se eles foram ouvidos apenas por uma gata. Mas vocês terão de fazer retificações por roubar a gata.

Ele apontou seu cetro para Balor.

— Qual é seu objeto mais valioso aqui?

O rosto de Balor se fechou.

— Meu relógio. Se eu apontá-lo para alguém, posso ouvir o que se está falando.

— Você deve dá-lo a Bethany, como um pedido de desculpas. Se tentar alguma outra coisa, não serei tão brando.

O relógio de Balor saiu de seu pulso e foi para a mão de Bethany. Balor xingou baixinho.

Bethany segurou o relógio com nojo.

— Pegue. — Ela o deu para Erec. — Eu não quero nada dele.

— Tem certeza?

Erec olhou para os botões e para o pequeno alto-falante.

— Eu vou jogar fora. Você estava querendo tanto um relógio... — disse Bethany, e Erec o colocou.

O rei Piter sacudiu um dedo.

— Vocês estão livres para se moverem. Convido todos para um banquete esta noite em homenagem a Erec Rex, seu futuro rei!

A multidão aplaudiu efusivamente. O rei Piter piscou para Erec.

— Conversaremos mais tarde. Temo que terei de fazer alguns outros ajustes aqui.

CAPÍTULO 24

O futuro rei

Erec colocou os óculos em seu dormitório. Sua mãe sentou-se junto com uma sonolenta Nell, alisando seu cabelo. O pequeno quarto estava cheio de colchões e sacos de dormir.

— Mamãe?

— Só um minuto — sussurrou June.

Ela andou até a cozinha vazia.

— Consegui. Tenho o olho de dragão. Baskania me amarrou, mas então um cetro voou em minha direção. Eu o usei para trazer o rei Piter de volta ao normal. Estamos a salvo agora! Ele disse que podemos morar em Alypium... Você quer?

Os olhos de June ficaram úmidos. Ela colocou as mãos sobre o coração.

— Temos muitas decisões para tomar, não temos?

Erec pensou em seus irmãos e irmãs entulhados num quartinho que eles nem podiam pagar.

— Aposto que todos iam gostar muito daqui — disse ele.

Sua mãe acenou com a cabeça. Seus lábios estavam apertados.

— Você vem para casa hoje à noite, Erec?

— Pode apostar.

Erec imaginou se o salão de festas sempre foi grande assim ou se fora aumentado magicamente para acomodar a multidão. O banquete estava delicioso, cheio de pratos de todas as partes das terras mágicas.

Pessoas que Erec nunca tinha visto o agradeciam efusivamente por salvar o rei Piter. Bem na hora em que Erec pensou em fugir para seu quarto, Bethany apareceu. Ela o puxou para a pista de dança.

— Uau. Você está ótimo com dois olhos que combinam.

— Espere até ver como fico com o olho do dragão quando ele se vira.

Erec não tinha certeza sobre como dançar uma música clássica, mas eles giraram pela pista mesmo assim.

— Como você escapou de Earl?

— Eu me recusei a entrar na Artéria com ele na estação de Alypium. Ele apontou um controle remoto para mim, mas eu o agarrei e ele gritou e saiu correndo. Não sei por que fiquei com medo dele por tanto tempo.

Uma mão sobre o ombro de Erec parou a dança. Era o rei Piter.

— Perdoem-me por interromper. Odeio me intrometer nesta merecida dança, mas gostaria de conversar com você.

Ele levou Erec até uma pequena antessala.

— Obrigado por me salvar do feitiço. Eu estremeço quando penso no que quase aconteceu.

Erec sorriu abertamente.

— Me desculpe por você ainda não ter o cetro. É uma antiga tradição; um rei deve passar por 12 provas antes de assumir o comando. Como em muitas tradições, há uma boa razão. Cada teste irá ensinar algo ou lhe dará algo de que precisará para governar bem. Os três futuros reis e rainhas devem passar pelos testes juntos, mas você é o único que as pessoas daqui conhecem agora. Não podemos esperar pelos outros. Nada diz que um futuro rei não possa começar as provas sem os outros dois. Sugiro que comece logo. Tenho esperança de encontrar os outros enquanto você avança. Neste meio-tempo, você pode escolher dois amigos, se quiser, para ajudar em cada uma das provas.

— Você pode vir comigo?

— Temo que não. Estes são testes para os novos, não para os velhos. Tenho que ficar tomando conta daqui. E voltar a trabalhar naqueles Aitherplanos. A Substância.

Ele balançou a cabeça.

— Se é a última coisa que vou fazer, quero acertar. Mas talvez você tenha melhor sorte — ele piscou. — Como você sabe, o cetro é muito poderoso — continuou o Rei. — Sem treino, pode controlá-lo e comandá-lo em vez do contrário. Você pode ter tido a impressão errada hoje. Eu o uso apenas quando preciso muito dele. Hoje eu o usei além da conta, mais do que era seguro mesmo para mim.

O rei tocou em seu queixo.

— Imagino se a cerimônia hoje poderia ter enganado os cetros para serem usados por outros que não fossem seus donos de direito. Se isso acontecesse, os resultados poderiam ser desastrosos. Thanatos Argus Baskania é louco. Os cetros o teriam levado a uma completa insanidade destruidora. Ele é muito mais velho do que eu. Ele criou os Reinos dos Guardiões e queria governá-los desde o começo. Quando foi profetizado que poderíamos governá-los, ele esperou tempo demais para nos matar. Nós tínhamos avançado muito nos 12 trabalhos e nos tornamos muito poderosos.

— Por que ele é tão rico e famoso na Terra de Cima?

— Ele quebra uma de nossas principais regras: curiosamente, é uma das que ele mesmo criou. Não se pode fazer magia na Terra de Cima. Ele usa magia de todos os tipos em suas fábricas e negócios, para criar bens sem nenhum custo e fazer as pessoas quererem seus produtos, não importando quão ruins eles sejam. Ele foi a principal força por trás do final de nosso contato com a Terra de Cima e por mantê-los ignorantes a respeito da magia. Ele quer dividir os Guardiões e os Esquecidos para que ninguém saiba o que ele faz lá. Enquanto isso, ele criou vários seguidores aqui. Meus espiões já confirmaram que muitos de meus mais queridos amigos já foram para o lado dele. Parece que a maioria se esqueceu de que não existem lados. Bem, eu cometi um erro ao me deixar ser enganado por todos estes anos. Ainda bem que nem tudo está perdido. Mas me preocupo. Eu ainda devo cometer mais um erro. Você deve se lembrar disso. Os destinos disseram que tanto o príncipe feiticeiro quanto o rei coroado do ar irão cometer três erros. Este foi o meu segundo.

— Baskania já cometeu quantos erros?

— Não sei. Mas eu diria que esta noite possa ser considerada um erro para ele.

Erec olhou ao redor da sala, ainda maravilhado por enxergar com dois olhos.

— O meu olho de dragão tem poderes especiais?

— Ah, é bem provável. Com ele, você pode vislumbrar o futuro. Mas você tem de aprender a usá-lo.

O rei Piter sorriu.

— Você está pronto para ir para casa?

Erec acenou com a cabeça.

— Bom. Já fiquei muito tempo junto a multidões esta noite. Estou ansioso para a minha primeira boa noite de sono em dez anos.

O rei deu a Erec uma pequena bolsa contendo alguns pedaços de giz.

— Isto é para sua mãe, para o caso de ela decidir não voltar aqui. Ela pode desenhar um anel de segurança ao redor de casa.

Erec encontrou Bethany e disse adeus.

— Vou voltar logo, talvez nos mudemos para cá. Você pode tomar conta do Lobinho enquanto eu estiver fora? Você sabe o que fazer quando for lua cheia.

— Claro. Obrigada por tudo, rei Erec.

— Pare com isso — falou Erec sorrindo. — Vejo você logo.

O rei Piter levou Erec até a Teletrans-Porta através de suas câmaras. Erec encontrou a esquina da rua Direta e a alameda Rumo no mapa da Terra de Cima, sob a seção marcada "Outro". Ele entrou. Enquanto a porta se fechava, lembrou que tinha deixado sua Lanterna Mágica, tênis ludibriadores e a mala cheia de ouro, prata e bronze lá nos dormitórios.

O sol se pondo brilhava através dos galhos das árvores da rua, projetando uma sombra dançante em seus pés. Enquanto andava para o alto e pobre prédio de apartamentos na rua Direta, número 341, ele percebeu como era até bonita a fachada empoeirada e como ele se sentia leve por viajar de mãos vazias.

EPÍLOGO

Dez anos antes

Daphne Flora, a empregada favorita da rainha, correu pela ala oeste do castelo do rei Piter. Ela era perseguida por um casaco. Verdade, o casaco era bem atraente, uma jaqueta de traje a rigor, com caudas que se moviam como se fossem duas pernas finas. Mas, para Daphne, era tudo muito irritante. Seus cabelos longos, encaracolados e castanhos sacudiam enquanto ela procurava por uma porta ou um corredor para sumir.

Que maldição, aquele Balthazar Ugry. Ele estava longe pela primeira vez em eras e tinha esquecido de trancar sua jaqueta no armário. O próprio Ugry tinha encomendado a coisa especialmente de Heph Vulcan. Foi feita para guiar seus movimentos na pista de dança, fazendo-o movimentar-se para que não ficasse mais envergonhado de si mesmo nos bailes do palácio.

Infelizmente, o casaco acabou virando um tipo de perseguidor de saias. Ele já havia colocado Ugry em algumas situações esquisitas. Daphne imaginou se isso era ruim. Ugry precisava relaxar um pouco.

O casaco estava de olho em Daphne, e ele a encontrava para onde quer que ela fugisse. E então, ele a pegou do lado de fora das câmaras reais, passou uma de suas finas caudas pretas ao redor de seu tornozelo. Ela caiu de cara no chão. Ele a puxou para abraçá-la.

Daphne deu risadinhas, pensando em como ela deveria parecer ridícula. A jaqueta fazia cócegas, o que lhe provocava risos altos.

Então, a porta da câmara se abriu. A rainha Hesti apareceu com seus cabelos castanhos encaracolados amarrotados. A mão de Daphne cobriu sua boca como um ímã. Agora estava encrencada. Acordou a rainha. A jaqueta estava congelada. Daphne levantou-se e ficou na ponta dos pés, pronta para explicar, mas a rainha Hesti não a viu.

Rosto pálido, olhos arregalados e lábios pressionados, a rainha parecia até ter visto um fantasma de bronze. Ela abriu a porta do closet, colocou os sapatos e disparou pelo corredor. O coração de Daphne se acelerou. Alguma coisa estava errada. A rainha correu rapidamente e sem fazer barulho, mas Daphne foi atrás com o casaco de Ugry ao seu lado. A rainha poderia precisar de ajuda.

A rainha Hesti correu para o berçário dos trigêmeos. A porta bateu. Terríveis batidas e gritos vieram do quarto.

Daphne agarrou a maçaneta. Estava trancada. Momentos depois, um grito aflito se fez ouvir, e a porta abriu-se repentinamente.

Dois homens correram para fora, tirando Daphne do caminho. Um carregava um cobertor grande enrolado. A jaqueta de Ugry voou corajosamente sobre o cobertor. O homem que o carregava pegou um controle remoto. O cobertor, a jaqueta e o homem desapareceram.

A rainha saiu do quarto, olhando desesperadamente ao redor.

— Voltem aqui! — gritava ela em fúria.

Lágrimas escorriam por seu rosto.

— Voltem! — Ela se jogou no batente da porta, chorando.

Um momento depois ela fungou e olhou para o quarto. Seu rosto se suavizou.

Daphne mal podia respirar. A rainha Hesti parecia vê-la pela primeira vez. Ela estava rouca.

— Daphne. Vá contar a todos que os trigêmeos estão mortos.

Daphne caiu sobre seus joelhos. Não os trigêmeos de três anos da rainha. Por que a rainha estava tão calma? Ela não conseguia entender.

— Agora! Depressa, Daphne! — gritou a rainha.

Daphne, aterrorizada, ficou em pé. Lágrimas corriam pelo seu rosto. Como Ugry não estava, ela bateu na porta de Ruth Cleary, a outra Consevidente do rei. Ninguém respondeu. Ela bateu mais forte. Como é que Ruth, seu marido Tre, seu filho de 12 anos e sua filha de 3 anos não a ouviam? Seu novo bebezinho nem mesmo chorou — e ele sempre berrava. Onde eles poderiam estar?

Daphne respirou fundo e correu para as câmaras reais. Ela mesma teria de acordar o rei. O rei Piter roncava e sua longa barba branca estava sobre os lençóis.

Ela tocou em seu ombro. Um soluço veio de seu peito. O rei sentou-se e olhou para ela surpreso.

Lágrimas saíam de seus olhos. As palavras estavam trancadas em sua garganta.

— O que foi, Daphne? — a voz do rei Piter era calma. Ele olhou para os lençóis onde a rainha Hesti tinha estado.

Daphne respirou.

— A rainha... ela correu para o berçário. Algo terrível aconteceu com os... os...

Ela derreteu-se em choro.

O rei Piter livrou-se dos lençóis, pegou seu manto e o cetro e foi em disparada para o berçário. Daphne correu atrás dele. O rei Piter podia fazer qualquer coisa. Talvez até mesmo salvar os trigêmeos.

Ele adentrou o berçário, e Daphne foi atrás. Estava vazio. Sem trigêmeos, sem rainha. Daphne não entendia. Ela olhou embaixo dos lençóis para ver se poderia estar enganada.

O rei Piter balançou a cabeça, sem acreditar. Seu rosto ficou pálido. Ele murmurou.

— Ele me falou. Por que eu não escutei?

— Quem lhe contou sobre isso?

Daphne não podia acreditar que o rei tinha sido avisado e ainda assim não tomara providências.

O rei Piter sentou-se no chão e deixou seu cetro cair.

— Erec.

Ele apoiou a cabeça em seus braços.

Este livro foi composto na tipologia
ClassGarmnd BT, em corpo 11/16, e impresso
em papel off-white 80g/m² no Sistema Cameron
da Divisão Gráfica da Distribuidora Record.